SEX FRIENDS OR LOVERS ?

SEX FRIENDS OR LOVERS ?

BMR

Hachette Livre, 58 rue Jean Bleuzen 92170 Vanves.

CHAPITRE 1

Qu'est-ce-que je fous là ? Sérieux, qu'est-ce qui m'a pris de me lancer dans une aventure pareille ? C'est la seule chose à laquelle je pense, tandis que j'attends devant le tapis roulant qui n'en finit pas de dégorger sacs et valises, et que je ne vois toujours pas la mienne... Avec la chance que j'ai, elle va avoir été oubliée à l'aéroport Charles-de-Gaulle et je vais être bonne pour porter les mêmes vêtements plusieurs jours d'affilée le temps de pouvoir la récupérer ! Et si j'ai encore moins de chance, elle aura simplement été perdue, ça arrive régulièrement après tout.

Fausse alerte, je la vois arriver au loin. Elle n'est pas bien grande mais avec sa couleur turquoise et les cœurs au marqueur rouge que ma meilleure amie Zoé a dessinés dessus, elle se démarque de toutes les autres ! Je la récupère et me laisse emporter par le flot humain qui se déverse jusqu'à la sortie. Une fois dehors, une chaleur étouffante me prend à la gorge et le soleil m'éblouit au point de ne plus rien voir. Il me faut quelques secondes pour que le flou devant mes yeux laisse place à un décor paradisiaque. Un beau ciel bleu et pas un nuage à l'horizon. Les longues routes sont jonchées de palmiers et en arrière-plan on peut voir l'océan Pacifique. C'est juste magnifique. Rien à voir avec ma Normandie natale que je viens de quitter, avec ses champs de verdure, sa mer verte et son ciel gris… Je fouille dans mon sac pour sortir mes Ray-Ban et le bout de papier sur lequel j'ai noté l'adresse de la famille Davis. Je commence à transpirer de partout et mes cheveux me collent au visage. J'enlève l'élastique que j'avais au poignet et m'attache la crinière en chignon vite fait.

Les taxis font la queue pour attendre les clients, j'en repère un et me glisse sur la banquette arrière gardant ma valise à côté de moi. La chaleur est pire dans la voiture malgré les fenêtres ouvertes, la clim ne fait apparemment pas partie des options de celle-ci ! J'essaie de m'exprimer le mieux possible pour donner l'adresse au chauffeur. Dès qu'il se retourne vers moi, je comprends vite qu'il va y avoir un problème. Le gros barbu mexicain avec un accent me parle une langue qui ne s'apparente en rien à de l'anglais. Je ne comprends pas un mot de ce qu'il me raconte et après les douze heures d'avion que je viens de me taper, je n'ai pas vraiment envie de faire des efforts. Pour seule réponse, je lui donne mon bout de papier en espérant qu'il arrivera à me déchiffrer. La voiture démarre enfin et je m'installe sur le siège en regardant défiler le paysage. Je me demande à quoi va ressembler ma vie ici… Jeune fille au pair dans un pays inconnu, dans une langue qui n'est pas la mienne, dans une famille que je ne connais qu'en photo et, surtout, vivre ça toute seule.

Putain je n'y arriverai jamais ! Mon cœur s'emballe et je sens le malaise monter en moi. Respire, Lola, respire ! Je ferme les yeux et inspire profondément. Je pense à ma mère et à son soulagement de me voir reprendre ma vie en main. Ma survie ici pendant un an repose sur quatre points :

1/ Garder le contact avec ma mère et mes amis le temps de mon séjour. Il faut d'ailleurs que je puisse prévenir ma mère et Zoé de mon arrivée. Les connaissant, elles vont se ronger les sangs jusqu'à avoir de mes nouvelles. Le nouveau forfait que j'ai souscrit avant de partir ne prend effet qu'à la fin du mois, donc impossible de téléphoner à l'étranger ou d'aller sur Internet sans payer une fortune. La paye que je vais me faire relève plus de l'argent de poche que d'un salaire à proprement parler, alors non merci.

2/ Oublier une fois pour toutes Tom. Tourner la page sur ces trois longues années où finalement j'étais aveuglée par mon amour pour lui. Une fois les œillères retirées, la triste réalité sur notre relation m'a anéantie. La chute a été terrible et le réveil plus que douloureux.

3/ Fuir les mauvais garçons ! Le genre bad boy, c'est fini pour moi. Tout mon entourage m'avait prévenue que Thomas n'était pas fait pour moi, mais j'étais tellement amoureuse de lui que tous leurs avertissements n'ont rien changé. Sa beauté, les piercings et les tatouages qui recouvraient une bonne partie de son corps. Je me revois glisser ma langue entre le métal de son piercing et la peau douce de son gland. Stop ! La tournure que prennent mes souvenirs ne part pas du bon côté. Ma vie tournait autour de la sienne, je lui étais dévouée corps et âme. Résultat, il m'a brisé les deux. Non. Plus jamais je ne me ferai avoir par un bad boy !

4/ Réapprendre à vivre. Réussir à m'amuser et ne voir que le bon côté de cette expérience. C'est vrai, combien de personnes voudraient être à ma place ? S'offrir une année sabbatique en Californie pour apprendre l'anglais. Je sais que c'est une chance extraordinaire mais il va me falloir un peu de temps pour m'en rendre compte. Et si en plus je pouvais en ressortir bilingue… Après tout, c'est aussi pour ça que ma mère a vidé son compte épargne, non ?

Il faut presque une heure pour arriver à Kinston. C'est une jolie ville touristique au bord de la mer. Ça me fait penser à la série *Alerte à Malibu* que je regardais quand j'étais gamine, avec les villas aux grandes baies vitrées qui ont un accès direct à la plage. De l'autre côté du boulevard s'étalent les restos, les cafés, et les magasins de souvenirs. Il est bientôt 15 heures, je m'imagine sur une petite serviette en train de bronzer. Je me rappelle ces deux semaines de folie à Saint-Raphaël qu'on s'était octroyées avec Zoé, Thomas et toute la bande l'été de notre première année de fac. Les journées sur la plage à se dorer la pilule, les matchs de volley en fin d'après-midi et le soir on faisait la tournée des bars sur les quais. Je reviens à la réalité quand le taxi freine brusquement devant une somptueuse villa très moderne, toute vitrée sur deux étages. Le compteur m'indique une course à soixante-quinze dollars. Je règle le chauffeur attrape ma valise et me dirige vers la maison qui va m'accueillir ces prochains mois. L'appréhension augmente en même temps que j'avance dans l'allée. Arrivée devant la porte, mon cœur s'emballe et j'ai les jambes qui flageolent. Je prends une grande inspiration et d'une main tremblante je sonne à la porte. Je découvre alors une femme blonde toute menue, avec un élégant chignon, un maquillage impeccable et un vernis saumon assorti à son tailleur Gucci, le tout rehaussé de douze centimètres de Louboutin noires. Imposante par sa prestance, elle ne doit pourtant pas faire plus d'un mètre soixante. Elle me considère de la tête aux pieds et, à cet instant, je me sens plus petite qu'elle. Je la regarde, ébahie par la beauté glaciale qui se dégage de ce petit bout de femme qui, je suppose, doit être Mme Davis. Devant mon silence, elle hausse un sourcil. Une manière pas très classe de me faire comprendre qu'elle attend de savoir à qui elle a affaire.

— Bonjour, madame Davis, je suis Lola Moreau, ravie de faire votre connaissance.

— Mademoiselle Moreau, la jeune fille au pair, oui… Bien entendu… Ravie de faire votre connaissance. Entrez, je vous en prie !

Son ton est froid et complètement dénué d'émotion. D'un geste de la main, elle me demande de la suivre. Elle m'emmène dans la pièce principale qui représente à elle seule la superficie de la maison de ma mère. La pièce est très épurée, peu de meubles et tous les murs sont d'un blanc immaculé. Mais elle présente la plus belle vue qu'il m'ait été donné de voir. Trois grandes baies vitrées composent un mur donnant sur une terrasse en bois avec un accès privé à la plage. Fascinée, je ne m'étais pas rendu compte de la présence d'un homme assis dans le canapé. Il se lève pour venir à ma rencontre en me tendant la main.

— Bonjour, mademoiselle Moreau, je suis Andrew Davis, et je suis ravi de vous accueillir parmi nous. J'espère que vous vous plairez ici.

Il se présente en français, et son accent est si doux qu'on voit qu'il s'efforce de s'exprimer le mieux possible. Son sourire est chaleureux et il m'est aussitôt sympathique. Je me décontracte pour la première fois depuis que je suis sortie de l'avion.

— Votre français est remarquable. Ravie de faire votre connaissance, monsieur Davis.

Je lui rends son sourire en même temps que je lui serre la main.

— Andrew, je vous prie, pas de formalités entre nous, mes trente-cinq ans me paraissent plus quand on m'appelle monsieur. M. Davis, c'était mon père. Venez, je vais vous faire faire le tour du propriétaire et vous pourrez déposer vos bagages dans votre chambre.

Je récupère mon unique valise que j'avais laissée dans le hall et le suis comme lors d'une visite guidée. La maison est très lumineuse, les murs sont tout blanc, seul le mobilier et la décoration de style contemporain apportent des touches de couleur.

— Et voici votre chambre, je vous laisse vous installer. Prenez votre temps. Je suis heureux de vous compter parmi nous.

Il ouvre la porte et tout en posant une main sur le bas de mon dos me guide à l'intérieur. Sans le regarder, je sens ses yeux qui me fixent un instant avant de disparaître.

Ma chambre est plutôt spacieuse et élégante, mais ce qui me saute aux yeux c'est le thème choisi : Paris. Je ne sais pas si elle a été décorée spécialement pour moi ou si c'est juste une fatalité. Moi qui cherchais à oublier cette ville qui m'a vue dépérir au fil des années, m'y voilà replongée. Les murs ont été peints en rose clair et sur le plus grand pan on peut voir une gigantesque fresque représentant les toits de Paris en noir et blanc avec en arrière-plan une grande tour Eiffel rose. Il y a peu de mobilier, un grand lit en fer forgé avec la table de chevet assortie, une coiffeuse ainsi qu'une imposante commode noire dans le style contemporain. En avançant pour mieux découvrir ma nouvelle chambre, je remarque une porte coulissante et me demande avec quelle pièce elle peut correspondre. Je prie pour ne pas y découvrir la chambre des enfants sinon je peux dire adieu à mon intimité.

À ma grande surprise, il s'agit de ma salle de bains personnelle avec un putain de dressing qui pourrait contenir toute ma garde-robe et celle de Zoé réunies ! Le peu de fringues que j'ai pu rapporter ici va sembler ridicule dans tout cet espace. Moi qui adore faire du shopping, je me demande encore comment je vais réussir à poursuivre mon activité favorite avec des revenus très limités. Mes économies vont s'essouffler rapidement. De toute façon, je n'aime pas faire les magasins toute seule et comme je ne connais personne ici… Merde, ressaisis-toi, et vite ! J'ai une boule dans la gorge et des larmes menacent de couler. J'étouffe, j'ai besoin d'air sinon je sens que je vais craquer. J'ouvre la fenêtre en grand et respire autant d'air que je peux ! Malheureusement, il fait toujours aussi lourd et je peine à reprendre mes esprits. La vue donne sur la cour intérieure. Et comme toutes les villas américaines dignes de ce nom, trône en son centre une imposante piscine. Pourquoi avoir une piscine alors que l'océan est juste à côté ?

Au bout de la cour, une maison tout en bois blanc se marie parfaitement avec le décor. Je suppose qu'elle est destinée à recevoir leurs invités. Il faut avouer que j'aurais pu tomber dans un endroit bien pire. Après tout, j'ai le soleil, la mer, le sable fin et une maison magnifique. Espérons que cette famille soit aussi agréable que ce que j'ai vu jusqu'à présent !

Je récupère ma valise sur le pas de la porte et la dépose sur le lit. Je n'ai pas le courage de la défaire, je décide donc de la laisser là et d'aller faire la connaissance de cette famille avec qui je vais vivre pendant un an. Alors que je m'apprête à descendre les escaliers, j'entends la porte d'entrée claquer, le bruit d'une chose qu'on jette par terre et des rires d'enfants. Je crois qu'il est l'heure de rencontrer l'objet de ma venue !

Deux têtes blondes m'attendent au bas des marches avec de grands yeux qui me détaillent de la tête aux pieds.

— Heu... Salut !

Je ne trouve rien d'autre à dire sur le moment. Je suis surprise par la voix mielleuse qui sort de ma bouche alors que les enfants ont sept ans.

— Bonjour, alors c'est toi Lola ?

Le sourire jovial de ce petit bonhomme me rassure et je comprends que je suis la bienvenue. J'avais peur que mon arrivée ne leur déplaise mais ce premier contact semble prometteur.

Ils sont jumeaux et pourtant ne se ressemblent pas beaucoup. Charlie est une magnifique petite fille aussi menue que sa mère avec de superbes boucles blondes qui lui tombent sur les épaules. Ses yeux ronds me scrutent, telles des billes d'un bleu aussi profond que l'océan. Evan, quant à lui, paraît grand pour son âge et dépasse sa sœur d'une bonne tête. Il a le visage rond, des yeux couleur noisette et les cheveux aussi blonds que sa sœur. Il ne tient pas en place et sa joie de vivre déteint sur moi. Je les aime déjà !

Le reste de la journée, jusqu'au dîner, tourne autour de ma vie. Les enfants ont une quantité inépuisable de questions. J'ai parlé de mon enfance à Dieppe, petite ville touristique avec son port de plaisance, de ma mère, de mes amis, en passant par mes études de commerce à Paris. Ils m'ont demandé si j'avais déjà été au Louvre et si la tour Eiffel était aussi impressionnante qu'on peut le dire. Andrew a pris plaisir à me voir hésiter ou me tromper de mots. Andrew… Il est vraiment très chaleureux, un peu trop même ou c'est peut-être parce que Mme Davis est très froide et distante avec moi, enfin comme avec tout le monde. Même ses enfants n'ont eu droit à aucune attention de sa part. La seule fois où elle s'est adressée à moi, c'était pour me dire que je disposais d'un pick-up pour pouvoir déposer les enfants à l'école et pour me donner quelques autres informations sur le planning. Cette femme est très organisée. Je l'écoute avec attention et essaie d'ignorer son air hautain.

Fatiguée par mon voyage et les questions incessantes des enfants, je retourne dans ma chambre de bonne heure. J'ouvre ma valise, sors en priorité les cadres photo que j'ai emportés pour me sentir un peu plus chez moi. La table de chevet accueille un cliché de Zoé et moi au lycée, et un de ma mère que j'ai pris alors qu'elle était en train de faire la cuisine. Elle date d'à peine un mois. J'avais dû la faire à son insu car elle déteste être prise en photo. Mais je ne pouvais pas partir si longtemps loin d'elle sans un souvenir. Elle a tellement fait pour moi ces derniers mois que c'est un réconfort de pouvoir l'avoir près de moi. Je sors le dernier cadre de ma valise. C'est une photo de notre bande d'amis de la fac. Il y a Zoé en train de faire des grimaces, mais aussi Nathan, Jules et Maxime. À cette époque, j'étais folle amoureuse de Thomas. On me voit me lover contre lui et poser ma tête sur son épaule. Je sais que je n'aurais pas dû rapporter un souvenir de lui ici mais c'est plus fort que moi. Le voir me fait toujours souffrir, pour autant je ne suis pas encore prête psychologiquement à ne plus le regarder. Être exilée pendant un an va m'y aider, donc agissons en douceur ! Alors que je m'apprête à poser le cadre sur ma coiffeuse, je trouve un Post-it avec le code wifi de la maison. Décidément Mme Davis pense à tout !

Je rentre le code dans mon téléphone et envoie un mail succinct à ma mère et à Zoé. Je leur explique que je leur donnerai davantage de nouvelles plus tard car je ne pense qu'à une chose : me coucher. Je sors mon ordinateur portable, range vêtements et chaussures à la hâte et file me coucher.

Ma première nuit n'a pas été des plus reposante. Malgré la fatigue, impossible de trouver le sommeil. Comme à mon habitude depuis ma séparation, lorsque je n'ai plus de quoi m'occuper, je repense à Thomas, à tous ces moments partagés ensemble, à nos fous rires sans raison, à nos engueulades, à ses mains sur moi… Résultat, j'ai des poches sous les yeux et une mine blafarde. Je sors ma trousse à maquillage et camoufle du mieux que je peux mon manque de repos. Un peu de mascara et un trait d'eye-liner pour mettre en valeur mes yeux verts et surtout beaucoup de fond de teint pour masquer mes cernes. Mes cheveux d'un roux auburn tombent en cascade jusque sur mes reins, mais par cette chaleur d'août difficile de les supporter. J'opte donc pour une queue-de-cheval et ajoute une touche de gloss sur mes lèvres pour achever ma transformation. Je suis plutôt satisfaite du résultat, même si je ne me suis jamais trouvée attirante. J'enfile un débardeur blanc, un short en jean et une paire de ballerines. Prête à attaquer ce premier jour de travail, je descends dans la cuisine pour prendre ma dose de caféine. Les enfants sont déjà levés et excités de passer la journée avec moi. Il reste une semaine de vacances avant la rentrée scolaire et ils ont plein d'idées en tête pour nous occuper. Aujourd'hui, ils ont décidé de me faire visiter Kinston.

Assis sur un banc à l'ombre d'un palmier, les premières confidences sont déjà d'actualité.

— Maman travaille tout le temps.

En effet, Mme Davis tient une agence de voyage. Quand elle ne part pas visiter les « hôtels potentiels » pour ses clients, elle est à l'agence. Et quand elle est à la maison, elle s'enferme la plupart du temps pour travailler dans son bureau car les enfants font trop de bruit et elle ne peut pas réfléchir. Je sens le vide que procure son absence dans les paroles de Charlie.

— Et votre papa ?

Je me hasarde à poser la question en espérant ne pas être trop curieuse.

— Il nous fait bien rire, il fait toujours plein de bêtises avec nous mais lui aussi travaille beaucoup.

— Heureusement qu'il y avait encore Carla pour s'occuper de nous, intervient Evan tout en courant après les mouettes.

— Qui est Carla ?

Je pose la question tout en mettant la mèche de Charlie derrière son oreille pour éviter qu'elle ne trempe dans sa glace.

— Carla c'était notre nounou mais maintenant elle est trop vieille pour s'occuper de nous. Elle est partie rejoindre sa famille à Santa Fe pour sa retraite. Elle était gentille mais toi aussi tu es gentille. Et tu es tellement belle…

Décidément ces enfants savent me toucher en plein cœur.

La journée s'écoule doucement et nous rentrons en fin d'après-midi. Les parents n'étant pas encore arrivés, les jumeaux et moi préparons le dîner avec ce que j'ai pu trouver dans le frigo. Au menu, salade niçoise, puisque mes petits camarades voulaient goûter un plat typiquement français. M. Davis arrive alors que Charlie dresse la table sur la terrasse.

— Asseyez-vous, monsieur Davis, nous avons cuisiné une recette de chez moi. J'espère que ça vous plaira.

— Appelez-moi Andrew, s'il vous plaît, les enfants vous ont aidée ?

À ces mots, les enfants se font un plaisir de raconter la recette en détail, puis toute notre journée. Pendant leur récit, Andrew ne cesse de me regarder d'un drôle d'air. Je suppose qu'il est content que le courant passe bien entre ses enfants et moi.

Le reste de la semaine se déroule de la même manière. Des parents très peu présents et des enfants adorables. Je me suis très vite rapprochée d'eux. Une belle complicité s'est créée. Leur principal plaisir a été de m'apprendre quelques expressions d'ici et, bien entendu, quelques bêtises au passage. Je m'en suis rendu compte lors d'un essayage de maillot de bain : quand j'ai voulu dire qu'il m'allait comme un gant, j'ai vu à la tête de la vendeuse que l'expression traduite mot à mot ne fonctionnait pas du tout ici !

Demain c'est la rentrée scolaire. Je vais avoir un peu plus de temps pour moi. Ça va me faire du bien de souffler un peu, mais je crains la solitude, il faut que je trouve une occupation et un cercle d'amis. Je ne me vois pas rester un an avec pour seuls amis deux enfants de sept ans, aussi adorables soient-ils. Un vrombissement me sort de mes pensées. Discrètement je m'avance vers la fenêtre de ma chambre, et j'aperçois alors un homme qui tond la pelouse de la cour intérieure. Je pense voir Andrew mais en me rapprochant davantage je découvre un beau brun tranquillement installé sur un tracteur tondeuse. Il est juste canon. Il doit avoir vingt-cinq ans à tout casser et fume une cigarette. Alors que je prends plaisir à mater ce beau jardinier, il s'arrête pour enlever son tee-shirt. De ma fenêtre, je peux voir les courbes de ses abdos brillant de sueur et ses tatouages auparavant dissimulés sous son vêtement. Il ne m'en faut pas plus pour que mon imagination prenne le dessus. Je me surprends à me mordiller la lèvre inférieure en l'imaginant nu sous moi en train de jouir dans un puissant va-et-vient… Je suis sûre qu'il doit être bien membré et avoir un coup de langue très habile. Cinq mois que je n'ai pas fait l'amour, cent cinquante jours, trois mille six cents heures… mais qui compte ? Mon Dieu je suis vraiment en manque de sexe ! Je suis malgré moi en train de me refaire une virginité. Je m'écarte un peu pour ne pas être vue et pouvoir ainsi profiter librement du spectacle.

Les jumeaux sont excités de faire leur rentrée, mais moi je me demande à quoi je vais occuper ma journée. Une fois que je les ai laissés dans le gymnase de la *middle high school* de Kinston pour le regroupement du matin, je me dis que moi aussi, d'une certaine manière, je pourrais reprendre l'école. Je rentre à la villa où je me retrouve seule pour la première fois depuis mon arrivée. Elle me paraît encore plus grande. Après avoir enfilé mon maillot de bain, je descends à la plage. Allongée sur une serviette, je commence à tapoter sur mon téléphone : « cours anglais Californie ». Un cours attire mon attention, il a lieu tous les matins pendant deux heures et c'est à Santa Luna, c'est-à-dire à cinq minutes d'ici. J'irai demain, en attendant… Bronzette ! Installée sur le ventre et sûre d'être toute seule, j'enlève l'attache de mon haut pour ne pas laisser de marque. Je lance ma playlist et me laisse bercer par le rythme de Pharrell Williams. Alors que je profite des douces caresses du soleil, des nuages semblent s'inviter. Mais non, l'ombre au-dessus de moi n'est autre qu'Andrew. Avant que j'aie le temps de réagir, il s'installe à côté de moi. Qu'est-ce qu'il fait là ? D'habitude, il part tôt le matin et rentre tard le soir. Son regard sur moi me gêne et je ne peux pas me relever sans risquer de me retrouver seins nus.

— Je pensais être seule, je suis désolée, je vais…

— Non, il n'y a pas de mal, j'avais oublié quelque chose, j'ai dû faire demi-tour.

Ses yeux se posent de nouveau sur moi et j'ai l'impression qu'ils caressent mes courbes. Je me sens rougir de la tête aux pieds.

— Vous êtes vraiment magnifique, Lola. Vous en avez conscience ? Vous avez un corps à faire bander n'importe quel homme.

Je devrais me lever, protester contre ses propos déplacés mais je reste inerte, choquée. Mon silence vaut, selon lui, un accord implicite et du bout des doigts il entreprend de me caresser le cou puis descend le long de ma colonne vertébrale.

J'attrape la serviette pour qu'elle couvre bien ma poitrine et commence à me relever. D'un mouvement vif, il bascule son corps sur le mien, si bien que je me retrouve sur le dos, bloquée par le poids d'Andrew. Je sens son sexe dur contre ma cuisse, ce qui déclenche une sirène d'alerte dans ma tête. Une boule dans la gorge m'empêche de crier et la peur s'empare de moi quand je ne trouve pas mes mots. Mais mon expression effrayée le surprend et il se redresse aussitôt.

— Je ne sais pas ce qui m'a pris, Lola. (Le visage livide, il comprend ce qu'il vient de faire.) Depuis que vous êtes arrivée, on s'entend bien et j'ai pensé que vous aussi vous aviez les mêmes idées que moi.

— Monsieur Davis... (Ma voix n'est plus qu'un souffle.) Je me plais ici et j'adore vos enfants mais si une telle chose devait se reproduire... Vous êtes marié et je travaille pour vous ! Jamais je ne vous ai envoyé de tels signaux !

— Je suis vraiment désolé, Lola, ma vie est si compliquée... J'ai mal interprété. Si vous pouviez effacer ces dernières minutes de votre mémoire, je vous promets que de mon côté je vais tout mettre en œuvre pour me faire oublier. Les enfants vous adorent, vous avez apporté une telle joie dans la maison que je m'en voudrais si vous deviez partir.

Je sens dans sa voix une telle sincérité, presque une douleur, que bizarrement je suis prête à essayer. J'aurais dû comprendre qu'un homme n'interprète pas les choses de la même manière.

— Je ne sais pas pourquoi, malgré tout je vous fais confiance. Mais, s'il vous plaît, monsieur Davis...

— Je vous jure de ne plus jamais faire quelque chose qui pourrait briser cette confiance.

Il me tend la main comme pour conclure un marché et je la lui serre. Il se lève et regagne la villa. Avant de disparaître derrière la baie vitrée, il se retourne une dernière fois et me lance :

— Et, Lola, plus de monsieur Davis, Andrew c'est très bien !

Je me retrouve seule, désorientée, et je n'ai plus la tête à profiter du soleil. Je regagne ma chambre que je ferme à clé et prends une douche pratiquement froide pour sortir cette scène de ma tête. Aurais-je dû en profiter ? Après tout, j'avais décidé de jouir de ce séjour dans tous les sens du terme. Non… Bien sûr que non ! Il a beau être bel homme, jamais je ne pourrais coucher avec un homme marié, qui plus est quand je vis avec sa femme et ses enfants.

Le reste de la journée se déroule sans accrocs et c'est avec joie que je sors mon pick-up de l'allée pour aller récupérer les enfants. Ils m'ont manqué et je suis curieuse de savoir comment s'est passée cette rentrée.

Il est 15 h 30 et je suis toujours en train de tourner dans les couloirs de l'école. Je ne sais pas où est leur classe ni même le nom de leur professeur, je me sens idiote de ne pas avoir pris mes dispositions avant. Alors que je cherche le secrétariat pour obtenir des renseignements, un homme se dirige vers moi en voyant mon embarras. Il est tout en longueur, mais on devine le sportif quand on voit ses muscles se dessiner sous sa chemise à manches courtes. Il porte un pantalon en lin blanc qui lui donne un air de mannequin. Blond, le teint hâlé des gens de Californie, un sourire éclatant, il ne doit pas avoir trente ans.

— Bonjour, je peux vous aider ?

Mon Dieu, je me sens rougir, de près il est encore plus beau.

— Heu... Bonjour, je viens chercher Charlie et Evan Davis, mais je ne sais pas où est leur classe.

— Avec ce joli accent français, je suppose que vous devez être Mlle Moreau, ils m'ont beaucoup parlé de vous. Je suis Chase Philipps, leur professeur. Ravi de vous rencontrer. Ne vous inquiétez pas, ne vous voyant pas arriver, je les ai emmenés en salle de permanence pour les faire patienter. Venez, je vais d'abord vous montrer leur classe pour les prochaines fois.

Les mains dans les poches, on voit tout de suite qu'il est chez lui ici. Avec son air décontracté, il me fait visiter l'école, m'emmène auprès des enfants et nous raccompagne jusqu'à la voiture. Il me parle doucement et articule bien pour faciliter ma compréhension. Décidément, il est vraiment charmant. Il reste à côté de la voiture alors que je mets le contact, vitres baissées en permanence avec cette chaleur, et il se penche à l'intérieur...

— Encore une fois, je suis ravi d'avoir fait votre connaissance, mademoiselle Moreau.

— Lola, juste Lola. À demain, monsieur Philipps.

Je lui retourne un sourire et démarre. Alors que nous nous éloignons, je peux l'apercevoir dans le rétroviseur. Il n'a pas bougé et suit la voiture du regard. Voilà que je flirte avec le professeur… En même temps, il est vraiment mignon et rien à voir avec le genre bad boy que je me suis interdit ! Je jubile intérieurement. Charlie rompt le silence la première et me raconte sa journée, elle parle tellement vite que je ne comprends pas tout mais elle est heureuse et c'est tout ce qui m'importe.

Par chance, les jumeaux sont assez doués à l'école et n'ont pas besoin d'aide. M'exprimer correctement n'est pas toujours chose aisée, alors leur expliquer des leçons en anglais…

La première journée les a épuisés, après le dîner et une bonne douche, je ne pouvais plus rien en tirer. Les enfants sont déjà couchés quand Andrew revient du travail. Je lui sers son assiette et lui explique la journée des enfants. Lui, comme à son habitude, me raconte des histoires délirantes sur ses clients. Je pleure de rire quand il me parle de cette femme qui veut porter plainte contre sa voisine pour exhibitionnisme alors que celle-ci était en train d'accoucher seule dans son jardin. Je suis heureuse de constater que rien n'a changé entre nous, et je peux voir le soulagement dans ses yeux. Je crois qu'on ne reparlera jamais de ce qui s'est passé et c'est mieux ainsi. Je sens qu'une grande complicité est en train de naître entre nous et je regagne ma chambre tard dans la soirée, le cœur léger, peu avant que Mme Davis ne rentre.

Le lendemain matin, je prête un peu plus attention à mon apparence en pensant que je vais sûrement voir Monsieur

Le-prof-canon. Heureusement, puisque je l'ai de nouveau croisé, ou cherché, je ne sais pas très bien. Les quelques regards et sourires échangés avec lui me suffisent à me mettre de bonne humeur. Je regagne la villa et me prépare un café. Sur le bar, je trouve un mot : « Repas d'affaires ce soir, je rentrerai tard, on ne se verra pas et ma femme part en déplacement à Seattle jusqu'à vendredi. Demain après-midi, mon frère passera chercher Evan pour l'emmener à son entraînement de base-ball. À demain. Andrew. »

Je réponds à quelques e-mails de mes amis et de ma mère qui s'inquiètent du manque de nouvelles. Je me sens tellement bien ici que j'en oublie que j'ai laissé le reste de ma vie en France. Seul Tom ne quitte pas mes pensées, surtout le soir quand je me retrouve seule. Je n'aurais pas dû apporter une photo de lui ici. Après tout ce qu'il m'a fait, je devrais le haïr mais c'est au-dessus de mes forces. Je dois être atteinte du syndrome de Stockholm.

Je récupère mon sac, les clés du pick-up et direction Santa Luna pour m'inscrire à ce cours d'anglais. J'arrive dans la salle indiquée avec dix minutes de retard et m'excuse en m'asseyant sur la première chaise vide que je trouve. J'ai l'impression de me revoir sur les bancs de la fac, quand après une soirée trop arrosée j'avais du mal à sortir de mon lit. Il n'y a que cinq autres élèves et tous sont français. Ça fait un bien fou de pouvoir parler un peu ma langue natale. Le prof est un homme d'une cinquantaine d'années, avec les cheveux blancs et de grosses lunettes bleues.

Il est très sympa et le cours se passe dans la bonne humeur. Puis, comme à leur habitude après chaque séance, on s'installe à la terrasse du café d'en face. Ils travaillent tous les cinq dans le même restaurant de spécialités françaises et sont arrivés trois semaines plus tôt. Ils ont la vingtaine et sont venus ici pour vivre le rêve américain. Il y a Charlotte et Lucie les serveuses, Maxime le chef pâtissier ainsi que Romain et Axel les commis de cuisine. Je leur promets de venir manger un de ces jours dans leur restaurant et je les quitte en me disant que demain je retrouverai mes nouveaux amis.

— À demain, les enfants ! (Monsieur Le-prof-canon libère sa classe.) Lola ! (Je me retourne et le vois avancer vers moi d'un pas hésitant.) Si je vous invitais à dîner un soir, vous trouveriez ça déplacé ?

Je ne m'attendais pas à ça ! Je fais semblant d'hésiter alors que je connais d'avance ma réponse.

— Oui ! Enfin, je veux dire, avec plaisir.

Idiote !

Le mercredi, je récupère les enfants à 11 h 30 et me dépêche de les ramener pour qu'Evan ait le temps de manger avant son entraînement. Je ne sais pas à quelle heure son oncle va venir le chercher et je ne voudrais pas le mettre en retard.

— Carla ?

Ça provient du salon. Je laisse la vaisselle en plan et me dirige vers cette voix d'homme inconnue.

— Bonjour !

L'homme est de dos, il contemple la mer. Lorsqu'il se retourne, je découvre le jardinier que j'avais espionné quelques jours auparavant. Me retrouver face à celui sur qui j'avais fantasmé me met assez mal à l'aise. Il est encore plus beau de près. Ses yeux sont vert émeraude et ses cheveux bruns semblent doux comme de la soie. J'aimerais passer la main dedans pour vérifier. Ses lèvres pulpeuses donnent envie de les mordre à pleines dents. C'est de loin l'homme le plus beau que j'aie jamais vu. Il me déstabilise à me scruter avec son regard profond plongé dans le mien, puis en une fraction de seconde son expression change.

— Vous êtes qui ? Et où est Carla ?

Il me questionne d'un ton aussi sec que tranchant. Je me sens idiote et baisse les yeux.

— Carla est à la retraite depuis peu. Je la remplace jusqu'à la fin de l'année scolaire. Je m'appelle Lola.

— Ah ouais, c'est vrai, mon frère m'en avait parlé, j'ai complètement zappé.

Donc le frère d'Andrew, c'est le jardinier ?

— Oncle Jayden !

Evan lance le sac de base-ball à ses pieds et se jette dans ses bras. Je sens tout de suite un lien fort entre les deux.

— Prêt ? Et ta sœur elle ne vient pas me dire bonjour ?

— Oncle Jayden !

Charlie arrive en courant.

Mais c'est qui ce mec enfin ?!

— Ah, ma princesse, je ne pensais pas te voir !

Il la fait décoller du sol et la serre fort contre lui.

— Tu connais Lola ?

Elle me montre du doigt et je me sens rougir. C'est idiot mais dès qu'il me regarde j'ai le cœur qui palpite à toute vitesse.

— Ouais, ma puce, je l'ai vue. Carla va me manquer.

Mais c'est quoi son problème avec moi ? Il est super doux avec les gosses et avec moi, il est juste con !

Alors qu'ils s'en vont, j'entends Evan dire à son oncle : « T'as vu comme elle est belle ? » Je n'ose pas me retourner mais je sens son regard se poser sur moi.

Je passe tout l'après-midi à repenser à ces yeux verts, à ces cheveux qui lui tombent légèrement sur les tempes et à ce corps que j'ai pu apercevoir l'autre jour dans le jardin. Charlie ne m'a pas beaucoup aidée à me changer les idées ; en bonne enfant studieuse, elle a passé une partie de l'après-midi dans sa chambre à faire ses devoirs. Quand elle descend enfin, les gars reviennent de l'entraînement. Jayden m'ignore complètement. Il parle avec les enfants et je préfère monter dans ma chambre pour les laisser en famille. J'ouvre la fenêtre pour aérer un peu, c'est alors que je le vois traverser le jardin et rentrer dans la maison d'ami de l'autre côté de la piscine. Il vit ici ? Il va falloir que je me renseigne discrètement auprès des enfants. Les sachant seuls, je redescends.

L'inspecteur Moreau a réussi à collecter plusieurs infos avant le coucher des enfants : Jayden a effectivement vingt-cinq ans et il habite dans la maison d'en face pour rester près d'eux. Et si je ne l'avais pas vu avant, c'est parce qu'il vient de revenir d'un mois de vacances à Tahiti. Et il n'est pas jardinier, même si les enfants ont été incapables de m'en dire plus !

Comme d'habitude, je passe la soirée avec Andrew et me garde bien de lui poser des questions sur son frère même si ça me brûle les lèvres. Finalement, c'est Andrew qui aborde le sujet.

— Tu as rencontré mon frère ?

— Ouais si on peut dire !

— Ne me dis pas qu'il t'a fait son numéro d'ours mal léché !

— Je ne vous le dirai pas alors !

Je dirai plus qu'il a fait son gros con, mais je m'abstiens.

— C'est tout lui ! Quand il ne connaît pas, il est sur ses gardes et peut paraître… con !

Ça me fait sourire, c'est comme s'il lisait dans mes pensées !

— Je ne peux pas te dire pourquoi il est comme ça, moi-même ça me dépasse. Quand il était enfant, il n'était pas du tout pareil.

— Et il a changé comme ça… du jour au lendemain ?

— Je ne m'en suis pas rendu compte tout de suite. Quand notre père est mort, Jay avait à peine dix-sept ans, et je crois que c'est après ça qu'il a changé. Il a eu beaucoup de mal à s'en remettre. Il s'est forgé une carapace pour éviter de souffrir. Il ne s'attache pas aux autres, c'est sa façon de se protéger, je suppose.

— Pourtant avec les jumeaux il est… différent.

— Il les a vu grandir, c'est bien plus que des neveux pour lui.

Il rigole, voyant que je ne comprends pas. À part avec ma mère je ne suis pas très proche de ma famille, et ça doit se ressentir.

— Au décès de mon père, j'avais vingt-sept ans. Ava et moi vivions déjà ensemble et nous avons décidé qu'il viendrait habiter avec nous. Au début ce n'était pas facile d'avoir un ado qui en voulait à la terre entière à la maison, mais les choses se sont calmées avec l'arrivée des jumeaux. Il y a un truc entre eux, une fusion qui ne s'explique pas !

— Et votre mère ?

— Elle est morte en donnant naissance à Jay.

Cette nuit-là, je m'endors avec la vision d'un ado rebelle aux yeux émeraude qui souffre dans son coin et en veut à la terre entière.

CHAPITRE 2

Je me réveille le matin avec toujours la même image : Jayden. Ce type est vraiment une énigme pour moi. Il a beau avoir été froid, voire glacial, avec moi, connaître son histoire m'empêche de le détester. À trop y penser me voilà en retard et je dois mettre les bouchées doubles pour déposer les enfants à l'heure à l'école. Alors que je retourne à la voiture, je croise Monsieur Le-prof-canon.

— Bonjour, Lola !

— Bonjour, monsieur Philipps, bonne journée !

Je lui souris gentiment et continue mon chemin, tête baissée.

— Vous êtes toujours partante pour un dîner… Vous et moi ?

— Un peu plus tard si vous le voulez bien. Je ne dis pas non, mais pas tout de suite.

Gênée, je baisse encore un peu plus la tête et me cale une mèche de cheveux derrière l'oreille. Nous rougissons comme deux ados prépubères.

— Je prends des cours d'anglais depuis peu. Laissez-moi être plus à l'aise avec votre langue et reposez-moi la question.

Le vendredi se passe de la même manière, car mes journées sont désormais bien rodées : dépose des enfants à l'école, avec au passage un petit flirt avec Monsieur Le-prof-canon, cours d'anglais avec des personnes que j'apprécie de plus en plus, surtout Charlotte en qui je vois une amie potentielle, et après-midi bronzette avant de récupérer les enfants. Malgré mes tentatives pour croiser Jayden du côté de la piscine qui relie nos deux maisons, je ne l'ai pas revu. Andrew m'appelle dans l'après-midi pour me dire que sa femme ne rentrera que demain et qu'il nous invite au resto ce soir. Les enfants sont ravis et nous sommes tous les trois prêts et sur notre trente et un quand il rentre du boulot.

Il nous emmène dans le restaurant où ils ont l'habitude d'aller tous les vendredis. Les jumeaux sont à leur aise, preuve qu'ils viennent là depuis longtemps. Alors qu'Andrew nous fait rire, Jayden nous rejoint et prend place à table. Je n'avais pas percuté que leur repas de famille l'incluait. À voir son expression, je pense qu'il ne s'attendait pas non plus à me voir ici. Il me fixe un moment puis détourne la tête. Le reste du dîner se passe de la même manière, il ne tient pas compte de moi et me regarde à peine. À la fin du repas, Andrew emmène les enfants sur l'aire de jeux dehors.

— Tu te plais ici ?

Je n'en reviens pas, il me parle ! Je le regarde avec des yeux ronds, me demandant ce qui lui arrive.

— Heu… Ouais !

Il me prend au dépourvu, je ne sais pas quoi lui répondre. Je regarde Andrew par la fenêtre en espérant attirer son attention, mais il est en pleine discussion au téléphone.

— Waouh ! Tu as bien fait de venir, c'est fou ce que tes conversations sont intéressantes !

Le rouge me monte aux joues. Il m'ignore depuis le début et les deux fois où il daigne me parler c'est pour se foutre de moi.

— C'est juste que ça ne m'intéresse pas de parler avec des gens qui n'ont aucun intérêt. Donc excuse-moi, mais je préfère rejoindre Andrew et les enfants que de rester là à faire semblant.

— Oh ! la petite Frenchy sort ses griffes !

— Fais attention qu'elle ne te morde pas aussi !

— Arrête tu vas m'exciter ! Qu'est-ce que tu fous ici d'ailleurs ? C'est un repas de famille. Normalement, les bonniches restent tranquillement à la maison. C'est le problème de mon frère, il prend vite les gens en pitié.

— Là c'est toi qui me fais pitié. Tu attends sagement que ton grand frère soit parti pour te lâcher sur une fille seule et sans défense. Tu n'as pas l'air de m'apprécier pour je ne sais quelle raison et, très honnêtement, j'en ai rien à foutre. Fais ce que tu fais le mieux depuis que tu m'as vue la première fois : ignore-moi !

J'espère que parler comme ça au frère de mon patron ne va pas m'attirer d'ennuis mais je n'y peux rien, son attitude envers moi m'exaspère. Ce qui me met hors de moi c'est son petit sourire en coin, signe que je l'ai amusé plus qu'autre chose. Je me lève le plus gracieusement possible et me détourne de lui.

— Je ne dirais pas sans défense...

Je ne tiens pas compte de sa remarque ni de son regard troublant qui me suit jusqu'à l'aire de jeux où je rejoins Andrew. Je me sens en sécurité auprès de lui et j'ai le sentiment que Jayden ne viendra pas me titiller en sa présence.

Alors que je descends les escaliers après avoir couché les enfants, je rejoins Andrew dans le salon. Il est au téléphone et abrège la conversation en me voyant.

— Je dois retourner au bureau, il y a un problème urgent sur un dossier, je fais au plus vite.

Il est bizarre, on dirait un enfant démasqué en plein mensonge.

— Merci de nous avoir accompagnés ce soir, les enfants sont tellement heureux quand tu es là, et moi aussi d'ailleurs. Tu es notre rayon de soleil !

Il m'embrasse sur la joue et me souhaite une bonne nuit avant de sortir. Notre relation ressemble davantage à de l'amitié qu'à une relation patron-employée, ce qui me convient très bien. Dommage que ce ne soit pas pareil avec Mme Davis. Je suis mal à l'aise en sa présence et m'échappe dans ma chambre plutôt que d'affronter le dragon. Je ne l'ai encore jamais vue cracher du feu, mais je ne reste jamais assez longtemps pour le voir.

Seule, je défais mes stilettos, m'installe dans le canapé et attrape la télécommande pour mettre une chaîne de clips. Alors que la douce voix d'Ed Sheeran emplit le salon, je me laisse aller contre les coussins et ferme les yeux. Je suis vite plongée dans un demi-sommeil quand soudain la porte d'entrée claque. Je sursaute, poussant un petit cri de surprise, mais avant que j'aie le temps de me relever, Jayden fait son apparition. La stupeur a beau être passée, mon cœur continue à battre beaucoup trop vite. C'est comme si mon corps prenait le contrôle sur mon esprit quand Jayden est là. Je le déteste autant que je peux le désirer. Pourquoi quelqu'un d'aussi beau peut-il en même temps être aussi con ? Il s'avance doucement et s'assoit à côté de moi en me fixant de ses beaux yeux verts. Je suis comme hypnotisée et incapable de dire quoi que ce soit.

— Je n'ai pas été sympa avec toi. Mes neveux t'aiment beaucoup et je crois que je leur dois de faire des efforts pour que ça se passe mieux entre toi et moi.

Retournement de situation, décidément je le comprends de moins en moins. Ses sautes d'humeur me donnent le tournis et ses excuses n'en sont pas vraiment.

— Pas la peine de faire des « efforts ». J'ai compris qui tu étais et franchement tes sautes d'humeur ne m'amusent pas.

— Et je suis ?

— Un con !

Merde j'ai répondu un peu trop vite et je me sens rougir de gêne.

Des petites fossettes à chaque coin de sa bouche se forment en même temps que son sourire s'élargit et il se met à rire franchement, dévoilant ses belles dents blanches. Ses lèvres pulpeuses attirent mon attention, et je suis malgré moi en train de m'imaginer les lécher et les suçoter. Je ne sais pas combien de temps je reste ainsi mais lorsque je reprends conscience il me dévisage d'un air indéchiffrable.

— Tu lis en moi comme dans un livre ouvert, c'est vrai je suis un con ! Mais rassure-toi, je le vis bien. (Il a repris son air rieur et ses yeux brillent de malice.) Mais j'adore ton franc-parler et je suis sûr qu'on peut s'entendre. Je te propose qu'on enterre la hache de guerre et qu'on reparte du bon pied.

Il me tend une main pour faire la paix. Après une brève hésitation, je la lui serre. À peine nos peaux se touchent-elles qu'un courant électrique me traverse tout le corps. J'ai le cœur qui bat à tout rompre et j'en oublie de respirer. Nous restons ainsi sans briser ce contact et son regard sombre figé dans le mien m'apprend que lui aussi l'a ressenti. D'un geste brusque, il me tire par la main et me voilà à califourchon sur lui. Ses lèvres douces se pressent durement contre les miennes et sa langue m'incite à ouvrir la bouche. Ses mains posées sur mes cuisses remontent maladroitement pour retrousser ma jupe sur mes fesses. Elles continuent leur ascension jusqu'à ma poitrine. J'ai la gorge sèche et le souffle court. Ma raison me dit d'arrêter, que c'est de la folie, mais mon corps privé de sexe depuis de longs mois tremble sous l'effet de l'excitation. Il y a trop longtemps qu'on ne m'a pas touchée comme ça pour que la raison l'emporte. Mes querelles intérieures cessent quand soudain il relève mon top et de ses pouces libère mes seins du soutien-gorge. Sa bouche se détache alors de la mienne pour regarder ma poitrine opulente. Ses yeux expriment une telle envie que mes seins se gonflent et mes pointes se redressent d'un coup. Je ne sais pas quoi penser, je n'arrive plus à penser, tout ce que je sais c'est que je ne veux pas que ça s'arrête. Je pousse un gémissement quand sa bouche embrasse goulûment un sein et que sa main titille la pointe de l'autre. Je ne peux contenir mon désir plus longtemps, mes mains s'enfoncent dans ses cheveux et les tirent au rythme de mes spasmes. Ma réaction l'excite encore plus et je l'entends geindre contre mon sein. Il en attrape la pointe et la mordille sensuellement. Son autre main vient alors se glisser dans mon entrejambe et caresse mon clitoris à travers ma petite culotte en soie qui est à tordre tellement je suis mouillée. Je sens sa queue durcir sous son jean et je me presse contre lui pour mieux en savourer le contact.

— Putain, Lola, j'adore comme tu mouilles.

Son pouce est passé sous le tissu et caresse ma moiteur. Soudain il l'insère brutalement et mon corps entier se contracte sous ce délicieux assaut. Il y a tellement longtemps…

Je n'en peux plus, j'ai chaud, j'ai besoin de le sentir en moi. Mes mains entreprennent de déboutonner son jean quand un bruit en haut nous stoppe net.

— Lola ?

La petite voix embrumée de Charlie m'appelle depuis les escaliers. Merde !

— J'arrive ma puce !

Je ne suis pas sûre que ma voix soit montée jusqu'à elle étant à bout de souffle. Je me relève trop vite. J'ai la tête qui tourne, les jambes fébriles et le souffle court. Lui reste assis sur le canapé, la tête penchée en arrière à reprendre ses esprits.

Je réajuste ma jupe, rabaisse mon haut et remet un peu d'ordre dans mes cheveux avant de monter. Charlie s'est remise au lit et semble s'être rendormie. Je dépose un léger baiser sur son front et referme doucement derrière moi. Lorsque j'arrive dans le hall d'entrée, Jayden m'attend dans l'entrebâillement de la porte.

— Je m'en vais, Charlie nous a évité de faire une grosse connerie. Bonne nuit, Lola.

Il me laisse plantée là, complètement paumée… « Bonne nuit, Lola » ? Parce qu'il croit que je vais réussir à dormir après ça ?

Les premiers rayons du soleil commencent à percer et j'ai l'impression de ne pas avoir fermé l'œil de la nuit, mais pour une fois ce n'est pas à cause de Tom. Je n'arrive pas à effacer de ma tête les images de la veille. Sa bouche contre la mienne, sa langue acharnée, ses doigts que je voulais en moi et son sexe que je n'ai pas eu le temps de découvrir… Ça aurait été une si grosse erreur ? Pourquoi est-il parti ? Le désir dans mon entrejambe était si fort que j'ai pensé à l'assouvir moi-même. Une bonne douche froide a eu le même effet.

On est samedi et il est à peine 6 heures du matin mais je préfère me lever. J'ai pris pas mal de couleurs depuis que je suis arrivée, pourtant une bonne dose d'anticernes est nécessaire pour cacher ma nuit blanche. Ma crinière rousse remontée en chignon assortie d'une petite robe blanche et il n'y paraîtra plus rien.

Dans la cuisine, en me délectant de mon premier café de la journée, je surprends Andrew fermer la porte d'entrée et avancer à pas de loup.

— Bonjour, Andrew !

Ma tasse devant ma bouche dissimule mon sourire et cette question qui me brûle les lèvres : « Alors comme ça on découche ? » Mais, bien évidemment, je m'abstiens de la poser.

Il sursaute au son de ma voix, monsieur n'a pas l'esprit tranquille, on dirait. Il n'ose pas me regarder dans les yeux et porte les mêmes vêtements que la veille ce qui confirme qu'il n'est pas rentré de la nuit.

— Déjà levée ? Ça a duré plus de temps que prévu, donc j'ai préféré dormir au bureau. J'ai passé une nuit éreintante ! Je vais prendre une douche, à plus Lola.

Je ris à le voir déguerpir en quatrième vitesse. J'ai comme l'impression que son dossier urgent lui a pompé pas mal d'énergie. Il a l'air vraiment fatigué avec ses gros cernes sous les yeux, ses cheveux ébouriffés et ses lèvres encore rougies. Mais il a aussi l'air plus heureux, et ce n'est pas mes affaires. J'ai déjà assez des miennes pour m'occuper, à commencer par son frère qui me chauffe pour me planter au pire des moments.

Mme Davis revient en début d'après-midi et je m'exile dans ma chambre pour les laisser tranquilles. Le week-end je ne travaille pas, alors je préfère ne pas leur imposer ma présence. Mon smartphone m'indique une notification Facebook, Charlotte m'annonce qu'ils se font une virée en boîte ce soir et qu'ils comptent sur moi pour venir avec eux. Ça me fait plaisir de me rendre compte que ma vie ici s'est vite mise en mouvement et je me réjouis d'aller m'éclater ce soir. Apparemment c'est l'une des plus grandes boîtes de Californie, ce qui veut dire que je dois à tout prix faire du shopping. J'ai emporté un max de chaussures, quiconque me connaît un minimum sait que c'est ma plus grande passion, mais du coup je n'avais plus beaucoup de place pour mes vêtements dans mon unique valise.

Les jumeaux insistent pour m'accompagner et avec l'autorisation de Mme Davis, je les emmène avec moi faire les boutiques.

Ils me sont d'une grande aide et donnent leur avis sur chaque essayage. Charlie ne me fait essayer que des robes roses et Evan a des choix déjà bien prononcés pour son âge. Il sélectionne uniquement ce qui laisse entrevoir ma poitrine. J'opte finalement pour un haut pailleté dos nu avec une jupe courte noire toute simple. J'imagine déjà le résultat final avec mes escarpins à paillettes Casadei que je me félicite d'avoir emportés. J'ai encore tout le temps nécessaire pour m'apprêter. Je laisse mes cheveux retomber en cascade sur mon dos, j'applique du fard à paupières gris argenté avec un trait d'eye-liner noir et du mascara pour obtenir un regard charbonneux spécial soirée et sur mes lèvres juste une touche de gloss.

Charlotte et Maxime passent me chercher vers 20 heures et nous retrouvons le reste de la bande dans une brasserie très branchée.

— Et sinon tu as un petit copain qui t'attend en France ?

Maxime me demande ça d'un air faussement détaché, alors qu'il crève d'envie de me mettre dans son lit. La tête qu'il a fait quand il m'a vue arriver tout à l'heure en dit long.

— Non, aucune attache. Et ça va rester comme ça ici. Je sors d'une grosse déception amoureuse alors je passe mon tour.

Mon explication permet de mettre les choses au clair d'entrée de jeu. Je le pense réellement, je ne veux plus tomber amoureuse pendant un bon moment, ça fait trop mal. La soirée se déroule dans une ambiance bon enfant. Quelques verres plus tard, les langues se délient et les rires fusent. Quand on arrive en boîte, on est déjà tous déchaînés. Charlotte me prend par le bras et m'écarte du reste du groupe.

— Tu ne veux plus tomber amoureuse, mais ça ne t'empêche pas de t'amuser ! Je vais te dégoter un mec pour la soirée. Un plan cul, c'est ça qu'il te faut.

J'adore être avec cette fille, elle est très exubérante, trop parfois. Elle me fait penser à Zoé.

La salle est pleine à craquer. On se fraye un chemin jusqu'au bar pour un autre cocktail. On a déjà pas mal bu dans la brasserie mais je crois qu'on est partis pour remettre ça ici. Je ne me plains pas, il y a trop longtemps que je ne m'étais pas autant amusée. J'étais tellement mal dans ma tête ces derniers mois que l'alcool avait un effet néfaste sur moi. Notre verre à la main, je recherche des proies potentielles. Mon regard est soudain attiré par un couple dans un coin sombre en train de se coller d'une manière tout à fait suggestive.

— Ceux-là, ils feraient bien d'aller directement dans une chambre d'hôtel ! Regarde-le, on dirait qu'il va la baiser devant tout le monde !

Charlotte regarde dans la même direction que moi. Le mec lui donne des coups de reins comme s'il la prenait sur place. C'est très osé de faire ça en public, j'en serais incapable, même si j'avoue que c'est excitant de les voir. Lorsque la tête de la femme se penche sur le côté pour lui mordre l'oreille, je découvre avec dégoût que le mec en question n'est autre que Jayden !

Alors qu'il ne s'est pour ainsi dire rien passé entre lui et moi et que je le connais à peine, je vois rouge. J'ai la bile qui me monte à la gorge mais je suis comme hypnotisée, incapable de me détourner de la scène. Comme s'il sentait mon regard, il tourne la tête droit dans ma direction. J'entends Charlotte qui me parle mais les mots n'arrivent pas jusqu'à mes oreilles. Seul un bourdonnement sourd tourne autour de moi. Il faut que je prenne l'air, et tout de suite. Charlotte sur mes talons, je sors en trombe. L'air frais me fait du bien mais je réalise aussi que j'ai trop bu, beaucoup trop bu. Mon amie me regarde d'un air interrogateur mais ne me pose aucune question, même si elle a compris que mon comportement bizarre est en lien avec le couple qu'on matait.

— Je suis désolée, Charlotte, mais je vais rentrer. Je crois… je suis sûre d'avoir trop bu et je préfère rentrer avant de vomir partout.

— Donne-moi cinq minutes, je récupère les clés de Maxime et je te ramène.

— Non, c'est bon, ne gâche pas ta soirée pour moi, je vais prendre un taxi.

— T'es sûre ? Ça ne me dérange pas tu sais !

— Non, vraiment, ça va aller.

Elle me donne le numéro d'un taxi qu'elle a l'habitude de prendre et l'attend gentiment avec moi. Putain de taxi, il fout quoi ? Si on n'était pas aussi loin de la maison, je serais partie en courant tellement je veux déguerpir d'ici.

— Merci, Charlotte. À lundi !

Je donne l'adresse au chauffeur et envoie un baiser de la banquette à Charlotte. La pauvre, elle a l'air déçue mais je suis incapable de retourner là-bas. Pourquoi je réagis comme une furie pour ce mec ? Je ne me reconnais pas ! Même avec Tom quand il flirtait avec une autre fille sous mes yeux, je ne réagissais pas comme ça. Ce doit être à cause de l'alcool, il décuple tous nos sentiments. Et là, la haine, le dégoût et l'envie sont entremêlés. Je n'y comprends rien.

Trop énervée pour me coucher tout de suite, je regarde par ma fenêtre pour voir s'il est revenu. Bien sûr que non, je suis partie alors que la soirée venait tout juste de commencer. Je vois alors la piscine éclairée et me dis qu'une petite baignade me ferait du bien. Je mets mon maillot de bain et attrape une serviette. Se baigner la nuit au clair de lune dans un état d'ébriété avancé n'est peut-être pas recommandé mais j'en ai trop envie. L'eau est fraîche et, au bout de quelques longueurs, je me sens déjà mieux. Mes muscles sont détendus et je n'ai plus cette envie de vomir. Quand j'arrive au bord de la piscine et que je relève la tête, Jayden est là, assis, à me regarder.

— Le bain de minuit, normalement, ça se fait le cul à l'air, me dit-il le regard amusé avec son petit sourire en coin qui me fait fondre.

— Si tu voulais voir du cul fallait rester avec la blondasse.

— C'était bien toi alors ? J'ai eu l'impression d'avoir rêvé. J'ai cru te voir et l'instant d'après t'avais disparu !

— Oui, je ne m'amusais pas, j'ai préféré rentrer.

Merde avec la foule qu'il y avait je ne pensais pas qu'il m'avait vue. Il m'étudie un moment comme s'il cherchait à savoir si je mens. Il est accroupi, face à moi, à me reluquer, et je me rends compte que je ne porte qu'un simple bikini. Pourtant, quand il pose son regard sombre sur moi, je me sens complètement nue. Soudain, une ombre sous son œil attire mon attention.

— Tu t'es battu ?

Il tapote sa pommette du bout des doigts, comme s'il ne se rappelait plus qu'il avait un coquard.

— Ouais… La blondasse, comme tu dis, était venue avec son fiancé. Il n'a pas apprécié de la retrouver avec mes mains sur ses seins. S'il était arrivé cinq minutes plus tard, il l'aurait retrouvée dans une situation bien plus inconfortable !

Il rigole comme si ce n'était qu'un jeu pour lui. Il a sûrement détruit un couple ce soir mais ne se soucie pas du malheur qu'il vient de causer, même si je dois avouer que c'est surtout la fille qui est en tort. Mais à cet instant, en repensant à Jayden se frottant contre elle, c'est surtout à lui que j'en veux.

— Il n'a pas tapé assez fort, à mon avis. En tout cas, c'était bien mérité.

Je sors de la piscine, prends la serviette qu'il me tend et m'apprête à partir quand il m'attrape par le poignet.

— Tu vas où ?

— Je voulais nager, c'est fait. Maintenant je vais me coucher.

Il ne me lâche pas.

— Quoi ?

Mon ton est plus agressif que je ne le voulais mais il ne semble même pas s'en offusquer.

— Rien… Je me disais qu'on aurait pu reprendre là où on s'est arrêtés hier…

— Tu te fous de moi ? T'avais raison, Charlie nous a évité de faire une grosse connerie. J'ai déjà donné avec des mecs dans ton genre et là je passe mon tour.

Après m'avoir laissée en plan comme ça, il ne croit quand même pas que je vais me jeter dans ses bras.

— Et c'est quoi mon genre ?

Il ne m'a toujours pas lâché le bras. Je me sens prisonnière de cette discussion. Sa voix est calme mais je vois bien à son regard qu'il est furieux.

— Le genre qui ne pense qu'à sa gueule, qui ne se préoccupe pas du mal qu'il fait aux autres. Le genre qui prend les filles juste pour s'amuser et assouvir son besoin personnel.

J'ai envie de crier mais la maison est juste à côté et j'ai peur de les réveiller.

— Ce n'est pas parce que j'ai eu envie de baiser avec toi une fois que ça te donne un quelconque droit sur moi !

Son emprise sur mon bras se resserre et il me traîne jusqu'à l'entrée de chez lui. Je stoppe net.

— Il est hors de question que je vienne chez toi !

— Arrête de faire semblant de ne pas sentir la tension qu'il y a entre nous depuis qu'on s'est vus, t'en as autant envie que moi !

Il me plaque contre les lattes en bois de sa maison, son corps faisant rempart pour que je ne puisse pas m'enfuir. Je reste bouche bée devant autant d'assurance mais aussi parce qu'il dit vrai. Depuis la toute première fois où je l'ai aperçu, avant même de savoir qui il était, je ne pense qu'à ça.

Ses yeux aux nuances de vert sont devenus une sorte de brasier et je suis fière de penser que c'est moi qui en suis l'instigatrice. Nous sommes seuls en plein milieu de la nuit avec comme témoins quelques insectes qui se posent sur le bord de la piscine, mais je ne peux m'empêcher de me demander si quelqu'un d'autre peut nous voir. Pourtant, à ce moment précis, je m'en fous totalement. La terre pourrait s'arrêter de tourner, je ne m'en rendrais même pas compte.

Ses mains entrelacées aux miennes, sa langue aussi douce que rude me fait ressentir à quel point il a envie de moi. Il m'immobilise les poignets d'une main et de l'autre enlève brutalement mon bas de maillot de bain. Il me pénètre sans préambule, assouvissant un besoin primaire, presque vital, et je sens notre délivrance à tous les deux. C'est à la fois intense et bestial, je n'ai jamais connu ça auparavant. Il s'engouffre en moi encore et encore, m'embrassant, me suçant, me mordant. Je le sens aller et venir dur et chaud murmurant des grognements dans lesquels je crois reconnaître mon nom.

Je dégage mes mains et attrape ses cheveux, les tirent, inondée par le plaisir qu'il me procure. Mes jambes se mettent à trembler quand je sens l'orgasme arriver. Je suis au bord du gouffre et je sens qu'il en est de même pour lui. Nos bouches sont collées tellement fort que presque aucun son ne peut en sortir. Il me pilonne si fort et si bien que j'ai l'impression de perdre la tête. Oh ! ses mains, mon Dieu je ne sais plus où je suis !

— Jayden, je…

Je n'arrive plus à parler. Mon cerveau est en plein brouillard et je suis incapable de réfléchir.

— Chut… Laisse-toi aller, Lola.

Il s'agrippe si fort à mes hanches que c'en est presque douloureux. Sa bouche, ses muscles saillants… Stop ! c'en est trop pour moi, je bascule dans l'abîme et des spasmes envahissent mon corps. Je crie son nom dans nos bouches entremêlées et il ne tarde pas à me rejoindre en me donnant les derniers coups de bassin. Cette sensation est incomparable, je n'ai jamais ressenti cette impression de plénitude de toute ma vie. Nous sommes en osmose et restons là, l'un dans l'autre, en sueur, haletants et quelque peu désorientés par l'intensité de ce qui vient de se passer.

— Je suis trop cassée psychologiquement pour m'engager dans quoi que ce soit.

Alors que nous sommes installés l'un contre l'autre dans son canapé, je me livre à lui. Je relève la tête pour le fixer.

— Je te propose un marché.

Mon Dieu, je n'en reviens pas de ce que je m'apprête à lui dire. Il me regarde incrédule et attend la suite.

— Pas d'attaches, pas de sentiments, que de la baise. Toi et moi on s'amuse ensemble c'est tout. Tu en penses quoi ?

— Tu veux dire genre amis amants ?

Il se mord la lèvre pour éviter de sourire. Jackpot, je crois qu'il est sur la même longueur d'onde.

— Tu serais d'accord ?

— Lola, tu réalises que c'est le rêve de la plupart des hommes. De la baise sans avoir à promettre je ne sais quelle connerie.

Il me caresse la lèvre du pouce.

— Moi non plus je ne peux pas m'investir dans une quelconque relation. Alors des parties de jambes en l'air sans aucune incidence… Il faut que je signe où ?

Nous scellons notre pacte sur le canapé alors que je suis à peine remise de notre séance en plein air.

CHAPITRE 3

D'habitude le dimanche, je ne me pose pas de question. Avec Zoé, on passe la journée sous un plaid à se mater les rediffs de nos séries préférées. Quand je vais lui dire qu'ici est diffusée la dernière saison de notre série fétiche *The Vampire Diaries*, elle va être hystérique. Elle me manque tellement, c'est dur de ne pas pouvoir partager cette expérience avec quelqu'un. Je traîne toute la matinée dans ma chambre à donner des nouvelles à ma mère et surtout à raconter ma soirée avec Jayden à Zoé. Alors qu'au début elle était excitée par la situation, je me suis rapidement fait rappeler à l'ordre.

— Putain, Lola, règle de base : TOUJOURS SE PROTÉGER !

Je n'en reviens pas de ne pas m'en être rendu compte. On a cédé à une pulsion sans même penser aux conséquences. Je prends la pilule donc pas de problème de ce côté-là mais avec toutes les MST qui traînent… Je ne le connais pas et je n'ai même pas pensé à la capote. Je ne me reconnais pas ! Décidément quand il s'agit de Jayden je n'ai pas les idées claires mais c'est la dernière fois que je me fais avoir, plus jamais sans capote ! L'après-midi se passe tranquillement, je décide de lézarder à la plage et de faire baver quelques jaloux en postant sur Facebook des photos de mon paradis. Les commentaires ne se font pas attendre !

Ce soleil est épuisant, alors je rentre prendre une bonne douche, enfile ma combishort, me mets une petite touche de mascara et laisse mes cheveux sécher à l'air libre. Je me rappelle qu'Andrew m'a retrouvé un livre qu'il avait rapporté de son dernier voyage en France : *La Fille de papier* de Musso. Je l'ai déjà lu mais j'adore ces histoires d'amour improbables, et me dire qu'il y a forcément une personne faite pour chacun, quelque part sur cette terre, me fait rêver. Quand j'étais petite, je rêvais de mon prince charmant. Avec les années et les déceptions amoureuses, j'ai bien compris que tout ça n'arrivait que dans les livres.

La fin d'après-midi arrive avec un peu de fraîcheur, aussi je décide d'aller lire sur un transat au bord de la piscine. Absorbée dans mon bouquin, je ne me rends pas compte du mouvement de l'autre côté de la piscine, chez Jayden. Adossés contre la maison, leurs verres à la main, une bande de jeunes me fixent.

— Viens avec nous, plutôt que de rester dans ton coin toute seule !

Le petit blond à la queue-de-cheval me fait lever les yeux. Jayden sort la tête de chez lui en attendant l'appel de son ami. Lorsqu'il me voit, il paraît amusé et me fait signe de les rejoindre. Quand j'arrive à leur hauteur, je fais la connaissance de Jess, une petite brune avec un carré plongeant qui met en valeur ses magnifiques yeux bleu turquoise, d'Erik, ce petit mec tout trapu à qui la queue-de-cheval donne des airs de surfer, et enfin de Ben le beau gosse ultra tendance avec ses cheveux gominés et ses fringues tout droit sortis d'un catalogue de mode masculine.

— Les gars, je vous présente Lola, elle est là pour s'occuper de mes neveux et par la même occasion apprendre l'anglais.

— Quand tu veux, je t'apprends ma langue, moi !

Ben, avec son sourire ravageur, me regarde avec ses yeux pétillants. Je baisse les miens, troublée et gênée de me retrouver soudain le centre d'intérêt de leur bande. J'ai l'impression qu'il veut jouer !

— Garde ta langue dans ta bouche, Ben ! Tu vas l'effrayer !

Jayden vient gentiment à mon aide.

— Tiens, c'est soirée exotique : piña colada. Santé !

Il parle d'une voix suave et me regarde avec un air vicieux en me glissant le verre dans la main.

Qu'est-ce qu'il peut être sexy ! Un simple regard de lui et je sens ma culotte se mouiller.

Jess se rapproche l'air de rien et vient se coller à Jayden. J'ai comme l'impression qu'elle essaie de me faire passer un message ! Je préfère rejoindre Ben et Erik dans le canapé plutôt que de l'encourager dans un combat de boue. Et puis, ce soir, c'est moi qu'il va baiser !

— Vous fêtez quoi ?

— Ton arrivée, ma belle !

Apparemment Ben n'a pas lâché l'affaire.

— Dans ce cas, on la fête avec un peu de retard, ça fait deux semaines que je suis là !

— Oh le putain d'accent français ! T'as une Frenchy qui vit chez toi ? Tu comptais la garder cachée combien de temps ?

Erik s'adresse à Jayden qui vient s'installer dans le canapé en face.

— Pas chez lui mais chez son frère !

Jess s'installe à côté de lui et pose une main sur sa cuisse. J'essaie de ne pas y prêter attention mais mes yeux restent malgré moi bloqués dessus. Après un immense effort, j'arrive enfin à détourner le regard.

— Ouais elle m'a piqué mon ancienne chambre !

Jayden passe un bras sur les épaules de Jess et lui dépose un baiser sur la tempe. C'est quoi le délire ? Il baise aussi avec elle ? J'enrage intérieurement mais ne laisse rien paraître.

— Donc ton job consiste à t'occuper des jumeaux, c'est bien ça ? (Je hoche la tête ne sachant pas trop où il veut en venir.) Ce qui veut dire que dans la journée, quand ils sont à l'école, ça te laisse du temps libre. Je pourrais t'occuper un peu et te faire visiter si tu veux…

Tiens, Ben attaque le troisième round !

— Elle est là pour ses études, mec. Dans la journée, elle prend des cours d'anglais !

Jayden répond un peu trop vite pour paraître naturel. C'est quoi son problème ? Il donne l'impression de baiser tout ce qui bouge et moi je suis chasse gardée ? En plus je ne me rappelle pas lui avoir parlé d'exclusivité !

— En fait, les cours sont seulement le matin donc je suis libre l'après-midi !

Je réponds à Ben tout en fixant Jayden. Il plisse les yeux et ouvre la bouche pour dire quelque chose mais se ravise. Ce n'est pas lui qui va me dire quoi faire !

— Bon bah, c'est réglé alors ! Je vais te faire découvrir plein de choses...

Ses paroles sont lourdes de sous-entendus mais je n'y prête pas attention, je me régale du sourire crispé de Jayden.

Erik s'empare du pichet de piña colada.

— Qui en veut ?

La soirée reprend son cours mais je n'y suis plus. Voir Jayden aussi près de Jess me tape sur le système et je préfère m'en aller. Je choisis l'excuse de devoir me lever tôt pour l'école et retourne à la villa. Il est bientôt minuit et je suis trop énervée pour m'endormir. Comment a-t-il fait pour entrer dans ma tête ? Je n'arrête pas de penser à lui et ça me rend folle ! C'est juste un plan cul putain !

J'ai besoin d'une douche ! Au bout d'une demi-heure sous le jet d'eau tiède, la tension est redescendue. Je m'enveloppe dans mon peignoir et regagne ma chambre.

Je sursaute quand je découvre Jayden, tranquillement installé sur mon lit, les bras croisés derrière la tête.

— Qu'est-ce-que tu fais là ? Merde, Jayden, tu m'as foutu une peur bleue !

— Je te l'ai dit, c'est mon ancienne chambre. Elle était à moi avant d'être la tienne !

— Ça ne te donne pas le droit de venir ici sans prévenir ! Retourne voir tes amis, Jess doit t'attendre !

Je dis ça sur le ton le plus désinvolte possible mais mon air crispé me trahit.

— Je les ai foutus dehors. (Son regard se durcit et il me dévisage un instant.) Alors comme ça tu vas sortir avec Ben ?

— Sûrement pas ! (Je m'assieds sur le lit pour lui faire face.) Je te l'ai dit les mecs dans votre genre j'ai déjà donné ! Et comme tu l'as si bien dit, je suis ici pour mes études.

— Ou pour fuir…

— Quoi ?

Il se tourne sur le côté pour mieux me voir.

— Si c'était juste pour apprendre l'anglais tu aurais été en Angleterre. Pour partir aussi loin, il faut vouloir fuir quelque chose… Ou quelqu'un !

C'est déstabilisant, il lit en moi comme dans un livre ouvert. Je détourne le regard et me concentre sur la tour Eiffel derrière lui.

— Je ne fuis pas, je prends de la distance pour me remettre les idées en place. Je sors d'une histoire chaotique et j'avais besoin de souffler.

— C'est à cause de ce type-là ?

Il désigne d'un signe de tête le cadre où je suis dans les bras de Tom.

Depuis combien de temps était-il dans ma chambre avant que je ne sorte de la salle de bains ? Il a déjà fait le tour de mes effets personnels ! J'acquiesce d'un hochement de tête en regardant la photo. On paraissait si heureux à cette époque.

— Qu'est-ce qu'il t'a fait pour que tu sois malheureuse au point de tout quitter pendant un an ?

Son regard est plein de tendresse et je sens qu'il est sincère.

— Rien qui ne vaille la peine d'en parler…

Il tend son bras et tire sur la ceinture de mon peignoir qui s'ouvre et libère ma poitrine. Ce simple geste me met en émoi et mon corps répond aussitôt. Mes seins se gonflent et attendent avec impatience la suite.

— Je vais te faire oublier cet imbécile. Sa main vient se poser sur ma nuque et me tire assez près de lui au point de sentir son odeur. Il sent tellement bon. Un mélange de noix de coco, due à la piña colada, et de son parfum boisé.

— Ton *sex friend* va te faire tourner la tête au point d'oublier le nom de ce connard !

Son regard brûlant se pose sur ma poitrine et j'en oublie aussitôt de lui parler de cette Jess. Je ne dois pas me montrer jalouse mais j'aimerais quand même savoir ce qui se passe avec elle.

Quand ses lèvres rencontrent les miennes, je me prends la même décharge électrique que la veille. Elle se répand le long de ma colonne vertébrale et descend jusqu'à mon sexe qui est déjà complètement liquéfié.

Quand Jayden rouvre les yeux, ses pupilles semblent dilatées et il a le regard sombre. Du bout des doigts, dans une infinie douceur, il fait glisser mon peignoir et je me retrouve nue devant lui. Sans aucune pudeur je le regarde me dévorer des yeux et se passer la langue sur la lèvre inférieure.

— Tu es tellement belle…

Soudain il m'attrape par les hanches et me bascule à côté de lui. Ses baisers sont sauvages, sa langue envahit ma bouche et se fait pressante.

— Putain, qu'est-ce que je peux avoir envie de toi ! Tu n'imagines pas à quel point, Lola !

Ses paroles ont sur moi un effet aphrodisiaque, je le veux, là, tout de suite, maintenant. J'attrape ses cheveux et les tire violemment vers moi pour l'embrasser de nouveau. Il est maintenant sur moi. Je relève mon bassin pour mieux sentir son érection contre ma cuisse, et il étouffe un grognement en m'embrassant encore plus avidement.

— Stop !

Je pose mes mains sur son torse et le pousse pour accompagner mes paroles. Il n'en tient pas compte et embrasse suavement mon cou.

— Ta chambre est à l'opposé des autres, rassure-toi personne ne t'entendra hurler mon nom !

Merde je n'avais pas pensé à ça !

— Non, je pensais au préservatif !

Il se relève d'un bond et me regarde, choqué.

Il se passe la main dans les cheveux frénétiquement.

— Hier… Putain de merde ! Qu'est-ce que je peux être con !

Son expression passe de la colère à la frayeur en une fraction de seconde. Il doit se passer un million de choses dans sa tête.

— Rassure-moi tu prends la pilule ?

— Bien sûr que oui, mais avec toutes les gonzesses que tu dois te soulever c'est surtout aux MST que je pense !

Un rire nerveux s'échappe de sa jolie bouche.

— Là-dessus, t'as aucun souci à te faire, je baise toujours avec une capote !

— La preuve !

Je réponds un peu trop vite, plus agacée qu'il fasse allusion à toutes ses précédentes conquêtes qu'à la situation en elle-même.

— Putain, j'te jure que c'est la première fois que ça m'arrive…

Il s'assied au bord du lit et semble perdu dans ses pensées. Je récupère mon peignoir, l'enfile vite fait et descends du lit. J'ai envie de le serrer dans mes bras et de lui dire que ce n'est rien mais je ne comprends pas moi-même pourquoi en sa présence je perds tous mes moyens. Il a l'air tellement malheureux que j'en ai le cœur retourné. Je m'agenouille entre ses jambes et prends sa tête dans mes mains.

— Ne t'inquiète pas, je ne tomberai pas enceinte. Je suis aussi fautive que toi. Je n'y ai même pas pensé alors que c'est ma règle de base. Quand tu es là… Mon corps prend le dessus sur ma raison, je ne sais pas comment t'expliquer, même moi je ne suis pas sûre de comprendre.

Je rougis de lui balancer mes pensées sans même m'en rendre compte.

— Je comprends très bien. C'est la même chose pour moi. Depuis que je t'ai vue, je n'arrête pas de t'imaginer dans toutes sortes de positions.

Il semble s'être détendu. Il penche la tête sur le côté et avec un petit sourire en coin entrouvre mon peignoir.

— Je ne me balade pas avec des capotes dans les poches… T'en as ?

Son regard est brillant d'excitation.

Je lève les yeux au ciel. Il est bipolaire ou quoi ? Il passe de la colère à l'excitation en une fraction de seconde.

— Excuse-moi mais en arrivant ici je ne pensais pas en avoir besoin, en tout cas pas aussi tôt !

— Donne-moi cinq minutes le temps que j'aille en chercher chez moi.

— Hors de question que tu sortes de là ! Les allées et venues vont finir par s'entendre et je n'imagine même pas que ça arrive aux oreilles de ton frère ou de ta belle-sœur !

— Quoi ? Tu comptes me laisser comme ça ?

Il me désigne la bosse de son jean qui n'a pas désenflée.

— Je n'ai pas dit ça non plus…

Je le prends par le cou et l'embrasse avidement. Ses baisers sucrés me donnent envie de le lécher partout. Mes mains qui étaient jusqu'alors posées sur ses cuisses remontent au niveau de son entrejambe et le caressent à travers le tissu. Il est dur et semble continuer de gonfler sous mes caresses. Je le déboutonne et libère son sexe. Alors que nos bouches ne se quittent pas, je sens un sourire s'esquisser sur ses lèvres. Je commence à le faire coulisser et à mesure que je le branle, nos baisers sont de plus en plus intenses. Il est tellement chaud et doux que j'ai une irrépressible envie de le goûter. Mes mains laissent place à ma bouche. Je le lèche dans la longueur et sens ses veines sur ma langue puis je vais jusqu'à son gland et le suce et l'aspire avidement. Je sens sa respiration se saccader. Je lève les yeux pour voir l'effet que j'ai sur lui. Son regard me brûle de l'intérieur, il est tellement beau. Sans le quitter des yeux, je le prends entier dans ma bouche. Son grognement m'excite au plus haut point et j'accélère la cadence. Le goût de sa peau, le plaisir que ça me procure et surtout voir le plaisir qu'il ressent... Je n'ai pas envie d'arrêter. Ses mains se posent sur ma tête pour accompagner mon mouvement et l'engloutir encore plus profondément. Je le prends jusqu'au fond de ma gorge et me félicite de ne pas avoir de haut-le-cœur comme ça m'est déjà arrivé. Mais avec lui, c'est différent.

— Arrête ou je vais jouir dans ta bouche...

Je ne m'arrête pas et continue mon acharnement sur sa queue.

— Arrête ! Pas comme ça !

Il me dit ça dans un souffle, c'est presque une supplique et je m'arrête.

Il m'attrape les mains et m'aide à me relever puis fait glisser mon peignoir sur mes épaules pour le laisser tomber par terre. Il se relève lui aussi puis finit de se débarrasser de son jean, de ses chaussures et de ses chaussettes dans la foulée.

— Pourquoi tu te déshabilles ? Il n'est pas question qu'on...

— Non ! (Il me coupe la parole, au moins on est sur la même longueur d'onde.) Pas de sexe à proprement parler sans protection. Mais on peut continuer à s'amuser !

Un sourire salace se dessine sur son visage.

J'attrape son tee-shirt par le bas et le tire en avant pour le lui enlever. La vue d'ensemble est sublime. Il a un corps magnifique, tout en muscles. Je fais courir mon index sur ses abdos parfaitement dessinés et remonte jusqu'à ses pectoraux. Des tatouages à l'encre noire s'étalent tout le long, tombent sur ses avant-bras et vont jusqu'à ses omoplates. À la base du cou, une phrase : « Vivre avant de mourir. » Phrase qui suscite beaucoup de questions mais ce n'est pas le moment. Il me scrute tout le temps que je fais le tour de ses tatouages. Son côté *bad boy* ressort d'autant plus ainsi.

— C'est bon tu as fini de te rincer l'œil ?

— Excuse-moi, je fais le tour de la marchandise, je vérifie que tout est en place… C'est bon !

Quand je me retrouve face à lui, je me hisse sur la pointe des pieds pour atteindre sa bouche dont je n'arrive pas à me rassasier. Ses mains descendent le long de mon dos et atterrissent sur mon cul qu'il malaxe fermement. Soudain, je me retrouve dans ses bras et je croise les jambes derrière son dos pour ne pas glisser. Nos baisers sont mouillés et voraces, il n'y a rien d'hésitant ou de timide entre nous, c'est comme si nos corps se connaissaient depuis bien longtemps. Il approche du lit et me dépose délicatement dessus. Il se couche à côté de moi et sans me quitter du regard sa main part à la recherche de ma poitrine. Ses caresses délicates et expertes déversent en moi ce doux courant électrique que lui seul jusqu'alors a réussi à activer. Mes seins se gonflent et les pointes durcissent aussitôt. Alors qu'il me mordille le cou, ses doigts me pincent, me titillent les tétons qui se redressent tellement que c'en est presque douloureux. Je gémis et agrippe les barreaux de mon lit en fer forgé. Ses mains sont vite remplacées par sa délicieuse bouche qui taquine mes tétons de sa langue experte et les mordille légèrement. Je me cambre sous ce délicieux mélange de plaisir et de désir.

— On va pimenter un peu ça…

Quoi, qu'est-ce qu'il veut dire par là ? Il descend du lit, attrape mon peignoir et jauge ma réaction lorsqu'il en enlève la ceinture. Il va faire quoi avec ça, m'attacher ? Me bâillonner ? Me fouetter ? J'ai la gorge sèche, et une tonne de questions se bousculent dans ma tête alors qu'il me rejoint dans le lit. Je m'appelle Lola pas Ana…

— Tu as confiance en moi ?

— Heu… oui mais…

— Alors laisse-toi aller et arrête de réfléchir, je ne te ferai jamais de mal !

Il m'attache un poignet, puis l'autre aux barreaux de ma tête de lit.

— Installe-toi confortablement, je vais m'occuper de toi. Le fait que tu ne puisses pas bouger ou me toucher va accentuer ton plaisir.

Il dit ça d'un ton tellement rassurant que mon esprit s'apaise et mon corps s'enflamme.

Il entame alors un chapelet de baisers qui naissent dans mon cou et descendent sur ma poitrine. Il se met à sucer mes tétons avidement et à les torturer avec ses lèvres, puis les abandonne pour continuer sa descente. Installé entre mes jambes, je sens son souffle chaud sur ma fente humide. Sa langue me lèche doucement… Encore cette décharge électrique ! Ses caresses deviennent plus insistantes et taquinent mon clitoris. Je me cambre et voudrais lui tirer les cheveux mais je ne peux que m'accrocher aux barreaux du lit. Soudain, il insinue deux doigts en moi tout en maintenant sa douce torture avec sa langue. Je ne contrôle plus rien, je jouis instantanément. Je ne peux accéder à l'oreiller donc je me mords le bras pour étouffer mes gémissements.

— Jay… J'en veux plus ! Va chercher cette putain de capote, je ne sais pas, mais fais quelque chose !

— Tu plaisantes, je ne peux pas sortir comme ça ! Attends, réfléchissons…

— Putain, tu te fous de moi là ? Dans l'état où je suis, non, je ne peux pas attendre !

Je le regarde droit dans les yeux, toujours attachée ce qui m'empêche de lui avoir déjà sauté dessus. Je suis à bout de souffle et je n'arrive pas à me remettre de l'orgasme qu'il vient de me donner avec sa bouche. Mais j'ai l'impression que je vais exploser si je ne suis pas comblée maintenant.

— OK… dans ce cas, on oublie la capote !

— Quoi ? Tu plaisantes ! Détache-moi !

Il est maintenant au-dessus de moi, il insinue de nouveau ses doigts en moi et entame un doux va-et-vient.

— Arrête, on ne peut pas…

J'ai le souffle court, je peux a peine parler, ce n'est qu'un murmure. Ma tête me dit stop mais mon corps refuse de l'écouter.

— T'es sûre ?

Je sens sa queue au bord de ma fente et sans réfléchir je donne un coup de rein pour la sentir en moi.

Il entame alors un lent va-et-vient tout en douceur qui ne me convient absolument pas. Je me cambre davantage et plaque mes cuisses contre lui pour le forcer à s'enfoncer plus loin.

— Putain que c'est bon sans latex…

Lorsque j'enfonce mes talons dans ses fesses il comprend enfin le message et s'insère entièrement en moi.

— Oh oui vas-y !

— Dis-moi ce que tu veux, bébé…

— Baise-moi !

Je m'étonne moi-même d'avoir osé dire ça mais je n'ai jamais autant désiré être assouvie. Mes ongles se plantent dans son dos quand il me détache enfin les mains. Un son guttural sort de sa bouche et il se met à me pilonner sauvagement, exactement ce dont j'avais besoin. Nos corps s'échauffent, je lui rends chaque coup de reins et je plonge vite dans un orgasme fulgurant.

— Oh putain, Lola, qu'est-ce que tu me fais…

Il me rejoint rapidement et, après un dernier assaut, sort pour se déverser sur mon ventre.

CHAPITRE 4

Je me réveille le corps tout endolori. Je sens chaque muscle, même à des endroits où je ne pensais pas en avoir. La nuit a été plus que mouvementée et j'ai à peine dormi, mais je ne l'échangerais pour rien au monde. Jayden et moi étions en osmose, nos corps chauds et brûlants de désir nous ont tenus éveillés alors que les premiers rayons de soleil commençaient déjà à se montrer. J'ai dû m'endormir sans m'en rendre compte et, quand mon réveil a sonné à 7 heures, Jayden était parti. J'avoue avoir été un peu déçue, j'aurais aimé qu'il reste mais en même temps je ne veux pas que les Davis soient au courant. Surtout Mme Davis, qui est tellement stricte que je ne sais pas comment elle prendrait la chose. Non, personne ne doit être au courant.

Alors que les enfants finissent leurs céréales devant les Power Rangers ou du moins un dessin animé qui y ressemble, je rêvasse et revois des images de ma folle nuit, mon bol de café entre les mains. Lorsque je relève les yeux, Jayden est adossé au chambranle de la porte et me regarde amusé. Je rougis, honteuse d'être prise sur le fait.

— Salut toi !

Son sourire est éclatant. On ne dirait pas qu'il a dormi à peine deux heures, il est beau comme un dieu. Les cheveux encore mouillés, il est rasé de près et son parfum vient jusqu'à moi.

— Tu pensais à moi ?

Je regarde en direction des enfants un peu gênée, de peur qu'ils ne comprennent ce qui se passe. Ils n'ont même pas détournés le regard à la voix de leur oncle et restent scotchés devant la télé. Ma réaction le fait rire et il vient s'asseoir près de moi.

— Bien dormi ?

Il me dit ça avec un petit sourire en coin qui veut tout dire.

— Oui très bien, je ne sais pas pourquoi mais j'étais totalement vidée ! D'ailleurs je suis désolée de m'être endormie, je ne me suis même pas sentie partir !

— Moi non plus… Jusqu'à ce que je t'entende ronfler !

— Menteur !

Nous rions de bon cœur et les enfants se rendent enfin compte de sa présence.

— Qu'est-ce que tu fais là ? On te voit jamais le matin !

Les jumeaux sont maintenant sur ses genoux.

— Je me suis dit que pour une fois je pourrais vous emmener à l'école. Enfin, si Lola veut bien que je vienne avec vous.

Son regard attendrissant se pose sur moi, et encore une fois je fonds. Comment fait-il pour être à la fois mi-ange, mi-démon ?

— Plus on est de fous, plus on rit, c'est bien ça l'expression, non ?

Il décide de prendre le volant et je suis rassurée. Lui à mon côté, j'aurais été incapable de rester concentrée sur la route. J'essaie de ne pas trop le dévisager et me concentre sur les chansons qui passent à la radio. Nous arrivons à l'école en chantant tous les quatre « Sing » d'Ed Sheeran, une des rares chansons que je connais vu que c'est mon chanteur préféré du moment.

— Tu nous accompagnes ?

Je lui dis sur un ton que j'espère le plus décontracté possible, tandis que je le vois sortir de la voiture. Je pense à Monsieur Le-prof-canon et me surprends à croiser les doigts pour ne pas tomber dessus.

Tout se passe sans bavure, j'embrasse les enfants devant leur lieu de rassemblement comme à notre habitude et Jayden nous imite. Il embrasse les deux blondinets et alors qu'on commence à faire demi-tour la voix de Chase Philipps me stoppe net.

— Lola, attendez !

Je n'ose pas lui faire face. Jayden s'arrête quelques pas plus loin voyant que je ne le suis plus. Au moment où il se retourne, Chase arrive à mon niveau.

— Salut !

Je l'accueille avec un sourire qui ne se veut pas trop faux.

— Salut, Lola, j'avais peur de vous rater. Je voulais vous dire que dès aujourd'hui et jusqu'à la fin de la semaine je ne serai pas là. La direction m'envoie assister un jeune prof, dans le collège d'à côté, qui ne s'en sort pas.

— Donc… les enfants n'ont pas cours ?

— Si, bien sûr, un remplaçant est prévu…

Il semble gêné et ses yeux regardent ses chaussures. Lorsqu'il se décide à relever la tête, ses joues sont rouges.

— En fait, je voulais juste savoir si c'était toujours d'accord pour samedi soir…

— Oh !

Mes yeux font des va-et-vient entre Chase et Jayden, qui n'a pas bougé. Il a le regard fixé sur moi et semble amusé par la situation. Pourquoi ça le fait rire ? S'il y a bien quelque chose que je ne supporte pas c'est qu'on rie à mes dépens.

— Bien sûr que ça tient toujours !

Mon attention se reporte sur Chase qui semble respirer de nouveau. Son manque d'assurance me fait sourire. Il est chou.

On s'échange nos numéros et après des au revoir crispés, je rejoins Jayden qui rigole ouvertement.

— Quoi ? Qu'est-ce qui te fait rire comme ça ?

Je ne le regarde pas et continue d'avancer à grandes enjambées.

— On avait convenu d'un rencard avant que nos parties de jambes en l'air commencent !

— Mais y a pas de soucis, ma chère *sex friend* ! Tu te rappelles, pas de sentiments ni quoi que ce soit… Que de la baise ! On n'a jamais parlé d'exclusivité !

Je sais que l'idée vient de moi mais l'entendre de sa bouche et voir qu'il s'en accommode parfaitement me blesse un peu. Que notre relation soit réduite à ça me fait bizarre.

— Mais putain, t'aurais pu choisir quelqu'un d'autre ! C'est pas un mec pour toi !

— Pardon ? Et c'est quoi un mec pour moi ?

Je suis hors de moi, les bons garçons ne sont pas pour moi ? Je suis vouée à ne me coltiner que des connards ? J'en perds mon anglais et mes insultes arrivent en français.

Jayden me regarde les yeux ronds, il ne trouve rien à dire, et c'est aussi bien : je crois que je me suis assez donnée en spectacle devant l'école. Je m'installe côté passager, les bras croisés et la tête tournée vers la vitre. Je ne veux pas le voir et encore moins lui parler. Il s'installe et prend la route. Je regarde défiler le paysage et revis la dispute dans ma tête. Quelle image a-t-il de moi ? Je sens sa main se poser sur ma cuisse.

— T'es calmée ?

Il ravale son sourire quand il voit le regard noir que je lui retourne.

— Excuse-moi, je me suis peut-être mal exprimé. Ouais, il est mignon tout plein et propre sur lui, mais il a aussi l'air grave chiant ! Regarde-toi, t'es drôle, gentille, pétillante et putain qu'est-ce que t'es bandante ! Surtout dans ce petit shorty d'ailleurs...

Il commence à glisser sa main de plus en plus haut. Ce n'est pas la meilleure façon de s'excuser mais je crois que ce n'est pas dans son tempérament de toute façon. Il s'étoufferait à essayer de sortir un « pardon ». Mais malgré tout, et bizarrement surtout, ces mots réussissent à m'apaiser.

Ses doigts sont maintenant en train de frotter mon entre-jambe et j'écarte doucement les cuisses pour mieux savourer sa caresse. Mon short en coton est assez fin pour que je ressente ses mouvements circulaires sur mon clitoris. J'ai chaud, je ne sais pas si c'est cette chaleur assommante du matin ou l'effet de ses caresses mais mon corps est en ébullition. J'accompagne ses gestes d'un mouvement de bassin et ferme les yeux pour savourer cet instant. Quand je les rouvre, la voiture est garée sur le bas-côté et Jayden me regarde les yeux brillants. Je geins quand sa main quitte mon short pour m'attraper sauvagement les cheveux et me tirer vers lui. Sa bouche est pressante, elle me montre toute l'excitation que ça lui procure. Sa langue force le passage pour venir caresser la mienne et je suis comme happée dans une spirale de plaisir. De son autre main, il glisse ses doigts sous mon short, et ma culotte est déjà toute mouillée.

— Un autre mec t'a déjà fait autant mouiller ?

— Non, juste toi…

Ma réponse n'est qu'un murmure tellement j'ai le souffle court. Mes jambes commencent à trembler, je sens un orgasme phénoménal monter au plus profond de moi. À cet instant, je ne pense plus à l'endroit où nous sommes, ni même aux voitures qui nous frôlent. Je ne pense qu'à mon plaisir qui a encore monté d'un cran. Ses mots ont un effet aphrodisiaque et mon corps réagit aussitôt.

— Vas-y lâche-toi, montre-moi comment tu jouis grâce à moi.

Il n'en faut pas plus pour que mon corps se contracte et que mon orgasme explose. C'est la première fois que j'en ai un aussi intense uniquement avec des préliminaires. Mon Dieu, ce mec a des doigts en or.

Lorsqu'il se réinstalle sur son siège, il fait une grimace de douleur.

— Qu'est-ce qu'il y a ?

— Rien… C'est juste que te voir comme ça m'a tellement fait bander que je suis trop compressé dans mon jean.

Il sourit timidement et mon regard se dirige aussitôt sur la bosse qui s'est formée.

Ma main se pose dessus et la caresse délicatement. J'entreprends de déboutonner son jean et il lève les fesses pour m'aider. Son sexe se redresse aussitôt et je le regarde avec gourmandise, j'ai l'impression d'être devant une vitrine de boulangerie avec les plus belles pâtisseries devant les yeux. Je le prends en main et commence à le faire coulisser. Jayden ferme les yeux et penche la tête en arrière. Quand ma bouche se referme sur son gland, je l'entends inspirer brusquement comme s'il avait oublié de respirer un instant. Je me délecte de son odeur, de son goût sur ma langue et j'en veux plus... Mes va-et-vient sur son membre se font de plus en plus voraces, je le prends jusqu'au fond de ma gorge en le caressant de ma langue.

— Putain, Lola, c'est tellement bon... Arrête, sinon je vais jouir !

La dernière fois qu'il me l'a dit j'ai dû arrêter mais cette fois il me laisse faire et pose sa main sur ma tête pour accompagner mes mouvements. Il crie mon nom alors qu'il se déverse en moi et j'aspire tout ce que je peux. Il me prend dans ses bras, et nous restons là un moment, sans rien dire, le temps que nos respirations reprennent un rythme normal.

— Lola, je te décerne la mention très bien, c'est de loin la meilleure pipe que j'ai eue !

— Je suis experte en *French pipe* !

Il me regarde, l'œil rieur, et j'éprouve une certaine fierté car je vois dans son expression qu'il est sincère. Nous reprenons nos places sur les sièges et je sors de ma petite bulle quand je vois toutes ces voitures qui nous passent devant. Mon Dieu, j'espère que personne ne nous a vus !

— On fait quoi maintenant ?

— Nous deux ? Rien du tout, j'ai tout juste le temps de rentrer, de changer de culotte et de filer à mon cours d'anglais.

— Te prends pas la tête avec ça, je vais t'apprendre la langue, moi !

Son regard de pervers trahit ses idées.

— Ben, sors de ce corps !

Je rigole en faisant semblant de le désenvoûter. Quand il rit, il est tellement beau que je serais prête à faire l'abrutie en permanence.

— OK ! Allez on rentre !

— Bon alors, tu vas me raconter ?

Quand nous sortons du cours, Charlotte m'attrape par le bras.

— C'était qui ce mec qui a plombé notre soirée ?

— Oh non, j'ai plombé votre soirée ?

C'est vrai que je suis partie comme une voleuse après être tombée sur Jay mais je ne pensais pas avoir bousillé leur fin de soirée.

— Bah disons que je m'inquiétais, et Maxime lui… il attendait ce soir-là pour faire plus ample connaissance avec toi !

— Ah ! Je ne m'en étais pas rendu compte !

— Bon, c'était qui ce canon ?

— C'est le frère de mon patron.

— Non ! Tu sors avec le frère de ton patron ?

Elle pousse un cri hystérique qui fait se retourner le reste du groupe.

— J'ai pas dis ça !

Je chuchote pour ne pas attirer davantage l'attention.

— Ouais raconte ça à d'autres ! J'ai bien vu ta tête quand tu l'as vu lécher la poire de la blonde.

Cette vision me fait grimacer de dégoût. Il m'a pourtant dit qu'on n'avait pas de relation exclusive, que chacun était libre de profiter ailleurs. Pourtant, on n'en avait pas parlé lors de notre fameux pacte.

— Et, comme par hasard, il est parti presque aussitôt après toi. Je le sais parce que j'épiais le moindre de ses mouvements pour te faire mon rapport.

Elle me sourit tendrement et je comprends qu'une belle amitié est en train de naître.

— Eh bien, inspecteur Charlotte, vous avez l'œil ! Mais on ne sort pas ensemble, disons qu'on passe du bon temps, c'est tout !

— C'est ton plan cul quoi !

— Et un sacré plan cul !

Nous éclatons de rire et nous installons à la terrasse du bar avec les autres. Alors que les conversations partent dans tous les sens, elle se penche discrètement vers moi.

— Demain, c'est ma soirée de repos, on sort toutes les deux et je veux tous les détails !

Le midi, j'attrape juste un sandwich et je file au centre commercial pour m'acheter des dessous sexy. Jayden ne m'a pas encore vue en sous-vêtements et j'ai envie de le faire craquer. Entre la piscine en maillot de bain, nue sous mon peignoir et habillée dans la voiture, il n'a pas eu l'occasion de me voir avec de la lingerie provocante et je voudrais en trouver pour faire monter la tension d'un cran. Je l'imagine déjà me déshabiller et écarquiller les yeux en voyant le porte-jarretelles, le string et le soutien-gorge en dentelle rouge que je viens de dégoter.

J'ai un peu trop traîné dans la galerie et j'ai tout juste le temps d'aller chercher les enfants à l'école. Leur instituteur remplaçant ne doit pas être loin de la retraite, une grosse touffe de cheveux blancs à la Einstein et une barbe sale dans laquelle on peut voir ce qu'il a mangé ce midi et peut-être même hier soir. Il faut bien avouer que c'est plus sympa quand Chase m'accueille avec ses sourires et sa drague timide. Il a toujours un petit truc gentil à me dire, que ce soit sur ma tenue ou sur ma coiffure. Je sais que mes longs cheveux roux ont toujours fasciné et j'en prends soin. La prochaine fois que je le vois ce sera samedi soir pour notre rendez-vous. Si Jayden n'avait pas été là ce fameux matin à se foutre ouvertement de moi, je pense sincèrement que j'aurais annulé. Mais comme il me l'a si bien fait remarquer, nous ne sommes que des sex friends. Après tout, Chase est un mec bien, du moins il en a l'air, et rien que pour ça, je dois tenter le coup. Pourtant, je n'arrive pas à me sortir Jay de la tête, qu'est-ce qui ne va pas chez moi ?

— Allez, on rentre à la maison, un goûter et les devoirs !

— Sauf qu'on n'a pas de devoirs pour demain !

Il fait très lourd aussi cet après-midi et, après une petite glace, on décide d'aller faire un plongeon dans la piscine. Les enfants ont pris des cours de natation très tôt et sont plus à l'aise que moi dans l'eau. Sans le vouloir, je n'arrête pas de regarder en direction de la maisonnette de Jay mais il semble qu'il ne soit pas là.

— Je vois qu'on s'amuse bien quand je ne suis pas là !

Andrew, la cravate dénouée et sa veste sous le bras, s'assoit sur un bain de soleil.

— Déjà rentré ?

— Il y a des jours où on ne pense qu'à une chose, rentrer ! Et comme j'en avais la possibilité, j'ai sauté sur l'occasion !

Des cris de joie résonnent dans la piscine, apparemment ce doit être rare.

Andrew a préparé le repas pendant notre douche. Comme il fait encore très chaud, les enfants dressent la table sur la terrasse.

— Il y en a assez pour un invité surprise ?

Jayden s'est matérialisé dans la cuisine, nos regards se cherchent et mon cœur se met à battre la chamade.

— Jay, tu te rappelles de Lola ?

— Vaguement ouais !

Il me regarde avec ses yeux pétillant de malice et son petit sourire en coin qui me fait fondre. Je préfère me concentrer sur les verres de vin que je suis en train de servir.

Le repas se déroule tranquillement et lorsque je reviens après avoir couché les enfants, Jayden est déjà parti.

— Un dernier verre de vin Lola ?

— Oui, avec plaisir.

On s'installe sur le canapé comme à notre habitude lorsque Mme Davis n'est pas là, ce qui arrive régulièrement. Ces soirées-là consistent à parler des enfants, des clients bizarres qu'il a pu avoir dans sa journée, de tout et de rien, quoi. Mais ce soir, il ne parle pas, c'est comme s'il cherchait ses mots.

— Ne t'approche pas de lui où il te fera souffrir.

Je reste sans voix, c'est bien de son frère dont il me parle ? J'ouvre la bouche puis la referme ne sachant que dire. Je dois avoir l'air d'un stupide poisson dans son bocal.

— Ne te méprends pas, j'adore mon frère, je ferais tout pour lui. Mais je t'apprécie aussi et je sais comment ça va finir pour toi. Je ne veux pas m'immiscer dans ta vie privée mais vos échanges de regards ne trompent pas. Je le connais et je sais comment il se comporte avec les filles. De mon plus lointain souvenir, il n'a jamais été amoureux. C'est un jeu pour lui et dès qu'il se lasse, il les vire sans ménagement.

La tête baissée sur mon verre, je ne sais quoi répondre. C'est vrai que Jayden occupe une bonne partie de mes pensées, voire toutes, mais il n'en reste pas moins un *sex friend* et je ne me vois pas le dire à son grand frère.

— Merci de vous inquiéter pour moi, ça me touche, mais il n'y a rien entre Jayden et moi.

— Tant mieux, j'espère pour toi que ça restera comme ça. Tu tiens une place importante dans ma famille et je ne voudrais pas que Jay vienne tout gâcher. T'avoir ici est une bouffée d'oxygène !

Il m'embrasse sur la joue et se lève.

— J'ai une dure journée demain, je vais me coucher. Bonne nuit, Lola.

— Heu, bonne nuit, Andrew.

Il vient de se passer quoi, là ?

CHAPITRE 5

Je ne sais pas depuis combien de temps je suis dans mon lit mais impossible de trouver le sommeil, tout se bouscule dans ma tête. J'enlève ma nuisette, enfile mes nouveaux sous-vêtements et attrape la première tenue qui me tombe sous la main. Je descends en catimini les escaliers et referme la porte d'entrée à clé. Passer par la baie vitrée aurait été plus rapide mais elle ne se ferme pas de l'extérieur. Je ne veux pas être la cause d'un cambriolage. Je me revois à quinze ans faire le mur pour rejoindre Zoé en boîte. Sortir au milieu de la nuit pour rejoindre Jay me fait le même effet, je brave l'interdit. Sa maison est plongée dans le noir, il dort sûrement déjà. J'hésite un moment devant sa porte mais c'est plus fort que moi, je dois lui en parler.

Je frappe une première fois, pas de réponse. Il est parti précipitamment après le repas, si ça se trouve il est sorti. J'insiste encore une fois et la lumière s'allume. Rien que pour la vision que j'ai sous les yeux, ça valait le coup de le réveiller. Il ouvre la porte, les cheveux en bataille et ne portant qu'un boxer. Il se frotte les yeux, gêné par la lumière.

— T'as un problème, Lola ?

— Heu… Laisse tomber, c'était stupide. Je suis désolée, je ne voulais pas te réveiller.

Je me sens soudainement conne de le réveiller en plein milieu de la nuit pour des questions qui auraient pu attendre demain.

— Trop tard… Allez, entre.

Il se pousse pour me laisser passer. Il s'allume une clope et me fait signe de le rejoindre sur le canapé.

— Raconte, qu'est-ce qu'il y a pour que tu viennes à une heure pareille ?

— Ton frère est au courant.

À cause du stress, mes mots sortent à une vitesse incontrôlée. Mon Dieu, je suis ridicule.

— Ouais… et ?

— Et… il m'a dit de ne pas m'approcher de toi, car autrement tu allais me faire souffrir… Que tu utilises les femmes pour les jeter comme des merdes après. Je sais qu'on ne sort pas ensemble à proprement parler mais j'ai besoin d'avoir confiance en toi. Je commence tout juste à remonter la pente, je ne supporterais pas un autre coup dur maintenant.

Je baisse les yeux, gênée par cette confession.

— Faut croire qu'il t'apprécie beaucoup car il ne se serait pas donné la peine de prévenir sinon. Écoute, Lola, tu n'as pas de soucis à te faire de ce côté-là. Je sais que tu as le cœur en mille morceaux pour je ne sais quelle raison mais je ne compte pas te faire de mal. Moi aussi je t'apprécie beaucoup et notre arrangement me convient très bien. Ne pleure pas, viens là.

Je ne m'étais pas rendu compte que des larmes coulaient sur mes joues. Je m'installe sur son torse nu et ses bras se referment sur moi.

— J'ai confiance en toi mais j'avais besoin de te l'entendre dire. Je vais te laisser te recoucher maintenant. Excuse-moi encore.

Alors que je me lève pour repartir, il m'attrape dans ses bras musclés et me soulève du sol.

— Ne compte même pas t'en aller comme ça, fallait pas me réveiller !

Un sourire diabolique se dessine sur ses lèvres. Ah, mon *bad boy* !

Il me fait entrer dans sa chambre puis basculer sur le lit. Le style de la pièce s'accorde avec le reste de la maison : typiquement masculin. Aucune déco, seulement un grand lit en bois exotique, une table de chevet et une imposante armoire du même genre. Rien de superflu, enfin il me semble, car c'est à peine si j'ai regardé autour de moi, mon regard restant scotché au sien. Son désir se voit dans ses yeux et réveille le mien. D'un geste, il enlève son boxer et me rejoint dans le lit. Je l'imite en enlevant mon top et mon short et reste avec mon ensemble en dentelle rouge que j'ai acheté pour lui. Je prends une pose des plus provocante et enlève ma pince pour libérer mes cheveux qui tombent jusqu'au creux de mes reins.

Il se fige et me reluque en se passant la langue sur la lèvre inférieure, signe que je le trouble. Il effleure le tissu de mon soutien-gorge du bout des doigts.

— Ce que t'es bandante comme ça ! J'ai envie de te baiser jusqu'à ce que tu t'évanouisses de plaisir !

— Je te mets au défi !

Il se jette sur moi comme un lion sur sa proie. Ses baisers sont rudes et sa langue envahit ma bouche. Il n'y a rien de tendre ou de charnel, tout n'est que pur désir à l'état sauvage. Ma culotte en dentelle part en lambeaux, et l'excitation atteint son apogée.

Ses bras me collent contre sa peau chaude comme s'il voulait que nos corps ne fassent qu'un. J'entends un bruit de tiroir et la seconde d'après il me tend une capote. Putain, une fois de plus je n'y pensais pas !

— Tu me la mets ?

Il est à bout de souffle et son regard me transperce. Je la déroule sur son sexe déjà dur comme du béton et pourtant doux comme de la soie. J'ai envie de lui tout de suite. Poussée par mon désir, je le bascule en arrière et m'installe sur lui. Le sentir en moi aussi profondément me transporte au septième ciel. Mes va-et-vient sont brutaux, il me tient par les hanches et accompagne chacun de mes mouvements par des coups de bassin. Une bouffée de chaleur monte en moi, ma vue se trouble et mon cœur manque des battements. L'orgasme est imminent et je ne contrôle plus rien.

— Je vais jouir, Lola, vas-y, lâche-toi !

À ces mots, mon orgasme explose dans tous les sens, je crie des mots qui n'ont aucun sens. Il m'agrippe par les cheveux pour me rapprocher de lui. Nous sommes front contre front quand un son rauque s'échappe de ses lèvres, son regard est noir et je devine que ça a été aussi intense pour lui que pour moi.

Nos corps en sueur s'enlacent et se câlinent après cette tornade.

— Il faut que j'y aille.

Je me lève à contrecœur et enfile mes vêtements à la hâte. Il m'accompagne jusqu'à sa porte et me dépose un doux baiser sur les lèvres en guise d'au revoir.

— La prochaine fois que tu me fais une surprise comme ça, rentre directement, la porte n'est jamais fermée à clé.

— Attention, je pourrais y prendre goût à ces petits rendez-vous nocturnes ! Au fait, j'adore ta coiffure d'après baise !

Je lui fais un rapide bisou et commence à partir. Il me retient par le poignet et m'embrasse d'un baiser passionné comme on n'en voit qu'au cinéma. Surprise par son geste, j'ai les jambes en coton et je peine à rester debout. Je me retourne et une fois assez loin, je respire fortement pour essayer de reprendre mes esprits.

— Ta coiffure d'après baise est beaucoup plus sexy !

Nous nous esclaffons et je lui fais un signe de la main avant de disparaître par le portillon.

Lorsque je m'approche de la villa, je remarque une voiture garée dans l'allée mais je ne la reconnais pas. Peut-être que Mme Davis a loué une voiture pour revenir plus tôt. Mais tandis que je passe devant, je vois Andrew échangeant un baiser enflammé avec une femme qui ne ressemble en rien à son épouse. Je ne suis pas sûre d'avoir bien vu mais j'accélère le pas pour rentrer le plus discrètement possible. Lorsque je mets la clé dans la serrure, j'entends la voiture démarrer et je peux sentir la présence d'Andrew juste derrière moi. Et merde !

— Je suis désolée, je ne savais pas que vous étiez sorti.

Je suis rouge de honte d'être prise en flag, mais surtout d'avoir vu ce que je n'aurais pas dû voir.

— Rentrons, il faut qu'on parle.

Sans un regard, il se dirige dans la cuisine.

— Un café ?

— Oui merci.

Je réponds avec un vibrato dans la voix, attendant la suite. Je vais me faire virer c'est sûr ! Je profite qu'il soit occupé pour me passer la main dans les cheveux afin de tenter de dompter un peu ma crinière tout ébouriffée. Installés sur les sièges du bar, nos tasses de café entre les mains, nous regardons partout sauf dans la direction de l'autre. La gêne est palpable et je ne sais pas comment va se finir cette conversation.

— Je ne suis pas un salaud, Lola. Enfin, vu de l'extérieur, ça peut être interprété comme ça mais... Disons que j'ai des circonstances atténuantes...

— Je ne vous demande rien, Andrew, je n'ai pas à savoir.

— Si tu dois savoir. Tu vis ici et tu vas forcément voir des choses comme ce que tu as vu ce soir. Et comme, apparemment, tu n'as pas écouté le conseil que je t'ai donné à propos de Jay, tu pourrais aussi l'entendre de lui. Tu as pris une place importante dans notre famille et je tiens à te le dire personnellement.

— Andrew...

— Écoute-moi, s'il te plaît, j'ai besoin de te le dire.

Je sens que cette confession ne va pas me plaire, mais je vois dans son regard qu'il a besoin de la partager avec moi. Je prends sur moi, prête à affronter ce qu'il tient tant à me dire. Je pose ma tasse et le regarde, signe qu'il a toute mon attention.

— J'aime ma femme plus que tout, mais j'aime la vie aussi. Si tu l'avais connue il y a quelques années...

Son regard est dans le vague, comme s'il était reparti des années en arrière.

— C'était une maman attentionnée, une épouse aimante. Elle avait toujours des projets plein la tête et débordait de joie de vivre. Mais il y a cinq ans, on m'a diagnostiqué une maladie et à partir de là tout a basculé, notre vision de la vie nous a séparés. Elle a fait une sorte de déni et refuse d'en parler encore aujourd'hui. Elle s'est réfugiée dans son travail et préfère rester dans sa bulle en nous mettant de côté. Je sais qu'elle nous aime, c'est juste que c'est trop dur pour elle d'y penser. Mais moi, j'aime la vie, j'ai besoin de rire, d'apprendre, d'aimer… Je prends ailleurs ce qu'Ava ne me donne plus depuis le diagnostic.

— Quand vous dites que vous êtes malade…

— Je vais mourir, Lola. Ça peut être dans quelques années ou dans quelques mois, les médecins ne peuvent pas se prononcer.

Mes larmes inondent mes joues à présent et je les essuie du revers de la main. Instinctivement, comme on console un enfant, je le serre dans mes bras. Il répond à mon étreinte puis se dégage doucement pour ne pas que je me sente rejetée. Il prend mon visage dans ses mains et sèche mes larmes qui ne cessent de couler.

— Ne pleure pas pour moi, j'ai arrêté de pleurer pour ça il y a bien longtemps. J'ai accepté la situation et je profite de la vie à fond. Je vais bien, OK ?

Il a l'air tellement convaincu de ce qu'il dit que mes larmes finissent par se tarir. J'acquiesce de la tête, incapable de prononcer le moindre mot.

CHAPITRE 6

Cela fait seulement trois semaines que je suis à Kinston, pourtant j'ai l'impression d'être là depuis beaucoup plus longtemps. Mon anglais s'est considérablement amélioré et je suis tellement bien dans la famille Davis que quelquefois il faut que je me rappelle que ce n'est pas ma famille.

J'ai mon après-midi de libre, aussi je décide d'aller à la plage juste en face de la villa et de parfaire mon bronzage qui a pris une teinte caramel depuis mon arrivée. Je m'installe sur ma serviette et sort mon téléphone pour voir un peu les nouvelles sur Facebook. Ma photo de profil a été prise il y a un an environ et recadrée mais on peut y voir la main de Tom sur mon épaule. Une page se tourne, il est temps d'en changer. J'essaie de faire un selfie sympa. Je ne regarde pas l'objectif pour avoir l'air pensif, en essayant de laisser de la place sur le côté pour dévoiler le paysage. Lorsque je regarde le résultat, je découvre la tête de Jay à côté de la mienne, faisant des grimaces.

— Très drôle ! Je voulais actualiser ma page Facebook.

— Donne-moi ça !

Il m'arrache le téléphone des mains et nous prend en photo. On tente plusieurs poses et finalement je choisis la dernière, celle où l'on se regarde d'un air complice en train de rire.

Soudain, mon téléphone m'avertit d'un message : « *Salut, Lola, j'ai réservé une table à La Coupole, vers 20 h, ça irait ? Pressé d'être à demain. Bye, Chase.* »

— Ton prof t'emmène dans un endroit où l'on sert des spécialités françaises ? Très original !

Je préfère ignorer son sarcasme.

— Tu connais ?

— C'est à Santa Luna, deux rues derrière ton cours d'anglais.

— Ça va alors, je devrais réussir à trouver !

Pas vraiment envie de parler de Chase avec lui sachant qu'il ne semble pas l'apprécier, je tente une diversion.

— Tu me mets de la crème ?

Je lui tends le tube et m'allonge à plat ventre. Ses mains me malaxent doucement les épaules et le cou puis glissent sur mon dos.

— Ça te plaît comme ça ?

— Hummmm !

— Ta peau est tellement douce…

Ses mains continuent leur ascension jusqu'à mes reins et abaissent légèrement le bikini jusqu'au début de mes fesses.

— Putain, c'est quoi, ça ?

Ses doigts suivent les courbes de l'encre noire sur ma peau. Mon tatouage est caché juste en dessous du tissu au-dessus de mes fesses. Je l'ai fait il y a quelques années pour Tom lorsqu'il m'appelait mon ange.

— Ce sont des ailes d'ange. Tu aimes ?

— C'est trop bandant ! La prochaine fois, je te prendrai par-derrière pour le voir.

— Tu ne l'avais pas encore vu ? C'est surprenant, ce n'est pourtant pas la première fois que tu me vois nue !

— Réfléchissons…

Il grimace en faisant semblant de se concentrer et énumère sur ses doigts le nombre de fois où on l'a fait.

— La première fois, je t'ai prise contre le mur de chez moi, puis sur le dos, attachée aux barreaux de ton lit, dans la voiture on était habillés et cette nuit tu m'as sauté dessus donc, non, je n'ai pas encore eu l'occasion de le voir !

Le soleil brûle ma peau et ses paroles aux douces promesses me consument de l'intérieur. Il faut que je me rafraîchisse ou je vais me liquéfier sur place.

— Tu viens te baigner ?

— Je ne peux pas, j'ai un rendez-vous d'affaire dans trente minutes, je passais juste mater ton p'tit cul avant d'y aller.

— Je me disais aussi, je ne t'ai jamais vu aussi classe ! T'es très sexy en costard !

— Ah ouais ? Et toi, t'as idée de ce que ça me fait de te voir en bikini ?

Je me sens rougir, c'est ridicule, vu tout ce qui s'est déjà passé entre nous.

— On n'a jamais parlé de ton boulot…

— Parce qu'on a plus intéressant à faire !

Ses mains continuent de me caresser le dos. Je reste allongée, profitant de ce moment de tendresse.

— Raconte-moi, je suis curieuse de savoir dans quel domaine tu exerces tes autres talents !

— Autres talents hein ? Donc je suis talentueux dans ce que je te fais ?

Son rire est juvénile, presque puéril, on dirait un enfant qui se félicite.

— Ne va pas prendre la grosse tête ! Dis-moi plutôt où tu harcèles les secrétaires !

Il me pousse pour que je lui laisse une place sur la serviette.

— En temps normal, je travaille à Los Angeles mais depuis peu je fais ça à distance. J'ai voulu me rapprocher de ma famille. Il y a une succursale ici, sinon je bosse aussi chez moi ou chez les autres.

— Les autres ?

— Oui : Ben, Erik et Jess, on travaille tous ensemble, ils m'ont suivi quand je suis venu m'installer ici. On a créé un logiciel d'effets spéciaux qui a assez bien marché et là on est sur une version 2.0.

— Pour le cinéma ?

Il regarde sa montre et se relève.

— Ouais, il faut vraiment que j'y aille. Je vois ton p'tit cul ce soir ? Même heure, même endroit ? Je laisserai la porte ouverte.

Je regarde mon téléphone qui n'arrête pas de vibrer. Apparemment, la photo fait fureur auprès de mes copines qui commentent toutes. Elles le prennent pour mon petit ami mais je ne peux pas rectifier et dire que c'est juste un plan cul, trop de personnes de ma famille sont amis avec moi sur Facebook. En même temps, je ne comprends vraiment pas comment elles peuvent imaginer que je puisse sortir avec un mec pareil. Ses cheveux noirs lui tombent un peu sur les yeux et sa peau caramel fait ressortir ses beaux yeux verts. C'est le mec le plus beau que j'aie jamais vu, on dirait un mannequin qui pose à côté de Madame Tout-le-monde. Je crois que n'importe quelle fille aurait l'air ridicule à ses côtés. Mais nos regards montrent une telle complicité qu'on devine que quelque chose nous unit.

Une notification s'allume et m'avertit d'une demande d'ajout à ma liste d'amis : Jayden Davis. Je suis sûre qu'il n'a même pas encore atteint sa voiture ! Bien entendu, j'accepte et me dépêche d'aller fouiller dans son profil. Beaucoup de photos avec des filles comme je m'en doutais.

Mon Dieu, j'adore ma nouvelle vie ! Je cours sur le sable qui me brûle les pieds et file sous la douche, ça va être l'heure de récupérer mes adorables têtes blondes. Leur instituteur remplaçant ne leur donne pas de devoirs, ce qui nous laisse plus de temps pour profiter des derniers rayons de la journée. Après une bonne glace italienne sur la plage, je les emmène à l'aire de jeux où leurs amis ont l'habitude de se retrouver. La journée se termine lentement et ma soirée avec Charlotte se profile à grands pas. Comme à notre habitude, Andrew et moi prenons un verre de vin dans le canapé, une fois les enfants couchés.

— Tu as vu Jay aujourd'hui ?

— Oui vite fait.

J'essaie de prendre l'air le plus détaché possible quand je parle de lui avec son frère.

— D'ailleurs, je me demande comment son rendez-vous d'affaires s'est passé. Si ça marche bien, il pourra peut être libérer votre maison d'hôte et se trouver un appart.

Cette idée ne me fait pas plaisir, car je ne sais pas comment nos parties de baise continueraient sinon.

— Tu plaisantes ? Avec tout l'argent qu'il a amassé avec son logiciel, il pourrait s'offrir un château. C'est mon principal client, je lui ai conseillé de prendre un avocat spécialisé mais il ne veut pas.

J'en reste bouche bée, et mon expression surprend Andrew.

— Il ne t'en a jamais parlé ?

— Non, à vrai dire, avant aujourd'hui je ne savais même pas ce qu'il faisait comme travail. Mais je ne comprends pas, pourquoi reste-t-il ici s'il peut avoir son chez-lui ?

Je suis un peu déboussolée. Pourquoi vivre au crochet de quelqu'un s'il a les moyens ?

— Il a décidé de revenir vivre ici quand on a appris pour ma maladie. Je suppose qu'il veut rester dans le coin pour veiller au grain et sur les enfants. Ça me plaît de l'avoir ici alors je me conduis de la manière la plus égoïste, je le garde !

On peut voir dans le regard brillant d'Andrew tout l'amour fraternel qui les unit, et je les envie. Fille unique, j'ai toujours éprouvé un manque de ce côté-là, jusqu'à ce que je rencontre Zoé, ma sœur de cœur, ma confidente, ma meilleure amie.

— Jay n'a jamais voulu qu'on vende l'entreprise de notre père à sa mort. Le directeur adjoint l'a épaulé à ses débuts, le temps qu'il finisse ses études puis il a repris le flambeau. C'était une petite entreprise avec une dizaine de salariés et il en a fait une multinationale avec plus de quinze mille têtes aujourd'hui. Avec ses amis, il a développé des logiciels high-tech pour les effets spéciaux et les producteurs de cinéma se l'arrachent. Je n'en reviens pas qu'il ne t'ait rien dit !

Waouh, c'est moi qui n'en reviens pas ! Et il faut que j'apprenne ça de la bouche d'Andrew. Après un dernier verre, je m'éclipse dans ma chambre pour me refaire une beauté, enfile ma robe grise pailletée à fines bretelles, mes escarpins noirs et cours rejoindre Charlotte qui m'attend déjà devant la villa. J'aurais préféré demander l'autorisation de sortir à Andrew, car je sais d'avance ce qu'il m'aurait dit, mais évidemment ce matin-là il était injoignable au bureau et j'avais dû me rabattre sur Mme Davis. J'ai eu le droit à une morale digne de ma mère, mais elle n'a pas refusé, le principal étant que je sois fraîche et dispose le lendemain matin pour les enfants.

— Prête à faire la fête ? Une bonne soirée entre filles, il n'y a rien de mieux pour décompresser !

De mon côté, je me dis surtout que si la soirée ne se finit pas trop tard, je pourrai rejoindre Jay pour notre petit rendez-vous nocturne habituel. Rien que pour ça, je serais prête à tout annuler ! Elle m'emmène dans un pub assez réputé chez les jeunes d'ici car il est ouvert tous les soirs de la semaine, la musique est sympa et il y a une grande piste de danse. À peine installée au bar, elle inspecte les lieux à la recherche d'un beau mâle.

— Arrête, on dirait une furie qui n'a pas vu de mecs depuis des mois !

— Mais c'est le cas, j'en peux plus moi ! Trouve-moi quelqu'un !

Je fais le tour du bar des yeux et repère deux mecs d'une vingtaine d'années assis à une table. Ils sont plutôt mignons.

— J'ai trouvé ! À droite au bout du bar, il y a deux hommes à une table. Le tien c'est le beau blond avec son polo blanc et bleu.

Pas du tout discrète, elle le fixe un moment puis se lève.

— Pas mal, en effet ! OK, maintenant il me faut du courage.

Elle se penche sur le bar pour se faire entendre et commande deux tequilas.

On les avale cul sec et on commande quatre doses de courage supplémentaires. J'ai la gorge anesthésiée et des bouffées de chaleur.

— C'est bon… J'y vais !

Je la suis des yeux alors qu'elle se dirige d'un pas décidé vers leur table. Sans gêne, elle s'assoit avec eux et entame la conversation. Je rigole toute seule de la voir se débrouiller. Elle ne reste pas plus de cinq minutes et me rejoint.

— La prochaine fois, ne m'envoie pas vers un couple gay ! Pour info, ils s'appellent Jeremy et Stan, et ça fait deux mois qu'ils sont ensemble.

Nous rions pendant un bon moment, incapable de nous remettre de cette mésaventure.

— J'adore cette chanson ! Viens, on va danser.

Elle m'attrape par le bras et me tire jusqu'à la piste de danse.

L'alcool aidant, nous nous déhanchons sur du Calvin Harris comme des furies. Des hommes qui jusqu'alors étaient affalés sur les banquettes commencent à nous encercler mais je n'y prête pas attention, je ferme les yeux et me laisse entraîner par la musique. Une main ferme vient se poser sur ma hanche et je sens un homme remuer au même rythme que moi. Je danse ainsi un moment avec lui, jusqu'à ce que sa main glisse et vienne sur mes fesses. Je me retourne brusquement, prête à lui en coller une mais je n'en ai pas le temps. Jayden, sorti de nulle part, s'interpose entre nous.

— Je te donne deux secondes pour dégager ou je te démonte la gueule !

Il ne crie pas mais son ton est menaçant. Je peux l'entendre malgré la musique. Le peloteur de fesses choisit la bonne option et s'en va.

— Merci, mais je me serais très bien débrouillée sans toi !

— Avec lui possible… mais regarde autour de toi, ils sont tous prêts à te sauter dessus.

— Pfff, n'importe quoi ! Le seul danger ici c'est toi !

Je jette tout de même un coup d'œil autour de moi.

— Ça, c'est la tequila qui parle !

— Bien sûr que n… Depuis combien de temps tu es là à m'espionner ?

— Assez longtemps pour savoir que ta copine n'est plus en mesure de conduire. C'est moi qui te ramène.

— Ouais pour finir plus vite dans ton lit !

— Entre autres oui ! Dis au revoir à ta copine, on y va.

— Qu'est-ce que tu fais là au fait ?

Il commence à m'énerver avec son air mauvais et c'est plus fort que moi, j'ai envie de l'emmerder un peu. Je m'amusais bien et même si je suis heureuse de le voir, je ne supporte pas d'être surveillée.

— Quoi ? Y a que toi qui as le droit de traîner dans les bars ? C'est ma ville, je te rappelle !

— Tu fais la tournée des bars… Tout seul ?

Il regarde autour de lui mais ne semble pas trouver ceux qu'il cherche.

— Non, je suis venu avec une bande de potes mais c'est pas le problème.

Il pointe du doigt Charlotte.

— Vas-y !

J'ai l'impression de me faire disputer par mon père, enfin si j'en avais eu un. Mais comme je sais ce qu'il y a au bout, je m'exécute. Je la rejoins, elle ne s'est rendu compte de rien, et je rigole de la voir danser comme si sa vie en dépendait.

— Je vais y aller !

— Quoi, déjà ?

Elle prend un air dépité.

— Bon d'accord, je vais récupérer mon sac et on y va.

— Non c'est bon, tu peux rester… j'ai trouvé quelqu'un pour me raccompagner.

Je lui fais discrètement signe de regarder derrière moi. Elle se penche tellement qu'elle manque de tomber.

— Waouh, mais c'est le mec de le dernière fois ? Putain ce qu'il est beau !

Jayden patiente gentiment, voyant qu'il est épié, il nous rejoint.

— Il comprend le français ?

— Non, je ne crois pas, pourquoi ?

— Salut, beau brun ténébreux, je te confie ma copine. Merci de la culbuter jusqu'à ce qu'elle implore ta pitié, ça lui apprendra à m'abandonner pour un mec !

Jay me regarde d'un air gêné, signe qu'il n'a pas compris un traître mot de ce qu'elle a dit en français.

— Elle dit qu'elle est ravie de te rencontrer !

Nous éclatons de rire et je lui dépose un bisou sur la joue avant de partir. J'adore cette fille ! L'air frais me fait l'effet d'une claque. La tête commence à me tourner. Respire… Respire… Ne va pas lui vomir dessus… Et comme tous les ivrognes à la sortie d'un bar, je commence à tituber. Il m'attrape par la taille pour me maintenir droite.

— T'es un amour ! Je ne sais pas pourquoi tu es venu ici mais je t'en suis reconnaissante. Tu es mon chevalier noir.

— Pas un chevalier blanc ?

Il rigole de me voir dans cet état. Je n'y prête pas attention mais demain je risque d'en avoir honte.

— Non, les chevaliers blancs viennent secourir les princesses pour les épouser, toi tu es venu pour me baiser !

Et merde, j'ai perdu mon filtre. Je frôle le ridicule surtout avec cette voix pâteuse.

— T'es garé où ? Parce que, avec les talons, je vais pas pouvoir marcher longtemps !

— Juste ici.

Il me désigne une grosse moto de sport bleu métallique. Je n'y connais absolument rien mais je devine qu'il s'agit d'un modèle dernier cri.

— J'aurais dû m'en douter ! La panoplie complète du *bad boy !*

Il enfourche l'engin et me tend son casque. Je rigole nerveusement.

— Il est hors de question que je monte là-dessus !

Il lève les yeux au ciel et démarre. Elle fait un bruit assourdissant, et toutes les têtes se tournent vers nous. Les hommes surtout semblent émerveillés par l'engin.

— Faut que je vienne te chercher ? Allez, monte, Lola !

J'enfourche à mon tour la moto, tant bien que mal en robe et en escarpins. Alors qu'il prend de la vitesse, je serre mes bras autour de sa taille et pose ma tête sur son dos. Je me sens bien, en sécurité, quand je suis avec lui. Je reste ainsi contre lui jusqu'à ce que le moteur se coupe.

— Déjà ? Ça fait à peine cinq minutes, j'étais bien comme ça.

— Faut que je t'aide à descendre ou tu vas y arriver seule ?

Il se fout de moi là, non ? Je le regarde avec un air de défi tout en relevant ma robe pour pouvoir enjamber la moto. Malheureusement, je me penche un peu trop et manque de m'affaler sur le trottoir. Jayden m'attrape de justesse par le bras et me stabilise.

— C'est vrai, tu te débrouilles bien !

— Rigole, mets une robe moulante et des talons hauts, après on verra !

Il se marre et me tourne le dos en se penchant en avant.

— Grimpe, pochetronne, je ne voudrais pas que tu te pètes une cheville.

Je lui saute sur le dos et m'agrippe solidement à ses épaules en lui mettant des coups de talons dans les fesses.

— Hue, cheval !

Sentir ses bras musclés autour de moi qui me soutiennent les fesses me donne des envies cochonnes, comme à chaque fois que je suis près de lui. Je lui mordille le lobe de l'oreille et lui susurre :

— Ramène-moi chez toi, bel étalon !

CHAPITRE 7

Je me réveille dans mon lit avec un sacré mal de crâne. Ce qui est bien mérité avec tout ce que j'ai ingurgité. Les réveils sont de plus en plus difficiles, il faut dire aussi que mes nuits sont de plus en plus courtes, mais pour rien au monde je ne les échangerais. La relation qui s'est instaurée entre Jayden et moi est une toute nouvelle expérience et, jusqu'ici, je dois dire qu'elle me convient bien. Je pense d'ailleurs que j'aurais annulé le rendez-vous de samedi avec Chase si Jay n'avait pas été présent à ce moment-là. Il est gentil et semble être un mec adorable avec qui je pourrais vivre une vraie histoire d'amour, mais entre lui et moi il n'y a pas ce petit truc qui fait que mon cœur s'emballe quand je le vois, pas non plus de papillons dans le ventre, pas ce doux courant électrique… Il y a vraiment quelque chose qui cloche chez moi, je préfère une aventure sans lendemain avec Jay, le genre de mec que je m'étais juré de fuir et qui risque de me détruire plutôt qu'une relation avec un homme bien. Je me demande s'il y a de bons psys dans le coin ?

— Charlie, ça te dirait d'aller voir ton frère à son entraînement de base-ball cet aprèm ?

— Tu voudrais venir me voir ?

Evan ne semble pas y croire.

— Bien sûr, mon cœur ! Ton ancienne nounou ne venait jamais te voir jouer ?

— Non… Y a toujours que oncle Jay et moi.

Un large sourire s'esquisse sur son joli visage et je devine combien le manque d'attention de ses parents lui fait du mal. J'embrasse mes deux chéris et les dépose à l'école. Lorsque je reviens à la villa pour récupérer mes cours, Jay est installé dans le canapé, habillé tout en cuir, deux casques de moto à côté de lui.

— Tu attends quelqu'un ou tu comptes intégrer les Sons of Anarchy ?

Il me rejoint et m'embrasse fougueusement. Mon cœur s'accélère d'un coup et, lorsqu'il se détache de moi, nous sommes tous les deux à bout de souffle. Il attrape les casques et me prend par la main.

— Ce matin, t'as le droit à une pause, pas de cours. On va se promener.

J'en reste bouche bée, je le suis sans comprendre ce qui vient de se passer. Jamais il n'a montré une quelconque marque d'affection en dehors de nos ébats.

On entend des bruits de pas qui proviennent de l'étage. Andrew, ou Mme Davis, est sur le point de partir au boulot.

Il me lâche aussitôt la main, comme s'il ne s'était pas rendu compte de son geste et ouvre la porte d'entrée pour me laisser passer. Je suis du même avis que lui, personne ne doit savoir ce qui se passe entre nous mais son geste me vexe.

Il m'emmène sur le boulevard principal où sont agglutinés tous les magasins pour touristes. Ses mains sont cachées dans ses poches comme s'il avait peur de refaire la même erreur. Nous marchons un moment sans parler, on dirait qu'il a la tête ailleurs et je bous de l'intérieur. J'étais ravie de cette sortie mais, vu comment elle s'annonce, j'aurais été aussi bien inspirée d'aller plutôt en cours.

— T'as honte de moi ?

— Quoi ?

Il daigne enfin me regarder mais semble encore perdu dans ses pensées.

— Non, bien sûr que non !

— Viens, on va manger une glace. Dans la rue derrière, il y a un glacier qui fait des glaces artisanales, et toute la ville s'y rue pour y goûter.

Comprenant où je veux en venir, il préfère changer de sujet. C'est bien un mec, tiens !

Alors qu'on s'éloigne de toutes les vitrines de bibelots et autres magasins de souvenirs, je tombe sur une boutique qui vend du rêve à l'état brut. Mes yeux se mettent aussitôt à briller et je reste collée à la vitrine. Jay revient sur ses pas en voyant que je ne le suis plus.

— On a le temps si tu veux aller jeter un coup d'œil.

— Non, surtout pas ! Je m'interdis de rentrer dans ces magasins sinon je ne pourrai pas me retenir !

Mes yeux ne quittent pas la vitrine. Je suis comme hypnotisée par autant de beauté.

— Ah ! les femmes et les chaussures !

— Mais ce ne sont pas n'importe quelles chaussures. Dior, Chanel, Galliano… Regarde comme elles sont belles ! Oh mon Dieu… Ça y est… je suis amoureuse !

— Desquelles ?

Je pointe du doigt de magnifiques sandales compensées beiges Jimmy Choo avec de petits strass incrustés.

— Un jour, elles viendront s'ajouter à ma collection même si je dois vider mon compte en banque !

Au moins, cette parenthèse aura eu raison de son humeur songeuse. C'est toujours ça de pris. Je repère où est située la boutique et je me donne jusqu'à la fin de mon année pour venir les chercher.

— Hum… C'est excitant de te voir manger une glace.

Ma glace à la fraise est délicieuse et, à ces mots, je me mets à la lécher du bout de la langue en poussant de petits gémissements. Je le vois se mordre la lèvre pour éviter de rire. La bonne humeur est maintenant bien revenue et la matinée passe à la vitesse grand V. Il est l'heure d'aller récupérer les enfants.

— Tu m'accompagnes ?

— Non, je te dépose à ta voiture, j'ai une course à faire. Je viendrai chercher Evan à la même heure que d'habitude pour son entraînement.

Je garde pour moi mon intention de me joindre à eux cet après-midi, en espérant lui faire une agréable surprise.

La sortie de l'école s'effectue rapidement, étant donné que Chase n'est pas là pour flirter avec moi.

— Tu viens toujours me voir, hein ?

— Quoi, faut que je te le promette ? Je n'ai qu'une parole. Je te laisse partir avec ton oncle et on te rejoint juste après.

On mange sur le pouce dans la cuisine, les enfants ayant décidé du menu : chips, steak haché. Evan est pressé d'y aller, je sens l'excitation et la joie dans son comportement. Il est heureux que nous venions pour lui.

— T'es prêt, bonhomme ?

Jay passe par la baie vitrée de la terrasse et nous rejoint.

— Rassure-moi, vous n'y allez pas en moto ?

Il me montre ses clés de voiture en guise de réponse. Je les accompagne jusqu'à la voiture, que je découvre : une grosse Audi A4 rouge – niveau discrétion : zéro –, mais je dois avouer qu'elle est magnifique.

— Alors à tout à l'heure, hein, Lola ? me souffle Evan.

Sa persévérance me fait rire, il a vraiment peur que je me défile.

— T'es fatigant ! Allez va-t'en ! répond finalement Charlie à ma place.

Je retourne dans ma chambre pour me refaire une petite beauté. Charlie reste scotchée à moi et n'en perd pas une miette. Je finalise avec une petite touche de gloss et passe un dernier coup de brosse dans mes cheveux.

— T'es belle avec ton rouge à lèvres ! J'espère que quand je serai grande je serai aussi belle que toi !

— Viens là !

Je la dépose sur la commode pour qu'elle soit à ma hauteur. Je lui mets une couche de gloss transparent et rassemble ses belles boucles blondes en un chignon effet décoiffé comme j'ai l'habitude de le faire pour moi. Une vraie poupée.

— Regarde-toi, pas la peine d'attendre, tu es déjà magnifique !

Elle s'observe un long moment dans le miroir et semble satisfaite de sa bouille.

— Allez ma beauté, on y va !

Je me perds et tourne en rond un moment avant de trouver le terrain de base-ball. Une fois de plus j'aurais dû me renseigner avant de partir à l'aveuglette. Nous arrivons finalement avec trente minutes de retard et l'entraînement est déjà bien entamé. Charlie retrouve une copine de classe qui joue dans son coin et moi je rejoins le plus discrètement possible les mamans dans les gradins. Jayden active les gosses et les fait courir dans tous les sens.

J'entends des bribes de discussions entre les mamans et comprends vite que si elles viennent aussi nombreuses c'est principalement pour mon sex friend. Je me redresse, fière de me dire que c'est dans mon lit qu'il sera ce soir, même si techniquement c'est dans son lit qu'il me baise. Puis je me dis que le connaissant il a dû en séduire plus d'une. Je me mets alors à regarder autour de moi et à chercher lesquelles. C'est ridicule de ma part mais c'est plus fort que moi, j'ai besoin d'évaluer la concurrence.

— Lola !

Evan me sort de mes investigations absurdes. Il crie du milieu du terrain et me fait de grands gestes, le sourire jusqu'aux oreilles. Il est vraiment attendrissant. Je lui fais à mon tour un petit signe de la main. Jay m'aperçoit enfin et me décroche un magnifique sourire. Je me sens alors rougir comme une lycéenne, et les regards suspicieux des mamans ne m'aident pas à aller mieux.

L'entraînement se finit et le terrain se vide peu à peu. Les mères et leurs yeux revolver rentrent retrouver leurs maris. Jay range l'équipement pendant que les jumeaux s'amusent ensemble. Je le rejoins pour l'aider.

— Je ne savais pas que tu devais venir.

— J'avais promis à Evan.

J'attrape une batte et fais semblant de taper dans une balle.

— Ce n'est pas comme ça que ça se tient.

Il se positionne derrière moi et pose ses mains sur les miennes pour me montrer le mouvement.

— Si ton fan-club nous voyait en ce moment, je me ferais lyncher sur place.

— Mon fan-club ? Attention on pourrait croire que tu es jalouse !

Il paraît amusé, j'adore le voir si rieur.

Le sentir si près de moi, son souffle dans mes cheveux et ses muscles saillants m'entourant, me donne des envies salaces. J'incline davantage mon bassin pour me coller encore un peu plus contre lui.

— Comme ça ?

— C'est exactement comme ça…

Je sens maintenant son érection contre mes fesses. Ça y est, j'ai chaud de partout.

Du coin de l'œil, je vois qu'il n'y a plus de mouvement du côté de nos deux têtes blondes.

— Je crois que la séance est finie. On a un public…

Jay relève la tête et les découvre silencieux, qui nous fixent. Il me relâche et passe son tee-shirt par-dessus son jean pour camoufler sa bosse.

— Partie remise, bébé, on verra ça ce soir…

Hummm, j'adore ses douces promesses.

— Allez, femme, va t'occuper de mes neveux !

Il me claque les fesses lorsque je pars, ce qui fait bien rire les enfants. Ils en rigolent encore quand on arrive à la voiture.

— Je crois qu'oncle Jay t'aime bien !

Charlie n'a pas les yeux dans sa poche, elle n'a cessé de nous observer. Mais si elle savait ce que son oncle a comme projet pour moi… Ce n'est pas de l'amour, juste du bon temps !

— Qu'est-ce qu'on fait maintenant ?

Evan attache sa ceinture de sécurité, prêt pour une nouvelle aventure.

— Et si on allait juste faire les fous dans la piscine ?

Je passe une journée fabuleuse. La promenade en moto de ce matin avec Jay, l'entraînement d'Evan, la fierté et la joie dans ses yeux, et maintenant le barbotage tranquille dans l'eau. J'ai l'impression d'avoir une autre famille ici. Quand je pense que je suis venue à contrecœur il y a à peine un mois… Je sens que je vais être brisée au moment de devoir repartir.

Les jumeaux se sont ligués contre moi et essaient de me faire couler. D'un seul coup, Jay arrive en courant et rentre dans la piscine en faisant une gigantesque bombe. On s'amusait tellement tous les trois que je ne l'ai pas vu rentrer chez lui. Le voilà maintenant en short de bain et bien évidemment il est du côté de ses neveux pour me faire boire la tasse. J'ai l'impression d'être avec trois enfants tant Jay s'amuse. On éclabousse dans tous les sens, on crie mais on rit beaucoup surtout.

Andrew fait son apparition au moment où son frère me porte dans ses bras, prêt à me jeter. J'ai perdu la notion du temps, et voir arriver Andrew en costard cravate me fait dire qu'il est l'heure de filer à la douche et de préparer le dîner.

Jay ne s'arrête pas et me jette de toutes ses forces. J'atterris sans aucune grâce près d'Andrew qui se retrouve éclaboussé.

— Heu… désolée, Andrew !

Je ne peux m'empêcher de pouffer de rire.

— Dire que pendant que certains bossent dur, d'autres s'amusent !

Il scrute sa montre et paraît en pleine réflexion.

— Donnez-moi cinq minutes et j'arrive !

— Je vais vous céder la place, je dois aller préparer à manger de toute façon.

— Non, tu ne bouges pas de là, on va commander des pizzas. Ava rentre tard ce soir.

Euphorie générale à cette annonce.

Evan sort de l'eau et entreprend de se sécher. S'être levé de bonne heure pour l'école et avoir couru tout l'après-midi sous ce soleil de plomb semble avoir eu raison de lui. Ses yeux sont cernés et le voilà qui bâille. Andrew nous rejoint en maillot de bain en moins de cinq minutes. Ce qu'il porte est tout à fait normal pour aller nager mais il a beau être mon ami maintenant, il n'en est pas moins mon patron. Je dois avouer que, pour ses trente ans passés, il est plutôt bien bâti. Je détourne les yeux le temps qu'il pénètre dans l'eau.

— Je vais commander les pizzas !

Evan disparaît dans la villa.

Les deux frères se jaugent du regard.

— Bataille ?

Quoi ? Qu'est-ce que Jay a voulu dire par là ?

Ils disparaissent tous les deux sous l'eau et je pousse un cri quand je le sens me soulever de l'eau. Je suis à présent sur les épaules de Jayden et Charlie sur celles de son père. Maintenant je comprends mieux !

J'ai dû boire au moins cinq fois la tasse avant que le livreur de pizzas nous fasse sortir de la piscine.

Jay reste avec nous pour le repas et l'ambiance familiale qui s'en dégage me donne un pincement au cœur car ça me fait évidemment penser à ma mère. Je les laisse pour la douche et le coucher des enfants. Lorsque je redescends, une fois de plus, Jay est déjà parti.

Andrew m'attend dans le canapé, deux verres de vin rouge à la main. Cette petite habitude me donne du courage pour oser me présenter tous les soirs chez Jay comme une nymphomane, même si je sais qu'il apprécie autant que moi cette visite.

Il me raconte l'histoire de sa dernière cliente de la journée qui veut porter plainte contre Disney qui a confirmé la sortie prochaine de *La Reine des neiges 2*. Sa fille se prend pour Elsa depuis la sortie du premier et les séances de psy commencent enfin à faire leur effet, c'est pourquoi elle ne veut pas replonger dans cette folie. Il rigole en imitant sa cliente mais je n'arrive pas à me concentrer sur son histoire. Je repense à cette journée et me dis qu'elle n'aurait pas été aussi magique si Jay n'en avait pas été le point central. Et là je vais bientôt rejoindre mon bad boy pour une chevauchée sauvage. Enfin, j'espère…

— Va le rejoindre !

— Quoi ?

Je ne sais pas quand mon regard s'est perdu vers la maison de Jay mais je recentre mon attention sur Andrew.

— Allez, vas-y ! De toute façon, ton esprit est déjà là-bas !

Plus il rigole et plus je me sens rougir. C'est son frère quand même !

— Fais attention à toi quand même, n'oublie pas ce que je t'ai dit.

— Promis. Merci, Andrew. Je n'ai pas de frère, mais j'aurais aimé qu'il vous ressemble : aimant et protecteur.

Je dépose un rapide baiser sur sa joue et me lève. Je découvre alors Mme Davis derrière le canapé qui me fusille du regard. Je ne sais pas depuis combien de temps elle est là, mais je me rends compte que de son point de vue le geste peut paraître déplacé, si on considère Andrew uniquement comme mon patron. Voyant ma gêne, Andrew se retourne et découvre sa femme.

— Déjà là ? Je ne t'ai pas entendue rentrer !

— Je vois ça…

Andrew fait comme si de rien n'était. Pourquoi ne dissipe-t-il pas le malentendu ? Je baisse les yeux et m'éclipse vers la porte d'entrée. L'entente avec Mme Davis est définitivement oubliée. En un mois, je n'ai pas réussi à la faire sourire une seule fois, maintenant je peux affirmer sans aucun doute que c'est peine perdue !

CHAPITRE 8

Une boîte à chaussures a été livrée devant la porte d'entrée de Jay. Prise de curiosité, je l'ouvre et découvre les Jimmy Choo que j'ai vues ce matin. Je saute sur place à la vue de ces merveilles. Un mot se trouve dessus : « Ceci est la seule chose que tu auras sur toi quand tu entreras dans la chambre. » Je rentre et dépose la boîte sur la table. J'hésite un moment car je sais combien cette folie lui a coûté. Mais c'est plus fort que moi, et j'en sors vite une de la boîte et la tourne dans tous les sens : magnifique ! Je me déshabille, plie soigneusement mes affaires sur le canapé et enfin j'enfile mes nouvelles chaussures. Je ne sais pas comment il s'y est pris mais c'est exactement ma pointure. Les talons claquent jusqu'à la porte de sa chambre. Un rai de lumière passe sous la porte, il m'attend. Lorsque j'entre, il est étendu sur le lit, bras croisés sous sa tête. Il est tellement beau…

— Tu es fou ! Elles sont magnifiques, je ne sais pas quoi dire.

— T'inquiète, je sais exactement comment tu peux me remercier !

Il me fait signe de le rejoindre sur le lit et je ne me fais pas prier. Comme une lionne, la crinière rouge tombant sur la poitrine, j'avance lentement à genoux sur le lit. Son regard s'enflamme à mesure que je m'approche de lui.

— Putain, t'es tellement bandante ! Je n'ai pensé qu'à ce moment toute la journée. Quand je te regardais sucer ta glace, et à l'entraînement de base-ball, puis tout à l'heure en maillot de bain… je n'avais qu'une seule idée en tête !

Il m'attrape par les cheveux et ses lèvres viennent s'écraser sur les miennes, elles sont chaudes et mouillées, tout comme moi en ce moment. Mon corps est avide de ses caresses. Ses mains se promènent sur ma peau nue, cherchant le moindre centimètre carré qu'elles n'auraient pas encore exploré. Ce n'est pas seulement une envie mais un besoin que je ressens dans chacun de ses gestes.

— Je n'arrive pas à me rassasier de toi…

Ma main se pose sur sa queue déjà gonflée de désir et je me mets à le branler de plus en plus fort. Il me renverse en arrière et bloque mes mains au-dessus de ma tête, m'empêchant de le toucher. Lorsqu'il me mord la lèvre inférieure, je me tords de désir. J'ai envie de le sentir en moi. Son autre main descend droit sur ma poitrine et tire sur mon téton qui durcit aussitôt. Je pousse un cri de frustration quand ses lèvres s'éloignent mais elles viennent aussitôt se poser sur mes seins. Lorsqu'il relâche mes mains, je m'agrippe directement à ses cheveux.

— Non.

Il dégage mes mains. Son regard est sombre, rempli de désir.

— Touche-toi…

Il guide ma main jusqu'à ma fente déjà tout humide. Il accompagne mes gestes et insère un doigt en moi. Mon corps réagit aussitôt et se cambre pour mieux sentir cette intrusion. Il retire alors sa main et me regarde me donner du plaisir. Le voir me mater ainsi décuple les sensations, et j'arrive rapidement à l'orgasme. Quand je rouvre les yeux, il est en train d'enfiler une capote. Il positionne sa belle bouche entre mes jambes et je peux enfin lui agripper les cheveux. À mesure que ses coups de langue s'accentuent, je les lui tire de plus en plus fort.

— Jay… Jay… (Je lui tire les cheveux encore plus fort pour le forcer à venir sur moi.) Viens !

— Qu'est-ce que tu veux ? Dis-moi.

Il continue sa douce torture.

— Baise-moi !

J'ai crié plus fort que je ne l'aurais voulu mais mon corps parle pour moi, j'ai besoin de le sentir en moi, maintenant.

Mes paroles le font sourire mais ont aussi le don de l'exciter davantage. Il se positionne sur moi et en un coup de rein il me pénètre.

— Comme ça ?

À présent il me pilonne et je me délecte de le sentir aussi profondément. Il relève mes jambes et les place sur ses épaules.

Je ris car je vois mes belles chaussures de chaque côté de sa tête. Il rit à son tour quand il comprend et me mord la cheville.

— Tourne-toi, maintenant, je veux voir mon paradis !

Mon Dieu, s'il savait pourquoi j'ai fait ce tatouage, il ne l'aimerait pas autant.

Ses coups de boutoir sont violents et pourtant je prends un plaisir fou. Les petites claques aux fesses qu'il me donne ne font qu'accroître ma délectation. Je revois Zoé me sortir sa citation favorite : « Une levrette sans fessées, c'est comme une raclette sans fromage. » Mais je l'oublie aussitôt quand je sens une bouffée de chaleur monter en moi, encore. Je sens que l'orgasme est imminent. Le sentant venir, il me titille le clitoris en même temps qu'il me donne ses derniers coups de reins. Un orgasme à me couper le souffle arrive et je jouis en criant son nom. Nos corps en sueur s'étreignent et nos respirations synchronisées se calment peu à peu. La tête posée sur son torse, je peux sentir son cœur qui a du mal à reprendre un rythme normal. Je relève la jambe pour pouvoir admirer ma jolie sandale dont les strass brillent de mille feux.

— Je ne comprends pas pourquoi tu as fait une folie pareille. Elles sont magnifiques mais elles sont aussi hors de prix !

— T'inquiète pas pour ça, et je dois avouer qu'elles étaient faites pour toi !

— T'as conscience qu'un cadeau comme ça relève plus d'une attention de petit ami ?

— C'est vrai ? Ça ne se fait pas entre sex friends ? Je ne sais pas, je n'ai jamais offert de cadeau à une fille avant !

Il en rigole et me caresse les cheveux.

— Jamais ?

— Hormis Ava et Charlie, non ! Pour faire simple, je ne fais pas de cadeau aux filles que je baise !

Je redresse la tête pour croiser son regard.

— Très classe !

Je lui mets une petite claque sur l'épaule.

— Alors pourquoi cette grande première ?

— Je ne sais pas, moi, tu m'en poses des questions ! Je savais que ça allait te faire plaisir, c'est tout !

Il semble gêné et je ne veux pas qu'il regrette son acte.

— Alors à moi de te montrer comment ton cadeau m'a fait plaisir. Je dirais même très-très-très plaisir !

Je l'embrasse langoureusement et m'assois sur lui pour lui faire comprendre que, cette fois, c'est moi qui mène la danse.

— S'il te plaît, Lola, viens avec nous…

Charlie, ses deux petites mains devant elle, fait signe de prier. Elle me regarde avec des yeux suppliants et une petite moue.

Apparemment, la famille Davis possède un catamaran et organise des sorties en pleine mer quand le planning des parents le permet. Ils partent ce soir dès la fin des classes et ne reviennent que dimanche. Je ne suis jamais montée sur un catamaran. Je suis allée une fois sur le chalutier de mon oncle et j'en garde un mauvais souvenir, la houle m'ayant fait vomir tripes et boyaux, mais je ne pense pas qu'avec cette mer d'huile ce soit pareil. Cependant, la famille Davis a besoin de se retrouver et, de toute façon, demain j'ai mon rendez-vous avec Chase. D'ailleurs, je n'ai rien à me mettre et ce temps libre me permettra de faire les magasins.

— N'en profite pas pour faire comme tous les jeunes Américains qui se respectent et organiser une fête chez nous dès qu'on se sera éloignés !

Andrew s'installe au volant de son pick-up noir dernier cri.

— J'y ai bien pensé mais vous m'avez prévenue trop tard, je n'ai pas eu le temps de lancer les invitations !

— Garde un œil sur Jay pour moi, d'habitude il nous accompagne, mais bizarrement cette fois il ne peut pas venir…

Il me regarde avec son petit sourire en coin qui veut tout dire. Je fais un dernier bisou aux jumeaux et m'écarte pour les laisser partir.

— Amusez-vous bien, les enfants ! Bon week-end, madame Davis !

Elle ne se donne même pas la peine de me regarder. Décidément je n'arrive pas à accrocher avec elle, pourtant je fais des efforts. Je regarde le pick-up quitter l'allée et repense à ce qu'Andrew vient de me balancer. Pourquoi Jay n'est pas parti avec eux ? Pour moi ? Non impossible il sait que demain je vois

Chase. On n'a pas de comptes à se rendre, donc je ne pense pas qu'il soit resté pour moi. Il doit avoir des choses prévues de son côté. Avec une fille ?

Non, je ne dois pas penser à ça ! À la place, je préfère lui envoyer un message : « *Je m'ennuie déjà, besoin de distraction…* » En attendant sa réponse, je vais en profiter pour appeler Zoé.

— Salut ! Ça va, ma chérie ?

— Que c'est bon d'entendre ta voix ! Tu me manques !

— Arrête ! Avec ton sexy sex friend, t'as à peine le temps de me donner des nouvelles ! Tu sais d'ailleurs que ta photo Facebook fait beaucoup jaser ?

— J'ai cru comprendre, vu les commentaires que certains ont laissés.

— Ouais mais y a pas que les copines qui en parlent si tu vois ce que je veux dire !

— Quoi ? Tom l'a vue ?

— Faut croire puisqu'il m'a appelée le lendemain pour savoir qui c'était, d'où tu le connaissais, si c'était sérieux…

— Franchement, tu peux lui dire ce que tu veux ça m'est égal…

— Quoi ?

Elle crie dans le téléphone, si bien que je suis obligée de l'écarter de mon oreille.

— C'est bon, je peux enfin envoyer bouler ce connard ?

— Oui, tu as ma permission. J'ai définitivement tiré un trait sur lui.

— Hum… Monsieur Orgasme-garanti ne te ferait pas tourner la tête par hasard ?

— Non ! (À mon tour de lui hurler dans les oreilles.) J'ai ouvert les yeux sur Tom, c'est tout !

— Je te connais, chérie, tu peux me dire ce que tu veux, mais je sais que tu l'aimes bien !

— C'est le même genre de mec que Tom et que tous ceux que je veux fuir désormais.

À présent, je suis dans ma chambre et je plonge sur mon lit.

— Oui je l'aime bien… On s'entend super bien et pas que sexuellement, mais je veux un mec sérieux, un mec avec qui je peux me projeter sans avoir peur de me faire avoir et de souffrir.

— Et tu ne vois pas ça en lui ?

— Oh non ! le pacte qu'on a fait lui convient très bien ! Son frère m'a dit qu'il n'avait jamais eu de petite amie, en tout cas pas à sa connaissance, ça veut tout dire !

Un soupir sort de ma bouche malgré moi.

— Mais, demain, j'ai rencard avec Chase, le prof canon, on verra bien !

— Waouh ! c'est fou ce que tu es enthousiaste !

Son rire fluet me réchauffe le cœur, c'est tellement bon de l'entendre.

— Tu sais quoi, fais-toi plaisir, baise avec qui tu veux, fais ce que tu veux. Tu vis ton rêve américain alors vis-le à fond !

— C'est bien ce que je compte faire ! Je te laisse, chérie, faut que j'appelle ma mère.

— Si j'étais toi, j'appellerais un peu plus tard, ici il est à peine 6 h 30 du matin. Tu m'as réveillée en plein milieu d'un rêve coquin avec Ian Somerhalder mais c'est pas grave… Je te pardonne !

— Je te laisse y retourner alors ! À bientôt, je t'adore, chérie.

Alors que je raccroche, je reçois un message de Jay : « *Dégoûté, je ne suis pas là, j'aurais su comment te distraire…* »

Bon, ça présage une soirée en solo. Donc ce n'est pas pour moi qu'il est resté. Je m'en doutais, il doit être avec une blondasse. « *Tant pis je vais me débrouiller toute seule.* » Sa réponse ne se fait pas attendre : « *J'ai une érection rien qu'à t'imaginer te donner du plaisir, pas facile de me concentrer sur mon taf avec toi !* » Il bosse avec sa bande, bizarrement je me sens mieux. Et même loin de lui, je lui fais de l'effet, j'adore ça. « *Je commence sans toi, tu pourras peut-être finir en rentrant…* » Je jette mon téléphone sur le lit et vais prendre une douche tiède. Je n'ai jamais pris autant de douches que depuis que je vis ici. L'air chaud et ce soleil de plomb sont durs à supporter toute la journée pour ceux qui n'y sont pas habitués. Comme j'ai le temps, j'en profite pour me faire un soin capillaire, m'épiler et me faire un gommage. Je me sens toute belle et ce sera ça de moins à faire pour mon rendez-vous de demain. Lorsque je reviens dans la chambre, mon téléhone vibre dans tous les sens et affiche pas moins de quatre messages de Jay.

« *Tu vas prendre cher rien que pour m'avoir excité.* »

« *Impossible de me concentrer sur le taf, je ne pense qu'à te la mettre.* »

« *Je n'ose pas me lever du canapé, je n'arrive pas à débander.* »

« *Pourquoi tu ne réponds pas, ne me dis pas que tu te touches… Je t'imagine dans ta lingerie en dentelle rouge qui m'a affolé la dernière fois en train de passer ta main sous le tissu. Putain mon érection me fait mal !* »

Je suis éclatée de rire à lire ses messages, et flattée aussi, même si je sais qu'il en rajoute beaucoup. Alors que je m'apprête à lui retourner un sexto le plus chaud possible, je me ravise, préférant laisser son imagination faire le travail.

Il est à peine 18 h 30 et je me retrouve seule un vendredi soir sans aucun projet. Ça fait longtemps que ça ne m'est pas arrivé. Plus le courage d'avoir une discussion avec ma mère, qui va me harceler de questions et de recommandations, alors je préfère lui envoyer un petit message et lui promets de l'appeler bientôt. Je descends dans la cuisine, attrape des chips, une canette de coca et m'installe sur un transat au bord de la piscine avec *La Fille de papier*. Ce livre est magnifique, pourtant ça fait quinze minutes que je lis la même page sans réussir à comprendre. Mon esprit se met à imaginer un scénario qui prend vite une tournure sexuelle et dans lequel Jayden rentre plus tôt que prévu et me prend sauvagement dans la piscine. Mon regard se perd dans les reflets brillants du soleil sur l'eau… La sonnerie de mon portable me sort de ma rêverie.

« *Grosse merde qui nous tombe dessus, je ne pourrai pas me libérer, la nuit va être longue. Je m'occuperai de ton petit cul demain.* » Et voilà, en une fraction de seconde, mes plans tombent à l'eau ! Je lui envoie un dernier texto : « *Demain c'est samedi et si tout se passe comme prévu c'est Chase qui s'occupera de mon petit cul ! Tu as loupé ta chance !* »

Déçue de ne pas avoir droit à mon orgasme ce soir, je décide qu'il n'y a pas de raison pour que lui s'en sorte comme ça ! Satisfaite de ma réponse, j'attends cinq minutes de voir ce qu'il va me rétorquer, mais voyant qu'il ne répond pas, je me replonge dans mon livre. Ce soir, il n'y aura que Musso et moi.

CHAPITRE 9

J'ouvre les yeux après une bonne nuit de sommeil et la première chose que je fais est de vérifier mes messages. Rien. Pourtant mon téléphone m'indique qu'il a bien lu le mien, il doit être trop occupé pour me répondre, ou notre petit jeu l'a lassé. J'ai dormi dans la lingerie rouge qui lui plaît tant, espérant une visite surprise cette nuit, mais rien du tout, pas même un mot ! Je suis énervée. Énervée contre moi-même d'attendre quelque chose de lui alors que notre relation est basée uniquement sur le cul. C'est vrai qu'il ne me doit absolument rien ! Il est plus de 11 heures quand je sors enfin de mon lit. Il y a longtemps que je n'ai pas traîné comme ça. Je me lave vite fait, enfile les premiers trucs qui me tombent sous la main et ne prends même pas la peine de me maquiller. La longue nuit de sommeil et mon bronzage me donnent bonne mine et c'est suffisant pour aller faire du shopping. Il est 13 heures quand je rentre dans le centre commercial. Rien que pour la clim, ça vaut le coup d'être là. Moi qui n'ai pas l'habitude de courir les boutiques toute seule, je m'éclate à faire le tour de tous les magasins de fringues, à chercher conseil auprès des vendeuses pour être à la mode américaine et à baver devant les grandes vitrines de chaussures. Je n'y rentre pas, car je sais que je serais incapable de résister, et mes modestes moyens ne me permettent pas de me lâcher. Lorsque je ressors en fin d'après-midi, j'ai les bras chargés de sacs. J'ai craqué pour une robe moulante noire qui arrive mi-cuisses, sans décolleté mais avec un joli dos nu, et qui sera parfaite pour ce soir. J'ai aussi trouvé des dessous sexy en dentelle rose fuchsia, un soutien-gorge et un shorty, et ça c'est pour le plaisir des yeux de Monsieur Orgasme-garanti, comme Zoé s'amuse à l'appeler.

Je suis ravie de mes trouvailles et, maintenant, il est plus que temps de rentrer me préparer. Je n'ai pas eu de nouvelles de Jay de la journée, mais ce n'est pas le moment de me pencher sur les raisons de son silence, il faut que je me dépêche.

Lorsque je sors de ma salle de bains, je suis prête, il ne me reste plus qu'à enfiler mes escarpins noirs pour parfaire ma tenue. Le résultat est plutôt bluffant, je me trouve sexy. J'ai lissé mes cheveux, sans les boucles ils me tombent jusqu'aux fesses. Un grand trait d'eye-liner et mon rouge à lèvres favori : rouge de Dior qui me fait une belle bouche pulpeuse. Un coup d'œil à ma montre m'apprend que je vais être en retard si je ne décolle pas maintenant. J'attrape mon sac sur le lit, les clés de la villa et mon téléphone. Un message reçu… Jay a enfin daigné me donner des nouvelles. Non, c'est un SMS de Thomas. Je reste bloquée sur l'écran, incapable d'ouvrir le message. Mes doigts sont crispés au téléphone et c'est le vide dans ma tête. Je devrais le supprimer tout de suite mais c'est plus fort que moi, il faut que je sache ce qu'il me veut. Depuis notre séparation, Thomas ignore mes appels et mes messages et voilà qu'il se manifeste au moment où j'arrive enfin à l'oublier.

« *Pardonne-moi, j'ai joué au con et j'ai enfin compris : je t'aime.* »

Une boule douloureuse s'est formée dans ma gorge et je me mets à respirer profondément pour reprendre mon souffle et éviter à mes larmes de couler. Je suis furieuse contre moi-même de ressentir malgré tout un pincement au cœur. Ce mec s'est foutu de ma gueule pendant trois longues années et la fin a été plus que brutale. J'ai ouvert les yeux sur lui, c'est un manipulateur doublé d'un menteur. La seule chose qui me vient à l'esprit c'est qu'il a vu la photo de Jay et que maintenant il sent qu'il n'a plus de contrôle sur moi. Je supprime le message sous le coup de la colère et je jette le téléphone dans mon sac.

Alors que j'arrive aux pieds de l'escalier, Jayden ouvre la porte d'entrée et reste figé sur place. Ses yeux telles des soucoupes me détaillent des pieds à la tête et j'en oublie tout le reste.

— Oh la vache ! Qu'est-ce que tu es sexy !

— Merci, c'est l'effet recherché !

Il me prend par la main et me fait tourner sur moi-même.

— Vraiment, vraiment sexy !

Ma main toujours dans la sienne, il la dirige vers son sexe.

— Je ne te mens pas, tu vois l'effet que tu me fais.

Ses mots sont juste un murmure au creux de mon oreille. Je lui presse légèrement sa bosse et dégage ma main pour me diriger vers la porte. Sans me retourner, je lui balance :

— Je vois ça, mais là je n'ai pas le temps de m'occuper de ton cas, j'ai rendez-vous tu te rappelles…

— Après tout ce que tu m'as sorti hier, n'espère même pas partir comme ça, je t'ai dit que j'allais m'occuper de ton p'tit cul !

— Oui et je t'ai dit que ce soir ce n'était pas possible, je suis en retard, Chase doit déjà m'attendre.

— Mais…

— À demain, Jay !

Je lui fais un signe de la main et referme la porte derrière moi pour lui faire comprendre que la discussion s'arrête là. Je suis sa sex friend, pas son objet sexuel, il y a une différence, à lui de la saisir. Je suis plutôt fière de mon coup et arrive au rendez-vous le cœur léger avec vingt minutes de retard. Chase m'attend tranquillement devant le resto et son regard s'illumine lorsqu'il me voit arriver.

— Désolée, je suis en retard, j'ai tourné un peu avant de trouver.

Je lui vends un léger mensonge, je ne me voyais pas lui dire que ce sont les avances de celui avec qui je baise qui m'ont retardée.

— Ce n'est rien. Tu es magnifique !

Il ouvre la porte et, en gentleman, me laisse passer. Enfin, pas gentleman jusqu'au bout, puisque je sens son regard se poser sur mes fesses. Le décor est français comme il fallait s'en douter. Ça ressemble aux brasseries parisiennes à l'ancienne avec des nappes vichy à carreaux blancs et rouges et leurs serviettes assorties. Des tableaux ornent tous les murs. C'est surchargé et pas de très bon goût, j'espère qu'ils sont meilleurs en cuisine qu'en déco ! En tout cas, le restaurant est bondé, ce qui est bon signe. On nous fait patienter deux minutes au bar le temps que notre table soit prête. Un resto français à Santa Luna, j'aurais dû me douter qu'il s'agissait de celui de mes amis. Je vois arriver Charlotte qui paraît surprise de me voir. Plus elle avance vers nous et plus son sourire s'élargit.

— Lola, quelle surprise !

Elle me prend dans ses bras et me fait une bise, puis se tourne vers Chase et lui tend la main.

— Je suppose que vous êtes…

— Chase, je te présente Chase !

Je me précipite pour la devancer, ce qui les surprend tous les deux. Je lui ai tellement parlé de Jay que j'ai peur qu'elle fasse une gaffe. Puis je me rends compte du ridicule de mon intervention, puisqu'elle a déjà vu Jay !

— Chase, je te présente Charlotte, on prend des cours d'anglais ensemble.

— Ravie de vous rencontrer. Suivez-moi, je vous emmène à votre table. Vous désirez un apéritif pour commencer ?

— Bien sûr, je prendrai un whisky sec s'il vous plaît. Lola ?

— Si tu permets, Lola, je sais exactement ce qui te plairait.

— Vas-y, surprends-moi !

Charlotte s'éclipse après nous avoir tendu les menus. Je suis surprise de voir que tout est français, jusqu'à l'eau minérale. Ils font les choses dans les règles.

— C'est la première fois que je t'entends parler français. Ça doit te faire du bien de pouvoir t'exprimer dans ta langue.

— Oui, c'est vrai. On se surprend parfois à parler anglais entre nous.

Charlotte revient avec le verre de Chase et me tend le mien toute contente.

— Un tariquet première grive pour madame. Tu vas adorer. On ne le trouve pas partout en France et ici ils en ont ! Et voici quelques amuse-bouche offerts par la maison. Bonne soirée.

— Comment on trinque en français ?

— À la tienne ou santé !

— Alors santé !

Je choisis une cassolette de coquilles Saint-Jacques et recommande le coq au vin à Chase, voyant qu'il a un peu de mal à s'y retrouver. Pour un premier rendez-vous, je suis à l'aise, je me sens vraiment dans mon élément, fait très rare depuis mon arrivée ici. Le repas se passe à merveille et alors que nous faisons plus ample connaissance avec des questions bateau, mon regard est attiré du côté du bar où une silhouette que je ne connais que trop bien me fixe. Un verre à la main, Jay est tourné dans notre direction. Je ne sais pas depuis combien de temps il est là, mais son verre n'est pas plein.

— C'est pas vrai, mais qu'est-ce qu'il fout là ?

Chase se retourne pour voir ce qui capte mon attention. C'est à ce moment que Jay commence son numéro. Il fait l'étonné et se lève pour venir à notre rencontre. Son manège ne me plaît pas du tout, j'ai l'impression d'être espionnée.

— Qu'est-ce que tu fais là ?

Mon ton n'est pas du tout aimable et lui fait tout de suite comprendre qu'il n'aurait pas dû venir !

— Je bois un verre tout simplement. Le monde est petit, je ne savais pas que c'était ici que tu dînais !

Son sourire est totalement faux et ça a le don de m'irriter. Chase nous regarde, sans comprendre ce qui se passe.

— Tu dois être Chad ?

— Chase. Et vous êtes ?

— Je suis l'oncle d'Evan et Charlie. Et si j'ai bien compris, vous êtes leur instituteur, c'est bien ça ?

Il prend une chaise à la table voisine et s'installe à côté de nous sans tenir compte de mon regard qui veut dire : fous le camp !

— Je suis sorti avec une prof une fois, elle était hyper chiante ! Pouah mauvais souvenir !

Il rit de sa connerie et Chase me regarde avec un sourire contrit.

— Sinon ça t'arrive souvent de draguer les nounous ou les mamans de tes élèves ?

— P… pardon ?

— Jay !

— Quoi ? Je plaisante ! Avec son blaser et ses mocassins, on voit tout de suite que c'est un gentil petit garçon.

Il le détaille des pieds à la tête et je vois le malaise s'installer.

— C'est gentil à toi d'être venu nous saluer. Au revoir Jayden !

Je me lève pour lui faire comprendre que son jeu a assez duré. Il comprend le message, se lève à son tour et tend la main à Chase qui paraît hésiter mais la lui serre quand même.

— Bonne soirée, Chad !

— Chase, il s'appelle Chase !

Ça suffit, là il commence sérieusement à m'énerver ! Il tourne les talons et quitte le restaurant. Je me rassois et n'ose pas regarder dans la direction de Chase qui doit se demander à quoi il vient d'assister. Il reste silencieux un moment et finit par me poser la question.

— Il y a quelque chose entre vous ?

— Non, il n'y a absolument rien entre nous. Jayden n'est pas quelqu'un de très aimable et il a un humour plus que douteux.

— J'ai vu le regard qu'il a posé sur toi et je sais reconnaître un homme jaloux.

Je suis obligée de rire car il a vraiment mal interprété l'intervention de Jay. Il est venu uniquement pour m'embêter mais absolument pas par jalousie !

— Excuse-moi, mais là tu n'y es pas du tout. C'est juste un ami et comme je te l'ai dit il a un humour bien à lui mais il n'est pas méchant.

Il n'est pas vraiment convaincu par mon explication mais semble s'en contenter, du moins pour le moment. Le reste de la soirée suit son cours et les discussions reprennent comme avant l'intervention de Jay, mais le cœur n'y est plus. Je suis énervée, et compte bien m'expliquer avec lui en rentrant. Une fois le repas terminé, je ne m'éternise pas et prétexte un gros coup de fatigue pour rentrer. Chase me raccompagne jusqu'à la voiture.

— J'ai passé une agréable soirée. Et, encore une fois, je suis désolée pour ce qui s'est passé avec Jayden.

— Ce n'est pas ta faute. Moi aussi j'ai passé un bon moment.

Il m'attrape la main et dépose un doux baiser sur mes doigts. Nos mains restent enlacées un moment.

— J'espère que j'aurai le droit à un autre rendez-vous.

— Avec plaisir.

Je dégage ma main pour monter dans ma voiture et lui adresse un dernier au revoir avant de partir.

La villa est déserte, je pensais y trouver un Jayden fier de sa plaisanterie, à m'attendre pour pouvoir encore une fois rire à mes dépens. Mais pas de message, et aucun signe de vie de sa part. C'est aussi bien, je suis trop énervée contre lui ce soir. Je n'ai pas aéré ma chambre de toute la journée, résultat il fait une chaleur étouffante, impossible de dormir. J'ai du mal à respirer, comme si l'air n'arrivait pas jusqu'à mes poumons. Je me relève et ouvre grand la fenêtre. L'air frais de la nuit me fait du bien. La lumière chez Jay est toujours allumée, le réveil m'indique qu'il est minuit passé. Il s'attendait peut-être à ce que je fasse ma petite visite nocturne habituelle mais avec le coup qu'il m'a fait ce soir, il peut toujours rêver. Soudain je vois Jess sortir, réajuster sa minijupe et passer la main dans ses cheveux décoiffés. Mais quel salaud, il vient jusqu'au resto pour bousiller ma soirée et retourne tranquillement chez lui pour se taper Jess ? J'en tremble de colère. Un mélange de sentiments se bouscule en moi. C'est principalement de la colère mais aussi de la tristesse et quoi ? De la jalousie ? On avait dit pas de sentiments et ce ne sont que les mauvais que je ressens à cet instant. La lumière s'éteint et la nuit reprend ses droits. Un silence lourd règne bien que j'aie envie de hurler. Je referme la fenêtre et retourne dans mon lit. Je reçois un texto : « *Déjà rentrée ? J'ai vu ta voiture dans l'allée. Si ton instit ne s'est pas occupé de toi comme tu l'espérais, viens me rejoindre, c'est avec plaisir que je vais m'occuper de ton petit cul, moi.* » Je relis le message trois fois pour être sûre de bien comprendre. Il se fout littéralement de moi ! Il croit que je vais passer après elle ? Non mais, il rêve, là ! Je préfère ne pas lui répondre et éteins mon portable.

CHAPITRE 10

Entre la chaleur et l'énervement, la nuit a été très courte et je me réveille avec la même rage au ventre. J'allume mon téléphone et il vibre aussitôt, réception de trois messages. Le premier est de Charlotte qui apparemment a vu la scène au resto : « *Veinarde, t'as deux mecs canons qui te veulent et toi tu prends ça mal ? Éclate-toi !* » Au moins, il y en a une qui en rigole. Mais après tout, elle n'a pas tort. Il ne faut pas que je me prenne la tête, et avec Jay on n'est que des amis, on a le droit d'aller voir ailleurs.

Les deux autres sont de Jay : « *Tu fais encore la gueule pour cette connerie ? Arrête, ce mec est un naze.* » Bah voyons ! Et le dernier a été envoyé à 5 heures du matin. Il est court mais parle plus que tous les autres qu'il a pu m'envoyer : « *Viens, s'il te plaît.* » Quoi, il m'a attendue toute la nuit ? J'ai malgré moi un petit sourire.

Je prends une bonne douche froide pour enlever la moiteur qui colle à ma peau, me coiffe d'un chignon vite fait avec quelques mèches qui tombent, et je mets juste une touche de mascara et un trait de crayon noir sous mes yeux verts. J'enfile un petit top noir avec mon short kaki et mes sous-vêtements fuchsia, juste au cas où…

Alors que je me rends chez lui, je repense à notre pacte qui est une première pour moi, ce n'est censé être que du plaisir et pourtant je me prends la tête comme si on s'était promis quelque chose. Je décide donc de ne pas parler de Jess ni de Chase avec lui. Sa porte est grande ouverte et la musique raisonne dans toute la maison. Frapper me semble inutile, il n'entendrait rien ! Je rentre donc et le trouve dans la salle de bains en train d'enfiler un tee-shirt. Ses muscles saillants se dessinent sous le fin tissu et le tatouage sur son biceps dépasse légèrement. Je reste un moment à le dévorer des yeux. Lorsqu'il me découvre enfin, je suis accueillie par le plus beau des sourires. En le voyant ainsi, toute ma colère de la veille disparaît. Il baisse le son de sa stéréo et fonce droit sur moi. En deux seconde mes pieds ne touchent plus par terre et s'accrochent autour de son buste.

— Pourquoi tu ne m'as pas rejoint hier ? Toutes les nuits, sans exception, tu t'es faufilée jusqu'à mon lit… Je t'ai attendue toute la nuit !

Je sens de la colère dans son intonation, même s'il essaie de ne rien laisser paraître. Apparemment, il ne m'a pas attendue TOUTE la nuit puisque durant une partie de celle-ci il était occupé à sauter sa Jess. Mais je préfère ne pas aller sur ce terrain-là.

Nos visages sont proches, je peux sentir son haleine mentholée. Mes mains font le tour de sa nuque et s'agrippe à ses cheveux. Comment un mec aussi beau peut-il perdre son temps avec moi alors qu'il pourrait baiser avec n'importe qui ? En fait, rien ne me dit qu'il ne baise pas toutes les filles qu'il croise.

— Disons que j'étais trop en colère contre toi pour te voir.

— Tout ça à cause de l'histoire avec l'autre ? J'ai rien dit de méchant ! Tu peux avoir qui tu veux et tu choisis le premier trou du cul qui passe !

— Parce qu'il faut quelqu'un du goût de monsieur ? Je devrais peut-être choisir un mec comme Ben par exemple !

Mes mots font l'effet d'un électrochoc, il me repose par terre en me repoussant. Je ne comprends pas sa réaction, je cherchais simplement à détendre l'atmosphère.

— Quoi tu voudrais te taper Ben, c'est ce que tu cherches à me dire ?

— Bien sûr que non ! Tu me vois comme une fille facile qui cherche à se taper tout le monde ? C'est comme ça que tu me vois ?

Je crie presque. La colère dans ses yeux disparaît en une fraction de seconde et laisse place à de la douceur. Il prend mon visage en coupe dans ses mains et me force à le regarder.

— Non, bien sûr que non, je ne te vois pas comme ça… C'est juste que… Je sais pas !

Il soupire et me repousse une fois de plus. Je déteste quand il me rejette, ça me donne une impression d'abandon. Il a l'air perdu dans ses pensées et se passe énergiquement la main dans les cheveux.

— Je ne suis pas comme ça. Je ne comprends pas mes réactions quand il s'agit de toi. D'habitude, les filles je les baise et, quand elles m'énervent, je les dégage sans ménagement. Si elles persistent, je les trompe sous leur nez pour qu'elles me foutent la paix. Je me rends compte que c'est vraiment méchant mais je suis comme ça ! Avec toi, je sais pas… Niveau cul c'est extra et on s'entend plutôt bien alors je pense que notre amitié compte aussi pour moi.

Il semble perdu et je le trouve d'autant plus attachant.

— Niveau cul, c'est plutôt extra, alors ?

Je le regarde, amusée. Je dirais plus grandiose mais je ne veux pas lui donner la grosse tête. Il semble retrouver ses moyens et maintenant son regard est de braise. Il me contourne et je sens son corps musclé derrière moi. Il suçote ma nuque tandis que ses mains descendent doucement sur mes flancs.

— Oh oui, extra fantastiquement énorme !

Je glousse comme une gamine, faut toujours qu'il en rajoute ! Il attrape le bas de mon tee-shirt et comprenant son intention je lève les bras pour l'y encourager. Mon short atterri par terre dans la foulée. Planté derrière moi, il découvre mes sous-vêtements en regardant dans le miroir en face de moi.

— Hum, c'est nouveau ça ?

Son regard plonge dans le mien et caresse le tissu du soutien-gorge.

Je sens ma respiration s'accélérer quand ses doigts soulèvent le tissu pour libérer mes seins déjà gonflés à bloc. Sans quitter le miroir des yeux, il commence à titiller mes pointes, à les pincer et à tirer dessus. Mon corps réagit aussitôt et mon dos se cambre sous ce délicieux assaut. Il est collé à moi, mes mains ne peuvent le caresser, je dois m'agripper au lavabo en sentant mes jambes trembler. Je suis frustrée quand ses mains ne sont plus sur moi. Il détache mon élastique, et mes boucles rousses se déversent jusque sur mes reins, puis retire mes sous-vêtements qui ont eu, soit dit en passant, l'effet escompté. Ils atterrissent au sol avec mes autres fringues. Je reste figée sur place, attendant la suite avec impatience. Je le regarde se déshabiller et une bouffée de chaleur se répand en moi quand je le vois empoigner son sexe et le faire coulisser. Son regard n'a toujours pas quitté le mien, il cherche ma réaction dans le moindre de ses gestes. Il se penche pour prendre une capote dans le tiroir. Il bande tellement fort que j'ai l'impression que sa bite ne rentrera jamais dans ce petit bout de latex. Puis enfin, sa peau douce recouvre la mienne. Il bande fort contre mes fesses et moi je suis déjà toute mouillée. Une main reprend d'assaut mon téton tandis que l'autre descend vers ma fente. Son majeur me caresse l'intérieur et entame ce doux geste circulaire sur mon clitoris. Je pose ma tête sur son épaule, en fermant les yeux, et me laisse submerger de plaisir sous ses mains expertes, mais j'en veux plus, toujours plus. J'agrippe ses cheveux et tire avec force, mon autre main remonte sur mon sein libre et le malaxe sans ménagement en tirant sur la pointe. Lorsque je rouvre les yeux, son regard me transperce, je ne serais pas étonnée de voir en sortir des flammes. Ses doigts se font de plus en plus pressants et, tout à coup, il en rentre deux puis trois. Il entame alors un va-et-vient exquis tandis qu'il me mordille le cou. Je sens le plaisir monter quand tout à coup on entend du bruit dans la pièce à côté :

— Hé, mec, t'es là ?

CHAPITRE 11

Jay se penche vers la porte et s'empresse de la fermer à clé.

— Ouais, j'arrive ! Commencez sans moi !

Il crie d'une voix neutre alors que moi je suis à bout de souffle. Comment fait-il pour ne rien laisser paraître, j'en serais incapable. Le volume de la musique augmente et on entend les rires de ses amis. Putain, ils sont combien de l'autre côté ?

Jay ne se laisse pas démonter et reprend là où il s'était arrêté, comme si de rien n'était.

— Mais on ne peut pas faire ça, tes amis sont juste à côté !

Je parle dans un souffle entrecoupé de couinements ridicules sous l'assaut de ses mains.

— Ignore cette bande de cons, de toute façon on est grillés, ils vont piger quand ils nous verrons sortir d'ici tous les deux…

Merde, c'est vrai, je sens que je vais mourir de honte dans quelques minutes mais, pour l'instant, je n'arrive à penser à rien d'autre qu'à lui et à ses mains qui ne cessent de brûler ma peau.

— Penche-toi sur le lavabo, on va finir rapidement mais de manière théâtrale !

Quoi ? Qu'est-ce qu'il veut dire par là ?

Malgré toutes les questions qui se bousculent dans ma tête, je fais ce qu'il me dit. Je me penche comme il me le demande et m'agrippe aux rebords du lavabo. Sa cuisse se fraye un chemin entre les miennes pour me forcer à les écarter et sans me prévenir il s'enfonce en moi. J'en crie de surprise et le plaisir s'empare de moi. Il me pilonne brutalement et je dois me tenir avec force au lavabo pour ne pas tomber.

— Regarde-moi, je veux voir le plaisir que je te procure.

Il empoigne mes cheveux et tire dessus pour m'obliger à relever la tête, afin que nos yeux se croisent dans le miroir.

— Putain, Lola, je suis…

Le plaisir le submerge et l'empêche de finir sa phrase. Je sens l'orgasme monter quand soudain il se retire. Mais putain, il me fait quoi là ?

Il suit les courbes de mon tatouage du pouce et pose son regard dessus.

— Tes ailes d'ange… Ton paradis… Laisse-moi entrer dans ton paradis… Laisse-moi baiser ce joli p'tit cul !

Ses yeux reviennent se plonger dans les miens comme s'il attendait ma permission. Il positionne sa main entre mes cuisses et insère lentement deux doigts. Il reprend les va-et-vient et mon orgasme remonte à vitesse grand V. Soudain je sens sa queue près de mon cul.

— Tu l'as déjà fait ?

Dans l'état où je me trouve, je suis incapable de prononcer le moindre mot. J'acquiesce timidement, bien que je ne sois pas trop portée sur la chose. Je le faisais uniquement pour faire plaisir à Tom, et je n'en garde pas un bon souvenir. Pourtant, je suis prête à retenter l'expérience avec Jay, avec lui j'ai l'impression de le refaire pour la première fois.

— Je vais y aller en douceur, OK, bébé ?

Bébé ? Il m'appelle rarement par des petits noms, mais je dois avouer que ça me plaît et me donne confiance. Ses doigts toujours en moi, il reprend sa douce torture. Il les ressort pour venir chatouiller mon clitoris et les replonge brutalement, et ainsi de suite. Et il me pénètre là, tout en douceur et c'est délicieux !

— Que c'est bon, Lola... Tu me rends complètement dingue ! Je vais jouir...

Ses coups de reins se font plus profonds et pressants. Je sens alors un orgasme fulgurant monter. Ma bouche est sèche, j'ai la vue qui se trouble et un frisson me parcourt tout le corps. C'est le plus fort orgasme que j'aie jamais eu. La sodomie ne m'a jamais donné autant de plaisir. Je mords mon poing pour étouffer un cri, de peur que les autres ne m'entendent. Il jouit à son tour en criant mon nom et s'affale presque de tout son poids sur moi. Nous nous laissons glisser par terre, le carrelage frais sur nos peaux nues nous procure un effet de soulagement immédiat. Nos respirations ont du mal à reprendre leur rythme de croisière après l'intensité de notre baise.

— Il va falloir y aller !

Il rigole en me regardant.

— Ça ne serait pas du luxe de te passer un coup de peigne dans les cheveux, même si j'adore te voir comme ça ! Ils vont déjà vite comprendre ce qui vient de se passer dans cette salle de bains…

Je glousse contre son torse et me demande comment je vais oser sortir d'ici comme si de rien n'était. Au bout de quelques minutes, nous finissons par nous relever, il jette le préservatif dans la poubelle et nous nous rhabillons en quatrième vitesse. J'essaie de dompter ma crinière en vain, donc je camoufle ce désordre en faisant un chignon effet décoiffé. Il déverrouille la porte, il est sur le point de sortir quand je pose ma main sur la sienne pour l'en empêcher.

— Attends, je ne suis pas prête à affronter leurs regards tout de suite.

Il rigole et me caresse tendrement la joue.

— On va les affronter à deux alors !

Il dépose un rapide baiser sur mes lèvres et ouvre la porte. Ça y est, c'est parti !

— Ah bah quand même ! Tu foutais quoi là-dedans ?

Ben, Erik et Jess rigolent tous quand Jay fait son apparition. Lorsque j'arrive à mon tour, je peux sentir le malaise à mesure que le silence s'installe.

— Va te faire foutre, Ben !

Je le suis, rouge de honte, et m'installe à côté de lui dans le canapé. Je préfère fixer la table basse remplie de bouteilles de bière plutôt que d'affronter leurs regards. Jay m'enlace les épaules, ce qui a le don de m'apaiser aussitôt.

— Salut, jolie Lola. J'aurais dû me douter que je te reverrais ici tôt ou tard !

Les garçons rient de plus belle, mon visage étant maintenant devenu cramoisi. Quand je lève les yeux, je croise le regard de Jess qui me glace jusqu'au sang. Si ses yeux pouvaient tirer des balles, j'en aurais déjà dix plantées entre les deux yeux. La voir me rappelle que je l'ai aperçue sortir d'ici il y a quelques heures à peine. Décidément je la déteste celle-là. Je lui adresse un affreux sourire narquois qui a le don de la rendre furieuse. Elle se cache derrière sa bière et en avale une grande gorgée, sûrement pour enlever la grosse boule de rage qui s'est formée dans sa gorge.

— Alors ça fait longtemps que vous êtes ensemble ?

Erik, le surfeur à la queue-de-cheval, est le premier à ouvrir le bal. Il fallait bien se douter que notre entrée allait soulever des questions.

— On n'est pas ensemble… Enfin pas au sens strict du terme.

Jayden me regarde d'un air rieur.

— Disons qu'on passe du bon temps ensemble, comme deux amis !

— Des amis avec une complicité bien particulière alors ! Mais dans ce cas, comment ça se fait que c'est la première fois qu'on vous crame ensemble ? demande Erik.

— Parce que dans la journée on n'a pas trop l'occasion de se voir. Mais toutes les nuits, elle vient me rendre une petite visite !

Je rougis de honte. Il rigole de ça avec ses potes devant moi, et il rit de plus belle quand je lui mets un coup de coude dans les côtes.

— C'est mes meilleurs potes, tôt ou tard, j'aurais été obligé de le leur dire !

Il m'adresse un sourire d'excuse et me tend une bière.

Mon téléphone se met à sonner et je m'écarte pour répondre. Sauvée par le gong, je n'aurais pas réussi à survivre encore longtemps à cette discussion. Le nom de Chase s'affiche. Je ne me vois pas lui répondre ici, alors je préfère sortir. Je laisse sonner mais, le temps que j'arrive au bord de la piscine, la boîte vocale a pris le relais. Je les entends rire à l'intérieur et m'offre quelques minutes de solitude pour retrouver mes esprits. Je me parle à moi-même pour me donner du courage : « Ne laisse pas ta timidité prendre le dessus, t'es plus une gamine, putain ! Allez ! »

Alors que je tourne les talons pour y retourner, je manque de bousculer Jess qui s'est matérialisée à côté de moi.

— Si tu veux un conseil, profites-en avant qu'il ne se lasse de toi, ce qui va arriver dans peu de temps, parce qu'il est comme ça. Une fois qu'il a eu ce qu'il voulait, tu ne l'intéresses plus. Et là, la chute est terrible car il te dégage comme une merde !

Elle me sort sa tirade avec un petit sourire moqueur. À mon avis, elle parle en connaissance de cause.

— Merci pour ton conseil mais on n'est pas ensemble.

— Ça je sais bien, il n'est jamais avec personne, mais le résultat sera le même !

— Écoute, t'es bien gentille mais garde tes « conseils » pour une autre, je n'en ai pas besoin.

Elle s'assoit sur un transat et étend ses jambes d'un air serein en rigolant, ce qui m'énerve franchement. J'ai envie de lui éclater sa belle petite gueule mais au lieu de ça je mets mes mains dans mes poches.

— T'es pas la première qu'il baise ici, même dans cette salle de bains !

Le rouge me monte aux joues quand je les imagine tous les deux prenant leur pied dans cette pièce que je viens à peine de quitter. Voilà que je ricane nerveusement maintenant.

— Tu crois que tu m'apprends quelque chose ?

— À mon avis, il est déjà en train de réfléchir à la façon dont il va te lourder. T'es qu'une pouffe parmi tant d'autres pour lui.

Avant que je ne m'en rende compte, ma main a déjà quitté ma poche et est venue s'écraser sur sa joue. Elle me regarde, choquée, elle ne s'attendait pas à ce que je réagisse ainsi. Il faut avouer que je suis autant choquée par mon geste, qui est, là encore, une grande première, mais je ne me laisse pas démonter devant elle. Pleine d'assurance, je pointe un doigt sur elle.

— Ne t'approche plus de moi. Et un petit conseil : éloigne-toi de Jay, ça évitera à une autre pouffe, en l'occurrence toi, de souffrir aussi !

Elle continue de me fixer, la main sur sa joue. Alors que je commence à partir, elle me rejoint et m'attrape par le poignet pour me forcer à m'arrêter. Quand je lui fais face, son expression a changé. Son regard est plus noir que jamais.

— Écoute, pétasse, j'en ai vu défiler des gonzesses depuis le temps que je le connais. Et tu sais quoi ? Au final, quand il les dégage, c'est toujours vers moi qu'il revient. Et si tu crois qu'il ne baise que toi, demande-toi ce qu'il fait quand il n'est pas avec toi !

Elle me balance ce qui s'est passé hier en pleine figure. Il a donc bien couché avec elle quand je l'ai surprise quittant sa maison. J'ai envie de vomir, la bile me monte à la gorge. C'est bon, j'ai eu mon compte, je déclare forfait ! Je libère brusquement mon bras de son emprise et pars à grandes enjambées me réfugier dans la villa. Le temps que j'atteigne la porte, mes joues sont déjà mouillées de larmes.

Je me fais l'impression d'un retour en arrière, en train de pleurer Thomas. Je ne comprends pas ce qui m'arrive, je pleure pour un mec dont je ne veux pas. Je sais qu'il n'est pas fait pour moi, qu'il n'est pas bon pour moi. Et puis je ne comprends pas pourquoi je me prends la tête pour lui alors que ce n'est même pas mon mec ! Je suis complètement perdue ! Zoé me manque plus que jamais, elle a le don pour trouver les mots justes et tourner en dérision mes petits problèmes de cœur. J'ai le téléphone dans la main, prête à l'appeler, mais en faisant le calcul, il est à peine 4 heures du matin en France. Si je la réveille à cette heure-ci un dimanche matin, je ne suis pas sûre qu'elle apprécie. Alors que je suis en pleine réflexion, mon téléphone vibre.

« *J'ai passé une agréable soirée hier. Tu serais libre pour un dîner ce soir ? Chase* »

Voilà un homme qui vaut le coup. On voit tout de suite que c'est quelqu'un de bien et en plus il s'intéresse à moi. Il mérite une seconde chance. Mais les Davis rentrent tout à l'heure et je veux être là pour les accueillir. J'espère qu'il ne va pas croire que j'invente une excuse bidon pour ne pas le voir.

« *Sincèrement ça aurait été avec plaisir mais les Davis rentrent de leur week-end tout à l'heure et je tiens à être là quand ils arriveront. Une prochaine fois avec plaisir.* » Alors que je m'apprête à appuyer sur « envoyer », je reçois un appel.

— Allô, Andrew !

— Tout se passe bien, Lola ?

— Oui super, mais contente que toute la famille rentre, je m'ennuie un peu !

— Eh bien, justement, je t'appelle pour ça, on a dû s'arrêter chez un garagiste sur la route du retour. La voiture a eu je ne sais quel problème mécanique, je n'y connais rien. Mais du coup on va être retardés. On arrivera plutôt en fin de soirée.

— Avec une voiture comme la vôtre, je pensais que les pannes n'existaient pas !

— Tu es sûre que tout va bien, Lola ? Je trouve ta voix bizarre…

— Oui, tout va bien, je vous assure.

Merde alors, je ne trompe personne, ressaisis-toi !

— Je prépare les affaires des enfants pour qu'ils n'aient plus qu'à se coucher en rentrant.

— OK, merci. Et pas la peine de nous préparer à manger, on va grignoter quelque chose ici avant de reprendre la route.

— Comme vous voulez. À tout à l'heure, patron !

Finalement, j'ai du temps pour Chase. J'efface mon message et en rédige un autre.

« *Pour le dîner ça ne va pas être possible mais j'accepte un apéritif avec plaisir !* »

Je sens le sexe, il faut que je prenne une douche. Je monte dans ma chambre et me débarrasse de mes fringues. Ils sentent mon odeur, son odeur… Je les jette dans la panière à linge et file sous la douche. Alors que je me savonne, Jay entre dans la salle de bains.

— T'es partie comme une voleuse, je m'inquiétais !

— Désolée, j'ai eu un coup de fil. Qu'est-ce que tu fais là, tes amis vont t'attendre !

— Comme je te l'ai dit, je m'inquiétais, alors je les ai virés pour venir.

En un temps record, il est à poil et me rejoint sous la douche.

— Quand j'ai vu Jess revenir, j'ai compris que quelque chose clochait.

— Je ne comprends pas...

Je feins l'ignorance et continue de me laver sans faire attention à lui.

— Jess est revenue avec une main rouge imprimée sur la joue !

Quand je lève la tête, il paraît amusé. Ouf, j'avais peur que ça ne tourne mal pour moi. Il met du shampoing dans le creux de sa main.

— Tourne-toi.

Je m'exécute et le laisse me laver la tête. C'est agréable.

— Je sais que quelquefois elle peut être une vraie garce mais, s'il te plaît, ne t'en occupe pas, ça va lui passer.

— Je ne pense pas non, elle est amoureuse de toi.

— Tu crois ? Bon bah, un problème à régler alors.

Je me retourne brusquement, manquant d'avoir du shampoing dans les yeux.

— C'est justement ça le problème. Elle s'est fait une joie de me rappeler comment tu t'occupais des filles dont tu voulais te débarrasser.

— C'est une de mes meilleures potes, je ne serai pas méchant avec elle. Qu'est-ce qu'elle t'a raconté ?

— Que je ne suis qu'une pouffe parmi tant d'autres et que tu vas bientôt te débarrasser de moi comme on se débarrasse des encombrants.

Il rigole et me fait signe de me retourner pour continuer mon shampoing. Il ne sait pas dans quoi il s'engage vu la longueur de mes cheveux. Il reste silencieux un moment et je ne trouve rien à ajouter à ma déclaration.

— Tu n'es pas une pouffe parmi d'autres… Je veux dire, tu n'es pas une fille comme les autres. C'est vrai quoi, t'es ma sex friend ! T'es pas une fille qui attend quoi que ce soit de moi. Tu ne veux pas mon cœur, de toute façon, tu as compris que je n'en avais pas.

Je me retourne pour lui faire face, attrape le gel douche et commence à le laver.

— Bien sûr que tu en as un, c'est juste que tu ne sais pas l'utiliser.

— Et toi, tu as mis le tien dans une petite boîte et tu refuses de le ressortir. C'est un peu pareil, non ? Vas-tu enfin me dire ce que ce mec t'a fait ?

— Tourne-toi que je te lave le dos.

Il doit penser que c'est une manière de changer de sujet, pourtant je me sens d'attaque à en parler.

— J'ai rencontré Thomas en première année de fac, on avait cours de droit du commerce ensemble. On s'est vite rapprochés et je suis tombée amoureuse beaucoup trop rapidement. Puis, du jour au lendemain, il a arrêté la fac, préférant passer son temps à faire la fête, boire et essayer toutes sortes de drogues. Il allait voir ailleurs et se montrait parfois violent avec moi.

Je soupire de devoir revivre ça.

— Pourquoi es-tu restée avec ce con ?

Je sens ses muscles se contracter. Serait-il en colère ?

— Je l'aimais ! Je ne me rendais pas compte dans quelle relation destructrice je me trouvais. Je croyais qu'il m'aimait… Alors je le suivais dans ses délires et lui trouvais toujours des excuses quand il dépassait les bornes.

Ça fait déjà trois fois que je lui frotte le dos entièrement mais il ne bouge pas, attendant la suite de mon histoire. Je soupire un grand coup pour me donner du courage, car revivre ce moment m'est insupportable.

— Et l'année dernière je suis tombée enceinte… Quand je le lui ai dit, il a pris ses jambes à son cou. Un jour, je me suis pointée chez lui et je l'ai découvert au lit avec une fille. Ça faisait à peine une semaine qu'on était séparés, j'ai pété un plomb et il a voulu me virer. Il m'a poussée violemment et j'ai atterri sur la table. Le choc a été brutal et j'ai fait une fausse couche. Pendant que j'étais à l'hôpital, lui continuait de s'envoyer en l'air avec d'autres pétasses. À la suite de ça, j'ai pour ainsi dire fait une dépression. Grâce à ma mère et à Zoé, j'ai réussi à remonter la pente et je suis retournée à la fac pour passer mes exams. Voilà, la version accélérée de mon histoire merdique.

— Je suis vraiment désolé… C'est pour ça que tu crains autant que je te vire comme une moins que rien…

— Oui, j'ai déjà vécu ça et je n'aurai pas la force de le revivre à nouveau.

— Je peux te poser une question ?

— Oui, depuis quand tu me demandes la permission ?

— Si tu savais qu'il était si mauvais pour toi, pourquoi es-tu restée aussi longtemps avec lui ?

— Je ne m'en rendais pas compte. Tout mon entourage a essayé de me le faire comprendre mais j'avais des œillères. C'est ici, loin de lui, que j'ai enfin ouvert les yeux.

Il me fait face et se penche pour embrasser mes larmes. Elles se sont mises à couler sans que je m'en rende compte. Je me mets sous le jet pour me rincer et cacher mes larmes qui n'arrivent pas à se tarir.

— Je sais ce que je suis. Je sais que je peux me comporter comme un véritable connard, mais je peux te promettre à toi et à ton joli petit cul que je ne me comporterai pas comme ça avec vous. Si j'arrive à me lasser de toi un jour, je te le dirai simplement, comme à une amie. Mais ce n'est pas demain la veille, alors oublie ce gros connard, oublie Jess et laisse-nous nous éclater ensemble, OK ?

— D'accord... Cette discussion m'a fait du bien, j'en avais besoin. Mais tes idées lubriques, tu les gardes pour plus tard.

Il me regarde avec son air interrogateur, un sourcil relevé mais toujours avec son petit sourire salace. Je vois bien qu'il essaie de me faire rire après mes confidences. Il continue à me coller et je le pousse gentiment en levant les yeux au ciel.

— J'ai rendez-vous avec Chase.

— Tu comptes revoir Monsieur Soporifique ?

Je sors de la douche, enfile mon peignoir et lui tends une serviette.

— Arrête, Jay, il est très gentil et ce n'est pas à toi de me dire qui je dois voir. Ce n'est pas une relation exclusive : c'est toi-même qui l'as inclus dans notre pacte !

Il semble mal à l'aise mais ne relève pas. Tant mieux, je n'ai pas envie de mettre sa nuit avec Jess sur le tapis. Pas après la discussion que nous venons d'avoir.

— Merci d'être venu me chercher.

Je me faufile dans la voiture de Chase et lui fais la bise, habitude française qui n'en est pas une ici.

— Excuse-moi, j'ai encore quelques automatismes, ça va partir avec le temps... j'espère !

— Aucun mal, au contraire !

Il nous conduit dans un pub de Kinston où, d'après lui, ils font d'excellents cocktails.

— J'avais peur que tu ne me donnes pas de nouvelle chance…

— Pourquoi ? J'ai passé une agréable soirée !

— Écoute, comme a pu l'insinuer… Jayden, c'est ça ? Je n'ai pas pour habitude d'inviter les nounous ou les mères de mes élèves ! Mais tu me plais et je m'en serais voulu de ne pas tenter ma chance !

— Tu me plais aussi, Chase.

Je pose ma main sur la sienne pour confirmer mes dires. Il est vraiment attendrissant comme garçon, avec son petit air timide qui doit en faire craquer plus d'une. Il me caresse gentiment la joue du revers de la main, et mon cœur rate un battement lorsqu'il se penche vers moi pour m'embrasser. La serveuse le coupe dans son élan pour prendre la commande.

— Vous avez fait votre choix ?

Elle mastique son chewing-gum aussi discrètement qu'une vache qui broute et parle d'une voix nasillarde qui a le don d'irriter les oreilles, pourtant je suis ravie de la voir à cet instant. Je survole la carte et choisis le premier cocktail qui se présente.

— Je vais prendre… Heu… Un Mai Tai, s'il vous plaît.

Je ne sais absolument pas ce que c'est mais aujourd'hui est une journée pleine de surprises alors on continue !

— Un mojito pour moi. Merci

Elle fait claquer ses talons et disparaît.

— Pourquoi tu ne peux pas te libérer plus longtemps, tu travailles aussi le soir ?

Je lui explique donc le week-end des Davis et, sans que je sache comment, la conversation dévie sur mes études à Paris. Les Américains adorent quand on leur parle de Paris et de ses monuments, pourtant à choisir je préfère ma ville natale avec ses champs de colza et son port maritime qui est bien plus joli. Le reste de notre tête-à-tête se résume à un simple flirt et me permet de me détendre.

Vers 20 heures, il me ramène comme convenu. En véritable gentleman, il m'ouvre la portière et me raccompagne jusqu'à la porte. Je le remercie une dernière fois pour cette invitation et pose la main sur la poignée de la porte. Mais il ne compte pas me laisser partir comme ça, je le vois dans son regard. Il reprend là où il en était lorsqu'il a été coupé par la serveuse, et elle n'est plus là pour me venir en aide. Ai-je vraiment envie de l'embrasser ? Il me plaît mais un million de questions se bousculent dans ma tête alors que ses lèvres se rapprochent dangereusement des miennes. J'arrête de réfléchir et me laisse porter par ce moment qui, après tout, ne m'engage à rien. Ses lèvres sont timides et sa langue a encore le goût de son mojito. Nous échangeons un baiser tout en douceur et ses bras m'enlacent tendrement.

Soudain, son étreinte s'interrompt brutalement, et je vois alors Jay le pousser sauvagement et lui coller son poing en pleine figure. Je reste figée un instant, le temps que les informations arrivent à mon cerveau que j'avais mis sur off. Chase est par terre, Jay au-dessus de lui, l'agrippant par le col et prêt à lui remettre un coup. Ses yeux d'habitude si beaux sont méconnaissables. Ils sont sombres et injectés de sang. À le voir comme ça, je me dis qu'il pourrait le tuer. Je hurle d'une voix que je ne reconnais pas moi-même, Jay stoppe net.

CHAPITRE 12

— Putain, mais c'est quoi ton problème ? Lâche-le !

Il ne répond pas, et je vois qu'il essaie de se retenir. Il lâche finalement le pauvre Chase qui saigne du nez. Jay se met à tourner en rond, ses mains frottant énergiquement ses cheveux. Je le connais assez bien pour voir qu'il n'arrive pas à reprendre le dessus. Il est complètement hors de lui.

— Chase, tu vas bien ?

Je me précipite vers lui et l'aide à se relever. Je croise le regard de Jay fixé sur moi.

— Casse-toi, Jayden !

J'en tremble, tant je suis furieuse.

— Je suis tellement désolée, Chase !

Je me confonds en excuses, alors que ce n'est pas à moi de le faire, mais je ne sais pas quoi dire d'autre à ce moment-là. Je le ramène à sa voiture, sors un mouchoir de mon sac et tente d'essuyer les traces de sang sur son visage. Sa chemise blanche est maculée de sang et déchirée par endroits.

— Ça va aller ? Tu veux que je t'emmène à l'hôpital ?

— Non, c'est bon, ça va.

Son ton est froid et il se dépêche de monter dans sa voiture.

— Écoute, Lola, je t'aime beaucoup, mais ce triangle amoureux, c'est très peu pour moi. Il y a un truc entre vous. Je le vois bien, n'importe qui le verrait, d'ailleurs ! Règle ça… Et si tu veux toujours de moi après, je serai là.

Une fois de plus, mes joues sont mouillées de larmes, je n'ai jamais autant pleuré, à part lors de ma rupture avec Tom. Mais là, c'est différent, ce sont des pleurs de colère, de honte et de fatigue mentale. Il essuie une larme de son pouce et m'embrasse le front.

— Au revoir, Lola.

Je le regarde s'éloigner et reviens sur mes pas. Jay est encore là. La colère a déserté ses yeux pour laisser place à… quoi ? de la peur ? Je l'ignore et passe devant lui pour rentrer dans la villa. Comme je m'en doutais, il me suit.

— Tu comptes m'ignorer longtemps ?

— Oui.

J'essuie une tache imaginaire sur le bar pour canaliser mon attention sur quelque chose. Si je lève les yeux sur lui maintenant, je sais que je vais encore pleurer.

— J'ai merdé je sais mais, putain, dis quelque chose !

Il se met à crier alors qu'il n'en a pas le droit. C'est à moi de lui crier dessus pour la honte qu'il vient de me causer. Je me mets alors à hurler, à le traiter de tous les noms mais il reste stoïque, le regard vide.

— J'imagine très bien quel genre de choses horribles tu dois me balancer mais je ne comprends pas un mot de français !

Merde, je ne m'en étais pas rendu compte ! Je ne me laisse pas distraire et continue sur ma lancée, mais cette fois en anglais. Il ne bronche pas, car il sait qu'il a tous les torts. Ma longue tirade d'insultes m'a fatiguée, et je m'affale sur la chaise en soupirant.

— Franchement, je ne te comprends pas, j'ai l'impression de me retrouver face à Thomas…

— Avec tout ce que tu m'as dit sur lui, ne me compare pas à ce connard !

— Mais tu es de la même trempe que lui, tu es égoïste, menteur et violent ! Tu te fous de ce que je pense ou ressens !

— Ce n'est pas vrai, ne dis pas ça.

Il parle tout bas et s'approche doucement de moi, les bras tendus, comme s'il voulait attraper un chaton apeuré.

— Non, ne t'approche pas de moi ! Je suis plus quc furieuse contre toi.

— Mais qu'est-ce que tu veux que je te dise ? Que je suis désolé ? Bah non j'aurais voulu lui en mettre encore plus ! Tu ne comprends pas… (Le voilà qui recommence à tourner en rond comme un lion en cage.) Le voir t'embrasser m'a rendu fou de rage !

— Mais c'est toi qui as ajouté cette clause à notre contrat !

— Ouais bah, je n'en veux plus de cette clause de merde. Tu es à moi, c'est tout !

— Je ne suis pas ta chose ! Tu m'as prise pour ton objet sexuel ? Tu me prends quand tu en as envie et me range sagement dans un coin en attendant la prochaine utilisation ?

— Ne me fais pas dire ce que je n'ai pas dit. Mais tu n'imagines même pas comment te voir dans ses bras m'a rendu dingue. Je t'imaginais déjà baiser avec lui !

— Et moi alors, qu'est-ce que je devrais dire ? J'ai tout vu Jay, j'ai vu ta Jess sortir de chez toi en pleine nuit à moitié débraillée ! J'ai embrassé Chase, c'est vrai, mais toi tu l'as baisée, elle !

— De quoi tu parles ?

Je vois bien dans son regard qu'il ne comprend pas. Je l'aurais rêvé ? Non impossible, surtout après la dispute que j'ai eue avec elle.

— Samedi soir, après ta petite scène au resto… Ça ne te rappelle rien, une petite brune avec une minijupe qui sortait de chez toi vers minuit ?

— Quoi, tu m'espionnes ? Qu'est-ce que ça peut te foutre d'abord ? Va baiser avec ton prof de merde !

— Mais je n'en ai rien à faire de lui, c'est toi que je veux ! Tu ne comprends pas que j'ai des sentiments pour toi ?

Je m'arrête net en prenant conscience de ce que je viens de dire. Je mets mes mains devant ma bouche comme pour éviter que d'autres conneries du même genre ne sortent. Il me regarde, les yeux ronds et le visage pâle. Je suis autant choquée que lui par ce que je viens de dire.

— Bah ouais tu vois, la petite boîte où j'ai caché mon cœur, je ne l'ai pas assez bien enterrée finalement !

— Arrête, tu ne peux pas tomber amoureuse de moi, tu vas tout gâcher.

— Parce que tu crois que ça me fait plaisir ? Je ne veux rien de tout ça, je voulais juste m'amuser, passer du bon temps, je n'ai pas voulu toute cette merde.

Je suis énervée contre lui de me reprocher mes sentiments et contre moi-même de ne pas les avoir vus venir.

— Va-t'en, je n'en peux plus...

— Lola...

Il s'approche de moi voyant que je suis à fleur de peau. Je me lève d'un bond et lui montre la porte.

— Dégage ! S'il te plaît, laisse-moi tranquille maintenant...

Je suis sur le point de craquer et je ne veux pas le faire devant lui. Il s'exécute et commence à partir.

— Pour info, il ne s'est rien passé avec Jess.

Il ne me laisse pas le temps de réagir et disparaît.

CHAPITRE 13

J'ai tout juste le temps de me passer de l'eau fraîche sur le visage, pour m'aider à reprendre mes esprits, que j'entends une voiture remonter l'allée. Les Davis sont enfin là ! Je respire un grand coup et vais à leur rencontre.

— Vous avez passé un bon week-end ?

— Oui, à part ce problème de voiture, grommelle Mme Davis qui disparaît aussitôt dans la maison.

— Viens m'aider, les enfants se sont endormis il y a peu de temps. Tu vas réussir à en porter un jusque dans sa chambre ?

— Bien sûr, faut pas se fier à la grosseur de mes bras, je suis balèze !

J'attrape Charlie et l'emmène. Arrivée en bas des escaliers, je commence déjà à faiblir. Elle est plus lourde qu'il n'y paraît. Andrew a eu le temps de coucher son fils quand j'arrive à bout de souffle en haut des escaliers. Il attrape la petite et la dépose dans son lit. Je le suis et nous restons un instant à la regarder dormir paisiblement.

— Ils t'ont réclamée ce week-end. Ils se sont beaucoup attachés à toi, tu sais ?

— C'est réciproque ! Vous avez des enfants fabuleux.

Lorsqu'on redescend, Mme Davis s'est déjà enfermée dans son bureau.

— Ces yeux rouges, là, c'est à cause de qui ?

Andrew me regarde d'un air compatissant. Je reste silencieuse pour ne pas m'effondrer comme une gamine devant lui.

— Je ne vais pas te dire que je t'avais prévenue mais tu mérites mieux. Même si je dois avouer qu'il y avait longtemps que je n'avais pas vu mon frère comme ça !

Je le dévisage, perplexe, pas certaine de comprendre ce qu'il veut dire. Il me prend par les épaules comme un grand frère consolerait sa petite sœur et on sort de la chambre pour ne pas réveiller la petite.

— Tu ne le vois peut-être pas, mais depuis qu'il est avec toi il est… différent.

— On n'est pas ensemble.

C'est plus fort que moi, je coupe Andrew pour remettre les choses à leur place. Mon intervention le fait rire.

— Oui c'est vrai, je voulais dire depuis que tu es arrivée dans notre vie.

Une fois seule dans mon lit, je peux enfin me lâcher et pleurer librement. Comment ai-je pu ne pas me rendre compte que je ressentais quelque chose pour lui ? Il a fallu une dispute pour que j'arrive à me l'avouer. Je ne peux pas, je ne peux plus retourner avec un mec comme lui. Je sais d'avance comment ça va finir et j'ai déjà été brisée une fois. Je n'aurai pas le courage d'endurer une nouvelle déception. Et puis, de toute façon, il ne veut pas de moi. Il est là uniquement grâce au pacte que j'ai moi-même proposé. Que du plaisir, pas de sentiments… Je suis bien loin du compte finalement !

Je suis dans un appart que je ne connais que trop bien. Cette pièce à la peinture beige défraîchie, avec des posters de Bob Marley accrochés ici et là. La table basse est jonchée de canettes de bière et le cendrier dégueule de mégots. Un petit sachet d'ecstasy est posé sur le canapé et la stéréo crache à fond la dernière chanson de Muse. Je sais très bien où je suis, à quelle époque et surtout ce que je vais y trouver si j'ouvre la porte en face de moi. Ce que je ne comprends pas, c'est ce que je fais là. J'avance, la main en avant pour ouvrir la chambre de Tom. Comme je le savais, il est là, entre les cuisses écartées d'une gonzesse, en train de lui donner du plaisir. Elle me surprend mais ne paraît pas gênée et me regarde avec un petit sourire satisfait. À l'époque, j'ai eu cette vision pendant plusieurs semaines dès que je fermais les yeux. Et pourtant je suis restée avec lui et ses excuses bidon. Revivre cette scène est un supplice. Je ferme les yeux et respire profondément en espérant m'échapper de ce cauchemar. Lorsque je rouvre les yeux, cette fille me dévisage toujours, sauf que ce n'est plus Thomas entre ses jambes mais Jayden. Non… Pas ça ! La tête me tourne, je suffoque, l'air n'arrive plus jusqu'à mes poumons, je pousse un cri de terreur me sentant comme aspirée par un tourbillon.

Je me réveille, le cœur prêt à exploser. Je tâtonne quelques minutes dans le noir avant de trouver la lumière. Il me faut un instant avant de comprendre que je suis bel et bien revenue dans ma chambre chez les Davis. Je suis essoufflée et en sueur, je dois me sortir ce cauchemar de la tête. Je file dans la salle de bains pour m'asperger le visage d'eau. Ce n'est pas suffisant, alors je finis par me passer la tête entière sous le robinet.

— Lola, ça va ?

Jay tape doucement à la porte.

— Heu… Oui, j'arrive !

Si j'étais fragile du cœur, j'aurais pu avoir une crise cardiaque. On a dû me faire une mauvaise blague et mettre un miroir déformant. J'ai la mine blafarde, les yeux bouffis et le maquillage qui me dégouline sur les joues. Toujours se démaquiller avant de se coucher : la voix de ma mère résonne dans ma tête. Je ne peux pas sortir d'ici comme ça ou je vais lui faire peur. D'une main, je me passe un coup de lingette démaquillante tandis que de l'autre j'essaie de dompter mes cheveux avec la brosse. Le résultat n'est pas brillant mais c'est toujours mieux que rien.

— Qu'est-ce que tu fous là ?

Mon ton est un peu plus froid que je ne le voulais, et je le sens se raidir. Je m'assois sur le lit à côté de lui sans oser lui faire face.

— J'étais en bas, dans le salon avec Andrew, quand je t'ai entendue crier.

— Oh… (Je baisse les yeux sur mes doigts, honteuse.) Désolée, j'ai dû faire un cauchemar.

— Tu veux en parler ?

Il semble réellement inquiet et caresse gentiment mon dos pour montrer sa compassion.

— Non, de toute façon, je ne m'en souviens déjà plus…

Un petit mensonge ne fait jamais de mal, et je ne me vois pas lui dire que j'ai rêvé de lui.

— Jay… je peux te poser une question ?

— Hum, bien sûr !

— On en est où, tous les deux ? Je veux dire… Maintenant que notre petit jeu est fini, tu crois qu'on peut quand même rester amis ?

Sa main s'arrête aussitôt dans mon dos et se loge sur mes reins pour me ramener contre lui.

— Comment ça, c'est fini ? Ça ne t'intéresse plus ?

— Si, bien sûr, mais avec ce que je t'ai dit tout à l'heure, je pensais que tu allais prendre tes jambes à ton cou !

Il s'étale de toute sa longueur sur mon lit, bras croisés derrière la tête, les yeux au plafond.

— J'y ai pensé, et c'est ce que je devrais faire d'ailleurs. Je suis complètement flippé par ce que tu m'as dit, mais je ne sais pas… On est vraiment obligés d'arrêter tout ?

Il se tourne vers moi et, d'un ton des plus sérieux, me dit quelque chose que je sais déjà :

— Tu sais que toi et moi ça n'ira pas plus loin ? Je ne m'engagerai jamais dans une histoire d'amour avec toi, Lola.

— Oui, je le sais très bien. Et rassure-toi, je ne veux pas de toi non plus.

Je pousse un long soupir et m'affale à côté de lui.

— Ce n'est pas parce que mon cœur a parlé que je vais l'écouter. Oui, je veux vivre une belle histoire d'amour… mais pas maintenant, et pas avec toi. Et puis, toi, tu ne veux t'engager avec personne donc on est sur la même longueur d'ondes !

— Je ne peux pas !

Sa rectification me fait sourire, je ne comprends pas pourquoi il ne peut pas tomber amoureux.

— Oui, excuse-moi… Tu ne PEUX pas !

Je l'entends étouffer un rire mais il ne me dit rien.

— Pourquoi ?

— Hum ?

— Pourquoi tu ne PEUX pas ? Tu as une petite copine ? Tu es marié ?

Cette fois, il rigole ouvertement et se tourne vers moi. Même sans le regarder, je peux sentir ses yeux sur moi.

— Non, Lola, je ne suis pas marié. Je n'ai jamais eu de petite copine, alors être marié ! Je ne peux pas, c'est tout.

Il semble réfléchir et un long silence s'installe entre nous. Je ne dis rien, attendant la suite, mais elle tarde à arriver.

— Je vis au jour le jour, on ne sait pas de quoi l'avenir sera fait, alors je vis comme si demain n'existait pas.

Sa confidence me trouble, j'ignore quoi en penser, mais je vois qu'il a pris sur lui pour me le dire, aussi je préfère ne pas relever. Je me tourne vers lui, sur le flanc, la tête posée sur mon bras. On avait besoin de mettre les choses au clair.

— Donc on continue comme ça ?

— Oh oui !

Son petit sourire coquin m'indique que la bonne entente est revenue.

— Mais par contre on ne voit personne d'autre en même temps, ça ne nous réussit pas ! Si tu rencontres quelqu'un avec qui tu penses avoir une relation, on avisera le moment venu. Mais en attendant, tu es à moi !

— Et toi à moi ! Tu étais sérieux quand tu as dit qu'il ne s'était rien passé avec ta Jess ?

— Jess… Pas MA Jess ! Et, non, il ne s'est rien passé. Elle en avait envie mais pas moi, fin de l'histoire !

— C'est quoi cette version accélérée ?

— Rien, c'est juste que maintenant que tout est revenu dans l'ordre, j'ai plusieurs idées en tête et parler d'elle n'en fait pas partie.

J'avais parfaitement compris, vu que ses mains commençaient déjà à caresser mon décolleté.

— Arrête ! Un mec qui refuse une partie de jambes en l'air, juste comme ça ? Parce qu'il n'a pas envie ?

— Parce que le mec s'amuse bien mieux avec sa sex friend et qu'il ne veut pas gâcher son talent avec quelqu'un d'autre !

Je ne sais pas si son explication est la pure vérité mais elle a le don de m'émoustiller et je m'en contenterai. 1-0 pour Lola. Jess, tu peux aller te rhabiller. Je jubile intérieurement !

— Montre-moi ton talent alors !

CHAPITRE 14

— Putain, je m'en suis mis partout !

J'éclate de rire en voyant Jayden immobile les mains en l'air. Pris dans l'action, il s'est retiré au tout dernier moment et a plaqué ses mains sur son membre juste avant d'éjaculer sur moi. Résultat : son ventre, ses mains et sa queue sont gluants. Il va vraiment falloir que j'achète une boîte de capotes !

— Regarde dans le premier tiroir de la table de chevet, je dois avoir des Kleenex.

Il se penche pour ouvrir le tiroir et en ressort... mon sextoy ! J'en rougis de honte ! Je l'avais complètement oublié celui-là !

— Des petits plaisirs en solitaire, hein ?

Il me regarde avec un sourire en coin et paraît amusé de me voir mal à l'aise.

— Oh merde ! Donne-moi ça !

Je le lui arrache des mains et le cache sous mon oreiller.

— Ce n'est pas ce que tu crois !

— Ah non, ce n'est pas un vibro ? Ça y ressemble drôlement pourtant !

Il rigole tellement que ses yeux sont brillants et je reste bloquée sur une petite fossette au coin de sa bouche que je n'avais jamais vue. Ce mec est juste parfait, enfin physiquement, car sinon c'est un emmerdeur de première. Il cherche à le récupérer et par la même occasion met du sperme partout. Il rit d'autant plus quand il me voit me jeter à plat ventre sur l'oreiller pour lui bloquer l'accès.

— C'est quoi, alors ? Un gros coton-tige ? Un tampon ? Ah non, j'y suis… C'est un truc pour se masser le cou !

— Bon, ça va…

Je soupire, vaincue, sachant que de toute façon il ne lâchera pas l'affaire.

Il va falloir faire les présentations. Je sors le jouet de sa cachette et le pose à côté de moi.

— Jay, je te présente Georges. Georges est un ami de longue date qui a tenu à m'accompagner ici pour ne pas que je me sente trop seule.

— J'y crois pas, tu lui as donné un nom !

Tout ça semble beaucoup l'amuser. Au moins ça fait rire quelqu'un, car moi le rose de mes joues ne s'est toujours pas atténué. Je me l'étais acheté lors de l'anniversaire de Zoé. Elle avait fait venir une représentante de sextoys au moment de l'apéro. Toutes les filles avaient choisi leur gadget. Je m'étais pris le plus gros avec de grosses nervures qui imitent à la perfection les veines du pénis, trois vitesses de vibration et une tête rotative. Le top du top quoi !

Il le prend en main et le tourne dans tous les sens. Sans le savoir, il enclenche le mécanisme et le gode se met à vibrer et à bouger.

— C'est bon ça suffit !

Je le récupère et le remets dans le tiroir.

— Je viens de te donner deux orgasmes et je me rends compte que finalement ce n'est pas assez. Je suis en compétition avec un jouet… C'est dur !

Je me jette sur lui et caresse ses cheveux du bout des doigts. En temps normal, ils sont hyper doux mais avec la sueur ils ne sont plus du tout souples. Je les ébouriffe, cette coiffure d'après baise lui va très bien aussi.

— Ne dis pas n'importe quoi, c'est toi mon jouet sexuel préféré ! Je l'avais apporté avec moi au cas où je m'ennuierais, mais il faut avouer que tu ne m'en laisses pas trop le temps.

— Donc depuis que tu es arrivée tu ne l'as pas utilisé ?

Je crois que sa virilité en a pris un coup, il a besoin d'être rassuré. Il a parfois des réactions de gamin. Il est puéril, impulsif, bagarreur, jaloux et sauvage à ses heures, mais il peut aussi se montrer drôle, doux, vulnérable, affectueux. Il est incroyablement beau et c'est une pure bête de sexe. Toutes ses facettes font qu'il est d'autant plus attachant.

— Non, je ne l'ai pas sorti une seule fois. J'aurais pu un soir, mais je n'y ai pas du tout pensé. À la place, j'ai pris une douche froide pour me calmer.

— Hey… N'hésite pas à venir me voir quand tu as besoin. Ton jouet sexuel est là pour toi… Non, en fait, je n'aime pas cette expression, j'ai l'impression d'être une bite sur pattes. Disons plutôt que ton sex friend est là pour assouvir la moindre de tes envies.

— Ouais… Sauf que cette fois-là, c'est toi qui m'as laissée en plan, la culotte mouillée et une envie qui me brûlait de l'intérieur.

Il me regarde les yeux ronds, incrédule. Il ne doit pas se rappeler la première fois où tout a commencé entre nous.

— « Charlie nous a évité de faire une grosse connerie… »

Je lui ressors ses propres mots pour le mettre sur la voie.

— Oh oui, putain… J'étais dans le même état ! Cette nuit-là, je me suis branlé en pensant à toi ! Il me lâche ça avec un petit sourire en coin et l'œil brillant. Alors que sa vulgarité et surtout son geste devraient me choquer, je lève les yeux au ciel et rigole. Venant de lui, plus rien ne me choque. D'une main, il replace une mèche de mes cheveux qui lui chatouille le cou.

— Dans ce cas, pourquoi tu m'as repoussée ce soir-là ?

Il réfléchit un instant, ne semblant pas trouver les mots justes.

— Je ne sais pas… J'ai peut-être pris conscience que, indirectement, tu allais faire partie de ma vie pendant un an. Sur le coup, j'ai pensé que si je te baisais, j'aurais du mal à me débarrasser de toi, sachant que tu vivrais ici avec ma famille.

— C'est très noble de ta part… Ou plutôt égoïste car à ce moment-là tu ne pensais qu'à toi. Pas à la peine que tu pourrais me causer ! Bref… tu es vite revenu sur ton idée. Ta conscience n'a pas bonne mémoire.

— C'est surtout que je n'ai pas réussi à te sortir de ma tête. Il fallait que je sache si te baiser serait aussi bon que je le pensais.

— Et ?

— Et quoi ? Je ne suis pas dans ton lit en ce moment ?

— C'est vrai… même si en ce moment tu ne fais pas grand-chose…

— Message reçu.

Je pousse un cri de surprise quand il me bascule rapidement sur le matelas et que je me retrouve soudain sous lui.

— Commence par te rhabiller et va chercher des capotes chez toi parce que sinon tu vas encore pleurnicher que tu en as partout.

— Je n'ai pas pleurniché !

Il est trop craquant à faire la moue comme un môme. Ça me donne envie de mordre sa lèvre.

— Il va vraiment falloir que tu investisses dans une boîte de préservatifs ! Sérieux, tu ne vas pas me faire retourner chez moi, si ?

Je vois comme un éclair passer dans ses yeux, il se lève d'un bon et enfile son jean et son tee-shirt.

— J'ai une autre idée. Ne bouge pas, je reviens dans deux minutes !

Il sort précipitamment de ma chambre, nu : son boxer est encore au pied de mon lit.

Dès qu'il ferme la porte, je me rue dans la salle de bains pour me rafraîchir un peu et remettre de l'ordre dans mes cheveux. Voilà, comme ça, je suis déjà plus jolie. J'ai encore les lèvres gonflées et le rouge aux joues de notre partie de jambes en l'air.

Je reprends place dans mon lit et attends patiemment son retour. Qu'est-ce qu'il a voulu dire par une autre idée ?

Le téléphone de Jay posé sur la table de chevet se met à vibrer. En bonne curieuse que je suis, je jette un coup d'œil à l'écran, chose que je n'aurais pas dû faire. C'est Jess qui essaie de le joindre. Qu'est-ce qu'elle lui veut encore celle-là ? Quand je lui avait dit qu'elle était amoureuse de lui, il avait décidé de lui en toucher un mot, je ne sais pas ce qu'il en est. On n'en a jamais reparlé. La boîte vocale prend le relais, je me détends et me réinstalle confortablement en cherchant une pose sexy pour son retour. Le téléphone se remet alors à vibrer et, sans surprise, c'est encore elle.

CHAPITRE 15

Ça fait maintenant dix minutes que Jay est parti et son putain de téléphone n'arrête pas de sonner. J'ai envie de décrocher, de dire à Jess qu'il est trop occupé pour répondre, mais j'ai comme l'impression que ça ne ferait qu'envenimer les choses. Pourtant elle doit comprendre que Jay est chasse gardée.

— Il était temps que tu reviennes…

Jay referme la porte derrière lui et la seconde suivante, il est de nouveau nu dans mon lit.

— Tu as à ce point envie de moi ?

— Toujours ! Mais je ne dis pas ça pour ça.

Je lui lance son téléphone sur le lit.

— Il n'arrête pas de sonner depuis que tu es parti.

Il regarde ses appels en absence. Jess semble enfin avoir abandonné.

— Tu ne comptes pas la rappeler ? Parce que ça semblait important vu le nombre de fois où elle a essayé de te joindre !

— Elle ? Donc tu t'es permis de regarder qui c'était !

Merde, je me suis trahie ! Le rouge me monte aux joues et je baisse les yeux.

— J'ai même hésité à décrocher et à lui dire que tu ne pouvais pas parler parce que tu avais la bouche pleine.

Je marmonne, comme si je me parlais à moi-même.

Il éclate de rire et ce doux son résonne comme une musique à mes oreilles. J'adore le voir aussi enjoué. Je me jette à califourchon sur lui, mes mains bloquant les siennes sur le matelas.

— Arrête de te moquer de moi !

Il rit de plus en plus fort de me voir aussi jalouse. Je ne peux qu'en rire à mon tour.

— Au lieu de te foutre de moi, raconte plutôt où tu as récupéré ces capotes ?

Son rire disparaît aussitôt et il me regarde d'une manière étrange, comme s'il appréhendait ce qu'il va me dire. Il dépose une petite dizaine de capotes entre ses jambes.

— Je ne préfère pas… J'ai comme l'impression que ça ne va pas te plaire.

Je reste bloquée sur ce qu'il vient de me dire et réfléchis à la façon dont il aurait pu se les procurer sans repasser chez lui.

— Ne me dis pas que tu en as demandé à Andrew !

Une fois de plus il rigole, mais là ça ne me fait pas rire du tout !

— Solidarité masculine ! Et puis, c'est mon frère !

Je lui assène des tapes sur les pectoraux. Ça ne lui fait absolument pas mal, j'en ai bien conscience, mais ça me permet de me défouler.

— Merde, Jayden ! C'est aussi mon patron !

J'enfouis mon visage dans mes mains, honteuse à l'idée qu'Andrew sache ce qui se trame dans ma chambre à cet instant.

— Il sait ce qui se passe entre nous, c'est mon frère, mon confident… On n'a aucun secret l'un pour l'autre. Et tu sais aussi bien que moi qu'il n'a pas de leçon à nous donner pour ce qui est du cul !

Je le regarde, perplexe. C'est vrai qu'il n'a pas tort mais en même temps il dirait n'importe quoi pour arriver à ses fins. Ce qui me trouble le plus, c'est de me rendre compte qu'Andrew lui raconte les discussions qu'on a le soir. Je pensais que nos confidences autour d'un verre de vin restaient entre nous. Heureusement que je suis toujours demeurée vague quand on aborde le sujet « Jayden », sinon il aurait été lui répéter !

Il caresse tendrement mes cheveux et dégage mon visage, me prend les mains en les pressant légèrement.

— Arrête de trop réfléchir ! Viens là !

Il m'attire contre lui et la saveur de ses baisers sucrés me fait tout oublier. Toujours assise sur lui, j'entame alors un lent mouvement de bassin, ma fente frottant sur sa queue. Elle durcit en un temps record. Un seul geste de sa part et il pourrait me pénétrer. C'est d'ailleurs ce qu'il fait. Il me pénètre doucement, ressort et entame alors un doux va-et-vient. Ses mains pétrissent ma poitrine et étirent les pointes qui gonflent sous cet assaut. Que c'est bon de le sentir en moi. Il me prend entièrement et sans latex, c'est complètement différent. C'est plus sensible, plus intense, mais c'est aussi plus dangereux.

— Jay…

Je voudrais lui dire qu'il faut mettre une capote mais je suis incapable de briser notre étreinte.

— C'est bon, Lola… Tellement bon !

Ses mains sont maintenant posées sur mes hanches et m'incitent à m'enfoncer encore plus profondément. J'exécute son ordre et je frôle l'orgasme quand je le sens au plus profond de moi mais, d'un geste il me bascule, et je me retrouve sous lui. Mes jambes s'agrippent à sa taille comme du lierre et mes ongles s'incrustent dans la peau de son dos. C'est plus fort que moi j'ai besoin de le sentir, de le toucher. Nos corps glissent l'un contre l'autre, inondés de sueur, et nos bouches ne se quittent pas. Son regard de braise me brûle de l'intérieur et je ressens tout l'amour que j'ai pour lui.

Mon orgasme explose quand il me pénètre sans ménagement et me culbute sauvagement.

— Oh, Lola, tu es tellement chaude, il faut se calmer sinon je ne vais pas tenir longtemps.

Je pousse un soupir de frustration quand il se retire. Mon orgasme a été intense, j'ai la gorge sèche et la vue troublée. Il tend le bras et prend un objet. Je suis encore dans le flou, je ne comprends pas tout de suite.

— On pourrait s'amuser un peu avec Georges ?

Je le regarde, les yeux écarquillés, n'étant pas sûre de comprendre où il veut en venir. Il s'installe à côté de moi et, voyant que je ne suis pas très à l'aise avec son idée, pose le sextoy sur le lit.

— Que du plaisir, tu te rappelles ?

Il me susurre ces mots au creux de l'oreille et me mordille le lobe. Comme à chaque fois, il trouve toujours la manière de m'apaiser.

Ses baisers mouillés descendent le long de mon cou, sa langue caresse mon épaule et continue son doux mouvement jusqu'à ma poitrine. Mon corps entier réagit à son assaut concentré sur mes tétons qu'il pince de ses lèvres. Alors que je suis sous l'effet de sa bouche experte, il reprend le gode et caresse mon clitoris en faisant de petits cercles avec tant de douceur que je suis de nouveau tout humide. Lorsqu'il est parfaitement lubrifié, il me pénètre avec en enclenchant le vibreur. Les sensations sont tellement différentes quand c'est lui qui s'occupe de moi. C'est beaucoup plus excitant de cette manière. Les mouvements se font de plus en plus rapides, et je me cambre sous le plaisir qui me submerge. Jay lâche mes tétons et m'embrasse avidement, je réponds à chacun de ses baisers, ma langue envahit sa bouche et je ne peux résister à l'envie de lui mordre la lèvre inférieure.

Des petits couinements ridicules sortent de ma bouche mais je ne contrôle plus rien, le désir et ma libido ont pris possession de mon corps. Je sens sa queue dure contre ma cuisse et soudain je ne veux plus de Georges mais de lui, lui tout entier.

— Jay… Viens !

— Tourne-toi, je n'en ai pas fini avec toi !

Je m'exécute et il se positionne derrière moi, je sens sa queue au bord de ma fente mais il ne me pénètre pas. C'est une délicieuse frustration qu'il m'inflige. Il insère deux doigts en moi et les ressort aussitôt en m'humidifiant l'anus.

— Maintenant je vais baiser ton si joli petit cul.

Il me pénètre tout en douceur et c'est comme un soulagement de le sentir enfin en moi. Ses doigts viennent titiller mon clitoris et alors que mon cœur bat à cent à l'heure, ses doigts me quittent et laisse place à Georges qui me pénètre également. C'est la première fois que je prends du plaisir vaginal et anal en même temps. C'est une sensation particulière et je ne suis pas sûre que mon corps tienne le coup. Je sens alors un nouvel orgasme monter le long de ma colonne vertébrale. Il s'annonce phénoménal. Mes muscles se contractent et je peine à rester sur mes jambes tellement elles tremblent. Je suis au bord de l'explosion et j'ai peur de me briser en mille morceaux quand l'orgasme aura atteint son apogée. Jay geint et accélère la cadence, il est au bord de la jouissance lui aussi.

— Oh putain, Lola ! C'est trop bon !

— Vas-y, Jay… Vas-y !

C'est presque un cri de désespoir et il réagit au quart de tour. Il me culbute avec fougue. Ses coups de boutoir sont maintenant sauvages et les sons rauques qui s'échappent de sa gorge me font comprendre qu'il prend autant son pied que moi. J'attrape l'oreiller et hurle dedans quand un orgasme monumental se déploie en moi et se déverse comme un tsunami.

Jay s'écroule sur moi, je peux sentir les battements de son cœur affolé. Il bascule sur le côté et m'emporte avec lui en passant ses bras autour de ma taille.

— C'était… incroyable !

Son regard se trouble soudain.

— Hey ! Qu'est-ce qu'il y a ? Je… je t'ai fait mal ? Je suis désolé si je me suis emporté mais j'avais l'impression que c'était aussi ce que tu voulais.

— Non, je n'ai pas eu mal.

Je me rends compte alors que des larmes coulent sur mes joues et je suis incapable de les arrêter. Il paraît inquiet, scrute mon regard afin de comprendre et du pouce essuie mes larmes.

— Alors pourquoi tu pleures ?

— Je ne pleure pas…

Un petit rire nerveux sort de ma bouche et je l'embrasse furtivement pour le calmer car je vois qu'il est tendu.

— C'est le trop-plein d'émotions ! Je n'ai jamais eu un orgasme comme ça. Tu ne te rends pas compte, c'était si… intense !

Il bombe le torse, fier de lui et un grand sourire se dessine sur son visage.

— Ouais, merci !

— Merci à Georges, oui ! Il n'a jamais été aussi habile !

Ma petite réplique porte atteinte à sa virilité et il se venge avec des chatouilles. Je rétorque mais il se tourne à plat ventre sur le matelas. Je lui saute dessus et lui chatouille les flancs. Il rit et se débat dans tous les sens.

C'est ça que j'adore dans notre relation : ce n'est pas seulement du cul. On a une grande complicité, on s'amuse d'un rien, comme à faire les cons tels deux gamins. Je me confie beaucoup à lui, il doit connaître toute la vie de Zoé, de ma mère et même la mienne. Il me pose beaucoup de questions sur ma relation avec Thomas mais j'évite de trop lui en parler. Jay n'a pas besoin d'être au courant de sa brutalité ou de ses mensonges. J'ai honte de toutes les conneries que j'ai faites par amour pour Tom et, en plus, je vois bien que ça le perturbe. À chaque fois que j'en dis trop, ses muscles se contractent et sa mâchoire se serre.

— Arrête !

Il rigole tellement que maintenant c'est lui qui pleure.

Son téléphone se remet à vibrer et je pense aussitôt à Jess, ce qui me fait stopper net. Je m'allonge sur lui de toute ma longueur, les seins écrasés contre son dos et regarde l'écran de l'appareil qui s'est arrêté de vibrer. Appel en absence de Jess, comme c'est étonnant !

Je grattouille son épaisse tignasse du bout des doigts pour ne pas me jeter sur le téléphone et le balancer contre le mur. Cette fille m'énerve de plus en plus. Je n'ai jamais été aussi jalouse.

— Tu vas l'ignorer encore longtemps ? Si ça se trouve, c'est important.

Je suis surprise de mon calme apparent, je joue de mieux en mieux la comédie. Il n'a pas le temps de rappeler qu'un message s'affiche.

« *T'es où ?* »

« *Pas chez moi.* »

Je ne peux pas m'empêcher de lire par-dessus son épaule. Il le sait, mais ne cache pas pour autant son écran.

« *Je vois ça. T'es avec elle ?* »

Quoi ? Comment elle sait ça ? Je ne pipe pas mot alors que j'enrage.

« *Oui* »

Je souris en voyant qu'il ne cherche pas à faire d'efforts. Il pose son téléphone, la discussion s'arrêtera là, mais elle insiste.

— Elle commence à me gonfler.

Il reprend son portable, à mon avis pour lui répondre de le lâcher, mais une photo s'affiche. Je reste bloquée sur l'écran et je bous littéralement de l'intérieur en voyant le selfie qu'elle ose lui envoyer alors qu'elle sait qu'il est avec moi : elle est en sous-vêtements dans une pose des plus suggestives, sur un lit que je ne connais que trop bien.

Je sens le regard joueur de Jay sur moi mais je suis incapable de détacher mes yeux de l'écran. Je mettrais ma main à couper qu'elle fait tout pour me pousser à bout.

— Elle est dans ta chambre.

Mon ton est sec, je sais que je ne trompe personne mais je n'arrive plus à faire mon numéro de fille désintéressée.

— Oui merci, j'ai vu !

Il me regarde, l'air hilare avec son sourire en coin qui me fait fondre.

— Tu enrages là, hein ?

— Tu n'imagines même pas ! Je suis sûre qu'elle le fait exprès !

Il rigole et se retourne, ce qui me fait basculer sur le côté.

— C'est possible ! Bon... Je vais y aller !

Il rit de plus belle en voyant mon air pincé.

— Je peux dormir ici cette nuit ?

Sa question autant que sa voix hésitante me troublent. Dormir avec moi ? Voyant que je ne réponds pas, il se justifie.

— Je n'ai pas envie de rentrer chez moi, là tout de suite, mais si tu préfères que je parte...

— Reste ! Après tout, c'était ta chambre avant d'être la mienne, tu me l'as assez répété !

De toute façon, il est hors de question qu'il retourne chez lui avec Jess installée dans son lit.

— Donne-moi ça ! (Je lui prends son téléphone des mains.) C'est quoi ton code ?

— Je n'en ai pas. Les codes c'est pour ceux qui ont des choses à cacher !

Marrant venant d'un mec qui ne se dévoile pas beaucoup. Il repousse les autres pour je ne sais quelle raison et, selon ses termes, ne peut pas s'engager dans une relation. Mais à part ça, il n'a pas de secret… Je préfère éviter ce terrain glissant, car à chaque fois je me retrouve face à un mur.

— Viens près de moi.

Comprenant mon intention, il passe ses doigts dans ses cheveux pour les aplatir, coiffure d'après baise oblige. Il s'allonge à côté de moi sans broncher. Je devine que monsieur aime les photos. En même temps, un beau gosse comme lui ne doit pas avoir beaucoup de complexes. J'enfile mon débardeur et le boxer avec lesquels je dors, je ne tiens pas à me retrouver à poil dans son portable sachant qu'il n'a pas de code pour le protéger des regards indiscrets. Je nous mitraille dans tous les sens : plusieurs photos de nous en train de faire des grimaces, une où il se fait une barbe rousse avec mes cheveux, une autre où nous sommes en plein fou rire et une où l'on s'embrasse langoureusement. Celle-là, je l'adore. Je me les envoie toutes car je tiens à en garder une trace. Les mecs ne sont pas du genre à conserver trop de souvenirs, surtout ceux comme Jay, donc il va sûrement les supprimer rapidement.

— Et si on en envoyait une à ta Jess pour lui montrer que tu es déjà entre de bonnes mains ?

Il me reprend aussi sec le téléphone des mains et le jette à l'autre bout du lit.

— Si tu le fais, c'est une déclaration de guerre et je ne tiens pas à être au milieu de tout ça. C'est une copine de longue date, ne te la mets pas à dos, s'il te plaît. Tu verras, elle va finir par t'apprécier.

Il ne se rend pas compte que cette fille me déteste et que c'est réciproque. Il n'est pas au courant de tous ses coups en douce, mais c'est une des rares personnes qui comptent à ses yeux. Je ne peux pas lui gâcher ça. Tant qu'on arrive à faire semblant de se supporter devant lui, c'est le principal.

— Je me lève dans quelques heures pour l'école, il faut vraiment que je dorme.

Je coupe court à cette discussion qui ne mènera à rien et je prends place dans mon lit. Il reste un instant assis à me regarder et ne semble pas disposé à se coucher. J'ai l'impression qu'il n'est plus vraiment sûr de vouloir dormir ici.

— C'est la première fois que je dors avec une fille.

Son aveu me fait chaud au cœur mais il semble si perdu que je pouffe de rire.

— Ta toute première fois ? C'est trop mignon… Je t'explique, tu t'allonges à côté de la fille, tu t'installes confortablement et tu dors. C'est pas très compliqué, tu verras !

— Ouais, c'est ça, moque-toi ! Mais il y a un autre souci… Tu es de mon côté du lit !

— Ah non, désolée, c'est le mien ! Autre règle quand tu dors dans le lit de la fille en question : dis-toi que c'est son lit et qu'elle est déjà bien gentille de te laisser une place parce que, bien souvent, elle dort au milieu.

— C'est bon, j'ai compris !

Il s'installe de son côté, bras croisés sous la tête. Il met clairement de la distance entre nous et je respecte ça. Pas de mamours ou d'enlacements. Je comprends que c'est sa manière de faire passer le message : on n'est pas un couple.

— Si tu te réveilles cette nuit, n'hésite pas à me faire une p'tite pipe !

J'éteins la lumière et m'installe à mon tour, dos à lui.

— Tu peux toujours rêver ! Bonne nuit, Jay.

— Bonne nuit, p'tit cul.

CHAPITRE 16

Quand le réveil sonne trois petites heures plus tard, chacun a gardé sa place initiale. Nous nous sommes écroulés aussitôt. Il faut dire qu'on manque de sommeil l'un comme l'autre. La musique douce avec ses bruits de vagues et de grillons me réveille en douceur. Comme j'ai le sommeil très léger, les sonneries bruyantes me feraient faire une crise de tachycardie. Je l'éteins rapidement pour laisser dormir Jay mais lorsque je me retourne vers lui ses beaux yeux verts sont grands ouverts. Comment fait-il pour être aussi beau après une sieste de quelques heures. Il a le teint frais et une légère barbe qui lui donne un air ténébreux. Moi je sais d'avance à quoi je ressemble, le teint pâle, les cheveux en nid de poule et de gros cernes. Je prends le drap et le positionne devant ma bouche pour lui épargner mon haleine du matin. Il n'y a que dans les romans d'amour qu'on se roule des pelles le matin !

— Salut ! Bien dormi pour cette première nuit avec une fille ?

Il fait la même chose que moi et se couvre la bouche. Je peux voir son sourire à travers le tissu.

— Comme un bébé. Mais je suis déçu de ne pas avoir eu droit à ma petite gâterie cette nuit.

— De quelle nuit tu parles ? On a dormi à peine trois heures !

— J'aimerais aussi réaliser une autre première fois ! Comme je n'ai jamais dormi avec quelqu'un, je n'ai jamais eu droit à la baise du matin !

Voyant où il veut en venir, je saute du lit en vitesse.

— C'est une première qu'il va falloir garder pour plus tard. Je n'ai pas le temps, je dois filer sous la douche avant d'aller réveiller les enfants. Mon temps est chronométré le matin, je n'ai absolument pas le temps de satisfaire ta curiosité.

Depuis que notre rituel du soir a commencé, j'ai vite décalé mon réveil pour grappiller la moindre minute de sommeil en plus. J'ai vingt-cinq minutes pour me préparer, en comptant le temps passé sous la douche, le démêlage de mes soixante-dix centimètres de cheveux et un maquillage plus que nécessaire.

J'enlève mon débardeur et ma culotte et les jette sur le lit. La culotte atterrit sur sa tête. Il la prend et la porte à son nez… Je ne sais pas si je dois trouver ça dégoûtant ou excitant. Je retire l'élastique qui maintenait mes cheveux et d'un mouvement de tête, ma crinière se déverse sur mon dos. J'avais vu ça dans un film et j'ai toujours voulu le faire. Effet réussi, il est comme hypnotisé. Ses yeux me brûlent la peau, il se mordille la lèvre inférieure pour retenir un sourire. Je me retourne et, dans un roulement de fesses, je rejoins la salle de bains. Je l'entends pousser un soupir lorsque je referme la porte. Le cœur léger, je file sous le jet d'eau froide, je n'ai plus de temps à perdre.

Je me savonne énergiquement et essaie le shampoing spécial rousse que j'ai trouvé au centre commercial. Je ne crois pas aux produits miracles mais la vendeuse m'a assuré qu'il allait faire ressortir ma couleur auburn. Je n'entends pas la porte s'ouvrir et je suis surprise de trouver Jay adossé au lavabo en train de me reluquer. Il est tout nu depuis hier soir et ne semble pas du tout disposé à se rhabiller. Il doit avoir des tendances nudistes, et ce n'est pas pour me déplaire.

— Tu as besoin de moi pour te rincer ?

Le sourire vicieux qu'il affiche suffit à faire accélérer les battements de mon cœur.

— Non merci, jusque-là j'ai toujours réussi à me débrouiller seule. Il vaut mieux que tu te dépêches de sortir d'ici avant que quelqu'un ne se rende compte que tu as passé la nuit avec moi.

— Je m'en fous totalement ! Je suis chez moi ici je te rappelle. C'est toi que ça gêne, pas moi !

Il a raison, je redoute une leçon de morale de Mme Davis du genre « vous n'êtes pas là pour donner le mauvais exemple à mes enfants » ou « vos relations sexuelles ne sont pas admises ici ». Malgré tous mes efforts pour être agréable avec elle, je n'arrive pas à lui plaire. Elle ne m'a quasiment pas adressé un mot et je sens son regard antipathique braqué sur moi à longueur de temps.

— Lola ?

Alors que je suis en train de me rincer les cheveux, la voix de Jay me sort de ma rêverie. Lorsque je lui fais face, il tient son portable dans les mains.

— Merci !

— Quoi ? Ne me dis pas que tu m'as prise en photo sous la douche !

Instinctivement, je croise les bras sur ma poitrine pour me cacher mais c'est trop tard, il sort de la salle de bains avec un air satisfait. J'enroule une serviette autour de moi et, sans prendre le temps de me sécher, retourne en trombe dans la chambre. Jay a déjà enfilé ses fringues et fini d'ajuster sa ceinture.

— Efface-moi ça tout de suite !

— Grrrr, ça y est la tigresse ressort ses griffes ! J'adore !

— Jay, je ne plaisante pas, efface cette putain de photo !

— Arrête, elle n'a rien de vulgaire et on ne te voit pas entièrement. Elle est hyper sensuelle et sexy cette photo, je pourrais être photographe !

— Montre-moi !

Main tendue, j'attends qu'il me donne son téléphone.

— Je te la montre mais tu ne l'effaces pas, elle est trop bandante.

Pour être sûr que je ne la supprime pas, il garde son téléphone en main. Il faut avouer que la photo est très belle. Je suis sous le jet d'eau et mes cheveux tombent sur ma poitrine qu'on ne découvre que très partiellement. Ce qui me frappe le plus, ce sont les étincelles que je vois dans mes yeux. C'est flippant de me rendre compte que je le dévore des yeux dès que mon regard se pose sur lui.

— Je te préviens, si tu la montres à qui que ce soit, je te tue ! Si tu refais une photo de moi à mon insu, je te tue ! Et si tu ne mets pas un code sur ton portable, je te tue !

Je le pointe du doigt pour donner plus de poids à mes menaces.

— Même si je serais fier de la montrer à mes potes, histoire de les faire baver, jamais je ne la montrerai ! Je vais juste la mettre en fond d'écran…

Il éclate de rire quand je lui décoche un coup de coude dans les côtes.

— Ha ha ha, je suis morte de rire !

Mon sarcasme et mon air crispé ne contribuent pas à le faire arrêter de se foutre de moi.

Ma penderie crie famine, je n'ai plus de fringues légères. Je ne m'attendais pas à ce qu'il fasse aussi chaud, alors qu'on arrive en octobre. En France, les pulls sont déjà sortis. Je choisis mon pantacourt noir et mon top rose.

— Je croyais que tu avais confiance en moi ?

Maintenant il ne rit plus et semble même extrêmement sérieux.

— Ne me le fais pas regretter !

Il regarde autour de lui et semble intrigué par les étagères vides. Il ne me reste plus que deux robes accrochées sur des cintres et une veste à manches longues. Une étagère accueille mes jeans et une autre quelques pulls et gilets. Les autres sont vides, le peu de fringues légères étant au sale.

— Quoi ? Les pulls et les jeans ont pris beaucoup de place dans ma valise, je n'avais pas prévu qu'il ferait aussi chaud !

— Et pourquoi tu ne vas pas faire les magasins ? Il n'y a que les chaussures qui t'intéressent ?

— Les chaussures, c'est pas pareil… Mais de toute façon je n'aime pas faire les boutiques toute seule. C'est moins drôle quand on n'a pas une copine qui donne son avis.

J'ai malgré moi un petit pincement au cœur en pensant à Zoé. J'adore faire du shopping avec elle. Je n'aime pas fouiller. Je passe devant les rayons en espérant que quelque chose me saute aux yeux. Quand je suis avec elle, elle prend tout en main. Elle est prête à retourner tout le magasin et à rendre folles les vendeuses pour trouver mon bonheur. Elle choisit les tenues complètes jusqu'aux accessoires et j'ai pour obligation de tout essayer.

— On pourrait y aller cet après-midi si tu veux !

J'en reste bouche bée. D'habitude les mecs ont horreur de faire les boutiques, et là je n'ai même pas besoin de le lui demander. En plus, il n'a aucune obligation envers moi, ce n'est pas mon petit copain.

— Heu… Ouais ce serait sympa. Tu seras ma copine !

— Tu vas voir, je vais te dégoter des trucs sensass !

J'éclate de rire quand il prend une voix féminine et adopte des gestes beaucoup trop maniérés. Même une fille n'en fait pas autant. Un coup d'œil à mon réveil m'indique qu'il va être 8 heures. Les enfants devraient déjà être debout.

— Merde, je suis en retard !

— Va finir de te préparer, je gère les jumeaux.

— Quoi ? Non, ils ne vont pas comprendre pourquoi c'est toi, et je ne veux pas que quelqu'un sache que tu as dormi ici. Alors tu descends le plus discrètement possible et tu retournes chez toi !

— Putain, tu n'es vraiment pas de bon poil le matin. Tu as raison, je préfère me tirer !

Il semble réellement vexé et, sans un regard vers moi, tourne les talons et sort de ma chambre. Je m'en veux de ma réaction mais je suis tellement en retard que je n'ai pas le temps de trop y penser. Je regagne la salle de bains, me lave les dents d'une main et me démêle les cheveux de l'autre. Je ne me maquille pas et je file réveiller les enfants. Le temps qu'ils se préparent, les petits déjeuners sont prêts.

À me voir courir dans tous les sens, les enfants comprennent vite l'urgence et accélèrent la cadence. Finalement, le retard est rattrapé et je suis ravie d'avoir le temps de boire mon café et d'envoyer un message à Jay : « *Désolée pour tout à l'heure, je passerai après, je trouverai bien une idée pour me faire pardonner...* » J'espère que mon petit message explicite va lui faire oublier ma mauvaise humeur du matin. Avant mon premier café, je sais que je peux être désagréable, et le pauvre Jay en a fait les frais. Le temps de débarrasser la table et c'est déjà l'heure de partir pour l'école.

— Oncle Jay !

Alors que je ferme la porte, je vois les enfants courir vers Jay, tranquillement adossé contre mon pick-up.

— Tu nous emmènes encore à l'école ?

Charlie pose la question en levant un sourcil ; elle semble étonnée de voir son oncle aussi souvent.

— Tu ne veux pas de moi ?

Le large sourire qu'elle lui adresse en dit long. Il lui caresse gentiment la joue. C'est un geste anodin pour n'importe qui, mais pour lui qui ne montre jamais ses émotions ça veut dire beaucoup. Il est totalement à genoux quand il s'agit de ses neveux.

— Allez, grimpez !

Il s'installe sur le siège conducteur, sans me demander mon avis. J'adore quand il prend les commandes au lit mais je n'aime pas qu'on gouverne ma vie. Thomas m'a dirigée pendant trois ans et lorsqu'il m'a quittée, j'ai dû réapprendre à faire mes propres choix et à savoir ce que je voulais vraiment dans la vie. Ça paraît simple mais quand on met son cerveau sur off aussi longtemps, on se retrouve vite perdu. J'ouvre la portière et reste plantée devant lui.

— C'est ma voiture, je conduis !

— Pfff, je me demande ce que je suis venu foutre ici ! Apparemment tu es toujours d'une humeur de chien.

Il se lève et contourne le pick-up pour prendre place côté passager.

— Alors pourquoi tu es là ?

Je ne lui laisse pas le temps de me répondre ou de sortir précipitamment de la voiture et démarre en trombe. Heureusement que les enfants sont là pour faire la conversation car entre nous, un froid glacial s'est installé. Je ne comprends pas pourquoi ni comment on en est arrivés là, pour des futilités en plus.

Les jumeaux sont trop heureux de sortir de la voiture et de quitter nos têtes de six pieds de long. Je ne veux pas que la journée continue comme ça, surtout que c'était une première pour lui de dormir avec quelqu'un, et si je ne change pas de comportement tout de suite, ce n'est pas prêt de se reproduire. Je devrais lui être reconnaissante d'être resté au lieu d'être retourné chez lui avec Jess. Je ne sais même pas pourquoi je réagis comme ça, Tom a vraiment fait des dégâts sur moi. Bras croisés et tête tournée vers la vitre, Jay semble perdu dans ses pensées. Je lui attrape le menton pour le forcer à me faire face et lui dépose un rapide baiser sur les lèvres.

— Excuse-moi, je n'arrête pas de te repousser depuis ce matin mais je suis contente que tu sois là… Que tu sois resté cette nuit. Je vais m'assurer que les enfants rejoignent bien le point de rassemblement et j'arrive.

— Tu ne te rends même pas compte à quel point je prends sur moi en ce moment. Je ne suis pas quelqu'un qu'on rejette comme ça, si c'était une autre que toi, j'aurais déjà mis les voiles depuis longtemps.

— Heureusement que c'est moi alors !

Pour toute réponse, il grimace un petit sourire forcé. J'ai l'impression qu'il est en train de remettre notre relation en jeu et je suis plus que mal à l'aise quand je sors de la voiture. J'ai tendance à oublier que d'ordinaire il se concentre sur des relations sans lendemain et surtout sans tracas. L'amour c'est juste un jeu dans son esprit et mes prises de tête risquent de me coûter cher. J'accélère le pas pour rejoindre les jumeaux.

— Tu es fâché avec oncle Jay ?

Charlie, l'air soucieux, me regarde avec ses grands yeux bleus inquiets.

— Mais non, ma puce, ne t'inquiète pas !

Est-ce qu'il va encore être dans la voiture ? Va-t-il encore vouloir de moi ? Mille et une questions se bousculent dans ma tête alors que je rejoins le parking. Et je suis soudain rassurée de voir une silhouette à travers la vitre. Il ne s'est pas sauvé, c'est déjà ça !

— Bonjour, Lola !

Chase vient à ma rencontre et je découvre avec horreur la mine lamentable qu'il arbore. La soirée de samedi me revient aussitôt en tête. Son œil droit a une teinte violacée et sa lèvre inférieure boursouflée me rappelle la violence de Jay à son égard.

— Oh mon Dieu, Chase, je suis tellement désolée.

Instinctivement, je pose la paume de ma main sur son visage et caresse du bout des doigts le contour de son œil au beurre noir.

— Ça te fait mal ?

— Non ça va, plus de peur que de mal.

Il laisse sa joue reposer sur ma main et ses grands yeux bleus plongent dans les miens.

— Et toi, ça va ?

Il attrape ma main restée sur sa joue et la garde au creux de la sienne.

— C'est à toi qu'il faudrait poser la question. Pardonne-moi pour samedi, je ne sais pas ce qui lui a pris.

— Arrête de t'excuser pour ses actes Lola. Tu as un cœur énorme et c'est ce qui m'a plu aussitôt chez toi mais, s'il te plaît, arrête de prendre sa défense. Depuis le début, il fait tout pour me sortir du tableau.

Je baisse les yeux, gênée, ne sachant que dire. C'est vrai que Jay s'est comporté comme un connard, pourtant je ne peux m'empêcher de prendre sa défense. Toujours ma main dans la sienne, il me relève le menton.

— Je t'apprécie beaucoup Lola, et tu le sais. Mets de l'ordre dans ta tête et réfléchis à la meilleure des options. La meilleure étant de me choisir, moi.

Son petit sourire timide me fait rougir. Il sait comment charmer les filles, Monsieur Le-prof-canon. Soudain, la petite bulle qui s'était formée autour de nous éclate : on entend une portière claquer avec force. Jay, le regard noir rivé sur nous, s'adosse nonchalamment à la voiture et s'allume une clope. Il garde ses distances mais veut clairement montrer qu'il est là. Chase me lâche la main et plante ses yeux dans les miens sans tenir compte de la présence lointaine de Jay.

— Je crois que ton choix est déjà fait ! J'espère seulement que tu ne vas pas te brûler les ailes avec lui. Au revoir, Lola, à une prochaine fois.

Alors qu'il me dépose un rapide baiser sur la joue, je vois Jay se redresser. Il ne tient plus en place et semble agité de l'intérieur. Je retourne à la voiture et m'installe au volant. J'ai le cœur qui palpite beaucoup trop vite et essaie de faire le vide dans ma tête pour retrouver mon calme mais je bous de rage envers Jay. Finalement cette matinée va de mal en pis. Il me rejoint sans un mot, poings serrés, le regard suivant Chase jusqu'au bout.

Le retour s'effectue dans un silence de plomb, ni lui ni moi n'étant prêt à parler. L'ambiance est pesante et je n'ai jamais trouvé la route aussi longue. Je monte directement dans ma chambre pour me maquiller avant d'aller à mon cours d'anglais. Jay ne me suit pas, je suis soulagée et inquiète en même temps. J'ai du mal à avoir des gestes calmes et précis donc j'oublie l'eye-liner. Je me mets uniquement du mascara et un gloss rose pour donner une touche de couleur. Une tresse sur le côté pour ne pas être gênée par mes cheveux et je suis prête. Lorsque je redescends, Jay est planté en plein milieu du couloir, les poings toujours serrés et le visage figé. Il se masse frénétiquement les cheveux et je sens bien qu'il se contient pour ne pas exploser.

— Tu joues à quoi là ?

Son regard dur me fait froid dans le dos. Il est le premier à rompre le silence. Personnellement je crois que je n'aurais rien dit et serais partie à mon cours sans un mot.

— À quoi je joue ? Je regardais les ravages que ta connerie a faits sur son visage. Tu as vu dans quel état tu l'as mis ? Il a la lèvre éclatée et un œil au beurre noir par ta faute. Super classe pour montrer l'exemple aux enfants ! Et je n'imagine même pas quelle explication il a dû donner à la directrice.

— Ah d'accord, c'est par pitié alors que tu n'arrêtais pas de le caresser comme ça ? Pauvre Elephant Man, il a la gueule éclatée !

— Excuse-moi d'être compatissante ! Et c'était quoi ton petit numéro ? À sortir comme ça de la voiture. C'est ta façon de marquer ton territoire ? Faut que je m'attende à ce que tu pisses au quatre coins de la maison ou quoi ? Attention chasse gardée, c'est moi qui la baise !

Je lui hurle dessus, heureusement que les Davis partent super tôt au boulot.

— Je ne supporte pas de voir quelqu'un d'autre te toucher. Les regards enamourés qu'il pose sur toi me donnent envie de le frapper encore plus fort.

Je ne sais plus quoi dire, je suis sur le cul de l'entendre dire ça. J'ai bien conscience que ce n'est pas une déclaration d'amour mais il n'y a pas de doute : c'est de la jalousie. Je me retiens de le lui faire remarquer pour ne pas qu'il fasse machine arrière dans notre relation.

— Tu es à moi ! C'est avec moi que tu baises.

Il sort ça comme une évidence mais je vois bien dans son regard qu'il est rempli de doutes. Toute ma colère envers lui disparaît et je ne veux qu'une chose, le rassurer.

— Je suis à toi, et tu es à moi.

Je suis maintenant en face de lui, assez près pour sentir son souffle chaud sur moi. Voyant qu'il est encore en plein doute, j'agrippe ses cheveux, plonge mon regard dans le sien et lui répète une nouvelle fois.

— Je. Suis. À. Toi.

Il m'embrasse alors fougueusement, presque violemment. Nos dents s'entrechoquent et sa langue envahit ma bouche. J'en oublie de respirer tellement je peux sentir son désir et son besoin presque vital de me dominer. Je lui rends son baiser en essayant d'apporter un peu de douceur pour calmer ses pulsions. On ne m'a jamais embrassée comme ça. Je ne me suis jamais sentie aussi désirée. Lorsqu'il rompt notre baiser, nous sommes tous deux à bout de souffle. Son regard me brûle et je sens mon corps réagir aussitôt. Je suis à la limite de me liquéfier sur place. Il défait sa ceinture et commence à déboutonner son jean.

— Suce-moi… Montre-moi comme tu m'appartiens.

Ses mots crus et pourtant prononcés avec sensualité électrisent jusqu'à ma pauvre petite culotte qui est déjà trempée. Il n'y a plus de doute, il veut clairement me dominer. Ses yeux sont empreints d'une noirceur que je n'ai jamais vue et pourtant je m'agenouille aussitôt. Je dois lui prouver que je suis là pour lui et, pour être honnête, je n'ai jamais été si excitée.

CHAPITRE 17

Il baisse son jean et son boxer dans la foulée et libère son membre. Il bande tellement fort que j'en salive d'avance. Je le prends en bouche et me délecte de son odeur, de son goût, de sa douceur… Je le caresse de ma langue et le sens encore gonfler. Je le prends alors à pleines mains pour le branler en même temps que j'aspire et lèche son gland. Il souffle fort pour essayer de se contrôler et je redouble d'efforts pour le faire chavirer. À présent, on n'entend plus que mes bruits de succion qui résonnent autour de nous. Ses mains viennent empoigner fermement mes cheveux. Je suis comme prisonnière de sa queue et cette idée m'excite au plus haut point. J'ouvre davantage ma bouche et l'accueille entièrement.

— Oh putain, Lola !

Il crie d'une voix rauque que je ne lui connaissais pas. Les yeux mi-clos et la bouche ouverte, il me regarde avec une fascination absolue et je savoure ce moment. Tout dans son attitude me fait dire qu'il prend son pied et je m'en félicite mentalement. Je suis à la limite de jouir rien qu'en le voyant ainsi. Je sens sa queue se gonfler encore et je m'apprête à recevoir sa semence. Je le suce avidement et avale jusqu'à la dernière goutte. Il m'aide à me relever et m'embrasse avec une tendresse extrême. Ma pipe magique aura eu l'effet escompté, le faire changer d'humeur ! Il me regarde en hochant la tête, les yeux pétillants il se mord la lèvre pour éviter de sourire.

— Tu n'imagines même pas ce que tu viens de me faire vivre ! C'était… waouh !

Il se rhabille à la hâte, toujours aussi élogieux à mon encontre.

— Merci je n'en demandais pas tant !

Je rigole de le voir si enjoué. Je me penche pour le saluer comme au théâtre. Il passe un bras autour de mes épaules et m'embrasse gentiment la tempe.

— Allez go !

Il nous emmène vers la porte. Un coup d'œil à ma montre m'indique que je suis déjà en retard de vingt bonnes minutes pour mon cours.

— On va quelque part ?

— Tu m'as fait prendre mon pied… À moi de te faire prendre le tien !

Son air mystérieux et content de lui me met des papillons dans le ventre. Je ne sais pas quelle idée il a derrière la tête mais je suis impatiente de la découvrir.

— Ne t'installe pas, on y va.

À peine a-t-il ouvert la porte de chez lui qu'il attrape les casques de moto et son cuir.

— Quoi ? On va où ? Moi qui pensais avoir droit à… en fait, je ne sais pas à quoi je m'attendais mais ça impliquait quelque chose de sexuel !

— Tu n'es vraiment qu'une obsédée !

— Mais tu m'as dit que…

— Je peux aussi te faire jouir autrement.

Il me décoche un clin d'œil avec un sourire craquant. Mon cœur s'arrête de battre et je fonds littéralement devant une telle beauté. Du haut de mes vingt-deux ans, j'ai fréquenté plusieurs mecs mais celui-ci est de loin le plus magnifique. Même Thomas, le play-boy sur qui toutes les filles fantasment, ne lui arrive pas à la cheville. Son corps tout en muscles et ses tatouages en font une véritable œuvre d'art. Mais ce sont ses grands yeux émeraude avec cette expression tourmentée qui me transpercent le plus. Il a tout pour être heureux : une famille aimante, de véritables amis, même cette vicieuse de Jess, une richesse colossale pour un homme de son âge. Pourtant, on dirait qu'il se refuse le droit de profiter de ce que la vie lui offre comme s'il n'en était pas digne ou si elle pouvait tout lui retirer du jour au lendemain. Je pourrais tout lui donner, moi, jusqu'à mon cœur si seulement il en voulait.

On monte sur sa bécane et je m'accroche à lui. Mains dans ses poches de blouson et tête posée sur son dos, il peut m'emmener au bout du monde. Avec lui je me sens en sécurité et prête à affronter tout et n'importe quoi. Je ne lui avouerai jamais mais j'aime de plus en plus cette moto. Bien que ce soit un cercueil sur roues, la sensation de liberté et de légèreté que ça me procure me donne l'impression d'être invincible. On roule ainsi pendant près de trois quarts d'heure. C'est la première fois que je vais aussi loin. Le décor est tout autant paradisiaque mais c'est beaucoup plus grand. Des boulevards immenses et que des boutiques de luxe. Lorsque je vois le panneau, je ne tiens plus en place… Beverly Hills ! Je pense aussitôt à la série des années quatre-vingt-dix avec cette bande d'amis friqués et leur pauvre vie d'ados.

— Je n'y crois pas… Merci, Jay ! Tu crois qu'on va croiser Dylan, je craquais pour lui…

— Forcément, le bad boy… Tu connais cette série ?

Il a l'air vraiment étonné. Non mais il croit qu'on vit en autarcie en France ou quoi ? Heureusement que nos séries ne se limitent pas à *Plus belle la vie* !

— Bah quoi, en France aussi on a la télé, tu sais !

— Alors tu connais peut-être *Pretty Woman* ?

— Oh oui, c'est un de mes films cultes ! J'adore ! Richard Gere, le riche homme d'affaires qui loue les services de Julia Roberts, la prostituée, et ils tombent amoureux. C'est le conte de fées des temps modernes. Et cette scène mythique, où il l'emmène dans les magasins de luxe de Beverly Hills…

Je m'arrête net.

— Qu'est-ce qu'on est venus faire ici, Jay ?

— Rejouer cette scène mythique… je crois.

Il me regarde avec un sourire, attendant ma réaction.

— Oh, je vais m'éclater !

Je sautille sur place à l'idée d'essayer des tonnes de fringues de luxe. S'il voulait accomplir un de mes rêves, il a gagné ! Je suis une furie qui ne peut s'empêcher de sauter, d'applaudir et de hurler. Les passants s'écartent pour ne pas passer trop près de moi, je dois leur faire un peu peur. Seul Jay rit de me voir ainsi et mon dernier bond est dirigé dans sa direction. Je lui saute dessus en hurlant des milliers de remerciements.

CHAPITRE 18

À peine les portes de la boutique franchies, une femme en tailleur blanc nous regarde d'un drôle d'air et nous détaille de la tête aux pieds. Sans l'ombre d'un doute, je peux affirmer que nous ne faisons pas partie de sa clientèle habituelle, donc pas sûre qu'elle nous accueille.

— Commence à jeter un coup d'œil, j'arrive.

Je vais directement vers les robes bustier, c'est ce que j'ai repéré en premier. Du coin de l'œil, je vois Jay parler avec la vendeuse, qui a l'air plus détendue. Je ne sais pas ce qu'il lui a raconté, mais elle semble avoir accepté notre présence. J'observe la boutique, émerveillée.

— Si vous voulez bien me suivre, madame.

Un sourire crispé sur les lèvres, elle s'est matérialisée à côté de moi et me tend une coupe de champagne. Elle m'emmène alors dans une grande pièce remplie de miroirs et de grands canapés en cuir blanc où Jay est déjà installé, sirotant sa coupe de champagne. Deux immenses cabines d'essayage occupent le fond de la salle.

— Installez-vous avec monsieur, je reviens tout de suite.

Elle me désigne le canapé et disparaît. Je regarde autour de moi les yeux ronds, je suis aussi excitée que mal à l'aise. Je n'ai pas l'habitude de faire mes achats dans ce genre de boutique et je ne me sens pas trop à ma place. Mais ce n'est pas comme si je venais pour acheter, c'est juste pour s'amuser et je compte bien en profiter. Jay me scrute du coin de l'œil et paraît amusé de me voir aussi perdue. La femme revient au bout de dix minutes en poussant un portant contenant une dizaine de tenues. Je repère aussitôt la robe bustier noir et rouge en soie et dentelle que j'ai dévorée des yeux en arrivant.

— Si vous avez le moindre souci, n'hésitez pas à m'appeler. Je pense que ça doit être à votre taille.

Elle dépose le présentoir dans une cabine et disparaît. Je reste un instant sans oser bouger.

— Je suis patient mais j'ai mes limites, Lola. Si tu ne te dépêches pas, on se tire !

Je me lève d'un bond et sautille comme une gamine, impatiente de tout essayer. Elle connaît son métier, chaque tenue est à ma taille. Je passe près d'une heure à défiler comme un top model devant Jay, à rire et à donner mon avis sur les vêtements. J'ai l'impression d'être une enfant qu'on emmène dans un putain de parc d'attractions. À chaque essayage, je glousse et j'ai le cœur qui s'emballe comme si je faisais un tour de grand huit. Je suis dégoûtée de remettre mon vieux legging après avoir porté toutes ces merveilles. Tandis qu'on quitte le salon d'essayage, je me retourne vers lui et lui dépose un léger baiser dans le cou.

— Merci, j'ai passé un super moment. Je ne regarderai plus jamais *Pretty Woman* de la même manière ! C'est le rêve de toute fille que tu viens de réaliser.

J'arbore un sourire qui s'étire jusqu'à mes oreilles. Je n'y peux rien, la jupe Gucci et l'ensemble Dior ont eu raison de moi. Je traverse le magasin ainsi et offre ce même sourire au portier quand il m'ouvre la grande porte, mais je stoppe net lorsque je me rends compte que Jay ne me suit pas. Je le découvre à la caisse, tendant sa carte de crédit à la femme qui semble plus que ravie.

Je reste plantée là, le portier se demandant si je compte sortir ou pas. Je n'ose pas rejoindre Jay et fais juste un pas vers l'intérieur pour ne pas bloquer la porte. Il finit par sortir au bout de cinq minutes, l'air de rien. Je le suis un moment dans la rue sans oser poser la question. Mais ça me brûle les lèvres de ne pas savoir.

— Tu as acheté quelque chose ?

— Yep !

Vu sa réponse évasive, il est décidé à me faire languir. Mais je suis surtout gênée qu'il ait dépensé autant d'argent pour moi.

— Pour moi ?

Je pose la question d'une petite voix sans oser le regarder. C'est peut-être ridicule mais je suis tellement ahurie. Pas une seule fois j'ai pensé qu'on venait ici pour autre chose que s'amuser.

— Non, pour moi !

Il rigole mais je vois bien qu'il est autant gêné que moi.

— Tu es cinglé ! C'est le cadeau le plus incroyable qu'on ne m'ait jamais offert. Franchement, je ne sais pas quoi dire. Je pensais juste faire un essayage de folie, si j'avais su que tu comptais m'acheter quelque chose, jamais je n'aurais accepté.

Je ris nerveusement, je ne sais pas comment réagir à cette extravagance et préfère me retrancher dans l'humour.

— Ça va être dur d'égaler un cadeau comme celui-là. Ne me dis pas que ton film préféré c'est *Drive* parce que je ne suis pas en mesure de t'acheter une Chevrolet Impala ! Non vraiment, je ne sais pas comment te remercier…

Je le fixe en me mordant la lèvre pour réprimer un sourire salace. Je sais exactement comment je vais le remercier. Il me regarde en coin et éclate de rire.

— Tes yeux pétillent tellement que je devine à quoi tu penses. Tu es vraiment une obsédée !

En une fraction de seconde, son air redevient sérieux et il me fixe avec insistance comme s'il voulait ajouter quelque chose mais sans oser le dire.

— Tu sais, je ne t'ai pas acheté tout ça pour obtenir une faveur en retour, même sexuelle… J'avais envie de te faire plaisir, c'est tout.

Merde, quand il me dit ça, j'ai l'impression de me prostituer. Une pipe contre un Versace. Je me sens complètement idiote et mon teint vire aussitôt au cramoisi.

— Je sais… Merci beaucoup.

Sans m'en rendre compte, ma main s'est glissée dans la sienne. Je le sens aussitôt se raidir mais il ne se dégage pas pour autant. Nous continuons d'avancer ainsi comme n'importe quel couple normal. J'en ai le cœur qui bat à tout rompre, même si je sais, malgré tout, qu'on n'est pas un couple. Ce n'est pas le genre de gars à se promener ainsi, main dans la main, ni même à faire les magasins avec une fille puisqu'il n'a jamais eu de petite amie. Mais il est tellement différent avec moi que je me plais à croire que je ne suis pas comme toutes ses autres conquêtes. Peut-être qu'un jour il se rendra compte qu'il en veut davantage… Ouais rêve toujours ! Une petite voix dans ma tête me tire de ma rêverie. Redescends sur terre, nunuche, il conçoit sa relation avec toi comme un sex friend, c'est-à-dire que c'est un copain avec qui tu t'entends bien et avec qui tu baises. Il fonctionne comme ça. Il t'a clairement fait comprendre qu'il n'y aura rien de plus et que ça ne changera pas.

Néanmoins, je ne peux m'empêcher de me pavaner fièrement au bras de mon beau et ténébreux sex friend. Les filles que nous croisons se retournent toutes sur son passage, et j'ai moi-même du mal à décrocher mon regard de ses beaux yeux ou de sa bouche pulpeuse qui me donne envie de la mordre à pleines dents. On se promène dans un silence de plomb, je sens qu'il est ailleurs, parti dans ses réflexions et ça ne me dit rien de bon. Les sourcils légèrement froncés et la tête baissée sur ses pieds, il paraît à des années-lumière d'ici. Je n'ose pas rompre le silence et c'est finalement mon portable qui s'en charge. Je le lâche à contrecœur pour fouiller dans mon sac et il range sa main presque trop vite dans la poche de son jean. C'était donc ça le problème…

Je t'aime. Tu me manques horriblement
et je suis prêt à tout pour te reconquérir. Tom

Je lis le message sans trop savoir quoi en penser. En fait, je ne comprends pas pourquoi Tom m'envoie des messages aussi poignants maintenant que nous sommes séparés et que j'arrive enfin à me reconstruire. Il y a quelques semaines, j'aurais vendu mon âme au diable pour avoir une seule preuve d'amour de sa part. Aujourd'hui, je parviens à penser à lui sans souffrir et j'éprouve même une certaine colère envers lui depuis que j'ai ouvert les yeux sur ses agissements de l'époque. Je ne suis pas naïve, je sais que je n'en serais pas là si je n'avais pas rencontré Jayden. L'ironie de l'histoire c'est que je me retrouve dans la même situation qu'avec Tom : une relation complexe avec des sentiments non partagés.

— Putain, c'est quoi, ça ?

Jayden m'arrache le téléphone des mains et fait défiler les messages de Tom. Je ne m'étais pas rendu compte qu'il avait lu le SMS en même temps que moi.

— Tu es encore en contact avec lui ? Après tout ce qu'il t'a fait ?

Il semble furieux avec ses lèvres pincées et ses sourcils froncés. Son pouce remonte nerveusement mon fil de discussion beaucoup trop loin. Il est arrivé aux messages un peu trop personnels que je n'ai pas eu la force de supprimer. Je lui reprends le téléphone et le range dans mon sac.

— Ça ne te regarde pas, Jay. Ce sont mes histoires, pas les tiennes.

Malgré tout, j'éprouve le besoin de me justifier auprès de lui.

— Mais pour ton information, non, je ne suis plus en contact avec lui. Comme tu as dû le remarquer en fouillant, je n'ai pas répondu à ses derniers messages.

— Tant mieux. Ce mec me dégoûte tellement que, si je l'avais en face de moi, je lui péterais les dents.

Pour l'avoir vu à l'œuvre, je ne prends pas sa menace à la légère et je le connais assez bien pour savoir qu'il le pense vraiment. Après cette matinée de folie, la discussion est un peu trop sérieuse à mon goût.

— Tu fais ton jaloux ? Oh c'est trop mignon !

Je lui parle avec une voix de gamine et lui donne un coup d'épaule pour le taquiner.

— Pour être jaloux, il faut déjà être amoureux.

Son ton est froid et détaché. S'il m'avait frappé en plein visage, le résultat aurait été le même. J'ai la sensation que mon cœur vient de cesser de battre et manque de m'étrangler en essayant d'avaler cette grosse boule coincée dans ma gorge. Même si je sais qu'il n'a aucun sentiment pour moi, ça fait mal de l'entendre de sa bouche.

— Enfin, tu comprends ce que je veux dire, je t'apprécie beaucoup, Lola. Tu es une bonne copine et je sais qu'il t'a beaucoup fait souffrir ce type.

Une bonne copine, je suis une bonne copine… C'est pourtant Jay qui me fait souffrir en ce moment avec son explication de merde. Je préfère ne pas répondre et me concentre sur ma respiration pour éviter que les larmes coulent.

CHAPITRE 19

— Il t'a dit quoi ? Écoute, chérie, il te fait clairement comprendre qu'entre toi et lui il n'y aura rien d'autre que du bon temps entre copains. Tu veux mon avis ?

— Non, je ne préfère pas, je voulais juste téléphoner à ma meilleure amie pour gueuler un bon coup. Je sais ce que tu vas dire et je n'ai pas envie de l'entendre.

— Eh bien, tu vas quand même l'entendre. Tu m'as réveillée à 3 heures du mat' alors maintenant tu te tais et tu m'écoutes.

Je l'entends soupirer et ne peux réprimer un sourire en imaginant Zoé assise en tailleur sur son lit à pointer son doigt en l'air comme elle le ferait si j'étais en face d'elle en ce moment.

— Ma puce, tu sais que je t'aime mais tu ne sais pas choisir tes mecs ! Tu pouvais choisir un beau prof blond, intelligent, gentil et qui tient apparemment à toi. Mais tu as préféré un mec compliqué, jaloux et qui ne s'intéresse à toi que pour te sauter ! Le seul point positif que j'y trouve, c'est qu'il t'a acheté une fringue de luxe. D'ailleurs, merci d'en prendre soin, je compte bien en profiter à ton retour !

Elle rit jaune, je vois bien qu'elle n'arrive pas à garder son ton jovial. Elle souffle et marque une pause.

— Non mais, sérieusement, j'ai peur que tu te brûles les ailes dans cette histoire et le pire c'est que je suis à des milliers de kilomètres de toi et que je suis impuissante.

— Chérie, d'abord excuse-moi de t'avoir réveillée en pleine nuit. Ici, il est tout juste 18 heures et je n'ai pas le réflexe de penser au décalage horaire. Écoute, tu ne vois que ses mauvais côtés. Jay est aussi sexy en diable, drôle, attentionné, sauvage, un putain de dieu du sexe, et je n'ai jamais vu un mec aussi beau !

Je me ressaisis et poursuis d'une traite et d'une voix calme et posée pour la rassurer, mais le dire à voix haute me permet surtout de prendre conscience de la situation. Jay est un super mec et je ne compte pas bousiller cette relation avec des sentiments qui n'ont pas lieu d'être.

— Et je compte profiter de tout ça sans me prendre la tête. Ça va aller, ne te fais pas de soucis pour moi. Je vais bien.

— Garde à l'esprit que ton dieu du sexe n'a jamais été amoureux de quelqu'un d'autre que de lui.

— Arrête ou je te promets de te réveiller toutes les nuits pour…

J'entends la porte s'ouvrir derrière moi et m'arrête brusquement. Sans le voir, je sais d'avance que c'est lui. Je me retourne lentement et observe Jay entrer d'un pas hésitant dans ma chambre.

— Il faut que je te laisse, je te rappelle bientôt.

— Laisse-moi deviner, ton bad boy vient de se pointer ? Il réclame sa partie de jambes en l'air ?

L'idée de sentir la chaleur de son corps contre le mien, de ses doigts qui explorent le moindre centimètre carré de ma peau brûlante me rend fébrile. Comme s'il lisait dans mes pensées, son regard qui semblait soucieux me lance à présent des flammes. Je ne peux me détacher de ses yeux qui me déshabillent littéralement. Lorsque son regard se pose sur ma poitrine, mes tétons durcissent en même temps que ma culotte se mouille. C'est comme si mon corps réagissait tout seul.

— Je vais raccrocher, Zoé !

— Mon dernier conseil : prends ton pied, ma belle, mais fais attention à toi !

— J'y compte bien ! Je t'aime.

Je raccroche et jette le téléphone sur le lit sans pouvoir détourner mon regard de lui.

— Salut !

— Salut. Je ne voulais pas te déranger.

Il se frotte les mains sur son jean et regarde partout sauf dans ma direction. Je ne suis pas vraiment étonnée car il a eu cette attitude tout le reste de la journée après m'avoir gentiment remise à ma place de « bonne copine ».

— « Je t'aime » ? Je ne comprends pas le français mais je connais quelques mots. Ne me dis pas que c'était lui…

Mon cœur bat plus fort quand je l'entends répéter ces trois mots en français, mais je me reprends vite en sentant mes joues rosir.

— Zoé… C'était Zoé.

Il semble soulagé mais baisse de nouveau la tête.

— Voilà… je viens te dire quelque chose que je ne dis pas souvent, alors s'il te plaît écoute-moi et ne dis rien.

Il soupire et son embarras me pince le cœur. Mais il m'a tellement vexée que je ne vais pas lui faire le plaisir d'agir comme si de rien n'était. Je ne veux pas l'aimer ou qu'il m'aime en retour. Je ne veux plus d'une relation chaotique avec un mec qui n'est pas fait pour moi mais je ne contrôle pas mes émotions. Je m'assois sur le lit pour lui indiquer qu'il a toute mon attention.

— Je t'écoute.

Il soupire, voyant que je ne lui rendrai pas la tâche plus facile et s'assoit à côté de moi.

— Je suis désolé. J'ai été un peu brusque mais je ne voulais pas que tu te fasses de fausses idées sur moi. J'ai bien vu que je t'ai fait de la peine, après ça tu n'as plus dit un seul mot. Le déjeuner s'est déroulé dans un silence de plomb et même les jumeaux ont vu que tu n'allais pas bien. Tu sais qu'ils m'ont engueulé avant de partir ?

Je sens enfin son regard se poser sur moi mais je n'ose pas regarder dans sa direction. Je triture mes doigts en attendant la suite. Ses excuses me touchent mais ce n'est pas suffisant. Il soupire et se passe la main dans les cheveux comme à chaque fois qu'il est stressé ou énervé.

— Sérieux, je kiffe les moments que nous passons ensemble et j'espère sincèrement que ça ne va pas s'arrêter de sitôt mais il n'y aura jamais rien de plus entre nous. Mon cœur est vide, je ne peux pas t'aimer, Lola. Alors… amis ?

Quand de nouveau ses beaux yeux verts se posent sur moi, ils sont inquiets. Sans réfléchir, je me retrouve la seconde d'après à califourchon sur lui et mes mains s'accrochent à ses cheveux.

— C'est moi qui suis désolée de ma réaction. C'est juste que… Je ne sais pas comment te dire. Je ne veux pas que tu sois amoureux de moi. Je voudrais ne pas ressentir ce que je ressens pour toi mais c'est comme ça. Mais rassure-toi, je suis entièrement d'accord avec toi quand tu dis qu'il n'y aura rien de plus entre nous. Alors oui, amis !

Je peux lire le soulagement dans ses yeux. Un grand sourire s'étire sur sa jolie bouche que j'ai aussitôt envie d'embrasser. Ses mains tiennent mes seins en coupe et je me cambre pour mieux sentir son contact. Comme à chaque fois avec lui, mon corps réagit tout seul et se met à se mouvoir sur sa queue. Je peux la sentir gonfler au travers de son jean et de mon legging. J'ai déjà des bouffées de chaleur, je sens que je pourrais avoir un orgasme rien qu'en me frottant contre lui. Nos baisers sont de plus en plus langoureux et je laisse échapper un gémissement dans sa bouche. Soudain, il se lève et passe ses mains sous mes fesses pour me soulever aussi, et je me retrouve prisonnière entre le mur et son corps. Je croise mes jambes sur ses hanches pour me maintenir et tire davantage sur ses cheveux pour le sentir plus près de moi. Il me mordille l'arête de la mâchoire tandis que son pouce exerce une pression contre mon entrejambe. Je voudrais que le temps s'arrête pour profiter de ce moment plus longtemps mais je m'écarte légèrement en pensant aux enfants qui sont seuls en bas. Comme pour confirmer leur présence, leurs éclats de rire montent jusqu'à nous. Son regard est sombre et je peux y lire le désir, l'envie qu'il éprouve à cet instant. Les jumeaux pas loin, tonton Jay ne va pas pouvoir trousser la jeune fille au pair maintenant, et je dois avouer qu'elle en est attristée. Nous sommes tous deux à bout de souffle et incapables de se détacher l'un de l'autre.

— Je voulais m'assurer que tu n'étais plus fâchée avant de partir.

— Partir ?

— Je viens d'avoir un appel du boulot. Je dois retourner en urgence à Los Angeles. Il y a un problème que je ne peux pas gérer d'ici.

Il me lâche délicatement mais me maintient comme s'il savait que j'avais encore les jambes fébriles.

— Combien de temps ?

— Je ne sais pas trop. Je vois mes actionnaires dès que j'arrive pour mettre un plan en place. Une semaine tout au plus.

— Une semaine ?

J'ai la gorge sèche à l'idée de passer plusieurs jours sans lui. Depuis que notre histoire a commencé, on ne s'est pas séparés plus d'une journée. Mais je ne peux pas le lui dire. Seule une vraie petite copine pourrait le lui avouer. Je sens son regard braqué sur moi, il faut que je trouve quelque chose à dire. Vite, Lola, réfléchis...

— En me laissant sur ma faim pendant une semaine, ne t'étonne pas que Georges revienne sur le devant de la scène !

Il sourit à tel point que je peux voir le creux de sa fossette se former. Les yeux brillants et les lèvres gonflées par notre baiser enflammé, il n'a jamais été aussi beau.

— La tension va être difficile à faire retomber pour moi aussi. Je sens que ma queue va exploser tellement elle est compressée dans mon jean.

Il grimace et je vois bien qu'il n'exagère pas les choses. La bosse de son entrejambe est si grosse qu'elle pourrait faire éclater les boutons de son jean. J'en ai l'eau à la bouche et me mords la lèvre quand je m'imagine à genoux pour la libérer et la prendre en bouche. Mais il est inconcevable pour moi de faire ça avec les enfants près de nous. Changement de sujet nécessaire avant de craquer et de me mettre à le sucer comme j'ai une folle envie de le faire.

— Au fait... Tu m'as acheté quoi ?

Comme si nos cerveaux étaient reliés, je n'ai jamais besoin de m'expliquer même quand je saute du coq à l'âne. Son sourire en coin et ses yeux espiègles me font comprendre qu'il sait de quoi je parle.

— Ce qui m'a fait bander en te voyant dedans.

— C'est-à-dire ?

— Tout ce que tu as essayé.

Je reste fixée sur lui mais mon sourire a complètement disparu. En fait, c'est un grand malade, il vient de dépenser une somme astronomique en un claquement de doigts. Je ne sais même pas combien ça lui a coûté mais je devine aisément que c'est un montant à plusieurs zéros.

— Mais t'es cinglé, tu ne peux pas dépenser autant pour moi. Je... Je... T'es malade ! Ça coûte une fortune ! T'es milliardaire ou quoi ?

— Non, millionnaire et c'est largement suffisant.

Il met les mains dans ses poches, se donnant un air décontracté mais je vois bien qu'il est mal à l'aise.

— Quoi ?

Je secoue la tête, gênée de m'apercevoir que finalement je ne connais pas grand-chose de lui.

— Tu pourrais faire partie des plus grandes fortunes du monde, ça ne te donnerait pas plus le droit de dépenser autant pour moi. Je ne sais pas quoi dire, Jay... Tu te rends compte que tu envoies des signaux contradictoires en permanence ?

Tu m'offres les plus beaux vêtements que je n'ai jamais eus, comme ça, sur un coup de tête, et en même temps tu me dis que toi et moi ce n'est que du cul. Tu le sais, je ne cherche pas une relation sérieuse avec toi mais reconnais que c'est troublant.

Il ouvre la bouche pour dire quelque chose mais se ravise aussitôt. Il reste fixé sur moi et son regard passe de l'étonnement à la colère. Il se retourne et fait les cent pas en se frottant énergiquement les cheveux. De temps en temps, il me regarde et détourne la tête rapidement. Il semble complètement perdu dans ses pensées. De mon côté, je me hais d'avoir dit ça mais c'est plus fort que moi, je ne le comprends pas. Je reste plantée là, sans oser faire un pas vers lui car je sens qu'on est à un tournant de notre relation et j'ai peur qu'il me repousse. Alors qu'il s'apprête à sortir de ma chambre, il s'arrête brusquement sans se retourner.

— Tu as raison. Finalement, cette séparation d'une semaine tombe bien. Je crois que je te dois encore des excuses. Au fait, le livreur vient de déposer tes fringues chez moi. Passe les chercher quand tu veux.

La porte se referme et il me laisse plantée là, seule dans ma chambre à me demander ce qu'il va bien pouvoir émerger de tout ce merdier. Cette soudaine sensation d'abandon m'oppresse la poitrine, je suffoque. Comment puis-je être aussi dépendante d'une personne ?

Lorsque je redescends enfin, Jayden est déjà parti et les enfants me regardent d'un drôle d'air. Je me rappelle alors qu'ils se faisaient du souci pour moi. Jayden avait même tenu à m'accompagner jusqu'à la classe des enfants. Comme si je n'étais pas assez énervée contre lui, le fait de montrer une nouvelle fois son territoire à Chase m'avait alors mise hors de moi, pourtant je n'avais rien laissé paraître. Néanmoins les enfants avaient dû le remarquer quand même. Avant de craquer, j'avais préféré filer dans ma chambre et téléphoner à Zoé, la seule personne capable de me remettre les pieds sur terre.

Je respire un bon coup, redresse les épaules et arbore un sourire faux quand je m'avance vers eux. Après tout, ils n'y sont pour rien et je ne veux pas qu'ils s'inquiètent pour moi. Je les aime trop pour leur causer de la peine. Ils sont tous les deux attablés avec leurs livres ouverts, bien trop studieux pour des enfants de huit ans.

— Monsieur Philipps a vite compris que son remplaçant ne nous avait pas beaucoup fait travailler. Du coup, contrôle de grammaire demain !

Evan fait une petite moue trop craquante et je ne peux m'empêcher de rire. Malheureusement, je suis incapable de l'aider. Je parle couramment anglais à présent mais l'écrit c'est une autre histoire. Je m'installe à côté d'eux et, tandis qu'ils repartent dans leurs devoirs, je me perds dans mes pensées à imaginer comment se passera le retour de Jay la semaine prochaine.

CHAPITRE 20

Une semaine que Jayden est parti et autant de temps sans nouvelles de sa part. Je suis complètement perdue, et j'ai comme l'impression bizarre que notre relation ambiguë a été trop loin et qu'il souhaite tout arrêter. Je sais que c'est ce qu'il faudrait faire, stopper net tant qu'il en est encore temps, avant que je ne souffre trop, et pourtant je ne peux m'y résoudre. Mais son silence radio depuis notre explication parle pour lui. De son côté, les choses sont claires, il en a assez. C'est la façon la plus agréable qu'il ait trouvée pour me lourder.

Je n'ai pas remis les pieds chez lui. Les luxueux habits qu'il m'a achetés n'ont plus aucun intérêt maintenant. Je voulais me sentir sexy pour lui… Qu'ils aillent se faire foutre, lui et son cadeau hors de prix.

Je me sens horriblement seule malgré mes cours d'anglais du matin et la gestion des jumeaux. Andrew est parti rejoindre Jay pendant deux jours en fin de semaine, car apparemment les choses ne se passent pas aussi bien que prévu. Je me demande quel problème il peut avoir car malgré notre éloignement, autant relationnel que géographique, je m'inquiète pour lui. Andrew est revenu de Los Angeles hier, stressé et fatigué, son rôle d'avocat a dû lui donner du fil à retordre. Lorsqu'il m'a appris que Jay ne rentrerait pas tout de suite, son regard fuyant a renforcé mon pressentiment : Jay m'évite. Pourquoi je me sens aussi mal ? Ça m'énerve de me rendre compte qu'il me manque autant. Comment faire comprendre à mon cœur qu'il est nocif pour nous, qu'il ne faut pas tomber amoureuse de lui ? Si seulement je pouvais être amoureuse de Chase ! Si j'avais su comment se terminerait ce pacte, je ne l'aurais jamais conclu… Non, je me mens à moi-même car même si j'avais connu la finalité, je l'aurais fait sans hésiter. Malgré tout, j'espère… J'ai mon téléphone scotché à la main à longueur de journée pour ne pas louper un éventuel appel ou message de sa part. Pauvre fille désespérée !

C'est bien connu, les Français sont fiers, et je ne me suis pas rabaissée pour autant à le contacter, mais pour être honnête ça a été très dur. J'ai pensé lui envoyer des messages anodins du genre « Coucou, ça va ? » ou « J'ai encore ton goût dans ma bouche » mais à chaque fois je me suis retenue. C'est lui qui a voulu mettre de la distance entre nous, je ne veux pas être le genre de fille qui s'accroche malgré tout.

Deux autres semaines se sont écoulées de la même manière, mais ce matin je me réveille avec une nouvelle énergie : j'ai décidé de reprendre ma vie en main. Il ne veut plus de moi ?

Grand bien lui fasse. Je n'ai pas besoin de lui de toute façon. Bon, à force de me le répéter en boucle, je vais bien finir par y croire ! Une chose est sûre, je dois aller de l'avant et me ressaisir.

C'est bientôt les vacances, les enfants sont fatigués et ont de plus en plus de mal à se réveiller. Si ça continue, je vais devoir les pousser jusqu'à l'école. Je suis un peu dans le même état qu'eux, je m'y rends à reculons, cependant moi c'est à cause de Chase. J'évite de le croiser, mais ce n'est pas facile puisqu'il s'agit du maître des jumeaux. Malgré ma tendance à l'esquiver, je sens ses regards posés sur moi. J'essaie de lui faire comprendre qu'il n'y aura jamais rien entre nous et que cette tentative de rapprochement était une erreur mais il ne semble pas capter le message. Je n'ai pas envie de lui faire du mal alors je me contente d'un sourire en guise de bonjour et me sauve comme une voleuse. Je fais vraiment peine à voir. Je garde mes distances avec un mec bien sous tous rapports, qui pourrait rendre n'importe quelle fille heureuse et n'arrive pas à m'enlever de la tête un mec qui ne veut pas de moi. Un beau brun ténébreux qui me donne des papillons dans le ventre dès qu'il pose les yeux sur moi et en même temps qui semble porter tout le poids du monde sur ses épaules. C'est une chose que je n'ai toujours pas comprise à son sujet. On a beau avoir passé beaucoup de temps ensemble, il est resté très mystérieux et ne s'est pas beaucoup livré. On dit que les yeux sont le reflet de l'âme. La plupart du temps les siens expriment le doute, la douleur. C'est comme s'il n'avait pas droit au bonheur. Quoi que je fasse, quoi que je pense, mes pensées dérivent automatiquement vers lui. Il faut vraiment que je me libère l'esprit.

— Je trouve qu'on se débrouille de mieux en mieux ! C'est vrai, je suis quasiment bilingue. Mais c'est un don chez moi, je suis douée pour les langues !

Charlotte m'attrape par le bras et rit aux éclats. La voir rigoler de ses propres blagues me fait toujours autant rire. On s'installe à une table de notre bar habituel et, après avoir commandé nos cafés, Charlotte se tourne vers moi avec son air inquisiteur, qui m'indique tout de suite sur quoi va dévier la conversation.

— Toujours pas de nouvelles ?

— Tu comptes me poser la question tous les jours ? Il faut que je me change les idées. Et je compte sur toi en fait. Ça te dit une soirée en boîte demain ? C'est ton jour de repos, non ?

— QUOI ? Lola Moreau qui demande à s'éclater ? C'est une première ! J'en suis toute retournée !

— Ha ha ha ! Bon alors, on sort se bourrer la gueule ou je dois prévoir une autre soirée Candy Crush ?

— Demain tu es à moi. On va boire jusqu'à plus soif et je vais te dégoter un mec qui te fera oublier ce con ! C'est vrai quoi, ce n'est pas parce que c'est un canon avec une grosse queue, et qu'il sait s'en servir, qu'il peut se foutre de toi ? Tu veux que je te dise, il ne te mérite pas ! Crois-moi, un jour il va s'en mordre les doigts. Et toi, tu seras dans le lit d'un mec qui vaut le coup.

Mon Dieu, Zoé, sors de ce corps ! Elles se ressemblent beaucoup trop ces deux-là. C'est sûrement pour ça que j'apprécie autant Charlotte. Ça fait du bien d'avoir une copine ici. Sentant les larmes monter, je la prends dans mes bras.

— Merci… d'être là pour moi.

Elle me serre plus fort pour me réconforter.

— Et nous on peut venir ?

Maxime se penche vers nous, ne se cachant plus d'épier notre conversation.

— Heu… non désolée. C'est une soirée filles. Le truc qui pend entre tes jambes t'empêche de te joindre à nous. Lucie, t'es partante ?

Bien que Charlotte n'apprécie pas beaucoup sa collègue, elle lui propose de venir. Je ne le montre pas mais l'idée de sortir avec elle me gêne. Je n'arrive pas à la cerner, elle me déstabilise.

— Non ça ne me tente pas !

Son regard se pose aussitôt sur Axel. J'ai été si préoccupée par mes histoires que je ne m'étais pas rendu compte que ces deux-là s'étaient rapprochés.

— Alors demain c'est entre toi et moi !

Nous échangeons un coup d'œil complice, contentes que personne ne se joigne à nous. Et comme à chaque fois, je m'engage avant de demander à la famille Davis. J'ai tellement besoin de souffler que j'espère que ça ne les dérangera pas. Cette fois, je vais prendre les devants et demander à Andrew dès que possible.

Avec lui je suis sûre d'avoir la permission. Ce soir, après le coucher des enfants, je lui en parlerai. Je n'ai pas de frère mais j'aurais aimé en avoir un comme lui. Et même si je ne devrais pas, c'est un peu comme ça que je le vois.

— Merci, Andrew, je ne vais pas rentrer trop tard. Et pas d'inquiétude pour les enfants, ils seront à l'heure à l'école demain.

— Je ne m'en fais pas ! Je pense te connaître assez bien pour savoir que tu es responsable. Une soirée à toi te fera le plus grand bien.

Il pose son verre et pianote sur ses genoux du bout des doigts. Je peux sentir la tension augmenter d'un cran. Il n'est pas à l'aise et hésite à me regarder. Finalement, au bout d'un moment interminable, il se tourne vers moi.

— Tu as eu des nouvelles de Jay ?

— Non. Aucune.

Je bois une longue gorgée de ce délicieux chardonnay pour me donner de la constance et couper court à la conversation mais le regard insistant d'Andrew me montre qu'il n'en a pas fini. J'en ai marre que tout le monde me parle de lui, s'inquiète pour moi et me jette des regards emplis de pitié. J'étouffe, laissez-moi respirer merde !

— Il est très occupé, tu sais, il a un gros problème d'espionnage industriel à gérer. Il est sur le point de lancer un produit révolutionnaire et il vient de se rendre compte qu'il y a eu des fuites. Des millions de dollars sont en jeu.

— Je ne savais pas que c'était aussi grave, j'espère que tout va s'arranger.

Voilà que maintenant je m'inquiète pour lui. Il a réussi à hisser la petite entreprise de son père au sommet, car elle fait désormais partie des plus grosses sociétés du pays. C'est sa plus grande fierté et je ne peux qu'imaginer le poids qu'il doit avoir sur ses épaules. Mais je ne suis pas naïve non plus, ce n'est pas pour ça qu'il fait le mort.

— Il va sûrement te téléphoner quand tout sera fini…

— Non, Andrew, vous comme moi savons très bien que ça ne se produira pas. Je crois le connaître assez bien maintenant pour savoir que c'est une excuse pour m'évincer tout en douceur.

Ses mains se posent sur les miennes en les pressant légèrement. Sa compassion me va droit au cœur, je ne peux que l'apprécier davantage. Mais je ne supporte pas la pitié que je peux lire dans son regard.

— Lola, je suis tellement désolé ! Je t'avais prévenue que Jay ne savait pas s'investir dans une relation. Pourtant, je pensais sincèrement qu'avec toi c'était différent. Il était différent… Tu sais quoi ? Il a beau être mon frère, et Dieu sait que je l'aime, je dois avouer que c'est un con, et qu'il va s'en mordre les doigts !

Je ne peux m'empêcher de rire quand je vois qu'il est réellement énervé.

— Oui, c'est un con, mais j'ai agi en connaissance de cause. Il ne faut pas lui en vouloir, il ne m'a rien promis.

Ça me fait bizarre de parler de la relation entre Jay et moi avec son frère, mon patron, un homme de douze ans de plus que moi, mais je sais qu'il est au courant de toute l'histoire. Jay lui dit tout sur tout. J'espère seulement que nos ébats ne font pas partie de leurs conversations fraternelles, sinon je peux creuser un trou et me terrer dedans. Un rire nerveux s'échappe de ma gorge quand je m'apprête à me justifier.

— Andrew, arrêtez ! Ce n'est pas une relation à proprement parler entre lui et moi. Je n'attends rien de lui.

— Mais tu as des sentiments pour lui, non ?

Si j'en doutais encore, j'ai la preuve que Jay lui raconte tout. Je ne sais plus où me mettre et me sens rougir.

— Oui, c'est vrai, mais ce n'est pas pour autant que je veux une relation sérieuse avec lui ! Je suis en train de me reconstruire psychologiquement et je ne veux pas d'un mec instable comme lui.

— Si tout est OK, alors…

Il semble un peu déboussolé mais je ne peux pas lui en vouloir, moi-même je suis perdue.

— Je vais aller me préparer maintenant.

— Oui, ta soirée filles… Amuse-toi bien et rencontre le prince charmant que tu mérites ! Même si je ne suis pas sûr que tu le trouves en boîte ! Au pire, en attendant, tu peux toujours t'envoyer en l'air avec le mec qui aura la joie de croiser ton chemin ce soir !

— Andrew !

Je suis toujours aussi choquée quand il me parle crûment, mais je glousse comme une gamine.

— Qui sait, je vais peut-être finir la soirée avec l'homme de ma vie ?

Alors que je monte dans ma chambre pour me préparer, j'entends Andrew déboucher une autre bouteille de vin et se resservir un verre. Je crois que tout ça lui a donné à réfléchir. En vérité, à moi aussi. Pourquoi ne pas me trouver un vrai petit ami. Quelqu'un qui m'embrasse devant tout le monde, qui me tienne la main dans la rue et avec qui j'envisage un avenir…

C'est décidé, je veux tout ça ! Il faut que je sorte le grand jeu. Je me serais bien vue dans le bustier Hervé Léger mais il est hors de question que je mette quoi que ce soit qui vienne de Jay. Du coup, je me rabats sur une minijupe en Skaï noir et un dos nu blanc avec mes jolis stilettos noir. Je laisse mes cheveux bien bouclés libres, car je sais que ça fait toujours de l'effet aux hommes, et je me fais un regard smocky pour les envoûter. Une dernière touche de gloss et je suis prête. Prête à tourner définitivement la page.

CHAPITRE 21

— Waouh ! Lola tu es canon !

Charlotte me siffle tandis que je me faufile dans sa voiture.

Après lui avoir déposé un baiser sur la joue, je l'examine de plus près. Les cheveux relevés en chignon avec quelques mèches rebelles, du maquillage uniquement sur les yeux, elle s'est fait un long et épais trait d'eye-liner qui lui donne une allure féline. Sa combishort blanche extra courte met en avant ses longues jambes bronzées. Je suis scotchée quand je vois ses stilettos bleu électrique de douze centimètres. Mais comment fait-elle pour conduire avec ça aux pieds ?

— Tu peux parler, tu as sorti le grand jeu ce soir ! Tu es magnifique !

— Et encore, t'as rien vu… Doucement, elle se tourne vers moi pour me faire découvrir un profond décolleté qui descend jusqu'au nombril, uniquement maintenu par une ficelle au niveau de la poitrine.

— Oh pu-tain !

J'en reste bouche bée. Je plains les filles présentes ce soir, moi y compris malheureusement, car elles n'ont aucune chance avec Charlotte dans les parages. C'est officiel, il n'y a désormais aucune possibilité pour qu'un homme s'intéresse à moi avec elle à mes côtés. Mais ça m'est égal, je suis contente de passer la soirée avec ma copine et je sais d'avance qu'on va s'éclater.

— Prête pour cette folle nuit ?

Un grand sourire aux lèvres, Charlotte met le volume à fond, faisant profiter toute la rue de la dernière chanson de Madcon, et démarre en trombe. Le ton est donné !

Alors que je suis prête pour aller faire la fête et pourquoi pas trouver l'homme de mes rêves, si Charlotte m'en laisse un, mon esprit dérive sur Jay. Je me demande ce qu'il fait en ce moment et s'il pense à moi. Comme tous les jours depuis qu'il est parti, je vais sur Facebook pour regarder sa photo et voir s'il y a des actualités sur son profil, même si je sais qu'il ne poste jamais rien. Cette fois, je n'aurais pas dû. Cette pétasse de Jess l'a identifié sur une photo que j'aurais préféré ne pas voir. Il dort, étendu paisiblement sur le ventre, torse nu et recouvert de cœurs noirs dessinés au marqueur. Ils ont passé la nuit ensemble, c'est indéniable. Savoir qu'elle a pu sentir son odeur, profiter de ses baisers, le toucher et lui faire l'amour… Je hais cette fille !

— Mais quelle salope !

Je crie de rage devant l'écran, incapable de détourner les yeux.

— Si tu tiens un maximum à ta vie, ne me fais pas sursauter quand je conduis ! Qu'est-ce qu'il y a ?

Je lui mets la photo sous les yeux sans un mot, la boule dans ma gorge m'empêchant de parler. Elle jette un coup d'œil rapide, trop concentrée sur la route pour détourner trop longtemps le regard.

— Aïe, c'est ton Jayden, non ?

— Non, apparemment, maintenant c'est le sien. C'est cette Jess qui travaille avec lui. Elle me pourrit la vie depuis que je suis arrivée et maintenant elle doit bien jubiler. Elle a enfin réussi à le récupérer. Ça m'énerve !

Comme une furie je tape des pieds. Je suis énervée contre lui, contre cette sale pouffe de Jess et contre moi-même pour avoir été une fois de plus trop curieuse. Je devrais le savoir, depuis le temps, que ma curiosité se retourne toujours contre moi.

— Allez calme-toi ! C'est un canon d'accord, mais c'est un con s'il préfère cette fille à toi. Je ne la connais pas mais si tu ne l'aimes pas, alors je ne l'aime pas non plus cette pétasse.

Son petit rire cristallin et son air faussement méchant, qui ne lui ressemble pas du tout, m'entraînent avec elle dans une crise de rires qui a le don de me détendre un peu. J'espère qu'une fois qu'elle aura accompli son rêve américain, elle va revenir en France car je l'aime vraiment beaucoup. Il n'y a pas une once de méchanceté en elle. Elle arrive à trouver du positif dans chaque personne et dans n'importe quelle situation. Je ne peux rester de mauvaise humeur, à la voir ainsi les sourcils froncés et les lèvres pincées.

— Et ce prof, tu ne le vois plus ? Il avait l'air très bien lui !

— Il était bien c'est vrai, mais il n'y a pas eu ce déclic entre nous. Mais c'est vrai qu'il était pas mal lui aussi !

Comme deux collégiennes, nous voilà en train de glousser et d'échanger nos hypothèses sur Chase au lit. Puis vient le tour de Maxime et notre conversation ayant dévié sur notre prof d'anglais moustachu et bedonnant, je suis soulagée quand on arrive enfin sur le parking de la discothèque.

Bizarrement, on n'a pas à faire la queue, les vigiles nous laissant passer, sous les regards noirs des autres filles dans la file d'attente. Comme si ça devenait une habitude, nous nous dirigeons directement vers le bar, préférant être sur les hauts tabourets et toujours dans la ligne de mire du barman. À mon troisième shot de tequila, je suis complètement détendue et pleure littéralement de rire devant la drague désespérée de Charlotte avec chaque malheureux type qui ose s'asseoir à côté d'elle. Même les dragueurs invétérés perdent toute leur confiance en eux devant cette tornade. Je vois bien que c'est surtout un jeu pour me faire oublier Jayden et, ma foi, ça marche plutôt bien.

— Salut, beauté !

Une voix enjôleuse provenant du tabouret d'à côté s'adresse à moi. Je suis surprise de découvrir Ben, le meilleur ami de Jayden, qui me gratifie de son beau sourire Colgate comme la première fois que je l'ai vu. Mais je ne m'y attarde pas vraiment, mon cœur battant à tout rompre tandis que je scrute nerveusement la salle.

— Heu… je suis venu seul, Lola !

Je me sens idiote, surtout qu'il doit savoir pas mal de choses sur ma relation avec Jay. Son sourire a disparu et il paraît gêné. Je ne sais pas qui est le plus déçu, lui ou moi.

— Excuse-moi Ben, je suis super contente de te voir. Vous êtes revenus depuis quand ?

J'essaie de prendre un air enjoué et lui adresse mon plus beau sourire. En espérant qu'il ne soit pas trop crispé.

— En fait, je ne les ai pas suivis cette fois. Le service commercial n'étant pas la partie la plus impactée par ce problème, j'ai préféré rester. Je me plais ici !

Il me sourit chaleureusement et je dois me faire violence pour lui retourner un sourire convaincant. La seule chose à laquelle je pense c'est que Jay et Jess sont ensemble, tous seuls là-bas. Ma jalousie monte d'un cran envers cette fille que je ne pourrais détester davantage.

Alors que j'étais bien partie pour oublier tout ce fouillis dans ma tête, je me retrouve une fois de plus à penser à lui. C'est ma soirée, merde, et je ne la gâcherai pas pour un mec qui n'en vaut pas la peine.

— Je suis du même avis que toi. On est bien ici, et d'autant plus ici, au bar ! Ce soir, tu es mon invité, tu veux boire quoi ?

Finalement, je passe une agréable soirée en compagnie de Ben qui s'avère être quelqu'un de vraiment intéressant. Il est drôle et attachant. Je comprends mieux pourquoi Jay est si proche de lui. Sous ses airs de dragueur, c'est quelqu'un de très simple. J'aurais pu m'en faire un ami dans d'autres circonstances. Oui mais voilà, c'est le meilleur pote de celui avec qui je ne pourrai jamais être une simple amie.

— Si j'avais été à sa place, jamais je ne t'aurais laissée de côté.

Et voilà, ça devait arriver, on en vient à parler de lui et j'ai aussitôt la gorge sèche. Pour accuser le coup, je finis ma tequila cul sec. Je voudrais dire à Ben que son copain n'est qu'un connard arrogant, qu'il ne mérite pas que je me prenne la tête pour lui puisque de son côté il a recommencé à baiser tout ce qui bouge et à passer du bon temps avec sa salope de Jess. Cette photo me revient aussitôt en mémoire comme pour me narguer. Je suis maintenant au bord des larmes mais je suis trop fière pour m'effondrer devant Ben. Mon silence face à lui ne le gêne pas, et il semble même comprendre. Il me prend dans ses bras dans une accolade amicale et dépose un baiser sur ma joue.

— Je n'aurais pas dû te parler de lui. Allez, on oublie ma connerie !

À son air faussement enjoué et ses bruitages de cassette qu'on rembobine, je rigole de bon cœur et me détends de nouveau. Il a gardé son bras autour de mes épaules, et comme je me sens bien, je ne cherche donc pas à le lui faire enlever.

— Lola ?

Charlotte et son téléphone sont penchés sur nous, et je devine tout de suite son intention. Ben resserre son étreinte et se prête au jeu en affichant son légendaire sourire de star. Charlotte semble ravie de sa photo et s'installe avec nous. Elle me regarde avec un air narquois et les yeux pétillant de malice. Ça sent la connerie à plein nez ! Elle s'approche de mon oreille et chuchote :

— La revanche Facebook !

Son geste risque surtout de mettre Ben en porte-à-faux, mais je sais que ça partait d'un bon sentiment. C'est sa façon de me montrer qu'elle tient à moi et qu'elle veut me défendre. Je ne peux que l'en remercier. En guise de réponse, je lui dépose un bisou sur la joue.

La soirée reprend son cours et je fais les présentations entre Ben et Charlotte. Notre trio infernal se fait vite remarquer. Entre les regards enamourés que les filles adressent à Ben, et les garçons qui matent mais n'osent pas s'approcher de ce mannequin à nos côtés, les rigolades vont bon train. Ça fait bientôt deux heures que nous sommes affalés au bar et je suis incapable de compter le nombre de verres ingurgités. Tout ce que je sais, c'est que j'ai la tête qui tourne, la vue trouble, la bouche pâteuse et des crampes aux zygomatiques tellement je ris. C'est exactement la soirée qu'il me fallait, je ne pense plus à rien à part m'amuser et profiter.

Ben a essuyé un lourd refus de Charlotte, qui lui a dit qu'il n'était pas à la hauteur pour s'attaquer à une Frenchy, puis ils se sont alliés contre moi ou plutôt pour moi. Adossés au pilier du bar, ils balaient la salle du regard à la recherche d'une conquête pour moi. Ils se sont mis en tête de me trouver un mec mais apparemment personne n'est assez bien. Oreilles décollées, nez de travers, trop grand, trop bodybuildé pour être intelligent... personne ne semble à leur goût. Finalement, leur petit jeu, bien que marrant, commence à s'essouffler et on décide d'aller danser. Je lâche complètement prise et m'abandonne au son d'une chanson un peu trop rythmée pour mon état d'ébriété, mais je m'en fous, je suis libre. Je danse comme si personne ne me regardait. Les yeux fermés, j'entends les voix de Charlotte et de Ben, cependant, enfermée dans ma bulle, je ne leur réponds pas. La musique s'arrête soudain pour laisser place à un slow. Je suis autant surprise que déçue de voir qu'ici le DJ passe encore des chansons douces. Quand je rouvre les yeux, Ben est devant moi, amusé de me voir sortir de ma transe toute désorientée. Il pose alors ses mains sur mes hanches et nous nous balançons sur « Marvin Gaye » de Charlie Puth. Après ma danse endiablée, mes jambes chancellent. Je m'accroche à ses épaules et me laisse bercer au rythme de ses mouvements.

— Si Jay n'était pas mon meilleur ami et si je ne connaissais pas votre histoire déroutante, j'aurais tenté ma chance avec toi.

— Et si je ne connaissais pas ton tempérament à draguer tout ce qui a une paire de seins, je serais flattée !

Ne s'attendant pas à une réponse aussi directe de ma part, il semble étonné et ne trouve rien à dire quand il ouvre la bouche pour répliquer. Monsieur Le-tombeur ne doit pas être habitué à se faire rembarrer. Finalement, il se penche pour me susurrer à l'oreille :

— On va se contenter d'être potes alors !

Alors que nous rions tous les deux, je suis prise d'hallucinations. Mon regard est attiré vers la porte d'entrée par une silhouette familière. Elle semble chercher quelque chose et stoppe net quand elle regarde dans notre direction. Si j'avais su que boire autant me permettrait de vivre un rêve éveillé, je me serais saouler depuis longtemps. Comme dans un mirage, je vois Jay s'élancer droit sur nous. Il dégage une telle aura que la foule se fend sur son passage. J'aurais préféré un rêve où il revient vers moi les bras ouverts, prêt à m'accueillir mais je me contenterai de celui-ci. Après tout, on ne contrôle pas ses rêves. Mais à cet instant, son beau visage est défiguré par la rage et ses yeux sombres sont fixés sur Ben. Alors qu'il arrive à notre hauteur, Ben sursaute et relâche son étreinte. Quoi, ce serait une hallucination collective ? Ben aussi peut le voir ? Je ne comprends plus rien, tout se déroule trop vite. Jay attrape son meilleur ami par le col et le propulse violemment loin de moi. Un doigt accusateur pointé sur Ben, il parle calmement, mais je peux voir la peur sur le visage livide de son ami. Quand Charlotte se matérialise à mon côté et me tient la main, je réalise vraiment ce qui se passe. Ses yeux angoissés braqués sur moi, elle me parle mais je n'y prête pas attention. Je n'entends même pas ce qu'elle me dit, tout ce que je vois c'est Jay. Il est revenu.

CHAPITRE 22

Aucun d'entre eux ne semble se rendre compte de ma présence. Je m'approche le cœur battant, mon état largement amplifié par l'alcool. C'est la dernière fois que je bois autant.

— Je t'avais pourtant prévenu de ne pas t'approcher d'elle. S'il s'est passé quoi que ce soit… Putain, Ben, je n'ai qu'une envie c'est te défoncer la gueule !

— Jayden, ressaisis-toi, bordel ! Tu délires là, il ne s'est rien passé !

Ses yeux sont injectés de sang, et tous ses muscles crispés. Les poings fermés, il lutte contre lui-même pour ne pas faire quelque chose qu'il regretterait. Un cercle de curieux s'est formé autour de nous en maintenant un périmètre de sécurité et attend impatiemment le dénouement.

Mon Dieu, je jure de ne plus jamais boire une goutte d'alcool. Je suis prise de vertiges et j'ai le cœur au bord des lèvres. Alors que je sens le goût du vomi remonter dans ma gorge, je pousse violemment les gens devant moi et cours le plus vite possible dehors. J'entends Jay crier mon nom mais je n'y prête pas attention et me dirige vers le massif de fleurs sur le côté du bâtiment. Là, la tête dans les buissons, je prie pour être seule, et dans un bruit répugnant je vomis tripes et boyaux. Pliée en deux, j'ai l'impression de ne plus pouvoir m'arrêter, l'odeur d'alcool me faisant vomir encore et encore. Charlotte qui ne devait pas être loin du spectacle me rejoint en un rien de temps et me soutient en me tenant les cheveux. Quand je pense avoir régurgité tout le contenu de mon estomac, je m'essuie la bouche du revers de la main et m'assois un peu plus loin contre le mur de béton qui vibre au rythme de la musique. Mon amie s'installe à côté de moi et me frotte tendrement l'épaule. Elle reste près de moi sans un mot, sûrement incapable de dire quoi que ce soit après ce qui vient de se passer à l'intérieur.

— Si tu as besoin de moi, je ne suis pas loin, ma puce.

Elle se lève et je comprends la raison de son départ lorsque je vois Jayden arriver. Il reste planté devant moi, les mains dans les poches et la mâchoire toujours aussi crispée. Sa colère est presque palpable. Je me relève difficilement et prends appui contre le mur pour ne pas tomber.

— Tu lui as fait du mal ?

— Non. Tu as envie de lui ?

— Il me semble qu'on a déjà eu cette conversation. NON, je n'ai pas envie de lui et lui non plus, il te respecte bien trop pour ça. Qu'est-ce qui ne tourne pas rond chez toi ? Tu disparais sans donner signe de vie et tu réapparais en t'en prenant à ton meilleur ami ! Tout ça pour quoi ? Parce que tu l'as vu avec moi ? Pourtant, ton silence depuis ton départ m'a clairement fait comprendre que tu en avais assez de moi.

— Toi non plus tu ne m'as pas donné de nouvelles.

Bon sang, il m'énerve à toujours tout retourner contre moi !

— J'ai un minimum de fierté, figure-toi. Et tu ne m'as toujours pas répondu, qu'est-ce que tu fais là ?

Je le vois hésiter, regardant partout sauf dans ma direction. Il est clairement mal à l'aise. J'ai l'impression qu'il lutte contre lui-même pour savoir quoi dire.

— J'ai vu la photo de Ben et toi sur Facebook.

Tiens, tiens, attention Jayden, ça ressemble à de la jalousie ! Ces mots me brûlent les lèvres, pourtant je préfère m'abstenir car c'est à cause de réflexions de ce genre qu'on est dans cette situation pourrie en ce moment.

— Et alors ? Je n'ai pas le droit de passer du bon temps ?

— Non... Si ! Bon sang, Lola, bien sûr que tu as le droit de t'amuser, mais pas de te faire baiser par n'importe qui et encore moins par Ben !

— Arrête, tu m'énerves ! Je ne sais pas ce qui me vexe le plus, que tu me prennes pour une salope ou pour ta propriété privée... Fais attention, on pourrait croire que tu es jaloux !

Merde c'est plus fort que moi.

Il ne réplique pas et préfère s'allumer une clope avant de s'installer à côté de moi.

— Tu m'en veux ?

— De quoi ? De t'être comporté comme un con ce soir ou de m'avoir oubliée pendant un mois ?

— Ce n'est pas vrai. Je ne t'ai pas oubliée. Je n'ai pas arrêté de penser à toi et à celui que je suis quand on est ensemble. Cette distance m'aura permis de faire le point.

— Et il en ressort quoi ?

J'ai tellement peur que les battements de mon cœur résonnent dans tout mon corps. Un long silence s'installe entre nous, il semble chercher ses mots, je sens que je ne vais pas aimer ce qu'il va me dire. Nerveusement, je mords l'intérieur de mes joues, sentant mes larmes monter. Il ne manquerait plus que je pleure devant lui !

— Que je n'arrête pas de penser à toi… Mais que ça ne change rien. Je ne peux pas m'engager.

— Je ne t'ai jamais demandé ça.

— Je sais.

Il soupire et se passe une main fébrile dans les cheveux. La colère dans sa voix a totalement disparu. Il ne me regarde toujours pas et parle comme s'il se parlait à lui-même.

— Depuis que tu m'as dit que tu avais des sentiments pour moi, je ne sais plus où j'en suis, je suis complètement paumé. C'est assez… perturbant.

— Jay, je ne…

Il lève la main pour me faire taire, ce que je fais aussitôt. Il pose enfin les yeux sur moi et je suis troublée par son attitude. C'est la première fois que je le sens aussi… fragile !

— Laisse-moi finir s'il te plaît. Tu n'es pas en cause, c'est moi. Je ne me reconnais pas quand nous sommes ensemble. Je suis quelqu'un d'égoïste et sans cœur et ça ne me dérange pas, au contraire. Quand les filles me collent trop, je les refoule vite fait… enfin tu vois ce que je veux dire. Mais avec toi c'est différent, je suis différent. Je cherche ce qui pourrait te plaire, je suis triste quand je te fais de la peine et quand tu me dis que tu as des sentiments pour moi je n'arrive pas à prendre mes distances. J'ai passé un mois à essayer de t'oublier mais c'est comme si tu étais dans ma tête.

— On… Tu aurais dû m'en parler, c'est…

— Ouais je sais, c'est flippant !

Il me coupe pour finir ma phrase. Son rire nerveux, trahissant son état. Il est en plein stress et j'imagine la dose de courage qu'il lui a fallu pour m'exposer ses sentiments, lui qui ne se livre jamais.

— Non je me disais juste que si tu m'en avais parlé avant, on aurait pu éviter toute cette merde. Je sais ce qui se passe.

— Quoi ? Ne te mets pas dans la tête que je suis amoureux de toi. Je n'ai jamais été amoureux et ce n'est pas demain la veille que ça arrivera.

— Non, j'ai bien compris !

Sans lâcher le mur au risque de m'effondrer, je pivote pour lui faire face. Bon sang que ces mots peuvent faire mal ! Je ne me laisse pas démonter pour autant et cherche à le rassurer.

— Me considères-tu comme une amie ?

— Oui… Je pense que oui

— Et tu aimes notre petit plus ?

— Ouais, ça c'est sûr !

Son petit sourire en coin dès qu'on parle de cul me réjouit.

— Mais je ne vois toujours pas où tu veux en venir.

— Tu te soucies de mon bien-être en tant qu'ami et tu penses à moi car tous les deux au lit c'est génial. C'est la relation sex friends qui te déboussole.

C'est comme si un éclair passait dans son regard et il se détend aussitôt. Au risque de le regretter, j'en arrive à la question qui me perturbe depuis cette photo sur Facebook.

— Avec Jess, tu n'étais pas comme ça ?

— Non, c'est plus une copine qu'autre chose. On a baisé de temps en temps, mais pas de façon continue comme nous.

— Et tu as couché avec elle à Los Angeles ?

Il rigole et je ne sais pas comment interpréter ça. Je me sens rougir de honte mais j'ai besoin de savoir.

— Là je vois où tu veux en venir ! Je crois que l'un comme l'autre avons mal interprété les photos qui ont été postées sur Facebook. On a fait une soirée chez moi avec toute l'équipe et la majorité a dormi sur place. J'ai passé la nuit dans mon lit, seul, et, je ne sais pas, elle a dû venir faire sa blague à un moment.

Je le regarde, incrédule, me demandant si la blague était pour lui ou si elle m'était directement destinée. Avec elle, je ne suis sûre de rien.

— Alors non je n'ai pas couché avec elle. Ni avec personne d'autre d'ailleurs. Et toi ?

— Non. Mes plans de ce soir sont tombés à l'eau.

Je souris en le voyant grimacer.

— Je vais faire comme si je n'avais rien entendu. Alors… J'ai trop joué au con ou on ne change rien ?

Le fait de savoir qu'il est revenu exprès pour moi et que de son côté aussi notre séparation n'a pas été simple me fait du bien. On ne peut pas être plus heureuse que moi à cet instant. Le ténébreux Jayden, qui se fout de tout, ne peut pas m'oublier. Toutes ces semaines à me morfondre me paraissent déjà loin et je ne pense qu'à une chose : le sentir en moi.

— Tu sais que tes yeux parlent pour toi ? Et encore plus quand tu es bourrée. Je peux y voir tes idées perverses !

— Pas la peine que je te réponde alors !

À ce moment-là, c'est comme si l'air s'était chargé d'électricité. Des palpitations descendent jusque dans ma culotte et je serre instinctivement les cuisses pour les bloquer. Ses yeux se noient dans les miens et ni l'un ni l'autre n'osent faire le premier pas. Soudain il tend une main vers moi et du pouce libère ma lèvre inférieure. Tellement excitée par ses retrouvailles, je ne m'étais pas rendu compte que je me mordais. Il se penche alors vers moi et dépose un doux baiser sur le bout de mes lèvres. Cette douceur est troublante et c'est un appel à un baiser plus passionné, mais je me souviens tout à coup que j'ai vomi il y a quelques minutes et me recule aussitôt. Il semble étonné mais n'a pas le temps de m'en demander la raison que Ben et Charlotte nous rejoignent.

— On ne vous dérange pas ?

Au son de la voix de Ben, Jayden se redresse et adopte ce comportement froid et distant dont il a l'habitude. Je ne me vexe plus, je sais qu'il n'aime pas se dévoiler en public.

— Si, casse-toi.

Son ton est brutal et surprend son ami qui croyait autant que moi que cette histoire appartenait au passé. Je peux lire la tristesse dans son regard et ça me fend le cœur. Je ne veux pas être la cause d'une dispute entre deux meilleurs potes.

— C'est bon, Jay, là faut arrêter !

Je commence à partir et il m'attrape par le bras pour me retenir mais me relâche aussitôt. Bah oui, Monsieur ne va surtout pas montrer un signe d'attachement, peu importe lequel !

— C'est bon, bordel, j'arrête !

— Et qu'est-ce qu'on fait maintenant ?

Charlotte me regarde et essaie de déchiffrer mon état. Je lui adresse un faible sourire pour la rassurer.

— Vous, j'en ai rien à foutre, mais moi je ramène Lola. Vous avez tous bu, il est hors de question qu'elle monte avec l'un de vous.

Je lève les yeux au ciel mais ne dis rien, trop contente de bientôt me retrouver seule avec lui.

— À demain, mon pote.

Contre toute attente, alors qu'il passe devant Ben, il s'approche de lui et l'enlace dans une accolade fraternelle. La hache de guerre est, a priori, enterrée. Il ne s'excusera pas, mais Ben le connaît assez bien pour savoir que c'est sa façon à lui de se faire pardonner.

CHAPITRE 23

— Lola, on est arrivés !

J'ouvre les yeux à demi, complètement déboussolée, et me demande si c'est encore un rêve ou s'il est vraiment là. Son souffle chaud et sa main repoussant une mèche de cheveux devant mon visage paraissent trop réels pour ne pas être vrais. Malgré mon envie de profiter un maximum de lui, mes yeux refusent de s'ouvrir davantage. Mes paupières sont lourdes et même si ma position n'est pas des plus confortables, je pourrais dormir ainsi.

— Tu as intérêt à te réveiller vite fait, je n'ai pas fait trois heures de route en pleine nuit pour te voir dormir. J'ai d'autres projets pour toi qui requièrent toute ton attention.

Cette fois, je suis complètement réveillée et une soudaine pression s'insinue au creux de mes cuisses. Il m'aide à sortir de la voiture et me guide jusqu'à ma chambre.

— Mets-toi à l'aise, j'arrive !

Je file dans la salle de bains, me lave énergiquement les dents avec mon dentifrice extra menthol et me remets du déo pour me rafraîchir. Quand je reviens, je pouffe de rire en le voyant allongé sur mon lit, complètement nu, la queue déjà érigée vers le haut.

— Bah quoi, tu m'as dit de me mettre à l'aise, non ?

Je craque devant son sourire enjôleur et ne pense qu'à lui sauter dessus. Pourtant j'arrive à me contrôler et décide de le faire languir un peu. Sans le quitter des yeux, je tire lentement sur ma jupe qui vient s'écraser à mes pieds. J'attrape le bas de mon top et le fait passer au-dessus de ma tête en prenant soin de gonfler le buste pour mettre en avant ma poitrine. Il me dévore littéralement des yeux, je peux sentir ma peau brûler partout où son regard se pose. Aucun homme ne m'a jamais regardée comme lui. Il me fait me sentir plus femme que jamais, sexy et sûre de moi. À travers ses yeux, je me sens belle.

Un mois à attendre son retour, pas un appel, ni un simple message de sa part, et il décide de revenir quand je commence tout juste à me remettre en question. J'en étais même venue à me dire que cette passion entre nous n'avait jamais existé, que c'était une pure invention de mon esprit, une chimère à laquelle me raccrocher pour pallier le manque. Mais à le voir allongé sur mon lit, les joues rouges de désir et la respiration saccadée, je me rends compte que quelque chose de spécial nous lie. Bon sang, il m'a tellement manqué !

Pourtant je reste plantée là, en sous-vêtements, et n'ose pas faire un pas vers lui. J'ai imaginé tellement de fois la manière dont se dérouleraient nos retrouvailles que j'ai l'impression de rêver. Même dans mes plus beaux songes, ça ne se passait pas aussi bien. Je m'étais préparée à le voir revenir froid, distant ou indifférent mais pas aussi envoûtant... Je sens un puissant désir monter et se propager jusqu'au plus profond de mes entrailles. Une vague de chaleur vient s'abattre sur moi et je me sens soudain fébrile. Comme s'il lisait dans mes pensées, Jayden se relève. Il est à présent à genoux sur le lit et me fait face. Son sourire a complètement disparu et l'air autour de nous devient électrique. Sans un mot, le regard plus noir que jamais, il pose fermement ses mains sur mes hanches et me rapproche dangereusement de lui.

— J'ai passé trop de nuits à imaginer ce moment, je n'en peux plus, Lola, tu me rends dingue !

Sans me laisser le temps de réfléchir à la signification de ses mots, ses lèvres viennent violemment s'écraser contre les miennes. Ce baiser n'a rien de doux, il est fougueux et incontrôlé. Alors que je gémis à ce contact, il en profite pour glisser sa langue dans ma bouche. Elle caresse avidement la mienne qui lui répond sans tarder. Je crois que c'est à ce moment précis que je me rends compte de mon désir refoulé depuis bien trop longtemps. Un mois sans sentir la chaleur de son corps, sans voir la profondeur de ses yeux verts, sans ressentir les fourmillements qui se propagent sur ma peau sous l'effet de son toucher. Lorsque mes mains attrapent énergiquement son cou pour le sentir encore plus près, je m'aperçois qu'il ressent la même chose. De ses doigts experts, il dégrafe mon soutien-gorge et le jette à l'autre bout de la chambre. Ses mains ne cessent de caresser mon dos tandis qu'il mordille l'arête de ma mâchoire. Ma tête bascule instinctivement en arrière, libérant l'accès à mon cou. Il lèche et mord mon épaule droite et descend jusqu'à mon sein. De ses lèvres, il pince le téton qui durcit aussitôt et je gémis encore plus fort quand il l'aspire fiévreusement. Il assène le même traitement à l'autre et je dois me tenir à ses larges épaules pour réussir à garder l'équilibre sur mes jambes en coton. Comme si mon corps pouvait en supporter davantage, sa main glisse jusqu'à mon entrejambe et passe sous le fin tissu de mon string pour venir titiller mon clitoris. Sous cet assaut, mes ongles viennent spontanément s'accrocher à sa peau. Je suffoque, j'ai besoin d'air, mes poumons me brûlent et je me rends compte que j'en ai oublié de respirer. Dans un grognement, il arrache mon string qui tombe en lambeaux à mes pieds. Je pousse un cri de surprise quand il introduit deux doigts en moi. Mon corps se contracte sous cette délicieuse intrusion et ses va-et-vient sont de plus en plus profonds. Je sens rapidement un orgasme monter et j'ai toutes les peines du monde à le bloquer.

— Vas-y, bébé, laisse-toi aller.

Jayden connaît mon corps encore mieux que moi. Ses doigts toujours en moi, il reprend sa torture sur mes seins gonflés de désir sans me quitter des yeux. Le voir ainsi les yeux rivés sur les miens tandis qu'il aspire goulûment ma pointe est cruellement érotique. Il ne m'en faut pas plus pour exploser en mille morceaux en criant son nom.

Lorsque je reprends mes esprits, je suis clouée au matelas ; Jayden, au-dessus, pose sur moi un regard indéchiffrable. Quand mes yeux rencontrent les siens, nos pulsions reprennent de plus belle et on se bouffe quasiment le visage. D'une main, il relève ma cuisse pour l'écarter et pouvoir ainsi se nicher entre mes jambes. Je peux sentir son gland au bord de ma fente qui palpite frénétiquement de plaisir.

— Putain, j'ai tellement envie de toi…

À ces mots, je l'attire encore plus sur moi, j'ai besoin de sentir le poids de son corps chaud sur le mien. Mes jambes viennent spontanément encercler ses hanches. Il se frotte contre ma chatte et rentre à peine son gland. Mes muscles se contractent spasmodiquement et en réclament davantage. Je grogne de frustration et soulève mon bassin pour venir à sa rencontre mais il n'en tient pas compte et continue son manège tout en me mordillant l'oreille.

— Jay, s'il te plaît…

Je le supplie d'arrêter ou de continuer, je ne sais pas trop, c'est trop bon et en même temps pas assez.

— Attends, laisse-moi me calmer un peu sinon je ne vais pas tenir bien longtemps.

Quoi ? Je ne peux pas, je ne peux plus attendre, je suis au bord de la combustion spontanée, mes pulsions ont besoin d'être assouvies et maintenant ! Dans une ultime tentative, je plante mes talons dans ses fesses et appuie autant que je peux.

— JAY !

Je suis à la limite de lui hurler dessus, je ne me contrôle plus, je suis à fleur de peau tellement mon désir a atteint son paroxysme. Jay capitule et s'enfonce brutalement en moi jusqu'à la garde, m'arrachant un cri au passage. Il se retire et me pénètre de nouveau avec la même fureur. Ses coups de reins sont puissants et sauvages. L'un comme l'autre nous ne contrôlons plus rien, nos corps ayant pris la relève. Ses coups de boutoir me propulsent rapidement dans un état de transe et je sens monter en moi un orgasme dévastateur. Ma vue se trouble et je lui mords l'épaule pour atténuer mes cris incontrôlés. Il me rejoint vite et jouit en répétant mon nom comme si c'était une prière.

À bout de souffle et nos corps luisants de sueur, je suis détendue comme je ne l'ai pas été depuis longtemps... Depuis un mois ! Après un dernier baiser passionné, il se retire et s'allonge à côté de moi. C'est lorsqu'il enlève la capote et la pose sur la table de chevet que je me rends compte qu'il en avait mis une. Quand ? Je ne sais pas, je ne l'ai pas vu faire. Mais je me dis qu'une fois de plus, j'ai oublié ma précieuse règle d'or.

Nous restons ainsi quelques minutes, peut-être plus, le temps de reprendre nos esprits. Un million de questions se bousculent dans ma tête mais je n'ose pas les dire à voix haute de peur d'être ridicule.

— Qu'est-ce qu'il y a ?

Une fois de plus, il lit en moi comme dans un livre ouvert et ses grands yeux brillants post-orgasme me scrutent à la recherche d'une réponse. Il est si beau. Je lui souris timidement et me tourne vers lui. Ma main va machinalement dans ses cheveux que je caresse distraitement.

— Lola, qu'est-ce qu'il y a ?

— Je me demandais si tu étais revenu définitivement ou si c'est juste ce soir sous le coup de la colère…

Et voilà, comme je m'en doutais, ces mots font encore plus niais une fois sortis de ma bouche. Je sens mes joues rosir de gêne mais son sourire me rassure.

— C'est plutôt la seconde option pour être honnête, mais je compte revenir bientôt, juste le temps de régler les affaires en cours.

Je garde mes autres interrogations pour moi, je n'ai pas envie de le harceler et qu'il se tire en regrettant d'être revenu vers moi. Je m'étonne encore de l'intérêt qu'il peut avoir pour une fille aussi banale que moi.

— OK, dis-je dans un murmure.

Tout ce que j'en retiens c'est qu'il va repartir. Quand ? Je préfère ne pas le savoir.

Alors que mon esprit vagabonde vers l'idée déplaisante de son prochain départ, je renoue avec la réalité et suis frappée par un fait.

— Tu es là…

— Oui… À poil dans ton lit pour être précis, dit-il quand il voit mes yeux rétrécis fixés sur lui.

— Et tu es venu me chercher…

— Il fallait bien, tu étais en minijupe, bourrée dans une boîte remplie de mecs en rut.

Son ton est un peu trop froid à mon goût. C'est lui qui met volontairement de la distance entre nous et pourtant il rapplique à vitesse grand V quand il voit que j'échappe à son contrôle.

— Comment ?

— Quoi comment ?

— Comment as-tu su où me trouver ? Comment savais-tu où j'étais ?

À voir sa mine horrifiée, il ne s'attendait apparemment pas à cette question. Il débarque en plein milieu de la nuit dans un endroit où je ne suis pas censée me trouver et je ne devrais pas être étonnée ? Je me sens même idiote de ne pas y avoir pensé avant, mais j'étais trop dans l'euphorie de nos retrouvailles. Maintenant que l'effet de surprise est passé, je me demande comment il a su. Connaissant Charlotte, je suis pratiquement sûre qu'elle n'a apporté aucune précision à la photo Facebook et je n'ai pas vu Ben sortir son portable une seule fois de toute la soirée.

— Joker ! Si je te le dis, ça va finir en engueulade et je suis trop claqué pour subir une de tes crises.

— Jayden…

J'essaie de prendre mon air le plus méchant possible et ne le lâche pas du regard pour lui faire comprendre que je suis déterminée. Cette méthode marche plutôt bien avec les jumeaux quand je vois qu'ils me cachent quelque chose. Bien évidemment, avec lui j'échoue lamentablement. Au lieu de lui faire peur, j'obtiens l'effet inverse. Ses éclats de rire sont tellement entraînants qu'en temps normal je m'esclafferais déjà avec lui, mais je veux vraiment savoir ce qu'il me cache et je me mords l'intérieur des joues pour ne pas le suivre. Je n'arriverai à rien de cette manière, il faut que je change de tactique. Je lui saute alors dessus, me mets à califourchon, emprisonnant ses mains de chaque côté de sa tête avec les miennes.

— Comment m'as-tu retrouvée ?

Je susurre ma demande en lui embrassant le cou. La persuasion par le sexe, il n'y a que ça qui marche avec les hommes.

Ses rires ont complètement disparu et je peux sentir les battements de son cœur s'affoler, à moins que ce ne soit les miens… Je lui lèche sensuellement le cou, remonte sur sa mâchoire où sa barbe de quelques jours me chatouille la langue, pour finir sur ses lèvres pulpeuses. Un grognement guttural sort de sa si jolie bouche quand je lui mords la lèvre inférieure. Il s'assoit et détache ses mains de mon emprise pour venir les fourrer dans mes cheveux et m'embrasse fougueusement. Une bouffée de chaleur m'embrase aussitôt et je comprends que je me fais prendre à mon propre jeu. Je commence à me frotter sur son membre que je sens grossir à chacun de mes mouvements.

— Tu me rends fou bébé…

D'habitude quand il m'appelle par des petits noms comme ça, je perds pied et me laisse emporter par toutes ces sensations de béatitude, de bien-être et de sensualité mais cette fois j'ai comme un blocage. C'est peut-être idiot de penser encore à ça maintenant, toutefois j'ai horreur quand on me cache quelque chose. Jusqu'alors il a toujours été franc avec moi, parfois même un peu trop donc je ne comprends pas pourquoi il fait un mystère pour ça. Mais comment m'a-t-il retrouvée merde ? Il a glissé une puce de géolocalisation dans mon portable, Ben me suivait depuis le début de la soirée à sa demande ? N'importe quoi ! Voilà pourquoi je ne supporte pas les non-dits, ça me rend paranoïaque !

— Dis-moi…

Il se tait mais mon entêtement l'énerve, je peux le sentir à travers ses muscles crispés et ses lèvres pincées. Il m'attrape par les hanches et me bascule sans ménagement sur le matelas pour se retrouver sur moi. Sa tête plonge dans mon cou que je penche pour laisser libre cours à ses baisers. Mes mains n'arrivent pas à se fixer. Elles malaxent ses fesses, griffent son dos ou empoignent ses cheveux. J'ai besoin d'être en permanence en contact avec son corps. Je ne parviens pas à me rassasier de lui, jamais je n'ai éprouvé un tel sentiment.

— Allez, Jay, dis-le !

Je le lui demande une dernière fois sans vraiment me soucier de savoir s'il va me répondre ou pas. Je ne sais même plus pourquoi j'insiste encore car son contact a eu raison de ma persévérance. Tout ce que je veux maintenant, c'est qu'il me prenne tout de suite.

— Putain, Lola, tu fais chier !

Il se lève brusquement et quitte le lit. Il a l'air vraiment énervé et je ne sais pas quoi dire, encore sous l'effet de ses caresses. Même ronchon, il reste craquant. Debout devant moi, cet apollon tout en muscles avec le membre encore dressé me toise d'un air las.

— Tu le sauras bien assez tôt, arrête de me casser les couilles avec cette histoire. Tu viens de tout gâcher.

Sur un dernier soupir, il part s'isoler dans la salle de bains. Je reste interloquée, il y a longtemps qu'il ne m'avait pas envoyée bouler comme ça. C'est entièrement ma faute, j'en suis consciente mais je suis comme ça. Dans d'autres circonstances, ma tête de mule lui plaît ! Et merde, il a raison, je viens de bousiller nos retrouvailles. Je n'aurais peut-être pas dû insister autant. Quelques minutes plus tard, j'entends l'eau couler et suis partagée entre le rejoindre sous la douche pour m'excuser ou camper sur mes positions. Après mûre réflexion, je décide de rester au lit et d'attendre son retour. Oui, je suis fière, je sais !

La fatigue commence à se faire sentir, et je m'allonge confortablement en attendant qu'il revienne. Je ferme les yeux et me concentre sur le bruit de l'eau en l'imaginant nu et plein de mousse. Je me rends compte que j'ai dû m'endormir quand je sens son corps se coller à mon dos et ses bras encore frais m'enlacer. Il sent bon mon gel douche à la pêche, ça me donne envie de le goûter, histoire de voir s'il est aussi bon que le fruit. Il dégage mes cheveux et plante un doux baiser dans mon cou. Je crois que la tension est redescendue et qu'il n'est plus énervé contre moi.

— Quand tu te réveilleras, je serai déjà parti. Dors bébé, je reviens bientôt.

— Reste…

Ma voix n'est qu'un murmure, je ne suis même pas sûre que le moindre son ait franchi mes lèvres mais je suis tellement fatiguée que je n'ai pas la force de bouger ni même d'ouvrir les yeux.

Son corps se détache doucement du mien et je sens le matelas se relever. Je me retrouve seule dans mon lit et, avant de pouvoir protester, je sombre déjà dans un profond sommeil.

CHAPITRE 24

Deux heures après m'être écroulée, mon réveil aurait dû sonner. Aurait dû… si je n'avais pas oublié de le mettre. C'est mon envie pressante du matin qui m'a finalement réveillée, assez tard pour savoir que j'allais avoir des ennuis. Au lieu d'une douche plus que nécessaire, j'ai eu droit à un bon coup de déo, mon maquillage dégoulinant de la veille a été camouflé derrière des Ray Ban et je n'ai pas pris le temps d'enfiler une culotte. J'ai sauté dans le premier jean venu et faute de trouver un soutif propre j'ai mis un haut de maillot de bain, puis un tee-shirt qui traînait par terre. Seul le brossage des dents n'a pas pu être zappé.

Les enfants ont été plus que conciliants et se sont préparés en un temps record. Ils ont même réussi à rire de la situation mais m'ont promis de ne rien dire à leurs parents. Je leur en suis plus que reconnaissante sinon je peux dire adieu à mes sorties nocturnes. Il va falloir que je trouve un moyen de les remercier d'ailleurs. Après un petit déj pris dans la voiture, on s'est faufilés discrètement jusqu'à la classe de Chase sans se faire repérer par la directrice. Avec presque une heure de retard, les enfants se sont installés à leurs places respectives et Monsieur Le-prof-canon a profité de mon moment de faiblesse pour me faire du rentre-dedans. Il est vraiment craquant mais sa persévérance ne mènera à rien, je ne ressens rien pour lui. Pas le moindre frisson, ou petit courant électrique quand il me frôle la main l'air de rien. Et Dieu sait que j'aurais préféré ressentir ne serait-ce que la plus infime parcelle de sentiments à son égard. Au lieu de quoi, tandis que Chase tente désespérément d'obtenir mes faveurs, je repense à ces folles retrouvailles avec Jay et à son corps ruisselant de sueur qui glisse sur le mien. Je baisse la tête sentant mes joues rosir au souvenir de ses lèvres s'acharnant férocement sur mes tétons. Lorsque je lève enfin le regard vers Chase, je suis surprise d'y voir un visage rayonnant et des yeux brillants posés sur moi. Et merde, il me disait quoi pendant que j'étais perdue dans mes pensées ? Sans le vouloir, j'ai dû lui lancer des signaux contradictoires. Je le repousse encore, et il me fait comprendre qu'il n'abandonnera pas, encore… Il retourne dans sa classe avec un large sourire aux lèvres et je reste plantée devant sa porte à me demander comment je vais faire pour rattraper le coup sans lui briser le cœur. Jamais je n'ai été convoitée comme ça et j'en suis plus que flattée mais je ne sais plus comment me dépêtrer de cette histoire.

De retour à la villa, je fais toutes les choses que je n'ai pas eu le temps de faire au réveil, à commencer par une putain de douche revigorante, un démaquillage dans les règles et une double dose de caféine. Après tout ça, je suis enfin détendue, mais aussi prise d'une grosse flemme. Les cours, la lessive et même aller me prélasser à la plage attendront demain. Au lieu de quoi, je me vautre sur le canapé et sort mon portable pour appeler Charlotte et lui raconter ma fin de soirée. À mon avis, elle a besoin d'être rassurée, car elle était inquiète quand je suis partie précipitamment avec un Jay énervé.

Je souris en prenant mon téléphone et en lisant ces messages :

Jay : *Salut la ronfleuse, pas trop dur le réveil ?*

Moi : *Disons que les enfants sont arrivés avec presque une heure de retard. Préparation ultra rapide, c'est la première fois de ma vie que je vais à l'école sans culotte ! Et je ne ronfle pas !*

Jay : *Lol, je t'imagine les fesses à l'air sous ta jupe maintenant ! J'aurais aimé être leur instit pour passer ma main sous ta jupe, juste pour vérifier…*

Moi : *Pervers ! Si tu veux on pourra jouer, je serai la nounou sans culotte et tu sera le maître vicieux !*

Jay : *C'est mort ! Je viens de réaliser que le maître c'est l'autre con de Chad. Putain, tu t'es vraiment présentée sous son nez sans culotte ?*

Et voilà un petit jeu malsain qui n'aurait jamais dû commencer ! Il sait très bien qu'il s'appelle Chase mais refuse de lui donner la moindre importance. Pourtant, je sais qu'en ce moment il doit bouillir de colère.

Moi : *CHASE n'est pas aussi obsédé que toi et, pour info, j'avais mis un jean et non une jupe !*

Au bout de cinq minutes, n'ayant toujours pas de réponse, je décide de téléphoner à Charlotte mais le cours doit être déjà commencé et je tombe sur sa boîte vocale. Je lui laisse un rapide message, histoire de la rassurer et lui promets de tout lui raconter demain. De toute façon, je sais que je vais subir un interrogatoire poussé alors autant prendre les devants.

Toujours sans nouvelles de Jayden, je lui envoie un message : « *Tu fais la gueule ?* » Il lui a fallu dix bonnes minutes pour me répondre un simple « *Oui* ». Après un mois d'absence, je n'ai pas envie de gâcher nos retrouvailles pour une connerie pareille alors je prends sur moi et l'appelle directement. Au bout de cinq sonneries, je pense basculer sur sa messagerie mais il me répond :

— Davis, j'écoute.

Surprise par son ton froid et surtout par sa présentation, je reste un instant sans parler. Je peux entendre des bruits de pas et une porte se fermer.

— Je te dérange ? Je peux appeler plus tard si tu veux…

— Non, t'inquiète, je suis incapable de me concentrer sur ma réunion de toute façon. Tes textos m'empêchent d'avoir les idées claires. (Il rit nerveusement et je devine qu'il fait les cent pas je ne sais où.) Écoute, je ne fais pas la gueule, j'ai juste réagi au quart de tour à l'idée que l'autre con ait pu… Oublie, OK ?

— OK, c'est bon, c'est oublié. Au fait, je crois que les enfants nous ont entendus cette nuit !

— Quoi ? Qu'est-ce qui te fait croire ça ? On est à l'autre bout de la maison, c'est impossible !

— Bah, je ne sais pas, mais ce matin Charlie m'a demandé si tu étais encore là ! J'ai esquivé la question mais si elle nous a entendus… Je ne savais plus où me mettre tellement j'avais honte.

Un long et pensant silence s'installe entre nous. Il doit être en train d'y réfléchir. Ce sont ses neveux, il doit être aussi mal à l'aise que moi. Après ce qui me semble une éternité, il reprend enfin la parole.

— Tu as eu des nouvelles d'Andrew ou d'Ava depuis ce matin ?

— Oh mon Dieu ! Tu crois qu'ils nous ont entendus eux aussi ?

Cette fois il rigole de bon cœur, comme si d'avoir été entendu en pleine action par son frère et sa belle-sœur ne le dérangeait absolument pas. De mon côté, j'appréhende ce soir, quand je vais les voir. J'ai limite des convulsions tellement je tremble de tout mon corps.

Quelqu'un frappe à sa porte et lui parle sans que j'arrive à comprendre ce qui se dit mais je devine qu'on l'attend. Il a suspendu sa réunion pour moi ?

— Mais non, t'inquiète ! Il faut que j'y retourne mais je sens que je vais avoir bientôt de tes nouvelles. Ne sois pas trop fâchée, ça m'arrangerait !

Il ne me laisse pas le temps de répondre qu'il a déjà raccroché. Il veut dire quoi par là ? Pourquoi je serais fâchée ? La seule réponse qui me vient en tête c'est qu'il m'a menti et que mes patrons ont été témoins de nos ébats, qui en plus étaient particulièrement animés. Je sens une crise d'angoisse monter. Vite, je sors de la maison d'un pas tremblant pour prendre l'air. Mme Davis va me foutre dehors, depuis le temps qu'elle en rêve !

Le reste de la journée passe beaucoup trop vite. C'est toujours comme ça. Alors que je voudrais arrêter le temps, la journée file à toute allure. Jay n'a pas donné signe de vie et Andrew est rentré plus tôt que d'habitude. S'il pense que je l'évite, eh bien il a raison ! Je me suis arrangée pour ne pas me retrouver seule avec lui dans la même pièce et je fais semblant d'être très occupée. Bien entendu, c'est entièrement faux, je brasse de l'air depuis son retour. Et voilà, je vais me faire virer. J'ai essayé de retarder le plus possible le coucher des enfants mais je ne pouvais pas les retenir éternellement pour sauver mes fesses.

— Blanc ou rouge, ce soir ?

Alors que je descends les escaliers, Andrew m'appelle de la cuisine. Il fait comme si de rien n'était et prolonge ma torture.

— Rouge, s'il vous plaît.

Rouge comme la couleur de mes joues en ce moment. Rouge comme la couleur du sang qui a déserté mes veines. Je suis au bord du malaise tellement je stresse. Rouge comme le danger. Une alarme hurle dans ma tête pendant qu'Andrew me dévisage.

Il ne dit rien et passe devant moi pour aller dans le salon. Il s'installe dans le canapé, ouvre la bouteille de vin rouge et nous sert. Après quelques hésitations, je m'installe finalement à côté de lui. De toute façon, je dois lui faire face. D'une gorgée, je bois la moitié de mon verre pour me donner du courage, ce qui ne manque pas d'étonner mon futur ex-patron. Pourtant il ne dit rien et se tourne vers moi.

— Alors comment va Jayden ?

Bon sang, ça y est, le moment fatidique est arrivé. Je le vois déjà me dire : « Lola, tes petites frasques avec mon frère nous ont empêchés de trouver le sommeil toute la nuit. On a dormi avec l'oreiller sur les oreilles pour ne pas t'entendre crier. Je crois qu'on va devoir se séparer de toi. »

— Je suis vraiment désolée, Andrew. Ça ne se reproduira pas, je vous le jure. Jayden ne remettra plus jamais un pied dans ma chambre mais, s'il vous plaît, ne me virez pas !

— Je… Quoi ? De quoi tu parles ?

Comment ça de quoi je parle ? Il me regarde avec des yeux ronds et tente de déchiffrer ce que je viens de lui dire. Soudain je le vois rougir pour la première fois et lever les mains pour ne pas que j'en rajoute.

— Oh non, Lola, je ne veux surtout pas savoir ce qui se passe dans ta chambre avec mon petit frère ! Je te parle de Jayden qui a réveillé toute la maison en plein milieu de la nuit pour savoir où tu étais.

Qu'est-ce qui est le plus rouge, une tomate ou une écrevisse ? Parce que quand je me rends compte que je fais allusion à ma nuit avec Jayden devant son frère alors que le problème ne vient pas de là, j'ai l'impression que tout mon corps est brûlant de honte. En fait rouge n'est pas une couleur assez soutenue pour me décrire, je choisirais plutôt cramoisie. Je tente tant bien que mal de maîtriser mon malaise et respire lentement.

— Il a fait quoi ?

La voilà la raison pour laquelle il n'a pas voulu me dire comment il m'avait retrouvée cette nuit et pourquoi je risquais d'être énervée contre lui.

— Il a sonné et tambouriné à la porte vers 2 heures du matin jusqu'à ce que je vienne lui ouvrir. Il est entré comme une furie et s'est précipité dans les escaliers en criant ton nom, croyant que tu étais rentrée. Je ne l'ai jamais vu comme ça ! Les enfants ont eu la peur de leur vie. Ils ont terminé leur nuit dans notre chambre à sursauter au moindre bruit. Je suis désolé mais j'ai dû lui dire où tu étais pour qu'il s'en aille.

— C'est moi qui suis désolée. Je… Je ne sais pas quoi dire ! Oh mon Dieu, Mme Davis devait être dans un état !

J'ose à peine imaginer. Peut-elle me détester plus qu'elle ne me hait déjà ?

— Ava, j'en fais mon affaire, ne t'inquiète pas pour elle. Elle n'est pas le monstre que tu crois, tu sais !

Je n'ai pas le temps de répondre qu'on entend la porte d'entrée s'ouvrir et des talons claquer sur le parquet. Mme Davis fait son apparition dans le salon et son regard se braque immédiatement sur moi.

— Cette nuit sera calme ou je dois m'attendre à une autre nuit merdique à rassurer les enfants ?

Je me lève d'un bond et avance vers elle pour lui présenter mes plus plates excuses. De son air hautain, elle me toise et attend que je m'abaisse devant elle. Pas le monstre que j'imaginais, hein ?

— Je ne savais pas, je suis vraiment déso…

Andrew me coupe la parole et se lève à son tour.

— C'est bon, Ava, Lola n'y est pour rien. Si tu dois t'en prendre à quelqu'un, va voir Jay !

Comme un dragon qui s'apprête à cracher du feu, Mme Davis ouvre grand la bouche mais la referme aussitôt devant le ton sans appel de son mari. Elle tourne les talons et disparaît. Je remercie Andrew silencieusement mais me dis que ce n'est que partie remise, il ne sera pas toujours là pour prendre ma défense et je sais d'avance que tôt ou tard j'aurai droit à un retour de flamme.

— Je vais dans ma chambre. Merci, Andrew… Merci pour tout.

Je tourne en rond en repensant à tout ça. Je n'ai même pas eu le temps de finir mon verre de vin, il m'aurait fait du bien pourtant. Un mélange de peur, de honte et de colère bouillonne en moi. Je ne sais pas comment ni quand mais elle va se venger, je l'ai vu dans son regard quand elle est partie. Et que penser de la réaction de Jay ? Débarquer en pleine nuit et réveiller toute sa famille au point de terroriser ses neveux, tout ça pour une simple photo ? Je sais qu'il peut être impulsif mais de là à provoquer un scandale…

Justement quand on parle du loup ! Mon téléphone m'avertit d'un appel de Jay mais, vu mon état, il ne vaut mieux pas pour lui que je décroche maintenant. Il ne laisse pas de message mais réessaie deux fois. À sa troisième tentative, je rejette l'appel dès la première sonnerie et l'envoie sur ma boîte vocale. S'il veut me dire quelque chose, qu'il parle à mon répondeur. Je jette mon téléphone sur le lit au moment où je reçois un message. Je plonge pour le récupérer. Énervée oui, mais curieuse avant tout !

Jay : *Tu vas filtrer mes appels encore longtemps ?*

Jay : *Faut que je revienne cette nuit pour en parler ?*

Vas-y t'as raison, tourne la chose en dérision ! S'il croit me faire rire, décidément il ne me connaît pas du tout.

Moi : *Ce n'est vraiment pas drôle Jay ! Tu m'as foutu dans une belle merde. Ta belle-sœur me déteste encore plus et je crains sa vengeance.*

Jay : *Putain, faut toujours que tu en rajoutes, ce n'est pas un monstre non plus !*

Comment ça ce n'est pas un monstre ? Non mais ils l'ont bien regardée les frangins ? Je peux la sentir d'ici sa vendetta. Soit elle fait plus peur qu'elle ne mord, soit ils n'ont pas une vision réaliste d'elle. Je dois avouer qu'elle a beau être un petit bout de femme, elle me fait drôlement flipper.

Moi : *Je sais... Mais si tu savais à quel point je suis énervée contre toi en ce moment ! Et en plus juste pour une stupide photo !*

Jay : *Oui je sais je suis un con ! C'est bon on peut passer à autre chose ?*

Moi : *Con mais aussi énervant, autoritaire, têtu, impulsif et arrogant. Pour ne citer que les adjectifs qui me viennent en tête là tout de suite.*

Jay : *Tu as oublié sexy et bien monté ! C'est important quand on s'appelle Monsieur Orgasme-garanti !*

Moi : *Je n'aurais jamais dû te le répéter. J'aurais dû me douter que tu allais me le ressortir avec ton ego surdimensionné.*

Jay : *C'est surtout les orgasmes que je compte répéter encore et encore... Et encore... Et encore...*

Et voilà comment ma colère envers lui disparaît en une fraction de seconde. J'ai pourtant envie de lui en vouloir encore, d'être énervée contre lui car il a vraiment été loin dans la connerie, mais je suis incapable de lui résister. J'ai un sourire niais et des palpitations à relire son dernier message. Douces promesses pour nos futures retrouvailles.

Les vacances approchent à grands pas et les enfants autant que moi comptons les jours qui nous séparent des grasses matinées. Andrew a l'air aussi fatigué que nous, quant au dragon, je n'en ai aucune idée car je l'évite le plus possible. Mon frère de cœur ne sort plus faire ses petites affaires en douce dès que madame a le dos tourné et rentre du boulot d'un pas las. En temps normal, je le retrouve un verre à la main à m'attendre après le coucher des jumeaux et nous discutons ainsi jusqu'à ce que sa femme daigne enfin rentrer. Mais ces derniers temps, il se couche rapidement. Des vacances lui feraient le plus grand bien.

De mon côté, mes journées s'enchaînent et se ressemblent. J'ai séché plusieurs fois les cours sans raison, juste parce que je n'avais pas envie d'y aller. Non, en fait c'est une bonne raison ! Charlotte m'a menacée de venir me chercher par la peau du cul mais ça ne m'a pas davantage motivée. Seuls les messages de Jay enjolivent mes fades journées. De petits sextos, pour la plupart, qui me donnent des bouffées de chaleur et auxquels je réponds avec la même perversité que lui. L'un comme l'autre étant en manque de sexe, on s'enflamme assez vite et on passe des soirées entières à se chauffer comme deux ados.

Vendredi, 15 h 30… Nous sommes officiellement en vacances pendant quinze jours ! Je ne sais pas encore comment je vais occuper les enfants mais une chose est sûre, on va s'amuser comme des fous tous les trois. En quelques mois, ils ont pris une place importante dans mon cœur, ils font partie de ma famille. Quand Andrew rentre du boulot, il nous retrouve devant *Aladin*, seul dessin animé sur lequel les enfants ont réussi à se mettre d'accord. Il s'affale à côté de nous et Charlie vient aussitôt se loger dans ses bras. En moins d'une demi-heure, Andrew s'est endormi.

Après le repas, alors que je suis sortie m'isoler pour téléphoner à ma mère, Andrew attire mon attention.

— Les enfants, Lola… Venez s'il vous plaît !

Je coupe court à la conversation avec un pincement au cœur, ma mère me manque terriblement. Jamais je n'ai été séparée d'elle aussi longtemps.

Je les rejoins dans la salle à manger où chacun a pris place sur une chaise autour de la table. Andrew me fait signe de les imiter. Le regard de Mme Davis est indéchiffrable, quand à Andrew, il nous scrute à tour de rôle avec un petit sourire de connivence. Qu'est-ce qu'il nous cache ?

— Bon, je vous ai demandé de venir car on a une grande nouvelle à vous annoncer. Ça fait plusieurs jours qu'on vous prépare une surprise…

Andrew laisse sa phrase en suspens pour nous tenir en haleine, les enfants sont pendus aux lèvres de leur père.

— Demain, on prépare les valises et direction les vacances pour dix jours !

À cet instant, c'est l'euphorie générale, les enfants poussent des cris et ne tiennent plus en place. Leur joie est contagieuse car je me surprends à afficher un large sourire. Des vacances me feront du bien mais j'espérais rester ici à attendre le retour de Jay. Je pense qu'au point où nous en sommes, dix jours de plus n'y changeront rien !

— Et on va où ?

En bons jumeaux, les enfants posent la question d'une même voix.

Je sens le regard d'Andrew se poser sur moi et il bombe le torse de fierté.

— En France !

C'est comme si une décharge d'adrénaline me traversait tout le corps. Avant de m'en rendre compte, je suis à côté des enfants et saute avec eux. En France ! Je suis partie il y a quelques mois seulement, pourtant j'ai l'impression que ça fait une éternité que j'ai quitté mon pays. Mes premières pensées vont aussitôt à maman et à Zoé que je vais enfin revoir. Je me rends réellement compte à quel point elles me manquent à cet instant précis. J'ai envie de pleurer à la simple idée de bientôt pouvoir les serrer dans mes bras.

— Demain matin les valises, et demain soir on est dans l'avion !

Mme Davis a l'air vraiment heureuse, les traits détendus, elle montre un visage que je ne lui connais pas. Elle paraît… gentille ! Un grand sourire aux lèvres, elle agite les billets d'avion fièrement sous notre nez, comme des trophées. Le visage d'Andrew se décompose et je comprends pourquoi en suivant son regard.

— Mais mamour, il n'y a que quatre billets ! dit-elle d'un ton mielleux.

L'euphorie retombe comme un soufflet et un silence pesant s'installe. Bien sûr qu'il n'y a que quatre billets, la voilà sa vengeance : me faire miroiter un retour chez moi pour ensuite me briser en deux. La bile me monte à la gorge tellement j'enrage. Je ne sais pas ce qui me retourne le plus, le « mamour » ou le sourire satisfait qu'elle me lance.

— Oh, je n'avais pas compris que tu incluais Lola dans notre voyage. Tu m'as parlé de vacances en famille alors j'ai supposé que c'était toi, moi et les enfants !

Son air faussement désolé ne trompe personne et les yeux furibonds d'Andrew font des va-et-vient entre sa femme et moi. L'idée du voyage surprise en France vient sans aucun doute de lui mais sa femme avait une tout autre surprise pour moi. Les poings serrés et les lèvres pincées, l'air de ressemblance entre les deux frères est encore plus flagrant quand ils sont fâchés.

— Ava…

— Non, Andrew, ce n'est rien. Mme Davis a raison, des vacances en famille vous feront le plus grand bien. Ça va aller, ne vous en faites pas.

J'arbore le plus beau sourire dont je suis capable et me tourne vers les enfants qui ont déjà les yeux remplis de larmes.

— C'est toujours moi qui vous parle de la France. Cette fois, ce sera à vous de me raconter !

Quand je vois la lèvre de Charlie trembler, je me baisse vers elle et la prends dans mes bras pour la consoler. Ma petite puce me fend le cœur. Comment une mère peut-elle infliger ça à ses enfants juste pour m'atteindre ?

— Tu me diras où vous êtes allés et je veux voir toutes vos photos ! Vous allez vous amuser comme des fous et j'en suis heureuse.

Je prends un air enjoué et ne quitte pas mon sourire factice jusqu'à la fin de la soirée. La bonne humeur des enfants revient vite et je leur parle de toutes les choses à voir à tout prix. Mme Davis, ravie de son coup bas, est partie s'enfermer dans son bureau comme à son habitude. Quant à Andrew, il ne me quitte pas des yeux. J'ai beau lui répéter que ça va aller et que je vais profiter d'être seule pour me reposer, il n'arrête pas de s'excuser.

Je tiens bon jusqu'au coucher des enfants, puis je m'enferme dans ma chambre, donnant libre cours à mes émotions, contenues trop longtemps. La porte est à peine fermée que le premier sanglot s'échappe déjà. J'éteins la lumière, me glisse sous la couette encore tout habillée et pleure à chaudes larmes. Si elle voulait vraiment me mettre à genoux, le dragon a trouvé LA solution. Maman, Zoé… vous me manquez tellement ! Je me laisse aller et verse toutes les larmes de mon corps, car demain je vais devoir faire de nouveau bonne figure pour rassurer les enfants et surtout pour ne pas perdre la face devant Mme Davis. Hors de question de lui donner satisfaction.

CHAPITRE 25

Après une longue soirée et sûrement une partie de la nuit à pleurer, je me réveille les yeux gonflés et la gorge sèche. Ma première pensée va aussitôt à Zoé, ma sœur de cœur, qui me manque atrocement. Avec tout ce qui se passe dans ma vie, j'ai besoin de ma confidente. Au téléphone, je lui explique du mieux que je peux mais elle n'est pas là pour voir, pour comprendre. Je lui parle, bien entendu, de ma relation avec Jayden qu'elle n'approuve qu'à moitié. Si j'avais eu la possibilité de la voir, elle aurait constaté comme je suis épanouie depuis que je suis ici, depuis que Jay est entré dans ma vie. Et cette possibilité je l'avais, mais la vengeance est un plat qui se mange froid. Mme Davis a tranquillement préparé ses représailles et je dois avouer qu'elle s'est débrouillée comme un chef. Ce qui me fout les boules, c'est que tout ça est la faute de Jay et de sa jalousie déplacée. Et le pire de tout, c'est que je n'arrive même pas à lui en vouloir car, malgré tout, je suis flattée. J'y vois une sorte d'attachement de sa part même si j'ai conscience que c'est son ego, et non son cœur, qui est en cause.

C'est assez paradoxal quand on sait que j'ai moi-même instauré cette règle de sexe sans sentiments !

Allongée dans mon lit, je peux entendre l'agitation qui règne dans la maison. Les préparatifs du grand départ ! Je me fais violence pour me lever et affronter le sourire satisfait de ma patronne. J'en connais une qui a dû passer une bonne nuit, bercée de doux rêves où elle me piétinait avec ses talons aiguilles. Je retire mes habits de la veille dans lesquels j'ai dormi et file sous la douche. Malgré une bonne couche d'anticernes, je ne ressemble à rien. Seule une magicienne pourrait faire disparaître mes poches, mon teint pâle et mes yeux vitreux. Mon Dieu, on dirait Gollum !

— Ne craque pas, ne lui fais pas ce plaisir.

Dans un élan de courage, je redresse les épaules et fixe le miroir avec un petit sourire. Je colle ce sourire crispé sur mon visage et sors de la chambre. Même si elle sait que je suis dévastée, il est hors de question que je le lui montre. Ma tristesse et ma rancune restent dans ma chambre et d'un pas léger, je rejoins les enfants pour les aider à préparer leurs bagages.

La fin d'après-midi arrive enfin et leur départ est imminent. C'est avec une joie non simulée que je les accompagne jusqu'au taxi qui les attend. Je n'en peux plus de voir les regards remplis de tristesse de mes deux têtes blondes. Quant à Andrew, c'est limite de la pitié que je peux y lire, tant il se sent mal. Il faut qu'ils s'en aillent et vite, sinon je vais craquer. Après plusieurs mots d'amour, beaucoup de câlins et quelques larmes, les enfants montent dans le véhicule. Mme Davis ne dit rien mais savoure ce moment. Les yeux pétillants et un sourire éclatant, elle rejoint sa progéniture. Je me demande ce qui la ravit autant : partir en vacances en famille ou me laisser ici le cœur en miettes ? La seconde hypothèse me semble mieux convenir au personnage. Dans un dessin animé, elle serait incontestablement la sorcière.

Alors qu'Andrew s'apprête à monter à son tour, il s'arrête net, la main crispée sur la portière. Il se retourne alors vers moi et, sans me donner le temps de réagir, me prend dans ses bras et me serre contre lui.

— Je ne sais pas quoi dire… Je suis tellement désolé, Lola.

Soudain, une tête rouge de colère se penche par la portière.

— Andrew, on y va !

Mme Davis s'impatiente et coupe court à nos au revoir. Pas difficile de comprendre qu'elle bout de rage à me voir dans les bras de son mari. Si elle savait que son manque d'attention pousse son mari dans le lit d'autres femmes, elle me lâcherait sûrement. En temps normal, j'aurais été gênée de cette étreinte mais à cet instant, je suis trop émue pour penser à écarter tout malentendu. Il dépose un baiser furtif sur ma joue et, sans un regard, monte dans le taxi et referme la portière. Je regarde le véhicule s'éloigner et disparaître. Je reste encore cinq minutes à fixer le point où la voiture a disparu et retourne d'un pas las vers la maison. Au revoir Evan, Charlie, Andrew, maman et Zoé…

Seul l'éloignement du dragon pendant dix jours me permet de ne pas m'effondrer.

Quand je rentre dans la villa désertée, je me rends vraiment compte de sa grandeur. Mais qu'est-ce que je vais faire pendant ces dix jours ? Et Jay qui ne parle pas de revenir…

La sensation d'abandon est décuplée par le silence qui règne. Je monte dans ma chambre espérant y trouver un peu de réconfort mais l'énorme sticker de la tour Eiffel me nargue. J'ai besoin de crier ma colère mais je ne peux pas raconter la cruauté de ma patronne à Zoé ou à maman, et je me vois mal appeler Jayden pour me plaindre de sa belle-sœur ! Avant même de m'en rendre compte, les premières tonalités se font entendre.

— Enfin un signe de vie ! Je commençais à croire que tu étais repartie en France !

Merde, il faut qu'elle mette le doigt là où ça fait mal. Je craque et les torrents de larmes que je retiens depuis ce matin se déversent sur mes joues. Les yeux rougis, la morve au nez et la lèvre tremblante, je ne dois pas être jolie à voir.

— Lola, qu'est-ce qu'il y a ma puce ?

La voix de Charlotte est teintée d'une réelle inquiétude face à mes pleurs. Je suis incapable de prononcer le moindre mot, le boule brûlante coincée dans ma gorge m'empêchant de sortir autre chose que des sanglots.

— Respire, Lola. Calme-toi.

Je prends de grandes inspirations et après un effort surhumain, j'arrive à me calmer.

— Je devais partir en vacances… en France, revoir ma mère et Zoé mais elle… elle a tout saboté.

Je fais pitié à entendre et à voir. Mes reproches sont entrecoupés de reniflements immondes. Je me donne l'impression d'être une petite fille qui peine à raconter ses malheurs.

— Qui ça, elle ?

— Mme Davis, elle m'a évincée du voyage ! Elle se venge pour cette histoire avec Jayden, tu sais quand il s'est pointé en plein milieu de la nuit et qu'il…

Je stoppe net quand je l'entends chuchoter je ne sais quoi à quelqu'un. Je prends conscience que je l'ai confronté à mes malheurs sans savoir si elle était disponible pour moi.

— Charlotte, t'es avec du monde ?

— Oui… non… enfin, c'est pas grave, je suis là pour toi. Tu veux que je passe te voir ?

— Non c'est bon, ne t'inquiète pas. J'avais besoin de me plaindre à quelqu'un et maintenant ça va mieux. Je sais que ce n'est pas la fin du monde mais j'étais bouleversée. Pleurer m'a fait du bien. Je te laisse, merci d'avoir été là et excuse-moi pour le dérangement.

Je ne lui laisse pas le temps de répondre et je mets un terme à la conversation. Je me tape le front avec le téléphone, énervée contre moi-même. À pleurer comme ça, on dirait vraiment une pauvre fille. Réagis merde, c'est pas la fin du monde ! Tu n'as pas l'occasion de les revoir et alors ? Ça fait à peine trois mois que tu es partie ! Une petite voix dans ma tête me hurle dessus et me donne un bon coup de pied dans le cul pour me faire bouger. J'ai besoin d'un remontant si je ne veux pas continuer à me morfondre sur mon triste sort. Je descends directement dans la cuisine et sors une bouteille de vin blanc. Andrew ne m'en tiendra pas rigueur si j'ouvre une bouteille sans lui ! Je me remplis un verre et quitte la cuisine, puis je reviens sur mes pas et embarque la bouteille avec moi. Un verre ne va peut-être pas suffire.

Les rayons du soleil ne sont plus aussi chauds qu'à mon arrivée au mois d'août mais il fait très doux malgré tout. Je m'installe sur un transat au bord de la piscine, le verre dans une main, le téléphone dans l'autre et la bouteille entre les cuisses. Je ne m'y connais pas en vin mais je devine avoir choisi une bonne bouteille. La couleur dorée et son côté moelleux et fruité agitent mes papilles. Je ferme les yeux et me laisse porter par ce premier moment de détente depuis hier soir. Je sens les derniers rayons du soleil me caresser la peau et entends les pépiements des oiseaux cachés dans l'arbre à côté. C'est vraiment agréable ! Trois verres plus tard, je suis complètement zen. Les effets de l'alcool se propagent dans tout mon corps qui se délie enfin.

— Je donnerais cher pour être à la place de cette bouteille !

À contrecœur, j'ouvre un œil et cherche d'où provient cette voix rauque que je commence à bien connaître. Ben et sa démarche de mannequin se pointent sous mon nez, me cachant le soleil.

— Qu'est-ce que tu fais là toi ?

Sans le vouloir, mon ton est un peu sec mais il ne semble pas se vexer.

— Et toi, alors ? C'est quoi ton excuse pour te saouler toute seule en plein milieu de la journée ?

— Tu réponds souvent à une question par une autre question ?

Il rigole et m'éblouit avec son grand sourire signé Ben le dragueur. Il s'installe au bout du transat et attrape la bouteille encore coincée entre mes cuisses pour boire à même le goulot. On reste un moment ainsi, dans un silence total sans pour autant que ça devienne gênant. Je sens son regard me sonder de temps en temps et chercher dans quel état d'esprit je suis. Je devine qu'avec mon air pitoyable et maintenant légèrement grisé par le vin, il y a de quoi se poser des questions.

— Tu sais, je connais un super remède pour te détendre. Perso, celui auquel je pense est encore plus agréable !

Je lève un sourcil interrogateur, pas vraiment sûre de vouloir connaître la réponse. Ose-t-il vraiment me faire du rentre-dedans avec son sous-entendu à deux balles ou j'ai l'esprit mal tourné ?

— C'est de sexe dont tu as besoin, y a rien de mieux pour décompresser !

J'y crois pas, il a vraiment osé ! Et en plus il y a mis toutes les formes avec ses yeux charmeurs, son sourire en coin et sa voix suave à faire mouiller n'importe quelle culotte. À mon avis, son petit numéro doit toutes les faire craquer mais c'est peine perdue avec moi, je suis devenue hermétique à tout ce qui ne vient pas d'un certain bad boy sexy. D'ailleurs, Ben semble déjà avoir oublié son meilleur ami, celui qui a voulu lui mettre son poing dans la gueule il y a à peine une semaine.

— La blague ! Et c'est toi qui vas me faire cette faveur, j'imagine ?

— Qui t'a dit que je parlais de moi ?

Quoi ? Mon froncement de sourcils et mon silence le font sourire. Il se lève et me tend la main. Après une petite hésitation et curieuse de savoir où il veut en venir, je me lève à mon tour et accepte sa main. Il parlait de Jayden non ? Merde, il parlait bien de lui ?

— Je suis venu chercher la voiture de Jay pour aller le rejoindre à L.A. La dernière fois il est reparti en moto pour éviter les embouteillages du matin et je pense qu'il va avoir besoin de sa caisse pour rapporter ses affaires. Je prendrai sa moto au retour.

— Il revient ?

— Oui ma belle, il revient !

Lui comme moi sommes heureux de cette nouvelle mais pas pour les mêmes raisons. Son meilleur ami doit lui manquer depuis le temps qu'il est parti et moi… moi mon sex friend est de retour ! Ma libido danse la zumba !

— Le problème de fuite industrielle est enfin résolu et l'équipe a décidé de lui faire une sorte de surprise après ces semaines de stress. Le but du jeu est que chacun apporte une bricole pour ce soir. Je pensais à une bouteille de whisky mais en fin de compte je crois que j'ai dégoté mieux !

— Charmant !

— Ça va, tu comprends ce que je veux dire !

Nous rentrons dans la villa, il me lâche la main, s'installe dans le canapé et allume la télé. Il ne fait plus cas de moi et pose ses pieds sur la table basse pour prendre ses aises. Et moi ? Je reste plantée comme une conne, à l'endroit même où il m'a lâché la main, en train de me torturer l'esprit. Je vais vraiment avoir le culot de me pointer chez Jay sans y avoir été invitée ? Et s'il prenait mal mon intrusion dans sa vie ?

— Tu as trente minutes pour te préparer, passé ce délai, tu devras te contenter de la bouteille pour te détendre car je me tire.

J'ai à peine quitté le salon que je reviens sur mes pas et saute sur le canapé ! J'enlace Ben et le serre aussi fort que possible. Une réelle amitié est en train de naître et j'en suis vraiment heureuse. Je comprends qu'à aucun moment il n'a voulu me draguer, c'est juste sa façon de me taquiner et peut-être même de me tester.

— Merci, Ben !

Il ne dit rien mais je sens sa gêne quand il détourne la tête. Monsieur a les joues légèrement rougies, c'est trop craquant !

— Vingt-huit minutes !

Je me détache de lui et fonce dans ma chambre ! Je prends mon sac de plage et y fourre quelques affaires de rechange ainsi que mon nécessaire de toilette. Comment dois-je m'habiller pour une fête de ce genre ? Ben est plutôt classe avec son pantalon en lin beige et sa chemise turquoise mais je ne peux pas me fier à lui, il se fringue tous les jours comme s'il sortait d'un magazine. Ce mec a la beau gosse attitude dans la peau !

J'enfile mes Louboutin noires et dévale les escaliers. Eh oui, je sais même courir avec. Ben est étonné de me voir prête au bout de cinq minutes. Il éteint la télé pendant que je ferme la baie vitrée. Alors qu'il se dirige vers la voiture, je lui dis de m'attendre quelques minutes et cours en direction de la maison de Jay qui normalement doit être ouverte. Bingo ! Je rentre et tombe aussitôt nez à nez avec l'objet de mes envies. Des housses sont suspendues aux chaises de bar. Je m'émerveille en redécouvrant les somptueuses tenues que Jay a eu la folie de m'offrir. Je me déshabille à la hâte, pressée d'ôter mes fringues et enfile cette robe bustier dont je suis tombée amoureuse au premier coup d'œil. Avec mes escarpins, le rendu final est juste sublime. Je ne prends pas le temps de m'admirer davantage et rejoins Ben qui s'impatiente dans la voiture. Sa mâchoire manque de se décrocher tant il ouvre grand la bouche. Je savais qu'avec cette tenue l'effet était garanti !

— C'est pas trop ?

— Non, c'est... Tu es parfaite !

Il détache enfin ses yeux de moi et démarre, pendant que je sors tout l'attirail pour me pomponner. Je ne sais pas si ma visite surprise sera du goût de Jay, alors autant y mettre les formes et arriver aussi belle que possible ! Je frétille d'impatience sachant que dans quelques heures je vais revoir mon Monsieur Orgasme-garanti. Avec toutes les tensions que j'ai accumulées ces derniers jours, je dois avouer que je suis plus qu'enjouée à cette idée !

CHAPITRE 26

Se maquiller dans une voiture n'est pas chose aisée mais quand c'est Ben qui conduit, cela relève de l'exploit. Malgré tous ses coups de freins intentionnels pour faire déraper mon rouge à lèvres ou mon fard à paupières, je ne m'en sors pas trop mal. Mes yeux ont enfin retrouvé de la lueur et j'ai beau me dire que c'est grâce au maquillage, je sais que c'est surtout dû au fait que je vais revoir Jay. J'ai relevé mes cheveux en chignon avec quelques mèches tombantes et appliqué sur mes lèvres le rouge de Dior que j'ai piqué à Zoé avant de partir. Il est de la même couleur que les motifs sur le bustier.

Ben et moi discutons de la soirée, de qui je vais rencontrer et il me livre des secrets sur chacun d'eux. Note à moi-même : ne jamais dire un secret à ce mec, il est pire qu'une fille. Il a le don de dédramatiser ma visite surprise, car il a bien compris que j'étais mal à l'aise de débarquer ainsi. Nous rions de bon cœur comme si nous étions de vieux amis, tout paraît si simple avec lui.

Quand nous arrivons à Los Angeles, je suis scotchée à la fenêtre. Ici tout est surdimensionné, les gratte-ciel sont gigantesques, il y a des panneaux publicitaires partout et c'est la folie pour circuler. On dirait une fourmilière géante avec tous ces gens qui s'agitent dans tous les sens. Je suis subjuguée par ce spectacle.

— Il n'y a pas ce genre de choses en France, hein ?

— Oh non, c'est impressionnant ! Je n'ai jamais rien vu de semblable !

— Heureusement que tu n'es pas allée en France, sinon tu n'aurais pas vu ça !

— T'as raison, ça aurait été dommage de louper cette visi… Comment tu sais ça, toi ?

— Quoi ? De quoi tu parles ?

Pour la deuxième fois de la journée, je le vois rougir d'embarras. Je n'ai parlé de tout ça qu'à une personne : Charlotte. Comme une évidence, je devine que c'est lui qui était avec elle quand je lui ai téléphoné.

— Ne fais pas l'innocent, je n'en ai parlé qu'à Charlotte ! Ne me dis pas que vous sortez ensemble ?

— Quoi ? Nooon ! (Il me jette un coup d'œil affolé.) On couche ensemble de temps en temps, c'est tout !

— Si tu lui fais du mal, je te jure que je te les arrache et que je te les fais bouffer !

— Rassure-toi, c'est surtout du bien que je lui fais !

Il rigole de sa blague, content de lui. Voyant que ça ne me fait pas rire, il continue sur sa lancée.

— C'est vrai, ce sont ses propres mots. Elle dit aussi des trucs du genre « encore », « c'est trop bon », « vas-y déf... ».

Je ne le laisse pas finir et préfère me boucher les oreilles en chantant fort. La première chanson qui me vient à l'esprit c'est *Le Petit Bonhomme en mousse*. Je sais, c'est pathétique mais la chanson s'est imposée à moi. Le principal étant de ne plus entendre ses paroles qui font naître des images dans ma tête. Je m'arrête quand je le vois rire de moi. S'il n'était pas question de mon amie, j'aurais pu m'en amuser avec lui mais là ça m'énerve plus qu'autre chose. Je sais comment il est avec ses conquêtes et j'ai peur que Charlotte finisse par souffrir. Ma conscience se moque de moi en pointant, au passage, que je suis dans la même situation, mais je choisis de l'ignorer. J'en profite aussi pour ignorer Ben puisqu'il rit toujours à mes dépens. Comprenant qu'on est arrivés quand il cherche une place pour se garer, je sors mon parfum de mon sac et m'asperge le cou et les poignets.

— Arrête ça, putain, je vais sentir la gonzesse !

Je rigole à mon tour quand je sens que je tiens ma vengeance. Je profite qu'il ne puisse pas se dérober pour l'asperger abondamment. Maintenant, le « je suis mort de rire parce que je baise ta copine » sent la vanille des îles, mon parfum attitré depuis que je vis sous les palmiers.

— Rigole bien, sale garce, parce que la vengeance va être terrible.

Je ris de plus belle et lui envoie un baiser volant, je lui ferais bien un bisou sur la joue mais il sent beaucoup trop fort. On sort vite de la voiture, ayant trop de mal à respirer. Je le suis jusqu'à un immeuble ultra moderne à la façade saumon et aux grandes baies vitrées. À vue de nez, il doit faire au moins vingt étages. Il sonne à l'interphone et me fait signe de me taire. Mon cœur s'emballe quand je réalise que maintenant ça passe ou ça casse.

— Ouais ?

Cette voix enjôleuse me file des frissons, mes poils se dressent aussitôt et mon cœur cherche à sortir de ma cage thoracique. Avec un mot il peut me faire ça, eh oui je sais, c'est flippant !

— C'est moi, mon pote !

— Il ne manquait plus que toi ! Moi qui voulais me faire une soirée tranquille, je suis envahi de casse-couilles !

Ben se tourne vers moi et me fixe.

— Et encore, tu n'as rien vu !

Jay déverrouille la porte et on s'engouffre dans un immense hall entièrement en marbre. Mes talons résonnent, c'est le seul bruit qui s'échappe de moi, car je n'ai pas de mot pour décrire ce que je ressens à ce moment-là. Jay et moi ne faisons pas partie du même monde, c'est indéniable. L'ascenseur nous dépose au vingt-troisième étage et je suis Ben jusqu'à une porte déjà ouverte. Ça y est, on y est ! Bordel, voilà que maintenant je tremble. Ben, décelant ma panique, m'enlace par l'épaule et m'emmène à l'intérieur. Il y a beaucoup de monde et je cherche aussitôt du regard mon bad boy. Je le repère rapidement comme si j'avais un radar incrusté en moi, destiné à le traquer où qu'il soit. Il est dos à la porte d'entrée, installé sur le canapé, en pleine discussion avec une pin-up. Son bras est posé sur le dossier et frôle l'épaule de la fille. Je suis dégoûtée, c'est plus fort que lui, il faut qu'il drague tout ce qui a une paire de nichons. Je suis qui pour lui dire quoi que ce soit ? Personne. Ben raffermit son étreinte et je passe mon bras derrière son dos pour agripper sa chemise. Les invités nous remarquent et toutes les têtes se retournent sur nous. Un « ha » général indique que l'arrivée de Ben était attendue. Jay se retourne enfin et son regard se fige quand il me voit si proche de son pote. Si je ne peux pas me permettre de juger son comportement avec cette blondasse, il ne peut rien dire non plus en me voyant arriver au bras de Ben. J'ai envie de lui crier : « Eh ouais, sur-priiiise ! »

Ses yeux remontent doucement sur mes formes et se fixent dans les miens. Contre toute attente, un large sourire se dessine sur ses lèvres, révélant la blancheur de ses dents. Il abandonne la fille sans un regard alors qu'elle était en train de lui parler et se dirige vers nous. Il check son pote et me claque un bisou sur la joue, ce simple contact suffit à me faire rougir. Il ne cherche pas à me séparer de Ben et, après quelques échanges avec son copain, retourne parler avec ses invités. Ben m'emmène avec lui pour me présenter à tout le monde, mais je ne retiens aucun prénom, bien qu'il m'ait parlé d'eux dans la voiture. Un seul visage m'est familier mais je suis loin d'être enchantée de le voir. Je n'avais pas du tout pensé que cette chère Jess serait ici, pourtant c'était évident, puisqu'elle fait partie de l'équipe et que c'est une grande amie de Jay. Elle non plus ne semble pas contente de me voir et me décroche un minuscule sourire qui relève à peine la commissure de ses lèvres. Je n'y prête pas attention et continue à suivre Ben pour les présentations jusqu'à ce qu'on arrive au bar. Je prends ça comme une libération et me sers une vodka avant d'en avaler une bonne gorgée, elle me brûle la gorge mais bon sang… Ça fait du bien !

— Tu te rends compte que tout le monde m'a prise pour ta petite amie ?

— Ouais !

Il sourit et boit son verre de whisky cul sec avant de s'en resservir un autre.

— Et pourquoi tu n'as rien dit ?

— Je pue ton parfum à plein nez, au moins j'ai une excuse pour sentir la vanille ! Maintenant tu m'excuseras mais tu m'as interdit de fumer tout le long de la route alors je vais m'en griller une !

Il prend son verre et sort sur la terrasse, me laissant seule. Je regarde autour de moi espérant trouver Jay mais il semble que je sois livrée à moi-même. Je m'installe sur le canapé et prends le temps de découvrir l'appartement. Enfin, si on peut appeler ce lieu ainsi, la pièce à vivre étant plus grande que la maison de ma mère. Le sol est en béton ciré et tous les murs en briques blanches. Le mobilier de cet appartement ultra moderne est en wengé, et quelques tableaux très colorés habillent un peu les murs. La cuisine ouverte avec un îlot central est assiégée par quelques filles qui échangent des messes basses, leurs flûtes de champagne à la main. Les regards reviennent souvent vers moi, je dois être la bête noire de la soirée, vu que leurs yeux me lancent des flammes. Gênée par leur comportement, je tourne la tête et admire le gigantesque aquarium qui sert de table basse. Une multitude de poissons tous plus colorés les uns que les autres s'agitent dans leur espace. Je crois avoir vu un poisson clown mais il a disparu dans une sorte d'algue et je dois me pencher pour le trouver.

— Lola, c'est ça ?

Je sursaute à cette voix proche de moi qui doit parler fort pour couvrir la musique. Obnubilée par Nemo et ses amis, je ne me suis pas rendu compte que quelqu'un s'était assis à côté de moi. J'acquiesce de la tête à un grand black dont j'ai zappé le nom.

— Jay l'a fait faire sur mesure quand il a emménagé ici, il voulait une table avec des poissons exotiques car il trouvait ça sympa mais maintenant il n'y prête même plus attention. Si sa femme de ménage ne s'en occupait pas, il y a longtemps que les poissons seraient sur le dos.

Mon voisin de canapé regarde l'aquarium avec un sourire et se concentre à nouveau sur moi. Sa dernière révélation résonne dans ma tête. Jayden a une femme de ménage ? Instinctivement mon regard fait le tour de la pièce qui est impeccablement propre. Ça paraît évident, comment un homme peut maintenir un si grand appartement aussi propre. Encore un signe de richesse qui me rappelle que Jay a beaucoup d'argent. En même temps, comment un homme tel que lui, qui travaille énormément, peut entretenir un tel espace ? La maison qu'il occupe chez son frère doit lui sembler bien petite.

Le black s'appelle Louis et j'apprends qu'il travaille dans la boîte de Jay au département juridique et, de ce fait, connaît très bien Andrew. On discute ainsi un bon moment. Il s'avère que c'est un inconditionnel de la France et il parle dans un excellent français. Il va régulièrement à Paris car son frère est pâtissier là-bas et d'après lui il commence à se faire une bonne réputation. Il a visité la Corse, le Sud et la Côte Atlantique. Il a même fait le marché de Noël de Strasbourg. Ce mec a plus vu de mon pays que moi-même. Je lui parle alors des beautés de la Normandie et de la Bretagne qu'il n'a pas encore visitées et promet que ce sera sa prochaine destination. Jayden me regarde du coin de l'œil mais ne me rejoint pas. Ses regards se font ardents et il n'arrête pas de se mordre le coin de la lèvre, il sait que ce geste a le don de me rendre folle. Et ça marche, je craque ! À chaque fois que je le surprends à me faire du charme à distance, je me mets à bégayer. Au risque de passer pour une nunuche, je choisis donc de l'ignorer, ce qui n'est pas chose facile. C'est vrai quoi, comment feindre l'indifférence devant le mec le plus beau qu'il m'ait été donné de voir ?

Au bout d'un moment quelques curieux se joignent à nous et me posent des questions : comment je connais Ben et pourquoi il sent autant mon parfum ? La pin-up qui était avec Jay à mon arrivée m'est beaucoup plus sympathique maintenant que je sais qu'elle est en couple depuis deux ans avec… une femme !

— Comment un mec comme Ben a réussi à mettre la main sur une fille aussi bien que toi ?

Je rigole d'embarras et rougis à ce compliment de la part d'une personne totalement étrangère. Je l'appellerai mon chou, en hommage à ses belles oreilles décollées.

— Parce qu'elle n'est pas avec lui !

Les regards se tournent vers Jay qui s'est matérialisé devant nous, mais il n'en tient pas compte. Les yeux rivés sur moi, il me tend sa main que j'accepte aussitôt et m'aide à me lever. Il me relâche dès je suis debout et fourre ses mains dans ses poches de jean. Même si je remarque son geste de détachement, je n'en tiens plus compte sachant que c'est sa manière d'être, d'autant plus qu'on est avec ses amis.

— Viens, je vais te faire visiter.

Je le suis dans un long couloir proche de l'entrée, auquel je n'avais pas prêté attention, tellement obsédée par sa réaction de me voir chez lui. Celui-ci dessert trois grandes chambres toutes munies de leur salle de bains privative, un bureau, des toilettes évidemment et une salle de cinéma. Il n'en retire aucune fierté, et passe aux pièces suivantes. Malgré sa richesse évidente, il ne l'étale pas et se contente d'acheter ce qu'il lui plaît sans se faire mousser. Alors qu'il fait demi-tour, je reste fixée sur la porte du fond qu'il ne m'a pas fait visiter.

— Et là-bas c'est quoi ?

Il se retourne et regarde la pièce que je lui montre du doigt.

— Ça, p'tit cul, c'est ma chambre.

Il me rejoint en quelques enjambées et me serre contre lui, ses mains encerclant mes reins. Le premier contact depuis le début de la soirée et mon dos se cambre de lui-même pour accentuer cette étreinte tant attendue. Ses lèvres rencontrent mon cou et déposent un chapelet de baisers jusqu'au creux derrière mon oreille. Il sait que cet endroit me fait frémir de plaisir.

— Ne sois pas si impatiente, tu vas la découvrir bientôt, cette chambre.

Son souffle chaud contre moi me donne des frissons. Il s'en aperçoit, resserre son étreinte et m'embrasse violemment les lèvres qui s'ouvrent pour laisser le passage à sa langue que je goûte avec une avidité non dissimulée. Ses mains remontent dans mes cheveux qu'il agrippe dans ses poings comme s'il craignait que je rompe notre baiser. D'un mouvement de bassin, il me force à reculer pour me bloquer contre le mur. Prisonnière de son corps, il presse son érection contre mon ventre pour me faire comprendre son désir, ce qui provoque chez moi un gémissement qui s'étouffe dans sa bouche. À bout de souffle l'un comme l'autre, nos lèvres se détachent mais ne s'éloignent pas, prêtes à recommencer. La pointe de sa langue caresse sensuellement le contour de mes lèvres tandis que je peine à reprendre mon souffle. L'air s'est chargé en électricité et malgré le brouhaha ambiant provenant de la pièce principale, le couloir est notre havre de paix, notre petite bulle à nous.

— Putain, c'est chaud par là !

Le brun aux cheveux bouclés, oui je n'arrive pas à retenir les prénoms, est à l'entrée du couloir et vient apparemment de nous surprendre. Il s'adresse aux autres et repart en cachant sa bouche avec sa main comme s'il avait surpris quelque chose de gênant. C'est juste un baiser ! Bon un baiser avec Jayden est tout sauf banal mais on n'était pas à poil non plus.

Je peux entendre le « plop » de notre bulle qui vient d'éclater, notre petit moment à nous est fini. Jayden soupire et relâche notre éteinte. Un rire nerveux s'échappe de sa gorge alors qu'il va retrouver ses amis. Je me donne quelques secondes supplémentaires pour retrouver un rythme cardiaque correct et les rejoins à mon tour.

Quand j'arrive, tous les regards sont braqués sur moi et la plupart d'entre eux se marrent. Mon Dieu, quelle tête je dois avoir ? Probablement les joues rouges et les lèvres encore gonflées par notre baiser. J'essaie de prendre un air détaché mais je croise le regard empli de haine de Jess qui me glace le sang. Elle n'oserait pas me sauter dessus devant autant de témoins, si ? Je détourne aussitôt les yeux et comme si je cherchais un bouclier de protection je reste auprès de Jay. La fête reprend son cours mais ni Jay ni moi n'arrivons à nous remettre dans l'ambiance. Il pose régulièrement des regards brûlants sur moi mais je fais semblant de ne pas le voir et tourne la tête, alors que ses copains s'amusent encore de notre petite incartade.

— Bon les gars, je vous laisse finir la soirée, je vais me coucher. Les chambres sont libres s'il y en a qui préfère dormir sur place. Bonne nuit !

Il se penche vers moi et me murmure à l'oreille :

— Allez, p'tit cul, c'est l'heure de visiter ma chambre.

Je vais enfin me retrouver seule avec lui, mon bas-ventre réagit au quart de tour, encore sous l'effet de notre baiser. Sans un mot, nous prenons congé sous les sifflets de ses copains auxquels il répond par un doigt d'honneur. Je baisse les yeux, morte de honte et le suis jusqu'à disparaître dans ce couloir, lieu de notre premier round. J'avance, le cœur battant la chamade, vers cette porte qui me donnera accès à cette fameuse chambre où notre soirée va finir. En avant pour le deuxième round !

CHAPITRE 27

Quand la porte de la chambre se ferme sur nous, je me sens intimidée, ce qui est une première, vu qu'avec Jay tout a toujours paru simple et naturel. La présence de ses amis dans la pièce à coté ou peut-être le fait d'être chez lui, je ne suis pas à l'aise et je transpire de partout. Je ne voudrais pas être autre part qu'ici avec lui et pourtant les yeux brûlants qu'il pose sur moi ne me suffisent pas à lui sauter dessus. Les papillons dans mon ventre restent tapis dans l'ombre attendant que je me décide à réagir.

— Ça va ?

Jay s'approche lentement de moi et prend mon visage en coupe pour sonder mon regard. Je dois faire une drôle de tête car il fronce les sourcils et semble réellement inquiet.

— Heu… oui, j'ai besoin de me rafraîchir avant. J'ai… j'ai un peu trop bu.

Je mens très mal mais il faut que je prenne quelques minutes pour moi. Je me tourne vers la porte pour récupérer mon sac resté dans l'entrée.

— Tu vas où ? Tu es sûre que ça va ?

— Oui, bien sûr que ça va, je vais chercher mon sac, j'arrive.

Je décampe aussitôt et referme la porte de la chambre laissant un Jay complètement paumé. Mais qu'est-ce que j'ai ? C'est vraiment du n'importe quoi. Je me donne deux minutes pour me remettre les idées en place et revenir dans cette chambre faire ce pour quoi je suis venue.

Alors que je me dirige vers l'entrée, j'entends des voix de filles provenant d'une pièce. Il me semble qu'il s'agit de la salle de cinéma, cependant je n'y prête pas plus attention que ça et continue mon chemin jusqu'à ce que j'entende mon prénom. Je m'arrête net, poussée par la curiosité et tends l'oreille pour mieux entendre.

— Je t'avais dit que cette Lola lui retourne le cerveau, putain je ne la supporte pas !

— Tu exagères, elle n'a pas l'air méchante. Je la trouve même plutôt sympa.

J'ai envie de glisser un merci à travers la porte entrouverte à la fille qui vient de prendre ma défense. Je n'ai absolument rien fait pour m'attirer les foudres de quelqu'un, j'ai été cordiale avec tout le monde. Même les filles dans la cuisine qui me jetaient des regards noirs ont fini par nous rejoindre et me parler.

— Bah vas-y, fais-en ta meilleure copine !

— Arrête, Jess, tu deviens ridicule, là !

D'accord, je comprends mieux maintenant. Toujours cette Jess qui ne peut pas m'encadrer. Quelle salope cette fille !

— Non mais tu as vu comment il se comporte avec elle ? Et elle passe la nuit avec lui, dans sa chambre, comme si c'était normal !

— Sans vouloir te vexer, ce n'est pas la première meuf qu'il ramène.

Bon d'un seul coup elle me paraît beaucoup moins sympa cette fille anonyme. Me lancer en pleine figure que Jay est un homme à femmes me gonfle. C'est bon je le sais ! Même si je ne suis pas censée assister à cette conversation secrète, j'ai envie de hurler que je suis au courant mais qu'il ne va plus voir ailleurs depuis qu'on est… disons depuis qu'on a commencé cette relation particulière.

— Depuis qu'il est avec elle, il me repousse comme toutes les autres d'ailleurs ! Non vraiment je ne le comprends plus. Et il va dormir avec elle, dans sa chambre ! Il ne dort jamais avec qui que ce soit, et personne n'a le droit de mettre les pieds dans sa chambre. La dernière fois que j'y suis allée pour le prendre en photo pendant qu'il dormait, tu aurais vu comment je me suis fait traiter ! Cette petite Française arrive et vas-y qu'elle le mène par le bout du nez ! Vivement qu'elle se tire cette salope !

Non mais c'est toi la salo…

— Eh bien, il faut croire que cette fois, il est prêt à s'engager… Je suis désolée, ma chérie.

— Non, il ne s'engagera pas plus avec elle, je ne me fais pas de soucis là-dessus mais il aurait déjà dû la dégager.

— Comment peux-tu en être aussi sûre ?

— Je le sais, c'est tout.

Je décide d'arrêter là l'espionnage et reprends mon chemin en prêtant attention à ne pas faire claquer mes talons sur le sol afin de ne pas attirer l'attention. Il ne manquerait plus que Jess sache que j'ai tout entendu pour qu'elle décide de se débarrasser de moi définitivement. Je récupère mon sac de plage et longe le couloir en sens inverse.

Je repense à la dernière phrase de Jess : « Je le sais, c'est tout. » La raison pour laquelle Jay ne PEUT pas s'engager est un secret d'État, il refuse de m'en parler mais apparemment tout le monde n'est pas dans le même cas que moi. Il est évident que Jess est dans la confidence et ça m'énerve. Mais tandis que je vois la porte de sa chambre se rapprocher, je repense aussi au fait qu'il ne dort avec personne d'habitude et pourtant ce n'est pas la première fois que nous passerons la nuit ensemble. Jamais il ne fait entrer qui que ce soit dans sa chambre et pourtant je m'apprête à y passer la nuit. Alors que j'agrippe la poignée de la porte, toute ma gêne s'est envolée et c'est le cœur léger que je rejoins cet homme énigmatique. Je referme la porte sur mes doutes tandis que Jayden s'avance d'un pas pressé vers moi. Les deux mains de chaque côté de ma tête, il me bloque contre la porte.

— N'espère même plus t'enfuir comme ça.

Son regard rivé sur le mien se veut dur et en même temps empli de désir, mes papillons se réveillent aussitôt et volent jusqu'au creux de mon ventre. Mes yeux tombent spontanément vers ses lèvres charnues que j'ai envie de mordre à pleines dents.

— Je suis là.

Tout en douceur, sa main se pose sur ma joue, son pouce appuie sur ma lèvre inférieure et je ferme les yeux pour mieux savourer ce contact. Soudain sa bouche remplace son doigt et il m'embrasse d'un baiser qui se veut de plus en plus pressant. Mes bras caressent ses avant-bras, remontent sur ses épaules musclées pour s'accrocher autour de son cou, le voulant toujours plus proche de moi. Semblant comprendre ma supplique silencieuse, Jayden se colle davantage à moi, me bloquant contre la porte. Ses mains glissent sous ma robe pour remonter jusqu'à mes fesses qu'il masse sauvagement.

— Tu as fait fantasmer tous mes potes dans ta robe. Tu es tellement belle, ça me fait plaisir que tu mettes enfin ces vêtements. Mais maintenant je n'ai qu'une envie, c'est t'en débarrasser.

Joignant le geste à la parole, il passe ses pouces sous l'élastique de mon string pour le faire glisser sur mes cuisses et atterrir sur mes chaussures. Comme s'il avait besoin de vérifier que j'ai envie de lui, il passe délicatement un doigt sur ma fente déjà humide. Sans me quitter des yeux, il insère un doigt, puis deux. Je ne tiens plus et gémis sous son regard brillant d'admiration. Je grogne quand il dégage ses doigts beaucoup trop tôt, j'en voulais plus, plus vite, plus fort, je le veux lui. Il lèche sensuellement ses doigts luisants de mon désir.

— Tu es exquise, bébé, goûte-toi !

Sans me laisser le temps de protester, il glisse un doigt dans ma bouche.

— Suce.

Alors que ce geste m'aurait paru répugnant avec quelqu'un d'autre, avec lui tout n'est que sensation, découverte et plaisir. Comme il me l'a demandé, je suce et goûte à ce liquide salé, preuve de mon désir pour lui. Dans un esprit de rébellion, je lui mords le gras du doigt au moment où il l'enlève de ma bouche, il gémit de plaisir et se jette férocement sur ma bouche qui s'ouvre aussitôt laissant libre cours à sa langue. D'un geste sûr et expert, il entreprend de me débarrasser de ma robe qui rejoint mon string. Je suis maintenant entièrement nue et je le laisse prendre possession de mon corps. Ses mains s'attardent sur mes pointes qui durcissent tellement que c'en est presque douloureux. Il m'arrache un cri lorsqu'il les pince mais apaise cette agréable douleur en prenant un sein en bouche et en le suçotant. Il afflige la même sentence à l'autre et les libère pour lécher mon ventre, mon nombril et mordiller ma cuisse. Je ne suis plus qu'une flaque et je peine à garder l'équilibre sur mes douze centimètres de talons. Alors qu'il relève ma cuisse pour la poser sur son épaule, je me prépare à affronter le ras de marée qu'il s'apprête à déclencher. À peine sa langue a-t-elle touché mon clitoris gonflé de désir que je geins. Je le sens sourire contre ma cuisse, satisfait de ma réaction, avant de se jeter sur mon entrejambe comme un affamé. Sa langue titille férocement mon clitoris, l'aspire, le mordille. J'ai chaud et malgré la bouffée de chaleur qui ne cesse de monter en moi, je garde les yeux rivés sur Jay, c'est tellement érotique de le voir à genoux, le visage dans mon sexe. Mais ma tête bascule en arrière et je ferme les yeux pour savourer cet orgasme qui explose et se déverse tel un tsunami. Je jouis fort en criant son nom tandis que mes doigts viennent attraper ses cheveux que je tire au rythme de mes spasmes. Quand j'ouvre enfin les yeux, il se tient debout devant moi, ma cuisse toujours relevée qu'il tient fermement contre sa hanche. Ses yeux d'habitude si clairs sont d'un vert tempête. Bon sang que j'ai envie de lui ! De son autre bras, il défait les boutons de son jean et je l'aide à retirer son boxer pour libérer son érection. Je la regarde avec envie mais il attrape mon autre cuisse. Je peux à présent sentir son gland au bord de ma fente mais il ne bouge pas, me laissant à l'agonie, privée de ce que tout mon corps réclame. J'ondule des hanches pour lui faire comprendre mais il n'y prête pas attention et continue à me mordiller l'arête de la mâchoire.

— Jay, je t'en prie…

Il frotte son gland contre ma fente mais ne va pas plus loin. Je geins de frustration et appuie mes talons contre ses fesses pour le forcer à me prendre. Toujours pas de réponse. Ne tenant plus, je glisse une main dans mon entrejambe et caresse mon clitoris. Ce besoin de me soulager devient vital. Alors que je sens les prémices de l'orgasme monter, il attrape ma main, puis l'autre et les bloquent au dessus de ma tête. Je le fusille du regard et m'apprête à l'engueuler lorsqu'il m'embrasse fougueusement, nos dents s'entrechoquent et sa langue s'insinue dans ma bouche à la recherche de la mienne, que je lui offre avec plaisir. Un cri de surprise m'échappe quand il me pénètre d'un seul coup jusqu'à la garde. Mes muscles se contractent autour de sa queue, contents de pouvoir savourer ce contact tant attendu. Il se retire complètement pour revenir se ficher en moi. Ses mouvements se font de plus en plus rapides, il détache mes mains pour poser les siennes sur mes hanches afin de pouvoir me prendre encore plus sauvagement. Ses va-et-vient brutaux font monter un orgasme phénoménal que je m'apprête à accueillir les bras ouverts quand des sifflements se font entendre. Une fois de plus ses copains viennent d'éclater notre bulle. Je me rends compte, gênée, que c'est le bruit de mon corps contre la porte qui provoque un claquement régulier. Et ces sales cons n'ont rien trouvé de mieux que de baisser le son de la musique. Le rouge me monte aux joues, honteuse que tout le monde profite de nos ébats. Jay ne semble pas s'en soucier. Il m'embrasse le cou et passe ses bras sous mes fesses pour me maintenir en lui tout en me décollant de la porte pour me poser délicatement sur son lit. Il se débarrasse complètement de son jean qui jusque-là lui arrivait aux genoux. Me rendant compte qu'il porte encore sa chemise, je la lui défais tant bien que mal, les doigts tremblant d'excitation. Il attrape une télécommande et de la musique emplit sa chambre, nous coupant à nouveau des autres. Le tempo lent de Lana Del Rey nous incite à ralentir la cadence. Nos lèvres se rencontrent à nouveau mais pour un baiser tout en douceur. Ses va-et-vient sont lents mais puissants, et mon orgasme remonte crescendo. Une bourrasque de plaisir s'empare alors de moi. Mes membres tremblent et ma vulve se contracte autour de son sexe. Je mords son épaule pour étouffer un cri tandis que je sens son sexe grossir. Après un dernier coup de reins il crie mon nom en se déversant en moi. Éreintés et luisants de sueur, nous peinons à reprendre notre souffle. Dans un dernier effort, Jayden roule sur le côté en m'entraînant avec lui. Il est à présent sur le dos, et j'ai retrouvé ma place favorite, celle au creux de son bras. Un sourire niais greffé au visage, je dévore des yeux cet Apollon vivant. Je me demande encore comment j'ai fait pour attirer l'attention du plus beau mec qui m'ait été permis de voir. Quand il se penche vers moi, je suis surprise d'y découvrir un beau sourire. Lui qui donne l'impression de souffrir en continu, on dirait presque qu'il est… heureux !

— Qu'est-ce qui te fait sourire comme ça, p'tit cul ?

— Toi ! J'avais peur que tu prennes mal ma venue. Et toi, il est dû à quoi, ce beau sourire ?

— À ta venue… (Il dépose un baiser bruyant sur le bout de mon nez et rigole doucement.) J'ai été surpris que tu déboules ici. C'est étrange de te voir dans mon univers, et je dois avouer que ça me plaît. Mais je suis curieux de savoir pourquoi tu es ici au lieu d'être en route pour la France ?

Alors que je n'y avais pas pensé depuis plusieurs heures, mon cœur se serre à l'idée de ne pas revoir maman et Zoé avant plusieurs mois, avant mon retour définitif. Je ne me fais pas d'idée, une occasion comme celle-ci ne se représentera plus.

— Disons que ta belle-sœur avait une autre façon d'envisager ses vacances en famille.

Voyant que sa petite étincelle de joie commence à disparaître, je devine qu'il réalise qu'il a sa part de responsabilité dans le choix de sa belle-sœur.

— Mais ce qui veut dire que du coup je suis libre comme l'air pendant dix jours. Attends-toi à m'avoir sur le dos pendant tout ce temps !

La lueur qui commençait à disparaître se ravive aussitôt.

— Je préférerais t'avoir sur ma queue !

— Jayden Davis !

Je prends un air faussement offusqué et porte la main sur mon cœur pour accentuer ma mine de circonstance. Dans un geste fluide et sans effort comme si je ne pesais rien, il me soulève pour me placer sur lui. Je m'assois sur son bas-ventre et lui chatouille les côtes. Je sais qu'il ne supporte pas et se crispe aussitôt à ce contact. Il gesticule dans tous les sens et essaie de se libérer de ma torture en hurlant dans un mélange de rires et d'énervement. Il m'attrape par les hanches et me jette sur le matelas aussi loin qu'il peut. J'étais à deux doigts d'atterrir par terre ! Voyant ma tête apeurée quand je cherche à me rattraper au drap, il explose littéralement de rire. Il sait que j'ai horreur qu'on se moque de moi à mes dépens ! Je lui jette un oreiller en pleine face et me lève pour récupérer mon sac resté devant la porte de la chambre. J'en extirpe ma nuisette en dentelle et l'enfile à la hâte pour qu'il arrête de lorgner mes seins. Ma trousse de toilette en main, je rejoins sa salle de bains et me démaquille faisant réapparaître mes gros cernes. En même temps, il est bientôt 4 heures du mat et le putain d'orgasme dont Jay vient de me gratifier a subtilisé mes dernières forces. Du coin de l'œil, je le vois m'observer d'un regard que je n'arrive pas à déchiffrer. J'ai beau essayer d'y déceler du dégoût (bah oui je me retrouve quand même devant lui sans artifices), de la tristesse ou de l'envie, je suis incapable de savoir à quoi il pense à cet instant. Il semble ailleurs, à mille lieux de moi. Dans un geste de diversion, je lui tire la langue et lui fais la seule grimace que je sois capable de faire, c'est-à-dire plisser le nez et loucher. Effet réussi, il sourit et me fait une grimace en retour. Je sors ma brosse à dents et lui pique son dentifrice. Alors que j'ai la bouche pleine de mousse, il me rejoint, toujours nu comme un ver et prend lui aussi sa brosse à dents.

— Ta challe de bains est vraiment belle.

— Merchi.

Nous voir comme ça me fait penser à un vieux couple et je souris intérieurement. En couple avec Jay ça donnerait quoi ? Je chasse aussitôt cette idée de ma tête puisque c'est peine perdue. Je me rince et m'essuie la bouche avec la serviette suspendue. Avant de la reposer, je la tourne sur elle-même et fouette les fesses de Jay. Son cri de surprise lui fait cracher de la mousse qui dégouline sur son torse. Hilare, je déguerpis en vitesse de la salle de bains avant d'affronter ses représailles. Tandis que je le regarde se nettoyer, je m'installe confortablement sur ce lit qu'aucune fille ne connaît. L'oreiller sent son odeur et je ferme les yeux pour savourer ce parfum que j'aime tant. Bercée par la musique, je me laisse doucement emporter par la fatigue qui s'est accumulée depuis deux jours. Je voudrais garder les yeux ouverts et profiter encore de lui, mais je n'en ai plus la force. Je suis bien comme ça, et puis je me dis qu'après tout, j'ai encore dix jours pour profiter de lui et je m'enfonce doucement dans les bras de Morphée. Il éteint la lumière puis la musique et me rejoint dans le lit en gardant une distance de sécurité entre nous. Je sens la caresse du drap sur ma peau et je me contente de sourire, incapable de lui adresser un merci.

— Bonne nuit, bébé.

CHAPITRE 28

Je me réveille un peu désorientée, je ne sais plus où je suis et je crève de chaud. Les premiers rayons du soleil commencent à peine à percer, j'en déduis qu'il doit encore être très tôt et un coup d'œil rapide à la pièce suffit à me remémorer cette folle soirée. Cette chaleur étouffante provient du corps de Jay qui dort sur moi. La tête nichée dans mon cou, un bras possessif sur ma poitrine et une jambe enroulée comme du lierre aux miennes, il semble dormir paisiblement. Son corps est totalement détendu, sa bouche entrouverte me donne envie de l'embrasser. J'ai chaud et maintenant que je suis réveillée j'ai aussi envie de faire pipi, mais trop heureuse de ce câlin, je ne bouge pas d'un pouce et profite de ce moment rarissime. Au bout de je ne sais combien de temps à l'admirer, je finis par me rendormir.

Je me réveille de nouveau quelques heures plus tard, déçue de ne plus sentir Jay contre moi. En fait, il a même déserté le lit et la chambre. S'est-il rendu compte à son réveil qu'il avait dormi sur moi ? Regrette-t-il de m'avoir laissé dormir avec lui ?

Mon envie pressante me tire de mes pensées et je me dépêche d'aller aux toilettes. Ma vessie était gonflée comme un ballon de baudruche, inutile de préciser la jouissance de la vider ! Bref, après mon petit pipi, je rejoins la pièce principale où j'espère retrouver Jay. Je stoppe net quand je vois plusieurs paires d'yeux braqués sur moi. J'avais complètement zappé qu'il était possible que des amis à lui restent dormir ici. Ces messieurs sont tous affalés dans le canapé, la bouche entrouverte et le regard plus qu'insistant posé sur moi. Mais c'est quoi leur problème ? Je croise le regard de Ben, qui est dans le même état de bug que les autres. Le rouge me monte aux joues face à autant d'acharnement et j'avance à petits pas jusqu'à trouver Jay dans la cuisine en train de préparer le café. Torse nu avec un jogging qui descend sur ses hanches, il est à croquer. L'odeur du café chatouille mes narines et je me détends tranquillement. Quand il me voit, son sourire a à peine le temps de se dessiner qu'il s'évanouit aussitôt et son visage se crispe. Il tourne brutalement la tête vers ses amis qui détournent aussi sec leur regard de moi. Je ne comprends rien, va-t-on enfin me dire ce qui se passe ?

— Tu veux ma mort ou quoi ?

Sa voix est basse mais je peux y sentir toute sa colère. Il ne me laisse pas le temps de répliquer qu'il m'attrape par le poignet et me tire pour que je le suive.

— Le premier qui regarde par là, je le défonce !

Sa bande se marre mais aucun n'ose le défier et tourner la tête vers nous. Alors que nous sommes à l'abri des regards, il ne desserre pas sa prise et continue sa course dans le couloir.

Une voix se fait entendre depuis le salon, accompagnée de ricanements :

— Elle me plaît de plus en plus, ta copine !

— Ce n'est pas ma… Allez vous faire foutre !

Une fois la porte de la chambre claquée, il me relâche enfin et son regard noir me transperce. Je peux comprendre que ses amis soient surpris mais je ne comprends toujours pas pourquoi il réagit ainsi. Je n'avais pas le droit de sortir de la chambre ? Personne ne devait savoir que j'étais encore là ? Merde, ma parano refait surface.

— Tu es inconsciente ou quoi ? Putain, Lola, on ne se trimbale pas à moitié à poil dans un appart rempli de mecs !

Oh ! Je baisse la tête pour détailler ma tenue. Putain de merde. Comme je dors habituellement en short et en tee-shirt, je ne me rappelais plus avoir enfilé ma seule et unique nuisette. Elle est en dentelle noire, juste un peu échancrée au niveau de la poitrine et heureusement, non transparente. Tout s'explique. Néanmoins ils exagèrent, car il y avait une fille hier qui avait encore moins de tissu que moi sur le dos et ils n'en ont pas fait tout un cinéma !

— Arrête, on ne voit rien !

— Rien ? Ils en ont vu dix fois trop ! Tu as vu comme c'est court ?

Sa main passe sous la dentelle et son visage rougit encore plus.

— Et tu n'avais même pas de culotte ? Bordel de merde !

Il se tire les cheveux et se met à tourner en rond comme un lion en cage. Il essaie manifestement de se calmer et je préfère me taire plutôt que d'aggraver mon cas. En même temps, il sait que le matin je marche au radar et que… Non il faut que j'arrête de me trouver des excuses, sur ce coup, je suis vraiment la reine des connes. Et pourtant je jubile intérieurement : il est jaloux ! Jaloux que ses potes m'aient vue comme ça. Même sous la torture, il niera jusqu'au bout mais son comportement ne trompe pas. Il plante ses yeux dans les miens et mon rire intérieur cesse aussitôt, je me sens même blêmir devant autant de froideur. D'un bras, il m'attrape par la taille et me serre contre lui, je peux sentir la chaleur de son corps et son odeur tellement enivrante. Il tire légèrement sur mes cheveux, me forçant à relever la tête pour presser ses lèvres contre les miennes. Je lui rends son baiser aussi fougueusement que lui. Je couine quand ses dents viennent mordre la chair de ma lèvre, mes tétons se dressent spontanément et frottent contre la dentelle. Son étreinte est brève et me laisse un goût de trop peu. Il se retourne et disparaît dans le couloir claquant une nouvelle fois la porte. Lunatique ? Non, dans son cas, je dirais bipolaire !

Ses mains m'ont à peine touchée et je suis déjà fébrile. Lui seul a le don de me mettre dans tous mes états si rapidement. Voyant qu'il ne compte pas revenir pour finir ce qu'il a commencé, je décide de prendre une bonne douche pour me remettre les idées en place. Quand je suis avec lui, mes hormones sont en ébullition, je suis une vraie nymphomane qui en réclame toujours plus.

Je me lave rapidement les dents et rejoins sa grande douche italienne aux carreaux de verre qui me tend les bras. Je reste un moment sous le jet d'eau à profiter de cet instant de détente quand je sens deux bras m'enlacer. Cette odeur, je la reconnaîtrais entre mille et me laisse aller contre ce torse ferme et musclé. Ses mains caressent mon ventre puis descendent un peu plus bas, encore plus bas…

— Tes copains… ils vont se poser des… questions.

Je peine à parler tandis qu'il suce mon cou en me laissant probablement des marques et qu'il insère doucement un doigt en moi.

— Ils ne sont plus là, je leur ai laissé le temps de boire leur café avant de les foutre dehors. Tu es à moi, bébé, rien qu'à moi. Cette fois personne ne t'entendra crier.

— Tu es bien optimiste… je ne vais pas… crier.

— Crois-moi, tu vas même hurler. Fais-moi confiance.

Comme pour achever de me convaincre, il insère profondément un autre doigt tout en exerçant une pression sur mon clitoris. Je gémis sous ses caresses, écartant les jambes pour mieux me faire pénétrer. Mes fesses légèrement remontées, je peux sentir sa queue dure contre moi et je me presse davantage contre lui pour la sentir encore plus. Un cri m'échappe lorsqu'il ajoute un troisième doigt. J'attrape mes tétons gonflés à bloc, et tire sur les pointes. Cette sensation d'extase se répercute directement dans mon entrejambe et je sens l'orgasme monter. Je couine et sors des mots incompréhensibles pour m'éviter de crier. Malgré tout ce qu'il me fait, je ne veux pas lui donner raison et crier mon plaisir. Je voudrais plutôt qu'il se fasse prendre à son propre jeu et que ce soit lui qui crie. Je me retourne pour lui faire face et l'embrasse profondément. L'eau continue à couler sur nos corps, accentuant l'érotisme de la scène. La tiédeur de l'eau ne suffit pas à calmer nos ardeurs. À bout de souffle, je me détache de lui et me mets à genoux. Mes doigts caressent ses abdos superbement dessinés et viennent à la rencontre de son sexe que je branle délicatement. Quand ma bouche se pose sur son gland enflé, je l'entends siffler entre ses dents. Le plaisir que je lui procure éveille le mien et c'est avec un appétit dévorant que je le prends en entier.

— Oh bébé !

J'accélère la cadence, savourant son goût, ses gémissements, mon contrôle total de la situation. Mais il inverse la tendance et reprend les commandes en me relevant. Après un baiser enflammé qui a réussi à faire cesser de battre mon cœur quelques secondes, il pose ses mains sur mes hanches et me retourne aussi sec pour me bloquer contre le mur en verre. Mes cheveux gorgés d'eau font rempart entre nos deux corps. D'un geste empli de sensualité, il passe une main dans ma crinière et les déposent sur le côté, libérant ma nuque qui jouit sous ses doux baisers mouillés. Ses mains descendent ensuite progressivement sur mes seins qu'il tient en coupe. Mon dos se cambre spontanément cherchant davantage ses caresses. Jayden glisse un genou entre mes jambes, forçant le passage. Mon corps répond de lui-même à son ordre et j'écarte mes cuisses fébriles tandis que mon cerveau bugge sur le plaisir que me procurent ses mains. Soudain je pousse un cri quand il me pénètre dans un brutal coup de reins. Ses doigts se crispent alors sur mes seins et attrapent mes tétons qu'ils tirent au rythme de ses va-et-vient. Cet assaut bestial et sauvage me consume de l'intérieur et m'empêche de sentir l'eau maintenant glacée de la douche. Face à un orgasme destructeur qui menace de me faire exploser en mille morceaux, je cherche en vain une prise pour me maintenir debout. Mes jambes ne tiennent plus et risquent de lâcher d'un moment à l'autre. Jayden comprend rapidement et ses bras m'encerclent pour soutenir mon buste tandis qu'il me pilonne avec frénésie. Nous succombons en même temps à la jouissance suprême. À bout de force et de souffle, nous nous laissons aller sur le carrelage de la douche et Jayden éteint enfin l'eau. Je reste ainsi dans ses bras profitant de ce bien-être post-orgasme.

Il se relève et passe une serviette sur ses hanches et m'en tend une autre. Je me lève à mon tour et il m'essuie tranquillement les cheveux avant de me jeter en pleine figure la serviette qui retombe sur le carrelage mouillé. Alors que je me baisse pour la récupérer, il me claque la fesse et rigole d'un air puéril. Il a retrouvé sa bonne humeur, ouf !

Il s'habille à la hâte et sort de la chambre. Je finis de me préparer et le rejoins dans le salon. Tranquillement installé dans le canapé, il sirote une tasse de café. Hummmm du café ! Je passe sous son nez et vais me chercher ma dose avant de m'installer à côté de lui. Les pieds sur ses genoux, je déguste mon café noir du matin, ou plutôt du midi vu l'heure avancée.

— Ça te dit de visiter Los Angeles aujourd'hui ?

— Mais… on est dimanche !

— On est à Los Angeles, bébé !

Il dit ça d'un air enjoué et lève les bras pour me faire comprendre toute l'immensité de sa ville. Mais moi je ne retiens que « bébé ». Ce petit mot qu'il utilise régulièrement soit, mais c'est la première fois qu'il m'appelle ainsi en dehors de nos ébats sexuels. À cet instant, ce « bébé » prend une toute nouvelle signification pour moi.

CHAPITRE 29

Los Angeles, deuxième plus grande ville des États-Unis après New York… Vous le saviez ? Moi non, mais Jayden m'a appris beaucoup de choses cet après-midi tandis qu'on se baladait sur Sunset Boulevard. Il vit ici principalement parce que Hollywood reste le chef-lieu du cinéma et qu'en tant que P-DG d'une des plus grosses sociétés spécialisées dans les effets spéciaux, il ne peut pas être autre part. Jay n'est pas né avec une cuillère en argent dans la bouche comme la majorité des riches qui vivent ici. Il en a vraiment bavé pour monter la petite entreprise de son père à une échelle internationale en si peu d'années. C'est la première fois qu'il se livre autant à moi, je bois ses paroles et évite de le couper. Il est fier de lui, son acharnement a payé. Oui il a de l'argent, beaucoup d'argent, mais son but n'était pas d'être riche. Il voulait juste suivre les traces de son père après sa mort. Pour lui, la vie à Los Angeles est trop démesurée, trop clinquante et il ne se sent pas à sa place. Ici, tout repose sur la richesse et l'apparence.

Je ne le contredis pas en voyant cette farandole de limousines aux vitres teintées qui cachent je ne sais quelles célébrités. Porsche décapotable, Cadillac et j'en passe font leur défilé sur le boulevard. Attablés à la terrasse d'un Starbucks avec un énorme gobelet contenant ce jus de chaussette qu'ils osent appeler café, il me parle de ses études, de sa prise de poste alors qu'il n'avait que vingt ans et des inventions de son équipe qui lui ont valu de gros marchés. Je sais par Ben que c'est principalement lui qui a créé tous les logiciels de pointe mais pas une seule fois il ne se met en avant. Jayden me fait découvrir une autre facette de lui et j'ai l'impression que peu de monde la connaît.

Un groupe de filles installées à la table voisine le dévore des yeux sans même se soucier de moi. On dirait des barbies échappées de leur emballage : blondes décolorées, bouches refaites, seins refaits, jambes interminables… Il faut dire qu'avec ce petit polo noir qui dessine ses muscles et qui laisse apercevoir l'encre noire sur son cou, ajouté au Levis usé au niveau des cuisses, il est à couper le souffle. On le croirait tout droit sorti d'un magazine de mode. Des mèches de cheveux noirs relevées négligemment ajoutent une touche à son air de bad boy mais ses yeux émeraude ne regardent que moi. Ces nouvelles groupies jettent des regards énamourés dans sa direction et gloussent comme des dindes mais il ne semble même pas s'en rendre compte ou du moins son attitude reste neutre. Je jubile intérieurement et esquisse un sourire de conquérante vers elles.

— Tu fais quoi, là ?

— Hein ? Heu rien !

Il penche la tête à la recherche de ce qui capte mon attention et tombe sur les pin-up qui aussitôt se redressent et gonflent leurs poitrines. Il leur décoche un sourire ravageur avant de reporter son attention sur moi. Un sourcil relevé, il attend des explications. Je sens mes joues rosir de honte mais aussi de jalousie. En fait, s'il ne prêtait pas attention à elles, c'est juste parce qu'il ne les avait pas vues. Je me sens conne d'avoir cru que je pouvais rivaliser avec ce genre de filles. Pourquoi s'intéresser à une fille comme moi quand on peut avoir tellement mieux ?

— C'est juste que… Tu es tellement beau. Tu ne te rends pas compte de l'effet que tu fais aux filles. Et à les voir baver devant toi, j'étais fière d'être vue avec toi.

Je baisse le regard vers mon gobelet, gênée d'avoir osé lui avouer mes pensées les plus intimes. Il doit me trouver débile mais il sait ce que je pense de lui et connaît mes sentiments à son égard. Je joue avec le feu à lui sortir ce genre de choses mais quand ses grands yeux verts me sondent, je suis incapable de lui mentir.

Il les lève au ciel comme si je racontais n'importe quoi.

— Arrête, Jayden ! Tu peux mettre n'importe qui dans ton lit. Et c'est le genre de femmes avec qui tu baises d'habitude, dis-je en pointant les pin-up du doigt. Alors excuse-moi, mais quand des filles comme ça essaient d'attirer ton attention, je suis fière d'être avec toi ! Enfin pas avec toi au sens d'un couple mais juste être vue en ta compagnie. Je suis banale, simple et sans intérêt, comparée à elles. Elles ne doivent même pas comprendre pourquoi tu traînes avec moi.

Voilà maintenant que je m'énerve devant lui mais ça me fout en rogne quand il fait semblant de ne pas comprendre.

— Oh, la tigresse, calme-toi ! Alors de un, je ne ramène pas n'importe qui dans mon lit. Et si tu veux savoir, tu es la seule qui ait eu ce privilège. Et de deux, ne te sous-estime pas, tu vaux mieux qu'elles. Ouais elles sont bonnes... Bonnes à baiser ! Et oui c'est vrai j'en ai baisé des tas comme elles mais elles sont juste bonnes à ça. Trop obnubilée à regarder ces filles sans intérêt, tu ne vois même pas comment toi, tu plais aux mecs.

Maintenant c'est moi qui lève les yeux au ciel ! Je sais que je suis plutôt jolie mais rien de comparable avec les beautés que j'ai pu voir ici. Face à elles, une fille comme moi est tout simplement transparente.

— Ton prof à la con, mes copains hier soir, Ben...

— N'importe quoi, Ben n'a rien...

— Oui je sais, mais ça n'empêche que si tu n'étais pas à moi, il aurait déjà tenté quelque chose.

— À toi ?

— Oui. Tant que durera notre pacte, tu seras à moi !

— Donc toutes ces filles...

Je montre de nouveau ces groupies qui continuent à le dévorer des yeux.

— Ouais, toutes ces pouffes peuvent trouver un autre con pour les baiser. Même s'il est vrai qu'elles ne trouveront pas mieux que moi !

Ça y est Monsieur Modeste-et-sûr-de-lui fait son retour. Le rouge me monte aux joues quand j'entends glousser le groupe de filles. Maintenant que Jay leur a accordé de l'attention, elles ne le lâchent plus. Je leur lance un regard assassin, ce qui n'échappe pas à Jay. Oui je suis jalouse ! Et stupide après ce qu'il m'a dit, mais les belles paroles d'un mec ne valent pas grand-chose pour moi. Je me suis assez fait avoir avec des mots. Ce n'est que du vent.

— Quoi ? Tu veux les faire enrager ?

Il ne me laisse pas le temps de répondre, se penche vers moi et m'embrasse du bout des lèvres. Ce n'est qu'un simple baiser mais j'en suis toute retournée. Mon cœur s'affole à ce simple contact. Jayden ne se dévoile jamais en public, alors même si ses lèvres m'ont à peine effleurée, c'est une grande victoire pour moi.

— Elles ont vu ?

Quoi ? Oh oui les filles ! Je sors de mes pensées et observe du coin de l'œil les prédatrices qui me lancent un regard noir. Bon, a priori oui, elles n'en ont pas perdu une miette. Je serais bien tentée de lui dire non, rien que pour revivre l'expérience mais je ne suis pas sûre que mon cœur le supporterait. Je hoche la tête et c'est à contrecœur que je le vois s'écarter pour se réinstaller confortablement sur sa chaise.

— Bon tu veux voir quoi maintenant ? Venice Beach, Rodeo Drive, Hollywood ?

— Eh bien en fait, j'aimerais beaucoup voir où tu travailles.

— Vraiment ?

— Oui, j'aimerais voir ton empire !

C'est vrai que j'aimerais beaucoup visiter tous ces lieux cultes mais je suis curieuse de voir son bureau. Pendant le mois où il est parti, je n'ai cessé d'imaginer où il était, avec qui et comment se passaient ses journées. En avoir l'occasion aujourd'hui vaut plus que tous les décors paradisiaques qu'il y a à découvrir ici.

— Curieux choix mais pourquoi pas !

Il affiche un sourire incrédule, ne semblant pas comprendre pourquoi je tiens tant à visiter son entreprise. Mais je ne me vois pas lui dire que tout chez lui m'intéresse et que je crève d'envie de savoir où il est quand il n'est pas avec moi. Il dépose deux billets sur la table et nous retournons à sa voiture.

Le voyage se déroule dans un long silence. Je dévore les paysages magnifiques qui défilent devant mes yeux. Comment pourrais-je me lasser de tout ça avant de repartir ? Instinctivement, ma tête bascule vers Jayden qui chantonne je ne sais quelle chanson de rap qui passe à la radio. Comment pourrais-je surtout me lasser de lui et rentrer en France sans avoir le cœur brisé ? Il est trop tôt pour penser à ça, on est passés par tellement d'états ces derniers mois que je doute que notre chemin soit sans embûches. Qu'est-ce que j'attends de lui ? Je suis incapable de répondre à cette simple question.

— Regarde !

Perdue dans mes pensées, je ne m'étais pas rendu compte que nous avions pris l'autoroute. Jayden pointe une colline du doigt avec un grand sourire. Je pousse un cri de joie et dégaine mon téléphone pour prendre en photo les célèbres lettres blanches. HOLLYWOOD. C'est dingue !

Dix minutes plus tard, Jayden se gare devant un grand bâtiment en briques blanches. D'extérieur ça ne paie pas de mine, je m'attendais à mieux vu l'endroit où nous sommes. Devant la porte principale, une simple plaque « Davis & Co ». Tiens je croyais que c'était sa boîte, pourquoi « and Co » ?

— La boîte ne t'appartient pas totalement ? Je croyais que ton père t'avait tout légué.

— C'est le cas mais quand j'ai commencé à me faire un nom, j'ai donné des parts à Ben, Jess et Erik. Ils se sont énormément investis dans ce projet et je trouvais juste qu'ils profitent aussi du résultat. Je suis actionnaire majoritaire à soixante pour cent et ils se partagent le reste à parts égales.

— Waouh c'est hyper généreux !

— Non c'est normal, ils ont passé autant de week-ends et de nuits ici que moi à trouver des idées innovantes. Et puis on ne sait pas ce que l'avenir nous réserve. Si un jour je dois arrêter, la boîte sera entre les mains de personnes de confiance. Je n'en ai pas autant chié pour la voir couler.

Sa réponse donne à réfléchir. Pourquoi voudrait-il arrêter alors que le cinéma se l'arrache ? Je le suis sans rien dire vers une porte sur le côté du bâtiment. On est dimanche, personne ne doit travailler.

— Mais… tu as déjà pensé à arrêter ? Ça ne te plaît pas ?

— Si, j'adore ! Mais on ne sait jamais. Si j'ai un accident ou je ne sais quoi, mes parts iront à mes neveux et la boîte de mon père appartiendra à mes meilleurs amis. C'est une sorte d'assurance vie, on ne sait pas de quoi demain sera fait.

Oui… un peu bizarre quand même pour un mec qui a seulement vingt-cinq ans, mais bon après tout il doit avoir ses raisons. Je pense aussitôt à sa grosse moto de sport, son engin de la mort que je commence pourtant à apprécier.

Il me fait faire le tour du proprio, avec une fierté non dissimulée il me présente ses inventions loufoques auxquelles je ne comprends rien. Ses explications étant un peu trop techniques pour moi qui ne connaît pas forcément le vocabulaire de l'informatique, je me contente de hocher la tête. Je suis malgré tout très impressionnée.

— Et ça c'est ma dernière invention. J'en suis particulièrement fier car je l'ai conçue entièrement et elle devrait révolutionner l'univers des jeux vidéo.

Curieuse, je regarde l'engin perplexe sans oser y toucher. On dirait des sortes de lunettes de ski mais opaques.

— Je croyais que tu étais spécialisé dans les effets spéciaux pour le cinéma ?

— Oui on cible principalement le cinéma mais on s'intéresse à tout ce qui touche à l'audiovisuel. Tu veux essayer ?

— Ouais !

Il me met ces espèces de lunettes et je me retrouve sur une plage magnifique. Je tourne la tête stupéfaite par la précision du paysage. En fait il s'agit d'une île déserte avec une mer bleue transparente, du sable fin et une sorte de petite forêt tropicale.

— Jay… c'est énorme ! Je peux même entendre les bruits de l'eau et du vent ! Je n'en reviens pas !

Soudain j'entends des tirs et instinctivement je m'accroupis. Dans mes mains s'est matérialisée une mitraillette et sans me poser de question je rentre vite dans le jeu en tirant vers la forêt. Le bruit est assourdissant mais je peux percevoir le rire juvénile de Jay. Je prends un malin plaisir et crie en même temps que je tire. Des soldats s'avancent vers moi, de plus en plus nombreux, et s'effacent d'un seul coup quand j'arrive à les toucher. Puis soudain, la plage est de nouveau déserte et emplie du bruit reposant du vent dans les arbres, des gazouillis d'oiseaux et des vagues sur le sable. Ma mitraillette s'est volatilisée aussi et c'est le cœur battant que je profite du spectacle.

— C'est dingue ce que tu as fait ! Ça va faire fureur c'est obligé !

— J'espère bien, on a dépensé une fortune dans ce projet. Si tout se passe bien, il sera lancé en début d'année prochaine.

— Tes concurrents vont être sur le cul !

— Pas sûr, c'est pour ça qu'on a avancé la date de sortie pour le commercialiser le plus tôt possible. La raison pour laquelle je suis parti c'est parce qu'un technicien embauché depuis quelques mois faisait de l'espionnage industriel pour le compte d'un concurrent. Il n'avait pas accès à tout mais en a vu suffisamment pour donner de bonnes pistes à son véritable employeur.

Moi qui croyais que c'était à cause de moi qu'il était parti aussi longtemps, je me sens idiote en comprenant que son absence était due uniquement à son travail. Je ne suis pas le nombril du monde, comment ai-je pu penser qu'un homme aussi occupé que lui prendrait en considération les états d'âme d'une pauvre fille avec des sentiments dont il ne veut pas.

— Pas étonnant que tu étais aussi occupé.

— C'est vrai, mais ça n'excuse pas mon comportement envers toi. Mille fois j'ai eu envie de t'appeler, de passer te voir mais j'étais trop flippé par ce que tu m'avais dit. Ma relation avec toi est unique pour moi et je ne sais pas comment me comporter. Je ne veux pas que ça ressemble à de l'amour ou je ne sais quelle autre merde dans ce genre.

Et voilà, une fois de plus, il lit en moi comme dans un livre ouvert. Et une fois de plus, je me prends une grande claque en plein visage. Qu'il ne croie pas en l'amour ou en nous deux, ça devrait m'être égal. Je suis censée être du même avis que lui et pourtant, ses paroles m'atteignent en plein cœur.

Alors que je sens sa main dans mon dos qui me rapproche dangereusement de son corps, mon regard se tourne directement vers lui. Les lunettes toujours sur les yeux, Jayden vient sublimer le tableau de rêve qui s'offre à moi. Jayden et moi, seuls sur une île déserte, avec juste les battements de mon cœur troublant le bruit des vagues. Lorsque ses lèvres se posent sur mon cou, ma respiration se saccade et je peine à garder mon self-control.

— Mais tout est revenu dans l'ordre maintenant, alors je vais m'occuper de ma sex friend avant qu'elle ressorte Georges du placard.

Je ne peux m'empêcher de glousser quand il fait référence à mon vibro. Pour qu'il se souvienne encore de son nom, c'est que sa virilité a sérieusement dû être touchée. Ma main se pose sur son entrejambe déjà bien gonflé et je compresse gentiment le paquet en prenant soin de ne pas lui faire mal. Son souffle chaud dans mon cou devient instantanément plus prononcé. Je lui fais de l'effet et je m'en réjouis.

— Je parierais sur le fait que ta sex friend a quelque chose de plus sympa sous la main.

— Sympa ?

À ces mots, il colle son sexe durci contre mon ventre et ses mains descendent sur mes fesses en me rapprochant brutalement afin que je sente davantage son érection.

— Je vais t'en donner, moi, du sympa !

Merde ! il ne semble pas apprécier le choix du vocabulaire mais, en même temps, je suis incapable de réfléchir quand il est si près de moi. Comme à chaque fois, mon cerveau se met sur off et c'est mon corps qui prend la relève. Alors que ses lèvres alternent baisers mouillés et mordillements le long de mon cou, ses mains me malaxent le fessier en me pressant de plus en plus contre lui. Je peux à présent sentir son érection dans toute sa longueur malgré le tissu de nos vêtements. Même si le décor dans lequel je suis restée est paradisiaque, mes yeux se ferment pour mieux savourer ses attentions. Alors que mes doigts tremblant de désir cherchent à lui déboutonner son jean, la porte de la pièce s'ouvre brusquement, nous inondant de lumière et Jay me relâche aussi sec.

— Jackson, qu'est-ce que vous foutez là un dimanche, bordel ?

Jayden adopte une posture dominante et s'exprime d'un ton froid que je ne lui connais pas. Je me rappelle vite qu'ici c'est lui le Grand Manitou et qu'il fait la pluie et le beau temps auprès de ses employés. D'ailleurs la réaction de l'homme d'une cinquantaine d'années, au regard fuyant et à la tête rouge de honte d'avoir surpris son boss dans cette situation, le démontre parfaitement.

— Je suis désolé, monsieur Davis, mais l'alarme m'a signalé une présence et même si elle a été désactivée aussitôt, j'ai préféré venir m'assurer que tout allait bien, vu les événements récents.

C'est troublant de voir un mec de presque deux mètres avec un corps tout en muscles se sentir aussi petit. Alors que je suis moi-même rouge de honte d'avoir été surprise, je ne peux m'empêcher de lui venir en aide.

— Eh bien, tu peux être fier d'avoir des employés aussi consciencieux, prêts à sacrifier leur dimanche après-midi pour éviter une éventuelle intrusion.

Jayden s'approche du géant et lui serre la main.

— C'est vrai que j'ai des collaborateurs hors pair. Merci, Jackson.

Celui-ci lui adresse un sourire rempli de fierté face à ce compliment, et ses épaules se détendent aussitôt.

— Lola, je te présente M. Miles Jackson, notre responsable sécurité.

— Lola Moreau, une amie.

Je lui serre à mon tour la main et son sourire semble me remercier d'avoir pris sa défense.

— Monsieur Davis, j'aurais voulu vous voir pour traiter d'un point avant votre départ pour Kinston.

— Je vous retrouve dans mon bureau dans une minute.

Sur un signe de tête, les deux mètres de muscles disparaissent. Jayden me rejoint en deux enjambées et m'embrasse avidement forçant l'accès pour caresser ma langue de la sienne. Cet assaut aussi inattendu que délicieux me fait pousser un gémissement réveillant mon désir resté en stand-by durant ces dernières minutes. Mes bras viennent spontanément encercler son cou et mon corps avide du sien se frotte langoureusement à lui. Je suis dans un tel état de transe que même si tous les employés de sa boîte se pointaient à cet instant, je serais incapable de me détacher de lui. À bout de souffle, il s'écarte de moi. Le regard qu'il me lance est brûlant. Ses joues légèrement rosies et ses lèvres enflées me donnent envie de lui sauter dessus et de lui arracher ses vêtements pour lui faire l'amour là tout de suite. Mais il fait quelques pas en arrière, comme s'il cherchait à mettre de la distance entre nous. Mes jambes en guimauve peinent à me maintenir debout et je cherche désespérément à reprendre mon souffle.

— Il faut que j'aille voir Jackson. Garde le même état d'esprit, bébé, je fais au plus vite.

Quoi, putain non, ne me laisse pas comme ça ! Mon corps me hurle de lui crier ça mais mon esprit, dans une profonde léthargie, est incapable de formuler un mot. J'acquiesce d'un signe de tête tandis qu'il atteint la porte. Avant de disparaître, il se tourne vers moi et j'éclate de rire en le voyant grimacer. Il tire comme il peut sur son jean qui compresse son érection. Au moins je ne suis pas la seule que ce baiser a chamboulée.

De peur de déranger quelque chose, je préfère m'asseoir sur une chaise et après avoir textoter un peu, je tente de passer le niveau 200 de Candy Crush. Au bout d'une heure, je n'ai plus de vie, je suis à court de batterie et je ne sais plus quoi faire. Comme s'il savait que je commençais à perdre patience, Jayden réapparaît mais il a l'air tracassé. Il se frotte le visage et ne me rejoint pas, préférant rester à la porte.

— Je suis désolé mais ça va prendre plus de temps que prévu. Je t'ai appelé un taxi, il va te ramener chez moi.

Je récupère mon sac et fourre mon téléphone dedans. Ce n'est pas comme ça que j'imaginais cette journée mais je ne peux pas lui en vouloir, surtout que je n'étais pas censée le rejoindre à L.A.

— Ne t'en fais pas, je vais bien trouver de quoi m'occuper en t'attendant. Et puis avec toutes les photos que j'ai prises ici, j'ai de quoi te faire chanter maintenant !

Je lui adresse un clin d'œil en passant devant lui pour sortir de sa pièce aux trésors. C'est vrai qu'il m'a laissée ici toute seule, et je me rends un peu plus compte de la confiance qu'il a en moi.

— Tu ne me fais pas peur, p'tit cul, a aucun moment je n'ai pensé une chose pareille. Va chez moi, commande-nous à manger et j'arrive.

Il me ramène jusqu'à l'entrée où un taxi m'attend déjà. Il glisse sa clé dans ma main et donne au chauffeur l'adresse de son appart. Il ne dit rien mais je peux voir dans son regard lourd de sens que notre petite séance n'était qu'un échauffement.

Lorsque j'arrive enfin chez lui, je tourne en rond sans trop savoir quoi faire. Finalement, je choisis de prendre un bon bain et me prépare. Petite robe, maquillage discret et je m'accorde même le temps de boucler mes cheveux. À 19 heures, n'ayant toujours aucune nouvelle, je fouille dans son frigo et prépare des pâtes à la carbonara. Je sais, ce n'est pas de la grande cuisine mais je fais ce que je peux avec ce que j'ai ! La table est prête, le vin au frais, il ne me reste plus qu'à attendre son retour.

21 heures… Le temps commence vraiment à être long. Alors que je m'installe sur le canapé pour regarder la télé, j'aperçois son téléphone portable qu'il n'a pas pensé à emporter. Jusqu'où suis-je curieuse ? Il ne me faut pas plus de trente secondes pour me mettre à fouiner dedans. Bien évidemment, il n'a toujours pas mis de code. Il a une tonne de messages non lus de personnes que je ne connais pas et je n'y prête pas attention. Il y en a de Ben et d'Andrew mais je préfère ne pas regarder. C'est surtout ceux de Jess qui m'intéressent. Elle lui en envoie régulièrement, certains concernent le boulot et d'autres sont plus intimes. Je bous de rage quand je lis ses avances à peine dissimulées. Elle ne lâchera pas l'affaire aussi facilement mais en même temps, je ne peux que la comprendre. Elle a déjà eu droit aux faveurs de Jay, comment abandonner après ça ? J'en serais moi-même incapable. Je suis ravie de voir que Jay ne lui répond pas et quitte sa messagerie. Alors que j'allais reposer son téléphone, je suis surprise de voir qu'il n'a pas effacé les photos de nous. De nous… enfin disons

de lui et moi. Elles y sont toutes, y compris celle de moi sous la douche, que j'effacerais bien par contre ! Mais je suis heureuse de voir qu'il y tient un minimum, sinon il les aurait déjà supprimées. Ses autres photos concernent ses soirées entre potes et mes deux têtes blondes. Bon sang, ils me manquent déjà ces deux-là ! J'espère que leur voyage se passe bien et qu'ils vont apprécier Paris. Alors que penser à la France devrait me faire repartir dans ma rancœur et ma tristesse, je suis heureuse. Eh oui, pour rien au monde je n'échangerais ma place. Paris attendra !

Je repose le téléphone à sa place et attrape la télécommande. Je tombe sur un de mes films préférés, *N'oublie jamais*, et m'installe confortablement. Je connais presque chaque réplique par cœur et n'ai pas besoin des sous-titres. Je mets au défi quiconque de ne pas pleurer devant ce film d'amour, qui m'a une fois de plus tiré quelques larmes. Un film d'action prend le relais et Jayden n'est toujours pas revenu. Je commence à m'inquiéter mais je n'ai aucun moyen de le joindre puisqu'il a laissé son téléphone ici. J'attends donc patiemment que monsieur daigne rentrer mais je m'endors finalement sur le canapé. La dernière fois que j'ai regardé l'heure il n'était pas loin d'une heure du mat et le bruit de la télé m'a bercé doucement jusqu'à ce que je n'aie plus la force de lutter.

CHAPITRE 30

Je me réveille dans le lit de Jayden et mets un moment avant de reconstituer le puzzle. Je me suis endormie dans le canapé, il a donc dû me porter jusqu'au lit. Je me retourne pensant lui faire face mais sa place est vide et tout porte à croire qu'il a quitté les lieux depuis un moment. Seule son odeur reste imprégnée sur son oreiller que je serre contre moi. Son côté est froid et pas un bruit ne s'échappe de l'appartement. Je reste un moment allongée avant de m'apercevoir que je suis en sous-vêtements. Je devais être vraiment fatiguée pour ne pas me rendre compte qu'il me déshabillait. Pourquoi ne m'a-t-il pas réveillée ? Je me lève à contrecœur et enfile un tee-shirt à lui posé sur sa commode. Je souris en voyant qu'il s'agit de celui de la veille, il porte encore l'odeur de son parfum et de son corps. Un mélange aphrodisiaque.

Les grandes baies vitrées laissent entrer les rayons du soleil qui m'éblouissent et je devine qu'il doit déjà être tard. La pendule de la cuisine indique 10 heures, je m'attendais à plus. La table que j'avais dressée la veille est restée intacte, il n'a pas pris le temps de manger en rentrant. Je me sens soudain seule. Je l'ai attendu toute la soirée et finalement on a dormi dans le même lit mais sans que je le sache, et maintenant il est déjà reparti. Un morceau de papier posé sur le bar attire mon attention : « Parti au bureau, je serai rentré avant que tu te réveilles. » Perdu ! Je suis réveillée et je m'ennuie déjà. Il ne se donne pas la peine de signer mais en même temps qui d'autre aurait laissé un mot à mon attention chez lui ?

Je me prépare, range soigneusement mes affaires dans mon sac et mets de l'ordre dans la maison. Mon succulent plat de chef d'hier finit à la poubelle et la vaisselle est faite. Alors que je m'apprête à me poser dans le canapé, je reçois un message : « *J'en ai encore pour une heure maxi, je m'occupe de ton p'tit cul après. Te défaire ta robe sans pouvoir te toucher a été un réel supplice. Attends-toi à des représailles pour t'être endormie.* » Il se fout de moi, là ? Il me fait languir jusqu'à je ne sais quelle heure, et il m'en veut de m'être endormie ? Non mais ce gros macho ne va pas me la faire à l'envers. C'est lui qui va avoir droit à des représailles. Mais quel plan machiavélique pourrais-je bien manigancer ? Il n'est pas question de le priver de quoi que ce soit en rapport avec le sexe puisque de toute façon je serai incapable de me retenir. J'appelle le taxi d'hier qui m'avait laissé sa carte et attrape mon sac à main. Je vais le retrouver directement sur place et le forcer à m'offrir un bon resto. Après tout, je n'ai pas mangé depuis hier midi et il me doit bien ça. Tant pis pour lui si m'emmener au resto fait trop « couple », je ne lui laisse pas le choix.

Tandis que je m'émerveille de nouveau devant les célèbres lettres blanches, je me demande si c'est une bonne idée. Une fois de plus je m'impose dans sa vie et s'il l'a plutôt bien pris la première fois, rien ne dit qu'il en sera de même aujourd'hui. Avant d'avoir pesé le pour et le contre, le taxi s'arrête devant la façade du bâtiment. Ne pouvant plus faire machine arrière, je souffle un bon coup et entre, mais par l'entrée principale cette fois. Le hall gigantesque et très branché n'a rien à voir avec la façade extérieure toute simple, et on repère tout de suite l'aspect moderne que Jay cherche à insuffler à son entreprise. Je me dirige vers l'accueil tenu par une Californienne blonde décolorée, mais néanmoins magnifique. En la voyant, je me félicite d'avoir pris le temps de me préparer et de mettre ma petite robe noire.

— Bonjour, madame, que puis-je pour vous ?

— Bonjour, je souhaiterais voir M. Davis, s'il vous plaît.

— Vous avez rendez-vous ?

— Non mais pouvez-vous lui dire que Lola Moreau est ici, s'il vous plaît ?

— Sans rendez-vous je ne peux pas le déranger. Vous venez de la part de quelle compagnie ?

— Heu… aucune, c'est personnel.

— Êtes-vous attendue par M. Davis ?

— Non, mais…

— Dans ce cas, je ne peux rien faire pour vous.

Son sourire professionnel qui jusqu'alors était planté sur son joli visage bien dessiné disparaît et sans tenir compte de moi elle reprend là où elle en était.

— Excusez-moi, madame, écoutez j'insiste, dites-lui que…

— Non, madame, c'est vous qui allez m'écouter. Si vous n'arrêtez pas, je vais appeler la sécurité !

Elle commence sérieusement à m'énerver cette conne ! Je recule, agacée par son sourire narquois et sors mon portable pour joindre Jay. Manque de bol, je bascule sur le répondeur. Je n'ai pas le numéro de Ben et je ne sais même pas s'il est encore là. Je ne vais quand même pas repartir ! Alors que je me redirige vers l'accueil pour en découdre une nouvelle fois avec la blondasse, elle se lève en me voyant revenir.

— Du nouveau ?

— Non, il faudrait que vous lui téléphoniez pour…

— Ça suffit, les folles qui veulent à tout prix rencontrer l'un des meilleurs partis de Los Angeles !

Quoi ? Non mais moi je reste polie depuis le début, c'en est trop ! Je m'approche davantage pour me poster à dix centimètres de son visage refait.

— Écoute-moi bien, connasse, tu vas prendre ton putain de téléphone et tu vas lui dire que Lola Moreau est là sinon ce sont tes hurlements qui vont le faire venir !

Je ne sais pas à quoi je m'attendais en me lâchant ainsi, à part à me soulager, mais cette folle se met à crier « sécurité » et à s'agiter dans tous les sens comme une furie. J'aurais obtenu le même résultat en lâchant le mot bombe dans un aéroport. Les gens dans le hall se retournent tous vers nous et j'ai tellement honte que je suis à deux doigts de me barrer en courant.

— Mademoiselle Moreau, quel plaisir de vous revoir !

Et moi donc ! Jackson, le chef de la sécurité, me rejoint avec un sourire amical sans se soucier de l'hystérique qui continue son grotesque manège. Il me tend sa main que je serre avec plaisir. Soudain le silence se fait, et nous nous tournons tous deux vers la standardiste qui nous regarde incrédule.

— Mais vous auriez dû me dire que…

— Ça suffit, Barbie, reprenez-vous et ne vous inquiétez pas, la direction sera au courant de votre comportement.

Sans attendre son reste, le visage livide, elle regagne sa place. Je suis sûre qu'elle est à deux doigts de pleurer mais je ne peux m'empêcher de rire… Barbie ? Sérieux ?

Jackson me fait signe de le suivre vers les ascenseurs.

— Je suis désolée que votre fin de week-end ait été écourtée.

— Oh non, je n'ai fait que soulever un problème, ce n'est pas moi qui gère la suite. Je suis resté une heure maximum. C'est plutôt le dimanche de Mlle Mitchell qui a été gâché. La pauvre, la faire venir à une heure pareille !

— C'est son assistante ?

— Non c'est Jessica Mitchell, la responsable administrative chez Davis & Co.

— Oh, Jess !

Sur un air entendu, Jackson hoche la tête. L'ascension des trois étages ne dure pas assez longtemps pour que je réussisse à me calmer. Il a passé une bonne partie de la nuit ici avec cette chère Jess, pendant que moi j'attendais sagement chez lui ! Je fourre mes mains dans ma veste en jean pour cacher mes tremblements. Respire Lola, respire… Jackson m'indique une grande pièce vide où de larges fauteuils en cuir blancs sont disposés autour d'une table recouverte de brochures.

— Je vais prévenir M. Davis que vous êtes ici. Installez-vous, il est encore en réunion.

Il disparaît, me laissant seule à ruminer. Je tourne en rond, partagée entre l'envie d'en coller une à Jay ou de déguerpir. Il a passé la nuit avec elle ici, mais rien ne me dit qu'ils ont couché ensemble. Cependant je ne peux m'empêcher de repenser aux sextos de Jess restés sans réponse. Je dois lui faire confiance ou pas ? Ah ça m'énerve ! Sex friend ou pas, il est à moi, et cette salope de Jess est toujours dans mes pattes.

Un brouhaha me sort de mes pensées et vient à ma rencontre. Il s'agit de la bande infernale qui, je suppose, vient de sortir de la réunion. Erik avec qui j'ai très peu parlé reste en retrait et se contente d'un hochement de tête. Quant à Ben, il me saute à moitié dessus et me serre vite fait dans ses bras.

— Quoi je t'ai manqué ?

— Salut à toi aussi, ma belle. Alors tu es en promenade ?

— Oui, j'avais une petite faim et je comptais me faire inviter par ton copain.

Jayden me jette un regard noir, mais vu l'état dans lequel je suis, il vaut mieux pour lui qu'il ne me fasse pas une crise pour cette accolade amicale. Ben est devenu un ami, que ça lui plaise ou non. Je le fusille du regard et cache mon trouble de le voir en costard. Il est beau comme un dieu en costume gris anthracite et chemise blanche. Sa cravate négligemment desserrée et ses cheveux désordonnés me font comprendre qu'il sort d'une réunion mouvementée. Ma chère copine Jess reste dans l'embrasure de la porte, à parler avec une autre fille que je ne connais pas. Elle semble en grande conversation mais ne se gêne pas pour me dévisager.

— Lola, je peux te voir ?

Jayden ne me laisse pas le temps de répondre et commence déjà à disparaître dans le couloir. Au moment où je passe devant Jess pour le rejoindre, elle pose une main sur mon épaule et se penche vers moi avec un large sourire comme si nous étions des amies et qu'elle souhaitait me faire une confidence.

— Ma pauvre… tu as dû le récupérer épuisé hier ! En même temps, tu le connais, quand il entreprend quelque chose, il se donne à fond ! Et on a beaucoup, beaucoup… travaillé !

C'est ce que j'appelle une déclaration de guerre. Elle me nargue ouvertement d'avoir passé la nuit avec lui et son air satisfait me donne des envies de meurtre. L'imaginer avec elle, sur elle, dans elle me donne la nausée et pourtant, sans savoir pourquoi, je n'arrive pas à y croire complètement. Il y a un je ne sais quoi dans son comportement qui me fait douter, ou alors c'est simplement parce que je fais un blocage. J'ai tellement souffert que je me mets peut-être des œillères. Non il n'oserait pas me faire souffrir comme ça connaissant mon passé. Il a été clair, le jour où notre petit jeu ne l'amusera plus, il me le dira tout simplement.

— Rassure-toi, c'est un homme plein de ressources et il m'a fait prendre un pied d'enfer tout le reste de la nuit. Enfin, en même temps, tu le connais !

Je lui souris davantage au fur et à mesure que je vois son visage se décomposer. Quand je la quitte, mon sourire a atteint mes oreilles. Cette petite peste a voulu m'avoir, elle va apprendre à me connaître. Satisfaite, je pars la tête haute sous son regard hargneux. Tandis que j'arpente les couloirs à la recherche de Jayden, mon cerveau est en ébullition. Je suis naïve ou conne ? Et Jayden qui ne voit pas les manigances de sa copine.

Alors que je pense être perdue dans ce labyrinthe, une main ferme m'attrape par le bras et me tire dans un bureau. La porte claque et je me retrouve face à un Jayden en colère.

— Tu cherches vraiment à me mettre hors de moi là ?

— Quoi, avec Ben ?

Son silence me donne raison. Je dirais que ça ressemble drôlement à de la jalousie mais je sais que c'est juste par possessivité. Il me l'a assez souvent répété : je suis à lui. Je suis sa chose jusqu'à ce que monsieur se lasse de moi.

— J'avoue, Ben et moi avons une relation.

Alors qu'il s'était éloigné pour faire les cent pas comme à son habitude quand il cherche à se calmer, il se retourne brusquement vers moi. Il semble réellement choqué par ce que je viens de dire et la colère qui se dégage de lui me fait peur. Il m'a souvent intimidée mais jamais apeurée. Alors qu'il braque sur moi un regard noir, je peux voir sa mâchoire se serrer avec force. Il est hors de lui et se rapproche dangereusement. Je lève la main pour garder mes distances, même si je sais que jamais il ne me ferait de mal, au sens physique du terme bien sûr. Mais il peut être tellement cruel en paroles que je préfère prendre les devants pour rétablir la situation.

— Et ça s'appelle de l'amitié. Tu sais très bien que je t'apprécie plus que je ne le devrais, et Ben n'a jamais rien tenté avec moi, alors arrête tes conneries. Si tu dois t'énerver contre quelqu'un, défoule-toi sur ta Jess.

Son regard s'est considérablement radouci mais il est encore en colère. Il souffle, exaspéré qu'une fois de plus j'en revienne à elle. Il n'a toujours pas compris qu'elle est réellement amoureuse de lui et qu'elle cherche, par conséquent, à nuire à notre relation par tous les moyens.

— C'est pas MA Jess putain ! Faut que tu arrêtes avec elle. Tu fais une fixette sur elle juste parce que tu sais qu'on a déjà baisé ensemble. Si je te disais que j'ai baisé la plupart des filles qui travaillent ici, est-ce que ça rendrait Jess moins importante à tes yeux ?

Si ma mâchoire n'était pas solidement accrochée, elle serait déjà tombée par terre. C'est plus fort que lui, il faut toujours qu'il fasse dans la surenchère. Il espère me calmer en me sortant des trucs comme ça ?

— Tu as baisé toutes celles qui travaillent pour toi ? T'es un grand malade !

— Ouais sauf les lesbiennes et quelques femmes fidèles mais rassure-toi, ce n'était pas du harcèlement sexuel, elles y ont pris autant de plaisir que moi !

— Ta gueule, Jay, tu me dégoûtes.

Une boule s'est formée dans ma gorge et mes larmes menacent de couler. Je ne suis pas une sainte et j'ai connu plusieurs hommes avant de rencontrer Thomas mais je peux les compter sur les doigts de la main. Jayden, lui, saute sur tout ce qui bouge. C'est un homme à femmes, je le sais mais ça fait mal. Mal de me dire qu'un jour, il va se rendre compte que je n'ai rien de plus que les autres et qu'il va retourner à ses petites affaires. Mal de me dire que si ça se trouve, il est toujours comme ça et que je suis trop naïve de lui faire confiance.

— Je ne t'apprends rien, Lola, tu sais comment je fonctionne mais tu sais aussi que je ne vois personne depuis notre pacte.

— Pas même Jess ?

— Sérieux ? Je fais tout pour te faire comprendre qu'elle est au même niveau que les autres et toi tu restes bloquée sur elle !

Il souffle bruyamment et fixe ses beaux yeux sur les miens.

— Alors non, pas même avec elle.

— Dans ce cas, pourquoi m'a-t-elle fait comprendre le contraire ? J'ai confiance en toi Jay mais elle cherche constamment à me faire douter.

— Éclaire-moi parce que là je ne comprends pas…

— Elle a insinué qu'hier soir vous aviez couché ensemble. Tu es rentré hyper tard et tu ne m'as pas dit que tu étais avec elle alors forcément les conclusions viennent d'elles-mêmes.

— Ces conneries commencent sérieusement à me casser les couilles.

Il parle d'une voix atone comme s'il se parlait à lui-même. Il s'assoit alors dans son fauteuil et attrape le téléphone posé sur son grand bureau en bois exotique.

— Viens dans mon bureau, s'il te plaît.

Sans rien ajouter d'autre, comme si c'était habituel qu'il dispose des gens à sa guise, Jayden raccroche et s'installe confortablement. Le cuir de son fauteuil couine sous ses mouvements nerveux. Il se mord la lèvre et fixe la porte, attendant de pied ferme la personne qu'il a appelée. Debout près du bureau, je me permets, pour la première fois depuis que je suis entrée, d'admirer son espace. Il est juste splendide et digne d'un bureau de P-DG. De grandes bibliothèques contiennent des centaines de livres. Son grand bureau est en bazar où feuilles, chemises cartonnées et diverses revues sont entassées. Des cadres représentant les inventions que j'ai pu voir hier ornent les murs avec ostentation. On se rend compte que toute la puissance de cette entreprise est emmagasinée dans cette pièce. Il prend plaisir à dominer son empire, comme ses relations d'ailleurs, y compris moi.

C'est dans un lourd silence que Jess fait son entrée sans frapper et, face au regard sans expression de Jayden, avance d'un pas peu assuré jusqu'au bureau.

— Est-ce qu'on a baisé hier soir ?

Face au ton froid de Jayden, Jess me regarde ahurie. Ses yeux ne cessent d'aller et venir de Jay à moi.

— Qu... Quoi ?

— Est-ce qu'on a baisé hier, oui ou non ?

— Non, comme je l'ai dit à Lola, on a travaillé dur. Il doit y avoir eu un malentendu si elle a cru que...

Jayden lève la main pour qu'elle se taise, ce qu'elle fait aussitôt. Elle, d'habitude si sûre d'elle, semble être complètement déboussolée. En gros, elle se fout littéralement de moi puisqu'elle comprend très bien comment j'en suis arrivée à douter de la tournure de leur soirée. Mais la voir se pisser dessus devant Jay est jouissif. Je ne sais pas si c'est le bureau qui fait ça, mais je prends conscience de son pouvoir. Mon bad boy est assurément un dominant.

— Et est-ce qu'on a baisé ces derniers temps ?

Telle une gamine qui se fait réprimander, Jess baisse la tête et fixe ses escarpins.

— Non.

— Merci, Jess. Je vais avoir besoin de toi à Kinston finalement, si tu pouvais nous y rejoindre dans la semaine ce serait sympa.

— Pas de soucis

Voyant que la discussion semble finie, elle fait demi-tour et disparaît, toujours les yeux sur ses chaussures. Si elle avait pu partir en courant, je suis prête à parier qu'elle l'aurait fait.

— C'est bon, maintenant ?

Merde ! comment fait-il pour avoir un tel pouvoir ? Je pouvais bien me moquer de Jess mais je me retrouve à mater mes pieds, honteuse de lui avoir fait une crise de jalousie qui, apparemment, n'était pas justifiée.

— Oui.

D'un geste doux, il se penche et attrape mon poignet. Dans la seconde qui suit je suis assise sur ses jambes dans son grand fauteuil de ministre.

— Alors maintenant on va peut-être pouvoir passer aux choses sérieuses ?

— C'est-à-dire ?

— Te donner ce que tu es venue chercher en venant me rejoindre ici. J'ai l'impression que la visite d'hier t'a laissée sur ta faim !

Il croit que je suis venue pour le cul… Bon, même si ce n'est pas l'envie qui m'en manque, il faut qu'il redescende sur terre, ma vie ne tourne pas autour de sa queue. Quoique…

— Non c'est une autre faim qui m'a amenée ici. Je n'ai pas mangé depuis vingt-quatre heures et j'attends que tu me paies un resto pour te faire pardonner.

— C'est vrai, en plus tu avais préparé le repas hier soir…

Il me dépose un chapelet de baisers dans le cou, qui me font frémir. La moindre attention de sa part et tous mes poils se redressent. La pièce se charge aussitôt en électricité et ce doux courant me traverse pour se loger au creux de mon entrejambe.

— Mais d'abord, on va reprendre là où on a dû s'arrêter hier.

Alors que je suis dans ses bras, mon endroit préféré, ma conscience me rappelle ce qu'il a dit peu de temps avant : « J'ai baisé la plupart des filles qui travaillent ici. » Je reprends rapidement mes esprits et tente d'échapper à ses mains qui m'emprisonnent et à ses lèvres tentatrices. Mais plus j'essaie de me dégager, plus il resserre son emprise tel un étau.

— Si tu crois que je vais faire quoi que ce soit ici, alors que tu viens de me dire que tu avais baisé toutes tes employées dans ce bureau, tu rêves !

— Je n'ai pas dit que c'était ici !

— Ah non ?

Je vois tout de suite à sa tête que j'ai raison, si ça se trouve il les a baisées ici même, sur ce fauteuil. Il ne tente pas de me retenir quand je me relève. Contente ou déçue qu'il m'ait lâchée, toujours est-il que je fais quelques pas en arrière pour me ressaisir. Je ne passerai pas derrière toutes celles qu'il a soulevées ici. Je ne me croyais pas aussi forte mentalement pour réussir à le repousser. Je recule encore de quelques pas quand je le vois se lever.

— Tu ne penses pas pouvoir t'échapper comme ça ?

— Eh bah, regarde-moi bien !

Alors que je me dirige vers la porte d'un pas sûr, il me rattrape en deux enjambées et me colle à lui. Le dos contre son torse, ses mains me maintiennent fermement par les hanches.

— Lâche-moi, je n'ai pas envie !

— Menteuse ! Ton corps parle pour toi.

Le souffle saccadé et le cœur battant, je sens ses mains remonter ma robe pour venir caresser mon sexe. Je peux sentir la chaleur de ses doigts à travers l'étoffe de mon tanga. Il faut que je me libère tout de suite sinon je vais succomber une fois de plus. Je ne suis pas une de ses conquêtes qu'il peut commander.

Le fait de penser à toutes ces filles m'aide et je me détache brusquement de ses bras, mais le temps que j'arrive à la porte, son corps se matérialise devant moi, faisant barrage à mon unique issue de secours.

La meilleure tactique étant le repli, je marche à reculons et viens me barricader derrière son bureau.

— Je suis encore en colère après toi Jay, je ne suis pas une de tes employées prête à se faire sauter dans le bureau du P-DG.

Pour toute réponse, j'entends le verrou de la porte s'enclencher et Jay avance d'un pas envoûtant sans me quitter des yeux.

— Tu sais que quand tu es énervée, tu m'excites encore plus ?

Son regard de braise me brûle de l'intérieur et des papillons s'agitent sous l'effet de l'incendie qu'il vient de provoquer. Mes yeux viennent spontanément se poser sur la déformation de son pantalon qu'il ne peut dissimuler. Le tissu du costume est tellement souple que je peux deviner son érection dans toute sa longueur. Lorsque ses yeux remplis de désir se posent sur ma poitrine, mes seins se gonflent et les tétons se redressent instantanément. Il sourit, satisfait de son pouvoir sur moi. Mon corps est un traître !

— Arrête, Jay, je ne me laisserai pas faire !

À présent, seul le large bureau nous sépare. Quand je me décale d'un côté, il bouge aussi.

— Oh, tu veux jouer !

Voilà que maintenant j'ai réveillé son côté joueur. Ses yeux brillent de malice et il prend un malin plaisir à me faire sursauter.

— Non, je ne joue pas. Laisse-moi passer, Jayden Davis !

Je suis réellement énervée mais le stress de la situation fait que j'arbore un sourire, et un rire nerveux s'échappe de moi. Je suis autant agacée qu'émoustillée par son jeu et lorsque je pars en courant, je ne peux m'empêcher de pousser de petits cris. Une drôle de course poursuite démarre dans son bureau, heureusement qu'il y a de l'espace et pas mal d'objets pour lui bloquer le passage. Alors que je brandis une chaise devant moi, il rigole à gorge déployée. Malgré le décor et son costume, il fait soudain juvénile et plein de vie. Rien que pour ça, je suis prête à crapahuter encore des heures dans son bureau. Dans une énième tentative pour m'échapper, il réussit à m'attraper et enlace ma taille fermement pour que la fuite soit impossible. Mon cœur bat à tout rompre mais je ne sais pas si c'est dû à cette course ou au fait d'être enfin dans ses bras. Sans effort il me soulève et me pose sur son bureau. Ses yeux sont de nouveau sombres et empreints de ce désir que je partage.

— Gagné !

Sans me laisser le temps de protester, il s'empare de ma bouche avec avidité. Il me dévore littéralement le visage et ses doigts se font pressants pour relever ma robe. Je tente de le repousser en plaquant mes mains sur son torse mais il est beaucoup trop fort pour moi. J'essaie alors de le dégager en relevant les genoux mais il m'empoigne les cuisses et les écarte fermement pour venir y coller son érection. Sentant son désir pour moi, je ne tiens plus et mes mains qui s'évertuaient à le repousser empoignent ses cheveux pour le rapprocher de mes lèvres. Ensuite tout n'est que précipitation et sensations. La seconde suivante ma robe et mon soutien-gorge jonchent le sol et mon tanga tombe en lambeaux à mes pieds. Cherchant à me stabiliser sous l'assaut de ses lèvres sur mon sein, je glisse sur le foutoir de son bureau et me retrouve sur le dos. Jayden ne se laisse pas déstabiliser et continue de prendre possession de mon corps avec ses doigts et sa bouche. Mais le tas de feuilles sous mon dos me gratte et me griffe à chacun de mes mouvements m'empêchant d'y prendre plaisir. Je me dégage de son étreinte sous son regard ébahi ; il me laisse faire mais je devine qu'il ne comprend pas pourquoi je le repousse de nouveau. J'essaie de descendre le plus sensuellement possible du bureau mais ce n'est pas facile quand un trombone te pique le cul. D'un geste théâtral, je balaie tout ce bordel du revers de la main. Le monticule de paperasse s'écrase au sol et je me rassois, ravie, sur le vernis du bureau, beaucoup plus doux pour mon fessier.

— J'ai toujours rêvé de faire ça !

Je rigole en voyant la tête de Jayden qui fixe, la bouche ouverte, les feuilles éparpillées à ses pieds.

— Tu sais que tu viens de foutre en l'air des mois de boulot là ?

Pour toute réponse, je ris de plus belle. Je devrais me sentir mal pour lui mais l'expression de son visage est des plus comiques. Finalement il rigole avec moi mais mes rires s'étouffent dans ma gorge quand ses mains se posent sur le haut de mes cuisses. Ses pouces en caressent l'intérieur, assez près de mon intimité pour réactiver les douces décharges électriques que lui seul maîtrise. Sa langue reprend alors l'assaut sur mes tétons auxquels il prête une attention dévorante. Je gémis lorsqu'il en pince un avant de le sucer goulûment. Comme si c'était encore possible, celui-ci grossi davantage. À chaque fois qu'il me touche c'est la même explosion de saveurs, de plaisir. Mon corps ne semble jamais rassasié et en demande toujours plus. Ayant besoin d'être en contact avec sa peau, je tente de défaire les boutons de sa chemise mais mes doigts tremblent tellement que j'ai du mal à y parvenir. La tête toujours plongée dans ma poitrine, il dirige une main vers ma fente qui palpite d'impatience face à ses mouvements trop lents. J'ai besoin de le sentir plus près de moi, en moi si je ne veux pas perdre les pédales. Je me cambre et écarte encore plus les cuisses pour lui faire comprendre mais je le connais suffisamment pour savoir qu'il cherche délibérément à me faire languir. Lorsqu'il frôle mon clitoris, mon corps entier se met à trembler. Je suis saisie de bouffées de chaleur, je peux sentir une goutte de sueur glisser le long de ma colonne vertébrale. Il met alors fin à mon supplice en enfonçant deux doigts profondément. Un cri de plaisir sort alors de moi et j'essaie une nouvelle fois de déboutonner sa chemise mais c'est peine perdue, j'en suis totalement incapable maintenant qu'il me baise avec ses doigts experts. Alors que je suis sur le point de jouir, le téléphone resté sur le bureau se met à sonner, rompant la magie de cet instant.

Dans un grognement, Jayden se détache de moi pour décrocher.

Une voix qui je suppose doit être celle de son assistante se fait entendre :

— Monsieur Davis, M. Lincoln est là et demande à vous voir.

— Envoyez-le à Ben, et qu'on ne me dérange plus.

Il raccroche aussi sec et m'embrasse avec fougue, sa langue cherche la mienne que je lui offre avec plaisir. Il m'embrasse comme si sa vie en dépendait. Jamais je n'ai été embrassée comme ça et nos lèvres bougent à l'unisson comme si elles étaient faites pour être ensemble. C'est tellement énorme que je gémis avec un simple baiser ! Mais je peux sentir que ce contact provoque la même chose chez lui. Tandis qu'il m'offre le baiser le plus érotique de ma vie, j'entends qu'il défait la boucle de sa ceinture. Deux secondes après, il me pénètre d'un coup de reins jusqu'à la garde. Mon cri s'étouffe dans sa bouche tandis qu'il me pilonne sauvagement. Je lui rends chaque coup de reins et plante mes talons dans ses fesses pour le sentir toujours plus près de moi. C'est de loin la baise la plus féroce que j'ai connue, un orgasme fulgurant explose autour de nous et j'ai la sensation de me briser en mille morceaux. Jayden me rejoint à la poussée suivante et gémis en criant mon nom au creux de mon oreille. On reste là un moment, lui toujours en moi, à s'embrasser jusqu'à ce que la tension redescende. À bout de souffle il est le premier à rompre notre baiser et plaque son front contre le mien.

— Je ne me lasserai jamais de toi, ça n'est pas possible !

Je me sens rougir car ses paroles me vont droit au cœur mais je ressens en même temps un petit pincement sachant que c'est juste pour la baise qu'il dit ça. En me rhabillant, je le regarde remonter son pantalon, seule chose qu'il a défaite, avec un sourire aux lèvres.

— Tu as toujours faim ?

— Je meurs de faim !

Je l'aide à ranger les papiers sur son bureau et tourne la tête, morte de honte, quand il demande à son assistante de remettre de l'ordre dans ses dossiers qui sont accidentellement tombés. Son assistante, qui ne doit pas faire partie de ses conquêtes, étant une femme ni jolie ni mince et d'un âge plutôt avancé, lui dit qu'elle s'y rend de suite. Je n'ose pas imaginer la tête qu'elle va faire en voyant l'état du bureau !

À cette heure-ci les couloirs sont déserts et nous arrivons rapidement au rez-de-chaussée où ma nouvelle copine me regarde du coin de l'œil, gênée. Alors que nous passons devant elle, je lui adresse mon plus beau sourire.

— Au revoir, Barbie, au plaisir de vous revoir !

Celle-ci baisse la tête, rouge de honte, et je sens le regard de Jay faire des va-et-vient entre elle et moi. Je mettrais ma main à couper qu'elle fait partie des baisées. Il ne dit rien et nous sortons du bâtiment par la porte principale. Après le resto, il est convenu qu'on passe à son appart pour récupérer nos affaires et direction Kinston pour reprendre le cours de notre vie. Ce week-end m'aura fait un bien fou et même si je n'ai pas visité Los Angeles, j'en garderai un souvenir mémorable.

— Pourquoi tu rigoles ?

Jayden me regarde d'un air médusé. Perdue dans mes pensées sur le chemin du resto, je ne m'étais pas rendu compte que je gloussais toute seule. Je m'aperçois de mon état d'euphorie et lui adresse un immense sourire.

— Je viens de prendre un pied d'enfer et je me balade en ce moment dans les rues d'Hollywood sans culotte. J'adore ma nouvelle vie !

CHAPITRE 31

Comme on est restés un peu plus longtemps que prévu dans l'appartement, histoire de tester la table du salon et le canapé avant de s'en aller, c'est donc les yeux fermés que le voyage du retour s'est déroulé. Jayden s'est moqué de ma playlist mais a quand même accepté de la mettre et, quand il s'est mis à chanter du Bruno Mars, la douceur de sa voix m'a doucement bercée. Sans m'en rendre compte, je me suis assoupie. Ce mec est un aphrodisiaque pour mes cinq sens. La vue, en premier lieu, puisqu'il est la plus belle chose qu'il m'ait été donné de voir. Je pourrais contempler sa gueule d'amour à longueur de journée sans me lasser. Il y a aussi le toucher : le bout de mes doigts caressant la courbe de ses abdos, la douceur de sa peau glissant contre la mienne. Le goût : mes lèvres se rappellent encore du goût de sa bouche, de son désir pour moi. Son odeur qui est pour moi la plus belle senteur au monde. Je ne parle pas de son parfum mais de son odeur à lui, ça peut paraître étrange ou même dégoûtant mais j'adore sentir son odeur sur moi. Quand il est parti à Los Angeles après notre mise au point, je suis restée un moment sans changer mes draps, seul le fait de respirer l'oreiller sur lequel il avait dormi me permettait de m'endormir à mon tour. Et maintenant, je connais aussi la douceur de sa voix. L'entendre chanter des airs que j'adore a le don de m'apaiser. Une berceuse que fredonnerait une mère à son enfant ne sonnerait pas aussi doux à mon oreille.

À notre arrivée à la villa, il fait déjà nuit. Pour plus de confort, nous avons choisi de dormir là-bas plutôt que dans la petite maison de Jay. Nous avons dîné sur le pouce avec un plateau repas devant la télé.

— Tu veux regarder quoi ?

Jayden zappe de chaîne en chaîne à la recherche d'un film qui pourrait nous plaire. Il va tellement vite que j'ai à peine le temps de voir les titres.

— C'est la chaîne des sports si tu ne te décides pas maintenant !

— Stop !

— Quoi, ça ? C'est hors de question que je regarde un film de fille. Je pensais plus à un film d'action ou comique, quelque chose qui nous irait à tous les deux quoi. Pas un film de pré-ados en manque d'amour !

— Oh, s'il te plaît. C'est un de mes films préférés, c'est drôle donc ça pourrait te plaire aussi !

Je le regarde avec une petite moue en espérant le faire craquer mais son haussement de sourcils me dit que je ne vais pas l'appâter comme ça…

— Et je te ferai une petite gâterie à la pub ?

— Bah voilà, fallait le dire tout de suite ! Comment ça s'appelle ta merde ?

— *Crazy, Stupid, Love.* Mets les sous-titres, s'il te plaît, ce sera plus facile pour moi.

Il s'exécute et s'allonge sur le canapé. En levant le bras, il me fait comprendre de m'installer devant lui ce que je fais sans attendre. Il rabaisse son bras et me caresse doucement la cuisse en relevant légèrement ma robe pour avoir accès à ma peau. Son contact m'électrise aussitôt mais il ne tente rien de plus et me laisse regarder mon film. Contre toute attente je l'entends rire discrètement à certaines scènes mais je fais comme si de rien n'était, de toute façon il me dirait que ce n'est pas vrai. Au moment où la première page de pub fait son apparition, je ne bouge pas d'un pouce faisant semblant d'avoir oublié, chose impossible puisque je n'ai cessé d'y penser. Au bout de deux minutes, je sens son sexe grossir contre mes fesses et sa main qui n'a cessé de caresser ma cuisse se fait plus insistante.

— Chose promise, chose due bébé, ma queue n'a pas oublié ta promesse.

Il me susurre ces mots à l'oreille tandis que sa queue se presse contre moi comme pour lui donner raison. Je glousse et me détache de ses bras pour lui jeter un regard malicieux.

— J'attendais de savoir si elle s'en souvenait !

— Des paroles comme ça ne s'oublient pas facilement. Elle attend avec impatience de sentir tes lèvres se refermer sur elle.

Depuis le temps, je devrais être habituée à ses paroles crues et pourtant je sens mes joues rougir. J'adore quand il me parle comme ça, j'ai l'impression d'avoir un pouvoir sur lui.

— Assieds-toi, Don Juan, je vais m'occuper de toi, ou plutôt d'elle. Elle a toute mon attention pendant les prochaines minutes.

Jay se relève d'un bon et c'est les yeux brillant d'excitation qu'il défait sa ceinture et se déshabille jusqu'aux chevilles, libérant son érection qui me donne l'eau à la bouche. Il croit que je fais ça juste pour son plaisir, et je me garde bien de lui dire que c'est aussi pour le mien. Sans le quitter des yeux, je m'agenouille devant lui et lui écarte les jambes pour m'installer au plus près de ma gourmandise préférée. Il a déjà le souffle haletant et les points serrés, tout ça sans l'avoir encore touché. Monsieur doit fantasmer sur sa gâterie depuis un petit moment pour être déjà au bord de l'explosion.

Je m'avance lentement et je peux voir son regard se troubler quand je lèche le bout de son gland qui libère aussitôt la goutte de rosée. Je la butine telle une abeille qui récolte le nectar de ses fleurs préférées. Mes mains jusqu'alors sur ses cuisses glissent vers ses bourses que je caresse doucement en même temps que je prends sa verge en entier dans ma bouche. Sa respiration siffle entre ses dents et sa tête bascule en arrière rompant notre contact visuel. Je me consacre alors complètement à ma besogne et le branle d'une main tandis que j'aspire son gland avant de le reprendre entièrement. Mes va-et-vient de plus en plus rapides lui font hurler un juron et il me relève par les bras pour me poser à califourchon sur lui. Sa belle gueule aux pupilles dilatées me contemple un moment avec une expression indéchiffrable et il se mord la lèvre pour se contenir. J'ai envie de la mordre aussi mais il ne m'en laisse pas le temps et se rue sur mes lèvres. Son baiser est ardent, il exprime toute la passion et la reconnaissance pour lui avoir donné du plaisir. Ses doigts retroussent ma robe et caressent ma fente.

— Putain, j'avais oublié que tu n'avais pas de culotte ! Tu es vraiment la fille la plus excitante que j'aie jamais connue…

Il m'embrasse de nouveau avec ferveur et insère deux doigts en moi en maintenant une pression sur mon clitoris. Tandis qu'il me baise avec ses doigts, mon corps bouge au rythme de ses va-et-vient afin de sentir plus profondément ses caresses. Mes seins, lourds de désir, demandent autant d'attention. D'un geste malhabile je dézippe ma robe et la fait passer par-dessus ma tête pour la jeter au loin. J'accorde le même traitement à mon soutien-gorge et me cambre afin de faciliter l'accès à Jayden qui se jette sur un sein. Il en aspire le téton qui pointe tout dur et pince l'autre. Mon corps est en ébullition sous l'assaut de sa bouche et de ses doigts.

— Oh… Jayden… Je… je vais jouir !

Ma vulve se contracte sur ses doigts et ma vue se trouble. Je crie son nom sans retenue : nous sachant seuls, toute discrétion est superflue. Au moment où il lève mon bassin pour se ficher en moi, le téléphone de la maison se met à sonner. Nos gestes restent un instant en suspens, partagés que nous sommes entre succomber à nos instincts primaires ou répondre. Vu l'heure avancée, qui cela peut-il bien être ? Cela ne présage rien de bon. Jayden semble du même avis car il a l'air surpris. Les sonneries incessantes finissent par nous inquiéter et je me relève à contrecœur pour répondre. Mes jambes fébriles avancent lamentablement jusqu'au téléphone, sous le regard amusé de Jayden qui n'a pas bougé du canapé, sa queue toujours érigée. Il en faut plus que ça pour le déstabiliser !

— Allô ?

— Lola, enfin… je commençais à croire que tu avais déserté la maison !

— Andrew !

Je suis heureuse d'entendre sa voix même si le moment n'est pas forcément le mieux choisi. Un rapide calcul m'indique qu'il doit être le milieu de la matinée en France. D'où l'appel à cette heure tardive ici. Jayden me sourit, ravi que rien de grave ne soit arrivé et se met à se caresser en me regardant. Ses doigts parcourent ses belles tablettes de chocolat qu'il met en évidence puis descendent jusqu'à son sexe. Il commence alors à se branler avec une lenteur extrême. Pas facile de me concentrer quand mon sex friend cherche à me déstabiliser. C'est comme si la conversation n'était qu'un écho lointain. J'entends des mots comme « merveilleux », « enfants », « Paris », mais je suis incapable d'écouter Andrew avec attention.

— Lola, Jayden est avec toi ?

Il me sort de ma contemplation en mentionnant son frère. Je ne suis pas parvenue à faire illusion, car il s'est rendu compte que j'étais distraite. Que je meure de honte tout de suite !

— Heu… Oui, il est là, vous voulez lui parler ?

Je peux entendre Andrew rire à l'autre bout du fil, heureusement qu'il ne peut pas voir ma tête au téléphone.

— Oui pourquoi pas ! Merci, Lola, et à bientôt !

Je fais signe à Jay de prendre la communication et pendant qu'il parle à son frère, je le piège à son propre jeu. Nue depuis tout à l'heure, je me mets maintenant à me trémousser devant lui. Sans le quitter des yeux, je me caresse sensuellement la poitrine à en faire pointer mes tétons et descends tout en douceur jusqu'à mon sexe. Avec lui, je n'ai plus aucune pudeur, tout n'est que plaisir et exhibition. Mes doigts entrent et sortent langoureusement et je me mords la lèvre pour feindre l'extase. Jayden, les yeux grands ouverts, ne répond à son frère que par monosyllabes et se lèche les lèvres, me dévorant du regard. À le voir me désirer ainsi j'ai l'impression d'être une déesse et je joue jusqu'au bout de mon charme. D'une démarche chaloupée, je passe devant lui et lui envoie un baiser volant, lui faisant comprendre que je vais me coucher. Je le laisse planté là, le téléphone à la main, la queue en l'air et le pantalon en bas des jambes. Une fois hors de vue, je grimpe en quatrième vitesse les escaliers et file vers ma commode. J'en sors mes dessous rouges que j'enfile rapidement et cours jusqu'à mon dressing où j'ai laissé les Jimmy Choo que Jay m'a offertes. Je suis essoufflée mais rigole de ma connerie, j'espère qu'il va comprendre où je veux en venir. Ne le voyant pas arriver, je prends le temps de passer par la salle de bains pour me rafraîchir un peu. Quand je l'entends monter les escaliers, je saute sur le lit et prends une posture des plus aguichantes et me fige telle une statue. La porte s'entrouvre doucement puis plus rien. Je me penche légèrement pour voir s'il se tient derrière. Pas de Jay. Mais qu'est-ce qu'il fout ? J'abandonne ma pose et m'apprête à descendre du lit, quand soudain il surgit et bondit sur le matelas en m'attrapant au passage. Je pousse un cri de terreur alors que lui rit aux éclats.

— Ce n'est pas drôle, tu m'as fichu une peur bleue !

Il s'éloigne de moi et me reluque de la tête aux pieds. Son petit sourire en coin et l'œil brillant, il me toise un moment.

— C'est toi qui me fais peur, tu as décidé de faire un remake de toutes nos parties de jambes en l'air ?

— Quoi ? Je ne comprends pas…

Je feins l'ignorance mais je suis ravie et flattée qu'il s'en rappelle. Je m'installe sur le dos et lève mes jambes pour contempler mes belles chaussures.

— Les préliminaires dans le canapé…

Doucement, il me mordille le cou, ses murmures me chatouillent et me provoquent des frissons qui se propagent jusqu'au bout de mes orteils.

— Les sous-vêtements rouges chez moi, les chaussures et rien d'autre dans mon lit… Tu es tellement bandante.

Il scelle nos lèvres par un ardent baiser et son corps vient se poser sur le mien. Ses doigts me parcourent et, d'une facilité déconcertante, il dégrafe mon soutien-gorge. On sent les années d'expérience et j'ai malgré moi une pointe de jalousie. Combien de femmes ont eu l'honneur d'être touchées par mon homme ? J'ai dit mon homme, merde lapsus… je voulais dire mon sex friend. J'écarte les jambes pour lui laisser la place de s'installer et encercle ses hanches en me mouvant contre lui. Je peux sentir son gland à l'orée de ma fente, je mouille tellement qu'un mouvement de bassin ferait glisser sa queue en moi si mon string ne faisait pas barrage. Ses lèvres entament alors un majestueux ballet sur ma peau, léchant, suçant mon corps brûlant et laissant de petits picotements partout où sa bouche s'est posée. C'est comme s'il souhaitait goûter chaque centimètre carré de ma peau. Il descend et descend toujours plus bas. J'entends les palpitations de mon cœur qui bat de plus en plus fort. J'agrippe instinctivement les draps lorsque je sens son souffle chaud entre mes cuisses. Ses dents mordent dans le tissu rouge et, à l'aide de ses mains, m'ôtent mon dernier bout de dentelle. Une nouvelle fois nue devant lui, je n'ose plus bouger, prisonnière des sensations qu'il me procure. Il commence alors à me lécher les lèvres pour se rapprocher doucement de mon clito. Au premier coup de langue, je le sens se contracter. Le souffle maintenant haletant, je relève la tête pour le regarder. C'est fou ce que c'est érotique de voir un mec aussi viril que lui installé entre mes cuisses et goûter à mon intimité avec autant de désir. Ma tête bascule en arrière quand il attrape mon bouton pour le sucer. Ses coups de langue sont habiles et bientôt je suffoque, je manque d'air. Je couine lorsqu'il rentre sa langue dans ma fente et mes mains viennent nerveusement labourer ses cheveux. Je les tire au rythme de ses coups de langue et je sens bientôt un nouvel orgasme monter. Tous mes muscles se contractent et mon dos se cambre sous l'effet du plaisir. Et soudain un raz-de-marée se déverse en moi, un orgasme immense me submerge et ma vue se trouble. J'ai l'impression que je suis à la limite de l'évanouissement. Alors que la pression redescend, son corps vient de nouveau se poser sur moi et il m'embrasse violemment, et je goûte à la moiteur de mon plaisir dans sa bouche.

— J'ai tellement envie de toi, j'ai tout le temps envie de toi, c'est dingue !

Le regard avec lequel il me fixe, en appui sur les coudes, est indéchiffrable. Ses pupilles sont dilatées et brillent de désir mais il y a autre chose et je n'arrive pas à mettre le doigt dessus. Ses paroles font écho à ce que je ressens, j'ai l'impression d'être devenue une grosse nympho avec lui. Mon corps le réclame sans cesse et lorsqu'il n'est pas avec moi, j'y pense sans arrêt. C'est devenu une obsession. Il vient de me donner deux orgasmes et j'ai toujours envie de plus. J'agrippe ses fesses toutes musclées dans mes mains et le tire vers moi.

— Viens, Jay…

— J'ai trop envie de toi, j'ai peur de te faire mal. Laisse-moi me calmer un peu.

— Ne t'inquiète pas pour moi, vas-y, Jay… S'il te plaît !

Ses yeux verts sondent les miens à la recherche de la vérité. Mais je le pense vraiment, j'aime tout en lui. Et même quand il est brutal et qu'il lâche prise, il arrive à être doux en même temps. Ce n'est pas facile à expliquer mais même quand il perd le contrôle et qu'il me baise sauvagement, jamais il ne me fait mal, il connait mon corps et ses limites mieux que moi.

— Tu veux que je te baise fort, c'est ça, hein ?

Pour toute réponse, je lève mon bassin et c'est à ce moment qu'il me pénètre jusqu'à la garde. Je pousse un cri de surprise et alors que je remonte les mains pour les fourrer dans ses cheveux, il m'attrape les poignets et les passent au-dessus de ma tête. Ses mains fermes me gardent prisonnière, incapable de bouger tandis qu'il me pilonne sauvagement. J'essaie de lui rendre chaque coup de reins mais il va beaucoup trop vite. Nos peaux sont brûlantes et des gouttes de sueur perlent ici et là. Nous sommes dans notre bulle, la Troisième Guerre mondiale pourrait commencer qu'on ne se rendrait compte de rien. Nos souffles saccadés et le claquement de son corps sur le mien emplissent la pièce et pourtant je n'y prête pas attention, fascinée par la façon qu'il a de me regarder. Ses yeux n'ont pas quitté les miens et leur expression est vraiment impénétrable. Il les ferme, rompant notre contact, et quand il les rouvre, leur expression a changé. Je vois le désir qu'il ressent et rien d'autre. Soudain, il libère mes mains et me retourne sur le ventre.

Il me pénètre de nouveau mais beaucoup plus en douceur. Ses mouvements sont lents, et je le sens suivre les contours de mon tatouage. Quand il caresse du bout des doigts mes ailes d'ange, je comprends ce qu'il veut mais, bizarrement, il n'ose pas me le demander. Pourtant il n'y a jamais eu de tabou entre nous. Je me redresse sur les genoux et pointe mes fesses en l'air.

— Viens.

— Tu es sûre ?

— J'en ai envie aussi, viens.

C'est vrai, j'en ai envie autant que lui. Je n'ai jamais été portée sur la chose et j'ai toujours trouvé ça plutôt sale et douloureux mais, avec lui, je me redécouvre. La seule et unique fois qu'il m'a prise comme ça j'ai été étonnée d'éprouver autant de plaisir. Je le fais avant tout pour lui faire plaisir car je sais qu'il aime ça, mais je dois avouer que ça me plaît aussi. Il crache sur ses doigts et m'humidifie l'anus, puis lentement il me pénètre. Ses doigts glissent entre nous et il caresse mon clitoris en même temps qu'il bouge lentement. Il respire bruyamment et pousse de petits gémissements qui ont le don de m'exciter au plus haut point. Ses doigts se montrent plus insistants et titillent mon clitoris de plus en plus vite. Je sens une bouffée de chaleur se propager dans mon corps, j'aime le sentir partout en moi.

— Oh putain, bébé, c'est trop bon, j'arrive plus à me contenir !

— Ah… Oh, Jay… Vas-y !

Ses mouvements de bassin se transforment en coups de reins et bientôt ce sont des coups de boutoir qu'il m'inflige, tandis que ses doigts qui s'activent toujours en moi me transportent en pleine extase. Je couine, je grogne, je ne me contrôle plus et c'est dans un puissant orgasme que je hurle son nom. Jayden jouit en même temps que moi et je sens son sexe grossir davantage avant de se déverser en moi. Il s'allonge sur moi et continue à se mouvoir lentement, le temps que la pression retombe. À bout de force, il se laisse aller sur le matelas et je l'imite. Nous nous toisons un moment, l'œil encore rieur, dans l'euphorie du moment.

— Je n'en reviens pas que tu me laisses te prendre par là !

— Pourquoi ? Tu aimes ça, non ?

Avec son sourire en coin, il pose sur moi un regard plein d'admiration. J'en reste bouche bée de le voir ainsi, et je suis partagée entre la fierté et la honte. C'est mal de le laisser faire ?

— Oui j'adore, mais je suis toujours étonné quand tu acceptes. Les filles ici sont beaucoup plus prudes.

Il est obligé de me parler de ses plans cul alors qu'on vient à peine de baiser ? Sérieux, ce mec ne comprend rien aux femmes. Je préfère ne rien dire et vais dans la salle de bains pour me nettoyer. Encore une fois, la capote a été zappée, je suis vraiment inconsciente ! Quand j'ai ouvert les yeux sur Thomas, j'ai fait le test du VIH pour vérifier qu'il ne m'avait pas refilé une merde. Je n'ai jamais autant stressé de toute ma vie. Et voilà que je refais la même connerie.

Quand je reviens dans la chambre, Jayden a éteint la lumière et s'est installé dans mon lit. Je reste un moment à regarder ce beau gosse qui ne dort jamais avec personne. Je m'installe à côté de lui, en prenant soin de ne pas être trop près et lui tourne le dos.

— Si on continue d'oublier de se protéger comme ça, ce serait bien de faire un test, histoire d'être sûrs qu'on est clean.

— Tu as un doute sur toi ?

— Non, moi je sais que c'est bon, j'ai déjà fait les tests. C'est à toi que je pense.

— Alors ne t'inquiète pas pour ça, je n'ai jamais baisé sans capote, enfin avant toi bien sûr. Tant que tu prends la pilule, on n'a aucun souci à se faire. Et puis je me suis habitué, je ne veux pas en remettre !

— Ce n'est pas sérieux, Jay, on devrait en mettre.

— Arrête de te prendre la tête, je t'assure que j'ai toujours pris mes précautions. Je ne ferai pas ce putain de test.

Je ne comprends pas pourquoi il s'énerve, je n'ai pas envie de choper une saloperie s'il venait à coucher avec quelqu'un d'autre. Il va falloir que je ruse pour réussir à le faire changer d'avis. Je ferme les yeux mais malgré mon état de fatigue, je n'arrive pas à m'endormir. Je me concentre sur le tic-tac de ma montre et commence à sombrer doucement.

— Lola ?

Je suis déjà loin et je n'ai plus la force de lui répondre. Je feins donc de dormir, de toute façon c'est comme si je dormais déjà. Contre toute attente, je le sens se coller à moi et son bras m'enlace doucement. Cette étreinte me réveille mais je reste immobile. Au bout de cinq minutes, Jay n'a pas bougé d'un poil et je peux entendre à sa respiration qu'il dort. Je n'en reviens pas, il s'est volontairement lover contre moi pour s'endormir ! Je souris comme une cruche et me niche davantage dans ses bras avant de sombrer à mon tour.

CHAPITRE 32

La semaine est passée à une vitesse fulgurante. Jay ne partait que pour aller bosser et revenait aussitôt après. Il lui arrivait même de travailler ici. On se faisait des journées au lit, lui avec son ordinateur portable en train de bosser et moi essayant de lire. Je dis bien essayant car c'était totalement impossible de me concentrer sur la moindre histoire quand l'objet de mes désirs était juste à côté de moi. Je ne pouvais détacher mes yeux de lui : le voir réfléchir en fronçant les sourcils, sa façon de claquer sa langue contre son palais quand il cherchait une réponse, de me jeter un coussin quand il se sentait épié… Une distraction visuelle qui rendait toute lecture sans intérêt.

Vers le milieu de la semaine, sentant le retour des Davis approcher, j'ai astiqué la maison de fond en comble pour les accueillir comme il se doit. En nettoyant la cuisine, je n'ai pu réprimer un sourire en repensant à la bataille d'eau de mardi. Ou peut-être de mercredi… je ne sais plus, j'ai perdu la notion du temps, à vrai dire. Jayden me courait après, une bouteille d'eau à la main. J'étais tellement trempée que j'aurais remporté un concours de tee-shirts mouillés haut la main. Bien entendu, l'euphorie du moment a laissé place à l'excitation, et mon corps s'est vite retrouvé allongé sur le bar, abandonné aux mains expertes de mon fantasme ambulant. Et comme à chaque fois que nos corps sont trop proches, notre petite bulle se forme, nous coupant du monde extérieur, même de la sauce de mon filet mignon qui a éclaboussé la cuisinière sous le feu ardent. Comment aurais-je pu m'en soucier alors que moi-même je luttais contre l'incendie qui se propageait dans tout mon être ? J'ai passé un temps fou à nettoyer tout ça mais je n'ai même pas l'once d'un remords. Une fois que la maison aurait pu figurer dans une pub de Monsieur Propre, j'en ai interdit l'accès et le reste de notre semaine s'est déroulé dans la maison de Jayden.

Bref, on a passé notre temps à faire l'amour mais aussi à se chamailler, à rire, à se découvrir. Une des meilleures semaines de ma vie. Une semaine qui restera à jamais ancrée dans ma mémoire, pour le meilleur comme pour le pire.

Les papouilles, les câlins, les baisers, tout aurait pu faire penser à une personne extérieure que Jay et moi formions un vrai couple. Je prenais avec plaisir tout ce qu'il avait à me donner en sachant pertinemment que notre idylle se terminerait au retour de sa famille. Mais j'étais tellement heureuse que j'en profitais à fond.

Tandis que je commence à somnoler devant un soap opera sans intérêt, la porte qui claque me fait sursauter et je me redresse pour voir Jayden poser ses clés de voiture et mettre son blouson de moto.

— Tu rentres déjà ?

Je bâille en m'étirant et me lève pour lui faire un petit bisou.

— Je dois aller chercher une pièce chez un fournisseur à Beverly Hills, je me suis dit que ça te plairait de venir avec moi ?

Cette fois-ci je suis complètement réveillée et ravie de passer cet après-midi avec lui. Quand il n'est pas là, je m'ennuie, surtout depuis qu'on est chez lui. Je n'ai pas mes marques et je tourne en rond. Pour réponse, j'attrape le casque qu'il me tend et enfile mes baskets. Je fais tache à côté de lui en jean, sweat à capuche et veste en jean, surtout pour aller dans cette ville de bourges mais je suis tellement pressée de sortir que j'en fais abstraction. En même temps, je n'ai pas à me plaindre, c'est ma faute. Charlotte souhaitait qu'on se voie lors de sa journée de repos mais je ne voulais pas quitter ce petit cocon douillet que Jay et moi avions créé. Je me suis volontairement coupée du monde, emportée par la tornade Jay.

J'enfourche la moto, me plaque contre son dos, les mains dans ses poches de blouson et me laisse submerger par cette sensation de vitesse et de liberté. Le trajet passe beaucoup trop vite à mon goût et on arrive déjà à Beverly Hills, mais pas sur les boulevards connus. Ça ressemble davantage à une zone industrielle.

Jayden me laisse devant un bâtiment, duquel il ressort quinze minutes plus tard.

— J'ai failli attendre ! Et elle est où cette pièce ?

Jayden sort un minuscule cylindre de sa poche et me le tend pour que je le mette dans mon sac. Je le tourne dans tous les sens, cherchant à quoi ça peut bien servir avant de le fourrer dans mon sac.

— Faire toute cette route pour un si petit truc ?

— Il fallait à tout prix que je le récupère aujourd'hui. C'est la dernière pièce pour l'essai de lundi matin. Si ça marche comme on l'espère, la qualité d'image des lunettes que tu as essayé devrait considérablement être améliorée.

— Je ne pensais pas que c'était possible de faire mieux, j'avais déjà l'impression d'être sur une vraie plage. Vous allez cartonner, j'en suis sûre !

Je ne dis pas ça pour lui faire plaisir, je le pense sincèrement. C'est un génie, il n'y a qu'à voir comment la petite boîte de son père a évolué grâce à lui. Il ne répond rien mais je vois qu'il est gêné, car il a du mal avec les compliments. À la place, il me donne une tape sur les fesses et me fait remonter sur son bolide.

— On repart déjà ?

— Pourquoi tu veux faire les magasins ?

Faire les magasins ici et claquer le peu de tunes qu'il me reste ? Ou pire encore, le laisser dépenser son argent pour moi ? Non, je ne me laisserai plus avoir.

— Hors de question, mais j'ai encore un peu mal au cul d'être restée sur la moto, j'ai besoin de marcher un peu.

Il rigole tandis qu'il attache la sangle de mon casque. Il met le sien et quand j'entends le vrombissement du moteur, je reprends ma position.

— Et si on allait boire un café avant de partir ?

— OK !

Jayden démarre et s'engage sur le boulevard principal où toutes ces vitrines enflamment mon regard. Je ne les regarderai que de loin, car si je m'approche de trop près, je vais me brûler les yeux. Il se gare finalement un peu plus loin et on marche un moment à la recherche d'un café.

Confortablement assise sur un bon siège rembourré pour calmer les muscles de mes fesses, une tasse de café fumant dans les mains, je souris à Jayden en pensant à la semaine qui vient de s'écouler.

— Qu'est-ce qui te fait sourire comme ça ?

— Je me dis qu'on a passé une super semaine. Je ne regrette pas du tout d'être restée finalement !

— Tu m'étonnes, on n'a fait que baiser, espèce de sale nympho !

Je devrais m'en offusquer mais son grand sourire me fait comprendre qu'il plaisante et peut-être même qu'il cherche justement à m'énerver. Au lieu de quoi je déchausse mon pied droit et le pose sur son entrejambe en exerçant une légère pression.

Son sourire s'efface et il se mord la lèvre en jetant un coup d'œil aux alentours.

— Serait-ce une réclamation, monsieur Davis ?

— Oh non, bébé, jamais je ne m'en plaindrai ! D'ailleurs je peux te poser une question plutôt personnelle ?

— Depuis quand tu as besoin de ma permission pour ça ?

— Disons que c'est une question que je me pose depuis un moment sans oser en parler.

Il semble gêné et je me demande quelle question lui brûle les lèvres. Ce mec n'a pas de filtre et parle sans réfléchir au point, quelquefois, d'en être vexant, mais là, c'est comme s'il prenait des gants.

— Vas-y, accouche !

Il se redresse un peu sur son siège, mal à l'aise, et boit une gorgée de café. Le temps de formuler sa question, j'imagine.

— Depuis qu'on se connaît, tu n'as jamais eu tes règles et tu m'as dit que tu prenais la pilule mais je ne t'ai jamais vu la prendre…

Il laisse sa phrase en suspens et attend que je prenne la relève. Voyant qu'il est réellement gêné, je décide de le torturer encore un peu.

— Ce n'est pas une question ça !

Il relève les yeux vers moi et je le vois rougir. Oh mon Dieu, j'arrive à faire rougir Jayden ! Je me mords l'intérieur des joues pour ne pas éclater de rire au risque de le vexer.

— Es-tu stérile ? Je sais que tu as été enceinte mais je me suis dit qu'avec ta chute et la fausse couche, ça a pu déclencher je ne sais quoi et te rendre stérile.

Bordel de merde, je n'aurais jamais pensé qu'il en viendrait là. Cette fois-ci je me mords les joues non pas pour rire mais pour éviter de pleurer. Alors que je ne pense plus à mon passé, il me le renvoie en pleine gueule et pas un événement des plus heureux. Ma fausse couche a été difficile à encaisser. Je n'avais jamais songé à être maman. Quand j'ai appris que j'étais enceinte, je ne savais même pas si j'allais garder le bébé, j'étais en pleine réflexion, surtout dans ces circonstances. Mais la situation a fait qu'on ne m'a pas donné le choix, et je l'ai perdu. Je pense souvent à ce petit être, à cette partie de moi que je ne connaîtrai jamais. Je n'étais pas prête à être mère mais j'ai malgré tout la sensation que j'ai perdu quelque chose de merveilleux.

— J'ai un implant.

— Un quoi ?

— C'est une méthode contraceptive. C'est un dispositif qu'on insère sous la peau et qui, dans mon cas, m'a complètement enlevé mes règles.

— Et ça t'a été inséré… là ?

Jayden montre une zone sous la table et j'éclate de rire en voyant sa tête.

— Mais non, idiot, ils ne m'ont rien enfoncé ici !

Je relève ma manche et palpe mon avant-bras gauche à la recherche de cette petite tige. Je lui prends la main pour qu'il le sente. Il a l'air fasciné et du bout des doigts, il le tâte un moment.

— Je l'ai depuis ma f… mon séjour à l'hôpital.

Il retire ses doigts de mon bras et pose sa main sur la mienne. Instinctivement, mes yeux s'attardent sur son geste. J'aime sentir son contact sur ma peau.

— Je suis désolé d'avoir parlé de ça.

— Ce n'est rien, ce n'est pas un sujet tabou, tu sais !

Son téléphone nous libère de cette discussion, et j'en suis bien heureuse. Il recule sa chaise quand il voit le nom de l'interlocuteur.

— Il faut vraiment que je réponde, j'arrive.

Il m'adresse un sourire d'excuse et se lève en décrochant aussitôt. Il s'éloigne en parlant à un certain M. Peterson sur un ton très professionnel et disparaît dehors.

Le café m'a plus que réchauffée et j'ai des bouffées de chaleur au point que j'en enlève mon sweat. J'attache mes cheveux en queue-de-cheval et je me sens déjà mieux. Au bout de dix minutes, Jayden n'étant toujours pas revenu, je sors mon téléphone pour passer le temps, mais j'ai la sensation d'être observée. Je tourne la tête et découvre à quelques tables de moi, un jeune homme, très mignon d'ailleurs, qui me fixe. Il m'adresse un sourire auquel je réponds par un bref signe de tête et me replonge dans mon téléphone. Alors que j'apprends sur Facebook que Marie, une copine de lycée, va se marier avec son gros con de copain, je sens une présence sur la chaise en face de moi. Je relève la tête pensant trouver Jayden mais il s'agit de l'homme qui m'observait.

— Salut, je m'appelle Julien. Vous êtes française ?

Il se penche et me tend sa main que je serre machinalement. Il n'a aucun accent et je comprends que c'est un compatriote. Il y a beaucoup de Français qui vivent ici !

— Lola ! Comment le savez-vous ?

— Votre tee-shirt « Le Temps des Cerises » ! C'est une marque française qu'on ne trouve pas ici !

Je regarde mon top rose avec la marque inscrite en grand sur ma poitrine. Gênée, je pose mes coudes sur la table et croise les bras pour cacher discrètement ma poitrine.

— Ne croyez pas que je fais ça souvent, à vrai dire c'est même la première fois.

— Quoi donc ?

— Osez aborder une belle jeune fille seule à une table. Mais depuis tout à l'heure je n'arrive pas à décrocher mon regard de vos beaux yeux et je me suis dit que j'allais le regretter si je ne tentais pas ma chance.

Oh putain la vieille drague à deux balles, je le vois arriver de loin avec ses phrases toutes faites. Il est mignon mais bien trop à l'aise dans son rôle pour me faire croire que ce n'est pas sa tactique de séduction habituelle. J'aurais pu trouver ça flatteur et, pourquoi pas, me laisser tenter dans d'autres circonstances.

— Eh bien, merci, mais je ne suis pas venue seule.

Il tourne la tête dans tous les sens à la recherche de quelque chose, puis son regard se pose à nouveau sur moi avec un sourire charmeur.

— Ah bon ? Pourtant je ne vois personne, et si c'est vrai c'est idiot de laisser une si belle créature seule et sans défense.

— Seule oui, pour l'instant, sans défense non. Ton discours m'a touchée mais je serais toi, je retournerais gentiment à ma place. Ton plan de drague est bien ficelé, je te le confirme, alors va plutôt le tester sur cette jolie blonde !

Je pointe du doigt une belle blonde accompagnée de sa bande de copines. Jayden va bientôt revenir et je ne tiens pas à assister à une de ses crises de jalousie, heu de possessivité pardon. L'idiot ne se donne même pas la peine de suivre mon doigt et reste bloqué sur moi.

— J'adore les femmes de caractère ! Toi et moi ça peut être torride, tu sens l'alchimie qu'il y a entre nous deux ?

— Écoute, j'essaie de rester polie mais là, tu vois, je ne sens rien d'autre que ta lourdeur. Ça ne m'intéresse pas, OK ? Alors libère la place, s'il te plaît. Mon ami va revenir et…

Trop tard ! Je peux sentir la présence de Jayden, avant même de le voir. Son regard se fige aussitôt sur le mec assis à sa place et il se poste à côté de lui.

— Tu le connais ?

Jayden me toise d'un œil sévère mais je suis plus amusée qu'autre chose car je n'ai rien à me reprocher. J'ai tenté d'avertir ce coureur de jupons, tant pis pour lui.

— Non, du tout !

Jayden fait face à mon dragueur et pose ses mains sur la table en se penchant vers lui.

— Tu as trois secondes pour lever ton cul de ma chaise.

— Non chéri, calme-toi, je ne veux plus de bain de sang, tu sors à peine de prison !

Devant mon air affolé, le mec se lève d'un bond et bafouille des excuses avant de partir à grandes enjambées. Jay s'installe et me regarde d'un œil amusé.

— Putain, j'ai cru qu'il allait se pisser dessus ! C'est dingue, je ne peux pas te laisser cinq minutes !

— Oh le taulard, tu te calmes ou j'appelle ton agent de probation !

Il rigole de bon cœur et laisse des billets sur la table avant de se lever.

— Allez, Miss Monde, arrête un peu de draguer, on y va.

Tandis qu'on regagne sa moto, Jayden reste dans la peau du mec qui vient de sortir de prison et me révèle pourquoi il a été enfermé. Il me raconte que c'est un tueur en série qui ne s'attaque qu'aux rousses. Il parcourt le pays tout entier à la recherche de ses proies et c'est à cause de lui que les rousses sont en voie d'extinction. Maintenant il compte envahir l'Europe, à commencer par la France. Je pleure de rire face à son personnage mais m'arrête net devant une vitrine. J'avance doucement vers elle et reste fixée sur un objet qui attire mon regard comme un aimant. Une boule se forme dans ma gorge face à des souvenirs qui affluent et défilent sous mes yeux. Les mains posées sur la vitre, je me laisse submerger par les émotions. Des larmes silencieuses coulent sur mes joues et je peux sentir leur goût salé sur mes lèvres.

— Ça va ?

Jayden pose une main sur mon épaule, ne sachant pas trop comment s'y prendre.

— Qu'est-ce qu'il y a Lola ?

— Tu vois ce collier ?

Je pointe du doigt un pendentif suspendu à une chaîne en or blanc. Il s'agit d'un cœur incrusté de diamants et encerclé d'une pierre précieuse de couleur rouge, sûrement un rubis.

— Ma grand-mère avait le même…

L'étiquette affiche un prix à cinq chiffres. En levant la tête, j'aperçois l'enseigne Tiffany.

— … Enfin une copie identique. D'aussi loin que je me souvienne, je l'ai toujours connue avec ce bijou autour du cou. Elle me disait que c'était ce qu'elle avait de plus cher à ses yeux. C'est mon grand-père qui le lui avait offert en gage de son amour. Ils devaient se marier à son retour du service militaire mais il n'est jamais revenu. Il a perdu la vie lors d'une bagarre qui a dégénéré. Il a voulu s'interposer et a reçu un coup fatal. Il n'a jamais su que ma grand-mère était enceinte. À cette époque-là, une jeune fille enceinte et pas mariée était très mal perçue. Elle a été reniée par sa famille et a dû se débrouiller seule. Elle n'avait pas de photo de lui, ni même de lettres. Ce pendentif représentait tout pour elle. Il y a trois ans, elle nous a quittés. La veille de sa mort, elle a demandé à me voir et m'a offert son collier. Elle m'a dit de le garder précieusement et qu'il me permettrait de trouver mon âme sœur.

— C'est une très belle histoire. Mais pourquoi tu ne le portes pas alors ?

Je détache mes yeux du bijou et me remets en marche ; Jayden à mes côtés me scrute avec intérêt. C'est ça que j'aime chez lui, il s'intéresse toujours à ce que je raconte. Il ne fait pas semblant de s'y intéresser, il est réellement intrigué par mon histoire.

— Les seules fois où je m'en séparais c'était pour prendre ma douche ou aller à la piscine. Un soir je suis revenue de ma séance de natation et je ne l'ai pas trouvé, j'ai retourné tout l'appartement. J'ai regardé vraiment partout tout en sachant que je le rangeais toujours à la même place, sur ma table de chevet. Ce soir-là, Thomas est revenu en plein milieu de la nuit, complètement défoncé et j'ai compris qu'il me l'avait pris pour se payer une dose. J'ai essayé de savoir où il l'avait revendu pour le récupérer mais il a toujours nié. Je lui en ai énormément voulu, mais avec le temps, j'ai accordé moins d'importance à cette histoire, au point de l'avoir presque oubliée.

Je ris de nervosité et regarde Jay avec un sourire confus.

— Désolée, j'ai été absorbée par tous ces souvenirs qui sont remontés à la surface. Je ne voulais pas craquer mais j'adorais ma grand-mère, et je m'en veux d'avoir manqué à ma parole.

— Ce n'est rien, mais décidément, je ne comprends vraiment pas pourquoi tu es restée aussi longtemps avec ce type. Il t'a détruite physiquement et mentalement cet enculé. Vaut mieux pour lui que je ne croise jamais son chemin.

— Hé, serial killer, si tu dois tuer tous les cons sur terre, il ne restera plus grand monde. Continue de t'occuper des rousses, tu auras moins de boulot !

— Je vais me concentrer sur une rousse en particulier, ça va lui apprendre à draguer dans les bars.

— Dans ce cas, je préfère ne pas te contredire et te laisser croire que c'est moi qui l'ai accosté.

— Qui a dit que je parlais de toi ?

Je lui assène un coup de coude dans les côtes mais avec son blouson de moto c'est surtout moi qui ai mal. Il me tend le casque et on repart direction la maison.

Au lieu de mettre mes mains dans ses poches, je les passe sous son blouson et retrousse son polo pour encercler son ventre à même la peau. Tandis que Jay roule, je lui caresse les abdos, faisant glisser mes doigts sur ses petites bosses si bien dessinées.

Finalement, mes doigts descendent un peu plus au point de sentir une autre bosse beaucoup plus alléchante. Du bout des doigts, je commence alors à faire des petits cercles sur son jean en exerçant une légère pression. Je peux la sentir grossir sous mes caresses mais je la délaisse rapidement pour repositionner mes mains à leur emplacement initial, quand tout à coup Jayden accélère doublant les autres véhicules avec une hallucinante facilité. Je prends conscience que j'ai joué avec le feu, à le distraire ainsi alors qu'il conduit une moto, car le moindre écart ne pardonnerait pas ! Je ne sais pas à quelle vitesse il roule mais je n'ose plus bouger et me cramponne du mieux que je peux. Le moteur fait un bruit assourdissant et mon cœur en fait autant. C'est quand il se gare devant la villa que je respire enfin normalement.

À peine ai-je touché le sol qu'il m'attrape la main et nous entraîne à grandes enjambées vers chez lui. Il entre en trombe et ne semble pas décidé à s'arrêter. La porte claque derrière nous et il m'emmène directement dans sa chambre où il me jette sur le lit. Blouson, polo, jean et chaussettes atterrissent par terre en moins de temps qu'il n'en faut pour le dire et c'est le regard brûlant qu'il me rejoint sur le lit.

— Ça t'a excitée de me faire perdre la tête sur la route ? Tu es une grande malade, c'était hyper dangereux ! Alors maintenant qu'on est en sécurité, tu vas pouvoir reprendre là où tu t'es arrêtée.

Son regard se veut menaçant mais son sourire en coin ne trompe personne, lui aussi a trouvé ça excitant. Sans me quitter des yeux il s'allonge sur le lit et plie les bras sous sa tête, me faisant comprendre qu'il attend. Son corps d'Apollon attend mon bon vouloir pour que je m'occupe de lui.

— J'ai vu ma vie défiler sous mes yeux là, j'ai cru que j'allais mourir alors tu m'excuseras mais je ne suis plus trop d'humeur à te satisfaire.

— Arrête je maîtrise parfaitement ma moto, c'est l'effet que tu me fais que je ne contrôle pas. Tes mains sur moi font que je ne réponds plus de rien. Je n'avais qu'une envie c'était de rentrer le plus vite possible.

— Tu sais que j'ai peur de ton engin !

Je vois son sourire s'élargir et il arque un sourcil en signe d'incompréhension.

— Depuis quand mon… engin te fait peur ?

— Ta moto, idiot ! Pas ta petite cacahuète !

Je pouffe de rire quand je le vois ouvrir la bouche pour répliquer mais la refermer aussitôt. J'ai réussi à lui clouer le bec : une grande première ! Il plisse le front et prend son air boudeur. Je craque littéralement. J'ai envie de croquer dans la chair de sa lèvre et de lui donner ce qu'il attend de moi.

— Il n'y a rien de plus vexant pour un homme que d'entendre dire qu'il a un petit sexe. Une cacahuète… On ne me l'a jamais faite celle-là !

— Oh mais, je l'aime bien moi, ta cacahuète, et j'ai envie de la goûter finalement.

Je m'approche de lui et entreprends de lui ôter le dernier bout de tissu qui lui reste. Alors que je glisse mes pouces sous l'élastique, il se mord la lèvre pour s'empêcher de sourire. Jay n'est pas le genre de mec à douter de ses attributs. Il a parfaitement conscience qu'il est plutôt bien bâti. J'ai moi-même été surprise de voir à quel point mère nature a été généreuse avec lui la première fois que je l'ai vu nu. Il a pris son air vexé sachant à l'avance comment je réagirais. En plus d'être un Apollon, il est loin d'être con ! Mais j'oublie rapidement sa façon de retourner la situation à son avantage, mon cerveau ayant arrêté de réfléchir à la seconde où j'ai aperçu ses premiers poils pubiens. Alors qu'il lève les fesses pour m'aider à lui retirer son boxer, on entend la porte d'entrée claquer de nouveau et des éclats de voix provenir du salon. Mes gestes restent en suspens et nos regards se croisent à la recherche d'une solution.

— Jay ?

Je reconnaîtrais la voix de Ben entre mille. Il faut toujours que sa bande de potes se pointe au pire moment. Jayden pose son index sur ma bouche pour m'indiquer de ne pas faire de bruit. J'ouvre la bouche et mords dans le gras de son doigt, un sourire malicieux sur les lèvres. Il étouffe un grognement et ses prunelles s'assombrissent aussitôt. J'adore lui faire de l'effet !

— Jay, on t'a vu rentrer il y a moins de cinq minutes aux bras d'une belle rousse.

Je me laisse tomber sur le lit en soupirant, comprenant que nos projets viennent de tomber à l'eau. Jayden me lance un regard désespéré et se lève pour remettre son jean. Je ne bouge pas, seule ma tête pivote sur le côté pour profiter du spectacle. Mon Dieu qu'il est beau !

— Jayjay, Lola, bougez-vous sinon c'est moi qui viens vous chercher !

Bon sang, mais il va nous lâcher, celui-là ! Jayden enfile son polo et me fait signe de le suivre avant de quitter la chambre. Je traîne encore quelques minutes le temps de me ressaisir et de dire bye bye à ma partie de jambes en l'air… Fait chier !

Quand je les rejoins, ils sont tous installés dans le canapé, une bière à la main et m'accueillent avec un grand sourire satisfait. Enfin tous sauf Jess bien entendu. Elle m'adresse un sourire crispé et ses yeux de tueuse ne me lâchent pas jusqu'à ce que je m'assoie moi aussi.

— Content de te revoir jolie Lola ! Tu viens avec nous ?

Je jette un coup d'œil interrogateur vers Jayden qui hausse les épaules, lui-même ne semble pas comprendre.

— De quoi tu parles Benjy ?

Jay fusille son copain du regard. Visiblement, mon bad boy n'aime pas les surprises et surtout pas qu'on lui force la main.

— Ça fait une semaine qu'on ne te voit plus. À peine le taf fini, tu disparais. On voulait se faire une soirée entre potes quoi !

Erik ne le dit pas mais le sous-entendu est clair : il passe tout son temps libre avec moi et délaisse ses copains.

— Ce qu'Erik veut gentiment t'expliquer c'est que ton absence nous emmerde. Alors ce soir, tu restes avec tes vieux potes et on va se saouler la gueule !

— Je n'ai pas le choix, si je comprends bien !

— Non, alors on vous laisse cinq minutes pour vous préparer et on décolle !

Jayden finit sa bière cul sec et se lève pour se préparer. Et moi, j'y vais aussi ? Jayden s'arrête derrière moi et tire un coup sec sur ma queue-de-cheval.

— Tu comptes y aller comme ça ?

Je baisse les yeux sur mon sweat et mon jean : non, en effet, je ne peux pas y aller comme ça ! Comme j'ai passé le reste de la semaine ici pour ne pas salir la villa, j'ai apporté quelques affaires. Rien de classe mais je devrais trouver quelque chose de plus sympa quand même. Je me lève à mon tour pour le rejoindre dans la chambre.

— Il n'a pas besoin d'aide pour se préparer tu sais !

Je me retourne vers cette voix qui me débecte autant que sa propriétaire. Elle veut prendre un air détaché mais elle ne trompe personne, moi encore moins. Son ton est trop sec pour ne pas exprimer la colère qui se dégage d'elle.

— Oh je sais, mais j'ai quelques affaires ici !

Je lui adresse mon plus beau sourire et repars tandis qu'elle s'étrangle avec sa bière. Tant mieux, étouffe-toi avec !

— Tu sais quoi, on reste une heure et on s'éclipse discrètement. Je veux ma french pipe moi !

Il me fait de nouveau cette petite moue boudeuse. Cette fois, je ne peux me retenir et lui mords la lèvre. Ses mains remontent sur mes reins et me pressent contre lui, prolongeant notre baiser enflammé. Alors que la chaleur grimpe en flèche, il s'éloigne de moi et soupire longuement.

— Putain, ça va être long, à la première occase on se casse !

Jayden se change pour mettre un jean noir, de grosses boots et un tee-shirt à manches longues qui épouse parfaitement ses muscles. Alors que je devrais me préparer, je ne peux détacher mes yeux de lui.

— Tu as fini de te rincer l'œil ?

— Tu es beau !

Merde c'est moi qui ai dit ça ? J'ai parlé à voix haute ? Je rougis et détourne enfin le regard à la recherche de ma jupe noire en simili cuir qui est la seule chose que j'ai de plus ou moins habillé.

— Ouais je sais ! Je suis canon !

Je lui jette mon jean à la figure, face à tant de modestie et enfile ma jupe, un petit top blanc et remets ma veste en jean.

Des bottines noires, et le tour est joué. Je détache mes cheveux pour les laisser tomber en cascade sur mes épaules et effectue un bref passage dans la salle de bains pour parfaire mon maquillage. C'est bon, je suis prête à faire la fête. J'hésite un moment à demander à Charlotte de nous rejoindre mais je sais qu'en fin de semaine c'est le rush au resto et qu'elle se couche aussitôt de retour chez elle tellement elle est morte.

Je les rejoins au bout des cinq minutes imparties, plus dix minutes supplémentaires, eh oui en même temps c'est impossible d'être présentable en si peu de temps !

— Jay, tu prends ta caisse ?

Je réalise qu'on ne prend qu'un seul véhicule, quand tout le monde se dirige vers sa voiture. L'idée de s'éclipser discrètement vient de tomber à l'eau. Le coup d'œil que m'envoie Jay me fait comprendre qu'il en a déduit la même chose.

— Moi je monte derrière avec ma belle Lola !

Ben capte le regard noir que lui adresse Jay mais ne s'en soucie pas une seconde, j'ai même l'impression que ça l'amuse.

— Dans ce cas, je vais tenir compagnie à Jay !

Ravie, Jess s'installe devant et caresse l'avant-bras de Jay en lui murmurant je ne sais quoi à l'oreille, la musique assourdissante m'empêchant d'entendre. Mais je peux voir Jayden se raidir et me jeter un coup d'œil dans le rétro. Je bous de rage, ma parano et ma jalousie sont à leur paroxysme. Que lui a-t-elle raconté pour qu'il réagisse ainsi ? Je n'ai qu'une envie c'est de lui sauter à la gorge et de serrer son petit cou jusqu'à ce que ses yeux sortent de leurs orbites. Putain, je sens que cette soirée risque d'être très longue !

On s'installe dans un box et, bien entendu, Jayden choisit de s'asseoir le plus loin possible de moi. Il me fait rire à garder ses distances avec moi quand il y a du monde. Ses potes savent tous très bien ce qui se passe entre nous. Je me retrouve en face de lui, heureusement Ben s'installe à côté de moi et me fait oublier pendant un instant toutes les questions qui tournent en rond dans ma tête. J'apprends d'ailleurs qu'il a revu Charlotte, mais je change de sujet quand il évoque les raisons pour lesquelles ils se voient régulièrement. Leur histoire de cul ne m'intéresse pas, surtout venant de Ben qui se fait un malin plaisir de trop m'en dire. Charlotte m'a parlé d'une nuit avec Ben, qui d'ailleurs semble être un très bon coup si j'en crois ma copine, mais elle s'est bien gardée de me raconter qu'ils continuaient à se voir. Finalement, j'aurais peut-être dû lui proposer de nous rejoindre !

Les gars profitent à fond de leur soirée, et je les vois enchaîner verre sur verre. Au bout d'un moment, Jayden me lance ses clés, et je comprends que, ce soir, Sam c'est moi ! Je prends donc mon temps pour siroter mon seul et unique cocktail de la soirée. Je suis mal à l'aise, car je ne sais pas ce qui se passe dans sa tête. Le moment où il m'a lancé ses clés est le seul où il s'est intéressé à moi. Je ne sais pas si c'est, une fois de plus, pour mettre de la distance entre nous ou si c'est à cause de ce que Jess lui a glissé à l'oreille tout à l'heure, mais j'ai l'impression d'être invisible. C'est à peine s'il me regarde. J'essaie tant bien que mal de suivre leur conversation mais avec le bruit ambiant et le fait qu'ils parlent tous en même temps, je suis un peu déconnectée. Découragée de ne pas comprendre de quoi ils parlent, je m'enfonce dans la banquette et sors mon portable.

Moi : *Je m'ennuie de ma chérie.*

Zoé : *Pour penser à moi t'es pas avec ton Monsieur Orgasme-garanti toi !*

Elle insinue quoi là ? Je prends pourtant régulièrement des nouvelles… Petite crise de jalousie en prévision !

Moi : *Il est juste en face de moi et je m'ennuie quand même de toi…*

Zoé : *Il t'ignore ?*

Comment fait-elle pour savoir ça ? Décidément, elle me connaît mieux que personne.

Moi : *On est dans un pub et il ne me calcule pas, il ne veut pas que ses potes s'imaginent des choses… Même s'ils savent parfaitement ce qu'on fabrique tous les deux. Notre relation ne ressemble en rien à celle d'un couple !*

Zoé : *Tu as l'air mauvaise en disant ça mais tu sais toi-même que vous n'êtes pas un couple.*

Moi : *Je sais ! Mais quand même, un petit mot par-ci par-là ce n'est pas la fin du monde non plus !*

Zoé : *Tu veux son attention à coup sûr ?*

Moi : *? ? ?*

Zoé et ses idées loufoques, j'appréhende ce qu'elle va me sortir. Mais ça fait trop du bien de replonger dans les petites manigances dont on avait l'habitude. Elle doit être en train de se creuser les méninges car elle met du temps à répondre. En attendant, je fais semblant de m'intéresser de nouveau à leur discussion, juste le temps de sentir à nouveau vibrer mon portable. Pour la première fois depuis notre arrivée, Jayden me lance des coups d'œil furtifs. Il doit se demander avec qui je discute, au moins il ne m'ignore pas totalement. Mais cette fois, c'est moi qui l'ignore.

Zoé : *Trouve une raison à la con pour t'éloigner et surtout prends ton temps. Va boire un coup au bar, je ne sais pas, mais ne reviens pas tout de suite. S'il vient te chercher, c'est gagné !*

La première chose qui me vient à l'esprit est : « Et s'il ne vient pas ? » S'il ne se rend même pas compte de mon absence ? Il a liquidé je ne sais combien de whiskys et ses yeux sont injectés de sang. Je ne l'ai jamais vu dans cet état, d'habitude c'est lui qui me récupère bourrée ! Bon sang, j'ose ou pas ? De toute façon, c'est moi qui ai les clés de la voiture, ils ne pourront pas partir sans moi ! Comme pour m'aider à faire un choix, ma vessie réclame d'être soulagée. Je me lève et sous le regard interrogateur de Ben, je lui glisse à l'oreille que je vais aux toilettes. Jay est parti à rire et ne remarque pas mon départ. Je sens que je vais revenir humiliée !

Tandis que je fais la queue aux toilettes, j'envoie un texto à Zoé pour lui dire que j'ai suivi son idée et que je le sens mal mais elle me redonne courage. Après ma petite affaire, je me dirige vers le bar et m'installe sur le seul tabouret de libre. Je me retrouve à une extrémité, un peu à l'écart, limite dans un coin sombre. C'est foutu, il ne me trouvera jamais, placée ici. Je me commande un coca et des petits trucs à grignoter, me rendant compte qu'on a sauté le repas. Si eux mangent dans un verre, moi j'ai faim. Un homme à l'autre bout du bar me lance de grands sourires mais je fais ma sauvage et baisse la tête. Ce n'est pas le moment !

Alors que j'arrive à la fin de mon verre et que je pense que tout espoir est perdu, mon détecteur à sex friend s'enclenche. Ma conscience se met à crier « gagné ! » et fait la danse de la victoire. Jayden se matérialise à côté de moi me cachant du reste de la salle. Prise au piège de son corps… Non, je ne me plains pas !

— Salut beauté, c'est la première fois que je te vois ici !

Jay s'accoude au bar et m'adresse un sourire ravageur. Alors c'est comme ça qu'il drague ? Je me prends au jeu, curieuse de découvrir comment il fait pour attirer ses proies. Je me tourne vers lui et croise les jambes lentement, lui laissant le temps de suivre le mouvement.

— Ça se voit tant que ça ?

— Une femme aussi splendide que toi ne passe pas inaperçue ! Tu es toute seule ?

Oh mon Dieu, il est fort, très fort même ! Les sourires en coin, les yeux charmeurs et la posture d'un mec sûr de lui, il me sort le grand jeu.

— Non je suis venue avec des amis mais je m'ennuyais. Il y a un mec qui me plairait bien mais il ne semble pas intéressé !

— Eh bien, c'est un idiot !

— À qui le dis-tu !

— Ou bien peut-être qu'il n'est pas intéressé par une histoire d'amour. Il attend peut-être juste une bonne histoire de cul…

Tiens j'ai l'impression qu'il s'écarte un peu de son rôle pour me faire passer un message. À force de me le rabâcher, je vais finir par me le faire tatouer sur le corps. Une phrase sur le ventre du genre « juste bonne pour la baise ». Ça m'énerve qu'il me le répète sans arrêt, je suis au courant puisque c'est moi qui le lui ai proposé. C'est vrai qu'à son contact je suis un peu perdue mais je sais qu'il ne PEUT pas aller plus loin dans une relation.

— Mais c'est la seule chose que je demande moi !

— Dans ce cas, tu m'intéresses !

Alors qu'il se penche pour me susurrer ces mots, mon cœur se met à battre la chamade. Son souffle chaud caresse mon cou et j'en suis tellement chamboulée que je reste figée sur place. Sans que je m'y attende, ses lèvres se posent sur les miennes et je réponds instantanément à son baiser. Sa langue s'insinue dans ma bouche à la recherche de la mienne. Je goûte alors à sa saveur exquise mélangée aux effluves de whisky. Il se détache de mes lèvres, le regard qu'il pose sur moi me donne des bouffées de chaleur.

— Alors c'est comme ça que tu dragues ?

Il rigole légèrement et passe une main dans ses cheveux comme pour sortir de son personnage.

— Ouais… Et je t'assure que ça marche à tous les coups !

— Je veux bien le croire ! Ce bar doit être le témoin d'un nombre incalculable de roulages de pelles !

Je me force à sourire en disant ça, mais au fond savoir que je passe après autant de filles me laisse un goût amer.

— Il en a vu c'est sûr, mais pas comme tu le crois. Je drague, j'en baise certaines ici, mais le seul endroit où elles ont le droit de poser leurs lèvres c'est sur ma queue !

— Q… Quoi ?

— Je n'embrasse jamais personne sur la bouche. Toi uniquement, encore une grande première dont tu peux te vanter.

Je ne trouve rien à dire, choquée et heureuse que ses lèvres soient un fruit défendu pour tout le monde, sauf pour moi. Je me rends compte que je suis en train de me mordre la lèvre quand il pose sa main sur ma joue et que de son pouce, il la libère. Ses yeux restent figés sur ma bouche et alors que je le sens hésiter, je me précipite et l'embrasse. Il ne bouge pas mais je m'en fous qu'il me rende ou non mon baiser. Le simple fait de savoir que moi seule aie la primeur de les toucher me rend folle. Du bout de ma langue, je suis le contour de ses lèvres. Il grogne quand j'attrape de mes dents sa lèvre inférieure et que je la tire légèrement. Lorsque je pose de nouveau mes lèvres sur lui, il répond enfin et m'embrasse avidement. Le baiser est fougueux et rempli de désir. Soudain, il se lève et me force à décroiser les jambes pour se mettre entre elles. Son baiser se fait encore plus pressant et je frissonne quand ses mains frôlent ma poitrine. Il ne s'y attarde pas et les pose sur mes cuisses. Une main glisse alors sous ma jupe et caresse ma fente à travers le tissu.

— Tu es fou, arrête, on va nous voir !

— Je suis devant toi, personne ne nous voit. Laisse-toi faire bébé.

J'ai envie de m'abandonner à ses doigts mais je ne peux pas, car il est plus qu'alcoolisé et ne se rend pas compte de ce qu'il fait. J'ai envie de profiter de l'instant et de pouvoir l'embrasser devant tout le monde, devant la terre entière, sachant que dans son état normal ce ne se serait jamais produit. Mon corps me dit de la fermer et d'arrêter de réfléchir tandis que ma tête me hurle d'arrêter de m'afficher en public. Je le repousse à contrecœur, posant la paume de mes mains sur son torse pour le forcer à reculer. Je peux sentir son cœur battre à cent à l'heure, il est aussi excité que moi par la situation.

— Je t'assure que personne ne regarde. Et même si c'était le cas, il ne verrait rien d'autre que nos baisers. Laisse-toi faire, j'ai tellement envie de te sentir…

Sans me laisser le temps de réfléchir davantage, il m'embrasse de nouveau et lorsque ses doigts passent sous ma culotte pour taquiner mon clitoris, j'oublie tout : l'endroit, les regards, ma pudeur… Je suis incapable de lui résister et le laisse profiter de mon corps à sa guise. Ses doigts entrent et sortent de mon intimité en toute discrétion, les gens ne semblant rien remarquer. Je m'abandonne alors complètement à lui et quand je sens l'orgasme monter je jouis sans retenue, mes cris étant étouffés par la musique et la bouche de Jay qui n'a jamais quitté la mienne. J'ai chaud, mes cheveux me collent au visage et mes lèvres me brûlent d'avoir été autant sollicitées. Jayden retire doucement ses doigts et vient les glisser dans sa bouche, se délectant du fruit de mon désir. Bon sang, ça a beau être sale, c'est terriblement érotique !

— On y va, les gars tiennent plus debout, là. J'en ai ma claque, je veux rentrer !

La voix de Jess se fait entendre derrière Jayden. Il me lance un dernier regard espiègle tout en suçant un par un le bout de ses doigts comme s'il venait de manger la meilleure friandise de sa vie. Quand il se retourne vers elle, on la découvre les bras croisés et le regard dans le vide. Elle évite tout contact visuel avec nous, et je peux voir le visage d'une femme blessée. J'ai mal au cœur pour elle, je ne sais que trop bien ce qu'on peut ressentir à voir celui qu'on aime dans les bras d'une autre. En me rappelant avoir trop souvent vu Thomas dans les bras d'autres femmes, je suis surprise de ne plus ressentir ce douloureux pincement au cœur. J'ai la confirmation que j'ai définitivement tourné la page.

— Tu n'en fais pas un peu trop ?

— Je t'assure qu'ils sont dans un sale état, et si tu ne veux pas qu'ils gerbent dans ta caisse, vaut mieux s'arrêter là.

— Putain, je vais les chercher et on se casse.

Jay s'éloigne en titubant, me laissant seule avec ma pire ennemie. Le regard qu'elle me lance me glace le sang. Je peux voir toute la noirceur de son âme dans ses yeux.

— Tu le tiens par le cul, profites-en ça ne durera pas !

— Il me semble que tu tenais à peu près le même discours la dernière fois. Fais-toi une raison, Jess !

— Tu n'es qu'une salope de manipulatrice, ne joue pas avec moi sinon tu vas te faire mal.

— Moi aussi j'ai beaucoup de respect pour toi, mais si tu veux jouer on va être deux. Je ne le manipule en rien, et si tu ne le vois pas c'est que ta jalousie te rend aveugle.

Alors que je me lève et m'apprête à rejoindre les mecs, elle m'attrape par le bras. Je stoppe net, attendant son prochain crachat de haine.

— Je te parie que je peux foutre la merde entre vous en un rien de temps.

— Pari tenu ! Tu te crois plus importante que tu ne l'es. Je ne te calcule même pas !

Ce n'est pas vrai, bien sûr que j'ai peur d'elle mais il est hors de question qu'elle s'en rende compte. Moi qui ne voyais en elle qu'une fille triste, j'ai la preuve qu'elle est juste méchante.

Finalement les mecs nous rejoignent et on retourne à la voiture mais non sans peine. Ils sont intenables. Bien évidemment, je m'installe au volant et Jay à côté. Ma patience est mise à rude épreuve tout le long de la route. Il joue avec les essuie-glaces, la lumière du plafonnier, et fait semblant de toucher au frein à main. Je ne peux même pas marquer correctement les stops car, dès que je ralentis, il ouvre la portière pour se tirer. Heureusement qu'à cette heure, les rues sont désertes. Puis, à court de conneries, les Trois Mousquetaires se mettent à pousser des cris sans raison pour me faire sursauter. Et moi qui croyais avoir été dangereuse cet après-midi sur la moto, ce n'est rien comparé à ces trois-là, qui ne tiennent visiblement pas à leurs vies ! Quand on arrive enfin, et en un seul morceau, ils sont hilares et s'affalent dans le canapé en attrapant une bière au passage. La soirée ne semble pas terminée mais moi j'en ai ma claque. Je préfère les laisser entre eux et aller me coucher dans la villa, même s'il y a Jess avec eux. Jayden insiste lourdement pour que je reste mais je tombe de sommeil et je décide quand même de rentrer.

Après un bref démaquillage et un coup d'eau fraîche qui a le don de me détendre, je me glisse sous les draps et m'endors aussitôt.

Je suis réveillée en sursaut à peine une heure plus tard. Et merde, j'ai oublié d'éteindre mon téléphone ! Si c'est Jay, je le tue !

— Allô ?

Ma voix ensommeillée n'est qu'un murmure, alors que celle de Zoé en mode furie me fait sursauter.

— C'est quoi ce bordel ? Tu te rends compte que tous nos amis vont la voir ? Sans compter ta famille, je n'ose même pas imaginer la réaction de ta mère si elle la voit !

— Putain, mais de quoi tu parles, chérie ?

— DE LA PHOTO !

— Quelle photo ? Calme-toi, tu me fais peur !

J'essaie de reconnecter mon cerveau pour me rappeler si j'ai vu les gars faire des photos ce soir mais je n'en garde aucun souvenir. En même temps, je n'ai rien fait d'extravagant ce soir sauf… Mon Dieu ! Non c'est impossible, pas ça !

— Y a de quoi avoir peur, oui, on ne voit rien mais elle est très explicite. Comment as-tu pu te laisser prendre en photo comme ça ? Non ne me dis pas…

Bon, a priori, ce n'est pas de ce moment qu'elle parle mais je ne comprends toujours pas. Je respire beaucoup mieux d'un coup ! Si on m'avait vue avec la main de Jay sous ma jupe, je crois que j'étais bonne pour m'exiler définitivement aux États-Unis. Jamais je ne pourrais affronter ma mère en sachant qu'elle m'a vue ainsi.

— Faut que tu développes parce que franchement je ne comprends rien ! Et arrête de me crier dessus !

Je crie moi-même, énervée qu'elle me hurle dans les oreilles alors que je dormais il y a encore deux minutes.

— Ton cher Jay t'a identifiée sur une photo de Facebook avec pour commentaire : « Il n'y a pas plus chaudes que les Françaises ! » Mais c'est quoi, ce mec ?

Je me doute de quelle photo il s'agit et n'ose pas lui poser la question de peur de supposer juste.

— Quelle photo ?

— Celle où tu es sous la douche…

Je ne lui laisse pas le temps d'en dire davantage et je raccroche précipitamment, dévalant déjà les escaliers. Je ne prends même pas le temps de mettre des chaussures et traverse la terrasse à grandes enjambées en direction de chez lui. Je suis folle de rage contre lui mais aussi contre moi. J'aurais dû effacer cette putain de photo quand j'en avais l'occasion ! Comment a-t-il osé la poster sur Facebook ? Il m'avait dit que c'était perso, quel menteur de merde !

J'arrive chez lui comme une furie, et tous les regards se tournent vers moi. À la manière dont les mecs me matent, je réalise que je n'ai pas pris le temps de m'habiller. Je suis en marcel et en shorty, mais peu importe, je fonce droit sur lui. Quand il voit l'expression sur mon visage, il se lève et recule d'un pas. Je l'impressionne ? Tu n'as encore rien vu mon coco !

— Comment as-tu osé ? Les Françaises sont chaudes hein ? Va te faire foutre, Davis !

Du coin de l'œil, je peux voir Erik et Ben me fixer, leurs gestes suspendus et la bouche ouverte. Si je tourne la tête, je suis sûre de deviner un sourire sur le visage de Jess. Mais je ne prête pas plus attention que ça à ses amis car tout mon être est concentré sur lui. Mon Dieu que je le hais à cet instant !

Pour ne pas perdre la face devant ses amis, il rigole nerveusement et me souris.

— T'as fumé quoi, là ?

— Ne joue pas au con avec moi, comment as-tu pu poster cette photo sur Facebook ? Tu m'avais dit que jamais tu ne la montrerais. Ta parole ne vaut rien, j'aurais dû m'en douter !

Cette fois, il ne rigole plus du tout et paraît même énervé. C'est pas à lui de se montrer offusqué, et je crois que je suis assez en colère pour nous deux. J'en ai mal à la gorge tellement je gueule depuis tout à l'heure.

— Mais de quelle photo tu parles ?

Il se fout de moi là ? Je sors mon portable, les doigts tremblants, je vais sur l'appli Facebook et c'est la première actualité sur mon mur. La photo a été likée et il y a plusieurs commentaires que je préfère ne pas regarder pour l'instant. Je lui colle le portable sous le nez et son visage se décompose.

Les gars se ruent sur leur portable mais Jay leur lance un regard noir qui signifie « n'y pensez même pas ! ». La menace silencieuse fait son effet et les deux curieux reposent leurs portables sur la table basse. Bande de pervers !

— Je te jure que je n'ai jamais posté cette photo !

Quand ses yeux plongent dans les miens, j'y vois de la colère mais aussi de la sincérité et je comprends qu'il ne me ment pas. Je le connais assez pour savoir qu'il n'y a pas de place aux doutes. Nos têtes se tournent alors vers Jess comme une évidence. Même Ben et Erik la dévisagent et la phrase qu'elle m'a sorti plus tôt me revient à l'esprit : « Je te parie que je peux foutre la merde entre vous en un rien de temps. »

— Espèce de salope !

Je me rue sur elle mais Jay m'attrape et m'encercle fermement de ses bras. Je me débats dans tous les sens, cherchant à me défaire de son emprise. En vain. J'ai envie de la démonter, car elle cherche à me pourrir l'existence depuis que je suis arrivée et personne ne voit rien. Cette fois, il va bien être obligé d'ouvrir les yeux sur son amie.

— Lâche-moi !

— Arrête, calme-toi, putain !

Jayden resserre son étreinte tel un étau et recule de quelques pas, m'emmenant avec lui au plus loin de cette vipère.

Ben se lève et se poste devant moi en m'attrapant fermement par les poignets et les pose sur son torse. Ne pouvant plus bouger, mes nerfs lâchent et je finis par pleurer.

— Lola, calme-toi, on va arranger tout ça, OK ?

Ben me parle d'une voix douce et posée, ce qui me calme un peu. Quand je relève la tête, je tombe sur son regard inquiet et je lâche prise. Il libère alors mes poignets et me prend dans ses bras. Je m'y plonge et pleure à chaudes larmes. Jayden me laisse à son tour et va rejoindre Jess. Elle est livide, collée à Erik, et j'ai l'impression que j'ai réussi à lui faire peur. Si on ne m'avait pas retenue, je ne sais pas ce que j'aurais pu lui faire.

— C'est quoi ton problème ? Tu as pensé à sa famille ? Et de quel droit tu fouilles dans mon portable ?

— C'était pour faire une blague, je n'ai pas pensé à mal sur le coup… Je crois que j'ai trop bu et…

— Menteuse !

Je crie et les bras de Ben se resserrent instantanément sur moi.

— Tu me détestes depuis le début, tu me pourris la vie volontairement, ne fais pas ta faux-cul !

— Arrête, Lola, sincèrement, je n'ai rien contre toi !

Sa voix est douce, beaucoup trop douce pour être sincère. Elle me prend vraiment pour une conne !

Je pousse un tel cri de rage que Ben m'emmène dehors, loin de cette salope.

— Je te crois, ma beauté, je sais ce dont elle est capable. Laisse-nous régler ça avec elle. Tu es trop énervée pour t'en occuper ce soir. Rentre, Jayden ne laissera pas passer sa connerie comme ça, ne t'inquiète pas.

Les mots de Ben font leur petit effet, et je me sens rassurée. Je le serre dans mes bras, reconnaissante de l'avoir comme ami.

— Maintenant rentre, parce que je n'arrête pas de te reluquer dans ta petite tenue, ça en devient vraiment gênant.

Je rigole et lui tape sur le torse.

— T'es con ! Merci, Ben. T'as raison, je vais rentrer.

Alors que je dépasse la piscine, je me retourne et crie assez fort pour être sûre qu'ils m'entendent tous.

— Mais je ne veux plus jamais la revoir !

Je fais un clin d'œil à Ben et regagne la villa. Je suis sûre que Jess tout comme les voisins n'ont rien manqué de mes dernières paroles.

Je me glisse sous les draps et réponds brièvement à Zoé, qui m'a bombardée de messages, avant d'éteindre mon tél. Jayden me rejoint peu de temps après. Comme à son habitude, il se déshabille et s'installe dans mon lit.

— J'ai appelé un taxi qui va les ramener.

Je ne réponds pas.

— J'ai supprimé la photo sur Facebook et j'ai mis un code sur mon portable.

Toujours aucune réponse de ma part. Je préfère fixer l'ampoule qui me brûle les rétines plutôt que de lui faire face. Je suis quand même énervée contre lui car s'il avait effacé cette photo comme je le lui avais demandé, rien de tout ça ne serait arrivé.

Il m'attrape et me tire vers lui pour me prendre dans ses bras. Son torse est chaud et je m'y love sans attendre.

— J'aurais dû faire le nécessaire plus tôt mais jamais je n'aurais pensé qu'elle ferait un truc pareil. Je ne la comprends plus... Mais une chose est sûre, ça ne se reproduira pas. Je crois que cette fois elle a compris.

— Compris quoi ?

— Qu'elle ne compte pas pour moi autant qu'elle le voudrait. C'est une copine et ça ne sera jamais rien d'autre. Même plus comme plan cul.

— Je suis sérieuse, Jay, je ne veux plus la revoir.

— Je sais.

— Elle t'a dit quoi, tout à l'heure ?

— Dans la voiture ?

J'acquiesce de la tête et évite son regard. Je fais ma jalouse mais je me dis qu'il n'y a pas meilleur moment pour lui poser la question. Il me caresse les cheveux et je l'entends rire doucement.

— Je savais que tu avais remarqué ! Elle m'a dit qu'elle était partante pour une petite baise dans les chiottes du bar comme avant !

— Je la déteste ! Mais quelle pétasse !

Il rigole de plus belle mais je le foudroie du regard. Si lui est prêt à plaisanter avec ça, moi je ne suis pas sûre qu'un jour j'y arriverai.

— Tu as regardé les commentaires de la photo ?

— Non, je n'ai pas voulu savoir qui l'avait vue. Et qui je vais devoir éviter à mon retour en France.

— C'est une très belle photo, n'ai pas honte de toi, tu es magnifique. Mais rassure-toi, les commentaires venaient essentiellement de mes amis.

— Et toi tu as honte de moi ?

— Quoi ? Bien sûr que non ! Pourquoi tu me dis ça ?

— Je ne sais pas… Tu m'as ignorée toute la soirée. Pas un mot ni un regard jusqu'à ce que je disparaisse.

— C'est pour ça que tu es partie ? Pour attirer mon attention ?

— Ça a marché, non ?

Il m'adresse un grand sourire et je ne peux m'empêcher de le lui retourner. Je suis incapable de rester fâchée contre lui.

— Faut croire ! Écoute, je ne sais pas comment me comporter avec toi. Quand on est tous les deux, je n'y pense pas. Je suis naturel, je n'ai pas besoin de me cacher ou de faire semblant. Tu es une des rares personnes qui me connaît réellement. Mais quand il y a du monde… Je ne sais pas, c'est comme s'il fallait que je garde mes distances. Je me dis que si je t'accorde trop d'importance devant les autres, on va finir par passer pour un couple. C'est tordu, je ne sais pas comment l'exprimer.

— Non, j'ai parfaitement compris. Tu me repousses volontairement pour ne pas que les gens s'imaginent des choses et te croient capable d'amour.

— Ouais, un peu dur mais on peut dire ça !

La tension est complètement retombée et la fatigue se fait de nouveau ressentir. Je ferme les paupières quelques secondes, et une sensation de confort et de bien-être m'envahit. Si je reste comme ça une minute de plus, je m'endors à coup sûr.

Quand je rouvre les yeux, Jayden me fixe bizarrement.

— Je ne m'étais pas aperçu que vous étiez si proches, Ben et toi. Il a réussi à te calmer quand moi j'en ai été incapable.

— C'est un ami auquel je tiens, c'est vrai. Mais il n'y a rien de plus entre nous.

— Je le sais maintenant. Je l'ai compris en vous voyant tous les deux dehors. Tu me piques mon pote !

On rigole encore un bon moment et Jay me révèle alors comment il a connu Ben. Je savais que c'était son meilleur ami mais je n'avais pas conscience de leur attachement sincère. C'est presque un frère pour lui. Tandis qu'il me raconte toutes les conneries qu'ils ont faites ensemble, je ferme les yeux et de nouveau ce sentiment de bien-être m'envahit. Sans m'en rendre compte, je finis par m'endormir paisiblement, bercée par la voix de Jay.

Je me réveille en sueur, je suis à moitié allongée sur Jay et nos jambes sont entremêlées. Son bras me maintient contre lui et je peux sentir son torse se lever au rythme de ses inspirations. Il dort paisiblement. J'ouvre doucement les yeux, éblouie par la lumière qui est restée allumée. Une fois habituée à la luminosité, je découvre Jay, le visage tourné vers moi et la bouche légèrement entrouverte. Quelques mèches lui tombent sur le front et lui aussi est en sueur. À le voir ainsi, aussi beau et rien qu'à moi, j'ai envie de l'embrasser, de le réveiller pour lui faire l'amour tendrement. Je me rends compte alors que je n'ai pas développé que de simples sentiments pour lui mais bien plus que ça. J'ai été naïve de croire qu'il n'y avait rien d'autre. Je suis tombée amoureuse de lui depuis bien longtemps. Si je devais être tout à fait honnête envers moi-même, je dirais que je suis complètement folle de ce type.

Je peine à me détacher de son étreinte et dois le faire bouger, il grogne alors en se retournant. Un véritable homme des cavernes en plus ! Il est maintenant allongé sur le ventre et en travers du matelas. Je souris comme une idiote et sors du lit pour éteindre la lumière. Je reprends ma place près de lui et caresse du bout des doigts son dos nu.

— Je t'aime.

Ses trois mots que je ne pourrai jamais lui dire sortent dans un murmure mais gonflent mon cœur de joie. Je dépose un léger baiser sur sa bouche en prenant soin de ne pas le réveiller et m'endors avec un sourire aux lèvres.

CHAPITRE 33

Un réveil en douceur par des câlins… Je ne connais rien de mieux. Depuis que Jay m'a prise dans ses bras le soir de notre retour de Los Angeles, on a continué à s'endormir et à se réveiller de la même manière. La première fois, il m'a serrée tendrement dans ses bras en pensant que je dormais mais les fois suivantes se sont produites spontanément. Trop heureuse de ses étreintes, je ne lui ai jamais posé de questions sur ce revirement de situation. Lui qui ne dormait jamais avec qui que ce soit a pris l'habitude de passer toutes ses nuits avec moi. Quand en plus il m'a offert ses bras pour m'y blottir, j'ai juste eu peur qu'il fasse machine arrière et redevienne distant. Je considère ça comme un pas en avant, je ne voudrais pas qu'il en fasse deux en arrière.

Mais aujourd'hui le lit semble envahi par d'autres bras. Je tente un coup d'œil vers les chuchotis et découvre mes deux têtes blondes allongées et qui m'enlacent en souriant. Je me relève aussitôt et les prends à mon tour dans mes bras, heureuse de pouvoir les serrer contre moi.

— Oh mes chouchous… vous m'avez tellement manqué ! Je suis dégoûtée, je voulais être là pour votre arrivée !

— Non, moi je trouve ça mieux, c'est nous qui te faisons une surprise !

Evan me fixe, le regard brillant ; il est réellement heureux de me revoir. J'ai le cœur qui se gonfle de joie et les yeux me piquent.

Je jette un coup d'œil discret vers la place à côté de moi. Vide. Jayden a dû déserter le lit quand il a entendu sa famille arriver. Malgré ma déception de ne pas me réveiller auprès de lui, je suis soulagée que les enfants ne nous aient pas vus ensemble dans le même lit. Je prends conscience que nos galipettes n'importe où et n'importe quand sont révolues. Je vais devoir le retrouver discrètement chez lui, le soir, comme avant. Mais selon le dicton, pour vivre heureux, vivons cachés. Car oui, avec lui je suis heureuse, plus que je ne l'ai jamais été. Alors s'il faut revenir à nos petits rendez-vous nocturnes, c'est avec plaisir que je me glisserai en cachette dans ses draps le temps de quelques heures.

Les enfants retournent en bas le temps que je me prépare, mais uniquement après leur avoir promis que je faisais au plus vite pour les rejoindre. De toute façon, je n'ai qu'une envie, c'est qu'ils me racontent leurs vacances. Je suis heureuse aussi de retrouver Andrew. Seules les retrouvailles avec Mme Davis m'inquiètent. Si de mon côté je n'ai aucun regret de ne pas être partie avec eux, je ne sais pas dans quel état d'esprit elle est. Mais je ne prends pas le temps de m'attarder là-dessus et file dans la salle de bains. Après une douche rapide, le brossage des dents et j'en passe, je retourne dans la chambre pour m'habiller. Une odeur d'alcool et de tabac froid emplit la pièce. Pas étonnant avec le nombre incalculable de verres de whisky et de clopes que Jay a consommé durant la soirée. Dire que les enfants ont respiré cet air pollué ! J'enfile rapidement un jean slim et une tunique avant d'aller ouvrir la fenêtre.

Alors que je respire le bon air, j'aperçois Jayden et Andrew en pleine discussion, tranquillement installés sur les chaises du salon de jardin. Avec tout ce qu'il a fumé hier soir, je me demande comment Jay arrive encore à s'en allumer une ! Décidément, je ne comprendrai jamais les fumeurs. Ma chambre pue la cigarette froide, c'est dégueulasse. Je compte bien les laisser profiter de leurs retrouvailles lorsque j'entends mon prénom. Je sais que je ne devrais pas mais c'est plus fort que moi, je suis trop curieuse pour les ignorer quand je sais qu'ils parlent de moi. Je m'écarte de la fenêtre pour ne pas être vue et tends l'oreille.

— Oui, Lola va bien, elle est… elle est super ! Je n'ai jamais connu une fille comme ça.

Oh, mon Jayden ! Je souris comme une imbécile en entendant ses paroles.

— Tu as l'air de beaucoup l'apprécier.

— C'est vrai, je l'apprécie énormément mais…

Je l'entends soupirer et je me raidis en attendant la suite. Ce « mais » ne présage rien de bon. Le connaissant, je l'imagine en train de se passer énergiquement les mains dans les cheveux comme à chaque fois qu'il est contrarié.

— Hier soir elle a dit qu'elle m'aimait.

Merde ! Je dirais même putain de bordel de merde si j'osais. Il n'était pas censé m'entendre. Je l'aime oui, même plus que tout mais je sais aussi que ces mots vont le faire flipper. Après la semaine que nous venons de passer, je mettrais ma main au feu qu'il éprouve des sentiments pour moi. Pas de l'amour mais au moins… quelque chose. Je comptais lui en faire prendre conscience en douceur mais tout tombe à l'eau. Merde comment on va s'en sortir après ça ?

— C'est vrai ? Et comment tu as réagi ?

— Je n'ai rien dit, elle croyait que je dormais.

— Et tu en penses quoi ?

— Je ne sais pas, je suis complètement paumé.

— Écoute, je sais comment tu raisonnes, Jay, mais tu as le droit au bonheur toi aussi, il faut que tu arrêtes de te prendre la tête. Prends la bonne décision.

Je suis aussi perdue que lui. Toutes ces émotions me chamboulent. Je suis éperdument amoureuse mais je ne sais toujours pas ce que j'attends de lui. Jay n'est pas fait pour moi et pourtant je n'arrive pas à me passer de lui. Quoi qu'il en soit, ce secret nous empêche d'avancer. C'est à cause de lui que Jay ne PEUT pas se livrer davantage. Si cette barrière saute, alors je pourrai voir où notre histoire peut nous mener. Mais pour ça, je dois découvrir ce qu'il me cache.

— Tu as raison, elle mérite mieux que cette situation dans laquelle on est bloqués. Il faut qu'on avance.

J'ai des crampes aux joues tellement je souris, je n'en reviens pas ! Il veut qu'on avance ! Je sautille sur place et serre les dents pour empêcher ma joie de s'exprimer. Il a des sentiments pour moi, il n'y a plus de doutes à présent. Je les laisse continuer leurs bavardages tranquillement puisque Jayden a préféré changer de sujet. Ils parlent maintenant de Paris, ce qui me rappelle que les enfants m'attendent pour me raconter leurs vacances.

C'est le cœur léger que je descends rejoindre les jumeaux mais je stoppe net au milieu des escaliers quand je découvre Mme Davis. Quand elle s'aperçoit de ma présence, elle s'arrête face à moi et me fixe. Son regard n'est pas haineux ou froid comme à son habitude mais plutôt interrogateur et, d'un signe de tête, elle me salue. Puis sans me laisser le temps de quoi que ce soit, elle détourne la tête et repart tout aussi tranquillement. Cette femme est une énigme pour moi mais je suis trop heureuse pour m'en soucier maintenant. Je continue de descendre et la vois s'enfermer dans son bureau. Soulagée que le dragon se soit retranché dans son donjon, je vais dans le salon rejoindre mes deux loulous.

Je m'assois dans le canapé, ils s'installent chacun d'un côté et m'expliquent tout ce qu'ils ont vu. Chacun y va de son souvenir et ma tête ne cesse d'aller de l'un à l'autre. J'ai l'impression d'assister à un match de tennis sauf que, dans le cas présent, c'est moi la balle. Les yeux pétillants, ils parlent à une vitesse fulgurante, bafouillant et butant sur plusieurs mots. Mais j'entends le Louvre, Notre-Dame de Paris, sans oublier l'incontournable tour Eiffel. Je peux affirmer sans nul doute que leur séjour leur a plu !

— Et on a été à Eurodisney aussi, il est encore mieux que le nôtre, tu sais ? C'était super !

Leur excitation me donne le tournis et les voir aussi heureux me fait chaud au cœur. Ils sont partis les larmes aux yeux mais ont quand même réussi à s'amuser. Ah les gosses, loin des yeux, loin du cœur… Je les serre dans mes bras, ravie de les avoir de nouveau près de moi.

— Comme vous m'avez manqué !

Ils répondent à mon étreinte et se lovent contre moi, en me serrant aussi fort que leurs petits bras le permettent.

— Toi aussi tu nous as manqué !

Charlie me regarde avec une telle intensité que je sens mon cœur éclater en mille morceaux. Si elle savait à quel point ils comptent pour moi !

— Et moi alors, je t'ai manqué aussi ?

La voix d'Andrew me sort de mes pensées et le temps que je me relève du canapé, il se matérialise devant moi en arborant un large sourire. Avant que je ne réalise mon geste, je l'enlace et le serre contre moi. Bien sûr qu'il m'a manqué aussi, il est mon pilier dans cette maison. Il passe ses mains autour de moi et, d'un geste paternel, dépose un baiser sur le haut de mon crâne. Alors que je me détache de lui, je me rends compte que Jayden est là aussi. Quand nos regards se croisent, je reste figée comme prise au piège dans le vert émeraude de ses yeux. Ses paroles que je n'étais pas censée entendre me reviennent aussitôt et mon cœur s'emballe. Je peux sentir mes joues rosir et j'en mords l'intérieur pour m'éviter de sourire comme une niaise. Il est le premier à détourner le regard et fixe ses pieds comme s'il était gêné.

— J'ai des trucs à faire, je... heu... je vais y aller !

Sans même relever la tête, il tourne les talons et s'en va. Quand il disparaît de mon champ de vision, je reporte mon attention sur Andrew qui n'a rien loupé de notre échange et me regarde l'air attendri.

— J'ai comme l'impression que j'ai loupé beaucoup de choses ces derniers jours...

— Je ne vois pas du tout de quoi vous parlez !

Je lui adresse un petit sourire entendu, bien qu'au fond de moi j'exulte de joie. Alors que je m'apprête à rejoindre les enfants, Andrew me retient par le bras et se penche vers moi.

— Je voulais te dire, normalement Ava ne devrait plus t'embêter. J'ai eu tout le temps d'en parler avec elle, et je crois qu'elle a compris qu'elle n'a rien à craindre de toi.

Andrew parle à mi-voix pour ne pas que les enfants entendent. Ça veut dire qu'elle avait peur de moi ? Je pensais qu'elle ne m'aimait pas tout simplement. Je me retourne vers lui et le remercie silencieusement. Il s'est expliqué et peut-être même disputé avec sa femme pour moi, et je lui en suis reconnaissante. Je comprends mieux la réaction bizarre de Mme Davis tout à l'heure, et j'espère pouvoir repartir sur de nouvelles bases maintenant.

Le reste de la journée se passe plus tranquillement. Le midi, on a mangé tous les cinq et Mme Davis a même réussi à échanger quelques mots avec moi. J'apprends que ce soir ils m'abandonnent déjà, car ils sont invités chez la tante Rosie, une vieille bonne femme un peu acariâtre que je n'apprécie que modérément. Perso, elle me fait penser au film *Tatie Danielle*, et même si ça m'embête qu'ils ne soient pas là de la soirée alors qu'ils viennent à peine de rentrer, je préfère ça plutôt que de la revoir ici.

J'ai quand même le temps de profiter de mes deux amours tout l'après-midi au cours duquel ils me récitent les mots français qu'ils ont retenus et me parlent une fois de plus d'Eurodisney. Ils sont sous le choc quand je leur apprends qu'il y a quelques années j'y ai travaillé durant un été. Avec ma grande chevelure rousse, pas la peine de se demander en qui j'étais déguisée. Je faisais une superbe Mérida avec ma belle robe verte qui me donnait de l'urticaire et mon arc qui m'encombrait plus qu'autre chose.

Vers 18 heures, ils partent en me demandant une nouvelle fois si je ne veux pas les accompagner. Passer une soirée entière avec une vieille folle qui pue la pisse ou avec un dieu grec qui pourrait devenir plus que mon sex friend ? La blague ! Je décline gentiment leur offre, aussi alléchante soit-elle, pour tenir compagnie à ce pauvre Jay qui se retrouve tout seul. Mais, en parlant de lui, pas un seul message de la journée depuis qu'il s'est sauvé ce matin. Je trimbale mon téléphone partout pour ne pas louper un message ou un appel de sa part, pourtant il ne s'est pas manifesté de tout l'après-midi. Je pourrais lui envoyer un petit sexto comme je le fais habituellement pour qu'il pense à moi mais depuis que je sais ce qu'il a en tête, je n'ose pas. Est-ce qu'un jour je parlerai de lui comme étant mon petit ami ? Merde, je me fais l'effet d'une ado qui vit son premier flirt.

Tandis que je prépare la salade qui va accompagner la pizza que je viens de me commander, Jayden arrive au moment où je coupe l'échalote. Complètement chamboulée par sa présence, je ne fais pas attention et m'entaille l'index.

— Aïe !

Je me rue aussitôt vers l'évier et passe mon doigt qui saigne abondamment sous l'eau claire. La vue du sang me fait tourner la tête, un voile de sueur se dépose sur mon visage et ma nuque. Je suis sur le point de m'évanouir comme à chaque fois dans ces circonstances. Jayden s'approche en quelques enjambées. Avec une facilité déconcertante, il m'attrape par les hanches et me soulève pour me poser sur le plan de travail. Sans s'éloigner de moi, il attrape l'essuie-tout et s'en sert comme pansement. Après avoir entouré mon doigt, il pose sur moi un regard inquiet. Il prend mon visage en coupe et me caresse doucement les joues du bout des doigts.

— Ça va ? Tu me fais flipper, tu es livide et tu as les lèvres bleues. On dirait que tu vas tomber dans les pommes !

— Parce que c'est le cas, je ne supporte pas la vue du sang. Elle est importante, la coupure ?

Il sourit et je vois bien qu'il se retient de se moquer de moi. D'accord j'ai compris, rien qui ne mérite d'aller à l'hôpital ! Sans me lâcher, il saisit un verre et le remplit d'eau au robinet.

— Bois, ça va te faire du bien.

D'une main fébrile, j'attrape le verre et le vide d'une seule traite. L'eau est fraîche et me fait un bien fou. Jayden sourit de nouveau et je peux voir du soulagement dans son regard.

— Tu as déjà meilleure mine ! Tes lèvres ont retrouvé leur couleur…

Son regard s'attarde un peu trop longtemps sur mes lèvres et mes yeux viennent spontanément se poser sur les siennes. Ses lèvres douces et pulpeuses qui me donnent envie de les mordre à pleines dents. Mon cœur s'emballe à la tournure que prennent mes idées et je laisse le désir prendre le dessus. Je me penche pour mordre cette lèvre tentatrice entre mes dents. Je la tire doucement, avant de la sucer de manière provocatrice. Lorsque je me détache de lui, le regard qu'il pose sur moi est indéchiffrable et m'ébranle jusqu'au plus profond de mon être. Ses yeux se posent à nouveau sur mes lèvres dont il caresse le contour du bout du doigt. La respiration haletante, je reste figée sous ses caresses. Il réduit lentement la distance qui nous sépare et ses lèvres viennent s'écraser sur les miennes. Son baiser n'a rien de sauvage ou de pressant comme à son habitude mais est tout en douceur. C'est comme s'il goûtait mes lèvres pour la première fois. Quand sa langue s'insinue dans ma bouche pour venir taquiner la mienne, mon corps entier s'électrise. C'est la première fois qu'il m'embrasse de la sorte. C'est intense, vibrant, et d'une sensualité torride. J'essaie de faire passer tout mon amour pour lui et réponds à son baiser tout aussi tendrement. Ses mains restent sur mon visage qu'il caresse délicatement, ne cherchant pas à descendre plus bas, pourtant mon corps réclame autant d'attention. Mes jambes viennent encercler son bassin pour qu'il se rapproche mais il ne semble pas disposé à aller plus loin. Posant mes mains sur les siennes, je les attrape et les fait glisser doucement sur ma poitrine pour lui faire comprendre le message. Il soupire en sentant mes pointes dressées et son baiser s'intensifie soudain. Mes mains glissent sous son pull à la recherche du contact de sa peau brûlante. Je ne peux réprimer des gémissements face à ce baiser ardent, à ses mains qui me caressent le galbe de la poitrine tandis que ses pouces titillent mes tétons durcis à travers le tissu. Alors que j'attrape le bas de son pull pour le lui enlever, la sonnette me coupe dans mon élan. Nos corps se séparent à contrecœur mais nos lèvres s'attardent, nos bouches ont soif l'une de l'autre et peinent à rompre le lien. C'est la seconde sonnerie, beaucoup plus insistante, qui nous interrompt définitivement. Jayden m'aide à descendre du plan de travail et je rejoins la porte d'entrée d'un pas chancelant, encore sous l'effet de son baiser.

Alors que le livreur me tend ma pizza, Jayden sort au même moment et glisse un billet dans la main du mec.

— Je peux payer tu sais !

— Je sais, p'tit cul, mais je sais aussi que tu adores ta pizza napolitaine. Comme ça, je serai quand même l'instigateur de ton orgasme quand tu la dévoreras !

Je rougis de honte devant le regard amusé du livreur. Il a beau baisser la tête, je peux voir son sourire à ce con !

Jayden éclate de rire devant mon teint qui passe par toutes les couleurs de l'arc-en-ciel. Il faisait moins son malin quand j'étais blafarde, à la limite de lui claquer entre les doigts. Il quitte la villa et sort ses clés de voiture de sa poche.

— Tu ne manges pas avec moi ?

— Non j'ai des trucs à faire… Tu me rejoins comme d'hab ? Même heure, même endroit ?

— Heu… OK !

Je le regarde s'éloigner en même temps que le livreur. Je ne comprends pas pourquoi il est si peu dispo aujourd'hui mais l'odeur de la pizza me chatouille les narines et j'arrête de me poser des questions. Alors que je referme la porte du pied, je l'entends s'adresser au livreur, lui disant que je n'arrive pas à me passer de son corps. Je soupire et lève les yeux au ciel : Jayden dans toute sa splendeur !

Après avoir englouti plusieurs parts de pizza et avalé quelques feuilles de salade pour me donner bonne conscience, j'en ai déjà marre d'être seule. J'ai pris l'habitude de manger et de passer mes soirées avec lui, ça me fait bizarre de n'avoir personne à qui parler. Je prends mon téléphone pour appeler ma mère, il y a longtemps que je n'ai pas pris de ses nouvelles.

— Coucou, mon bébé !

— Salut, maman, ça va ?

— Très bien, mon cœur, et toi ? La Californie te plaît toujours ?

Je l'entends chuchoter et glousser discrètement. Si je ne la connaissais pas, je dirais que…

— Maman, il y a du monde avec toi ?

— Oh… Heu… Oui, un ami est passé prendre le café.

— Un ami ?

Après un rapide calcul, j'en déduis qu'on est en plein milieu de la matinée en France. Il n'est pas difficile de comprendre que cet « ami » a passé la nuit chez elle. Je n'en reviens pas, ma mère a un amant ! Je ne suis pas contre mais je suis choquée : ma mère a des rapports sexuels !

— Quoi, je n'ai pas le droit d'avoir des amis ? Alors, parle-moi de ton amoureux. Tu me laisses entendre que tu as quelqu'un mais tu ne veux jamais en parler.

J'ai envie de lui répondre que c'est parce que jusqu'à ce matin c'était un copain de baise et non un petit ami, mais pour l'instant rien n'est sûr. Je pourrai bientôt lui en dire plus ! Merde, c'est le bruit d'un bisou que je viens d'entendre ?

— Je te parlerai de mon amoureux quand tu me parleras du tien !

— Quoi ? Non… tu… Je ne comprends pas !

— Maman, je suis contente pour toi, il était temps que tu refasses ta vie mais je ne suis pas encore prête à entendre des bisous dans ton cou ! Alors je vais te laisser et on en discute plus tard, seule à seule ?

— Je t'aime, mon cœur, je t'appelle bientôt, promis.

Elle semble soulagée, mais je me demande si c'est dû à ma réaction ou au fait de couper court à la conversation. Ma mère a une vie sexuelle active, je n'en reviens pas !

À peine ai-je raccroché que j'appelle aussitôt Zoé, car j'ai besoin d'en parler mais je tombe sur son répondeur. J'essaie et essaie encore de la joindre, en vain. Elle a éteint son portable. Merde !

Finalement, j'ai dû prendre une douche pour m'enlever les images que j'avais dans la tête. Celles de ma mère et d'un homme en train de… Merde, il faut vraiment que j'arrête d'y penser.

Beurk ! Je me maquille, boucle mes cheveux et passe la robe noire que Jay a tant appréciée à Los Angeles, sans rien en dessous, comme la première fois qu'il m'a vue avec, et je file le rejoindre pour notre rendez-vous nocturne.

Alors que j'arrive devant sa porte, j'hésite un instant avant d'entrer. Va-t-il me le dire ce soir qu'il veut qu'on avance tous les deux ? C'est avec des palpitations que j'ouvre la porte et perçois une musique douce qui s'échappe de la sono. Je souris en reconnaissant la douce voix d'Ed Sheeran : Jayden sait que j'adore ce chanteur. Il a sorti le grand jeu à ce que je vois !

Je défais mes bottines et avance à pas de loup jusqu'à sa chambre. La porte est entrouverte et laisse passer un rayon de lumière. Je la pousse lentement pour découvrir Jayden nu sur le lit. Il est allongé de tout son long, les draps couvrant à peine ses attributs. Il ne semble pas avoir remarqué ma présence, alors j'en profite pour le contempler. Ses yeux mi-clos, quelques mèches qui lui tombent sur le front, sa belle bouche qui ne demande qu'à être embrassée, les courbes de ses tatouages où j'ai si souvent fait passer le bout de ma langue et ses abdos en acier qui n'ont pas fini de me faire fantasmer. Seul son sexe est recouvert, en tout cas pour l'instant. Bon sang, que je l'aime !

Je pousse la porte entièrement et fais quelques pas vers lui. Il doit sentir que je m'approche et pourtant ne semble pas en tenir compte.

— Jay ?

Les yeux dans le vide, il semble disposé à m'ignorer. J'avance vers lui inquiète et marche sur ses vêtements qui jonchent le sol. Ils sont éparpillés comme s'ils avaient été jetés à la hâte. Toujours sans aucune réaction de sa part, je parcours la chambre des yeux et mon cœur se serre de seconde en seconde. Je ne marche pas uniquement sur ses fringues à lui mais aussi sur un soutien-gorge et une jupe en jean. Les draps sont froissés et un tissu noir est caché entre les plis. Je l'attrape du bout des doigts pour découvrir qu'il s'agit d'un string en dentelle et le relâche aussi sec, le laissant tomber à mes pieds.

— C'est quoi ce délire ?

Mon regard se reporte sur Jayden qui n'a toujours pas bougé. Il reste inerte, sans expression, alors que je suis au bord de l'explosion.

— Regarde-moi putain !

Mon cri le fait sursauter et il ferme les yeux un bref instant avant de se tourner vers moi. Son expression me fait froid dans le dos. La mâchoire serrée et le regard dénué d'émotion, il se tourne dans ma direction sans avoir le courage de me fixer dans les yeux.

— J'ai dit : regarde-moi !

Une boule douloureuse s'est formée dans ma gorge et fait trembler ma voix, trahissant ma sensibilité à fleur de peau. Je suis sur le point de craquer mais je ne veux pas lui faire ce plaisir. Tout ça n'est qu'une grotesque mascarade manigancée de toute pièce. Il savait que je devais venir et il attendait que je le prenne sur le fait. J'ai envie de hurler pour libérer tout l'air qui me comprime les poumons, de le frapper pour le forcer à réagir mais, à cet instant, j'en suis totalement incapable. Je suis en état de choc, car il me fait vivre ce qu'il m'avait juré de m'épargner. Je peine à respirer, chaque inspiration me fait souffrir le martyre, et pourtant je suis devant lui à attendre des explications. Et ce lâche n'ose toujours pas me faire face, ça me met hors de moi.

Je perçois un bruit dans la salle de bains et mon souffle se coupe. La fille est toujours là. La situation est déjà plus qu'embarrassante, et je n'ai pas envie de me ridiculiser davantage, donc je préfère partir avant de la voir. Malheureusement, la chance m'a définitivement abandonnée et je n'ai pas le temps de quitter la chambre que je me retrouve nez à nez avec elle. Il aurait pu baiser n'importe quelle fille, mais il a fallu qu'il la choisisse ELLE !

— Oh salut, Lola, décidément, on n'arrête pas de se voir en ce moment !

Jess me passe sous le nez, nue comme un ver, un large sourire aux lèvres. Elle n'a jamais été aussi heureuse de me voir qu'à cet instant. Pas le moins du monde gênée de se pavaner à poil devant moi, elle retourne s'asseoir sur le lit et commence à se rhabiller. Son putain de sourire n'a toujours pas déserté son visage, et je ne suis pas certaine qu'avec les dents de devant en moins elle continuerait de sourire autant. Jayden se redresse et me regarde enfin alors que je m'approche dangereusement de sa pouffe pour lui en coller une. Jess se lève d'un bond et recule de quelques pas, peu rassurée de me voir si près d'elle.

— Hey ! On a rien fait de mal, ce n'est pas ton mec à ce que je sache !

Je m'arrête net et la regarde les yeux écarquillés. Non, je n'ai aucun droit sur lui, ce n'est pas mon petit ami et ça ne le sera jamais d'ailleurs.

Voyant qu'elle a pris le dessus sur moi, elle arbore de nouveau un sourire éclatant et ses yeux brillent de fierté.

— À mon avis, tu ne pourras rien en tirer ce soir, je l'ai lessivé ! Le mieux c'est que tu repasses un autre jour, hein ?

Elle a retrouvé toute sa confiance en elle et je peux voir de l'arrogance dans son regard. Mon cœur s'arrête quand Jayden prend la parole.

— Tu ferais mieux d'y aller.

Humiliation ultime, je me fais mettre à la porte. Je ne peux plus contenir ma souffrance et malgré tous mes efforts des larmes silencieuses coulent sur mes joues. Jayden me regarde enfin dans les yeux mais je n'y décèle aucune rancœur, aucun regret ni aucune autre émotion. Son visage n'affiche aucune expression, et c'est plus douloureux encore. Je ne suis plus rien pour lui, si tant est que j'ai été quelque chose un jour.

Je me mords tellement les joues que je peux sentir le goût du sang dans ma bouche. Ma conscience me crie de me ressaisir et de quitter les lieux avant de me donner en spectacle, mais mon corps ne répond plus. Mes jambes sont comme paralysées et je peine à reculer.

Mon regard est toujours rivé sur celui de Jay mais je peux voir Jess profiter pleinement de la situation. Je suis sûre qu'elle se retient de rire, tant ça l'amuse de me voir me faire piétiner.

— Jess, c'est à toi que je parle !

— Quoi ? Mais…

— Casse-toi, bordel !

On sursaute toutes les deux, surprise de son soudain excès de colère. Jess ramasse ses affaires en quatrième vitesse et disparaît.

Je me retrouve seule avec celui qui vient de ruiner ma vie. Grâce à lui, j'avais réussi à me reconstruire et en un claquement de doigts, il vient de tout saccager. Il baisse enfin le regard et s'assoit pour remettre ses fringues. C'est dans un silence de mort qu'il enfile son boxer puis un tee-shirt.

— Tu n'as aucune parole, tu n'es qu'un petit con qui ne sait pas se conduire en adulte. Tu m'avais promis de ne pas me faire ce coup-là !

— Arrête ton numéro de petite fille naïve, tu sais comment je suis, je ne t'apprends rien !

— Je pensais te connaître oui, mais apparemment je me suis lourdement trompée. Et pour être sûr de me faire souffrir un max, il a fallu que tu baises avec elle !

— Elle ou une autre, ça change quoi ? On a jamais été un couple, mais ça tu as du mal à l'intégrer !

— Rassure-toi, cette fois, le message est parfaitement passé. J'avais des sentiments pour toi, c'est cruel ce que tu fais.

Cette fois, je n'arrive plus à me retenir et je pleure à chaudes larmes devant lui.

— C'est bien ça le problème, je ne veux pas que tu m'aimes. Je n'en ai rien à foutre de ton putain d'amour ! Je ne suis pas de ceux qu'on aime mais plutôt de ceux qu'on évite.

Je suis brisée en mille morceaux, mon corps entier tremble sous des spasmes incontrôlables. Je suis détruite, il m'a détruite.

— Après la semaine qu'on vient de vivre, on s'est rapprochés et j'avais l'impression que ça allait bien entre nous. Puis tu as dit que tu voulais qu'on avance ensemble… Alors je croyais que…

— Quoi ? Quand est-ce que j'ai dit ça ?

— Ce matin, quand tu parlais avec ton frère, tu as dit que tu voulais qu'on avance tous les deux.

Il rigole nerveusement, et son regard noir me fait froid dans le dos.

— Tu vois, c'est ça ton problème, il faut toujours que tu interprètes tout. On a passé du bon temps ensemble c'est vrai, mais c'est uniquement parce que ça se finissait au pieu. Tu entends ce que tu veux bien entendre. J'ai seulement dit qu'il fallait qu'on avance mais pas tous les deux, en fait je pensais plutôt l'inverse, on avance chacun de son côté quoi ! Je préfère te le dire cash sinon tu vas encore interpréter les choses.

— Tais-toi ! C'est bon t'as gagné, je te déteste !

Avec mes dernières forces, je lui hurle ces mots que, sur le coup, je pense sincèrement. La frontière entre l'amour et la haine est mince. Les deux sont liés puisque ce sont les personnes qu'on aime le plus qui nous font le plus souffrir.

— Et tu veux connaître le fond de ma pensée ? Toi et moi c'était juste de la baise, il n'y a jamais rien eu d'autre. Tout ce que je voulais, c'était ton cul !

Ses paroles me font l'effet d'un coup de poing en plein estomac. Je chancelle sur mes jambes en coton et un goût acide remonte le long de mon œsophage. Je vais vomir ! Je sors tant bien que mal de sa chambre, me rue dehors, et j'essaie de profiter de l'air frais mais mes sanglots m'empêchent de respirer. Sentant qu'il m'a suivie, j'accélère le pas pour ne plus avoir à entendre ses atrocités. Mais mes jambes ne me portent plus, je perds l'équilibre et tombe sur les graviers. C'en est trop pour moi, je craque totalement et de gros sanglots s'échappent. Je pleure ainsi, par terre, en plein milieu de la nuit, sous le regard de celui qui a réduit à néant le peu d'amour-propre qu'il me restait. Je sens soudain ses bras me relever et me coller contre lui. Son cœur bat la chamade et il tremble autant que moi.

— Ça va ? Tu t'es blessée ?

Il s'inquiète pour mes genoux écorchés mais c'est mon cœur qui saigne et c'est à cause de lui. Son contact me réchauffe le cœur et je me surprends à fermer les yeux pour profiter de lui, de son odeur, de ses bras. C'est la dernière fois. Après tout ce qu'il a fait et dit ce soir, plus jamais il ne posera ses mains sur moi. Je le repousse pour me libérer de son étreinte. Toute la rage que j'ai accumulée au cours de la soirée resurgit et je lui décoche une baffe monumentale. Il est surpris, mais l'accepte sans broncher.

— Ne me touche plus jamais ! À partir de maintenant, tu vis ta vie et de préférence loin de la mienne. Tu avais raison sur une chose : tu n'as pas de cœur.

La main sur sa joue rouge et le regard empli de tristesse, c'est la dernière image que j'ai de lui. Je tourne les talons et m'empresse de m'éloigner pour échapper à son emprise. Jamais je n'aurais pensé il y a quelques mois que j'allais passer un pacte avec le diable en personne.

À suivre…

CHAPITRE 1

- CALEB -

Des faisceaux rouges et verts balayaient la piste de danse. Comme chaque vendredi, la boîte était pleine à craquer. Les gens dansaient, bondissaient. On aurait dit des pingouins, agglutinés sur la banquise pour se tenir chaud. Des pingouins sous crack.

Cameron m'a donné un coup de coude.

— Ça va, mec ? C'est la quatrième fille que tu laisses filer ce soir.

J'ai haussé les épaules. Depuis quelque temps, le sexe et la drague m'ennuyaient. Je cherchais autre chose. Un défi. Le frisson de la poursuite.

J'ai bu une gorgée de bière.

— Si tu mangeais la même chose tous les jours, tu finirais par en avoir marre.

Justin a éclaté de rire. Il a montré du doigt une fille sur la piste.

— Regarde cette bombe !

Elle dansait - non, *ondulait* - avec sensualité. Chacun de ses mouvements était sexuel. Elle portait une robe courte et moulante, qui enveloppait son corps comme une seconde peau.

Une robe rouge.

Elle s'est penchée en avant en balançant les hanches. Ses longs cheveux noirs fouettaient sa taille de guêpe. Des chaussures à talons mettaient en valeur ses longues jambes...

— Elle est pour moi ! a hurlé Justin.

Ce mec était incorrigible – d'autant plus qu'il avait déjà une copine. Cameron a secoué la tête, aussi agacé que moi. Une jolie rousse l'a invité à danser. Il a murmuré quelque chose à son oreille. Elle a souri, et ils sont partis.

Justin était hypnotisé par la fille en rouge. On aurait dit un requin sur le point de dévorer un poisson rouge. Un corps s'est collé au mien, me tirant de mes pensées.

— Salut, capitaine.

Claire Bentley empestait le parfum. J'appréciais le maquillage chez les filles, mais pas quand leurs yeux ressemblaient à ceux d'un raton laveur. Je lui ai souri. Elle s'est agrippée à mon bras.

Je n'aurais jamais dû coucher avec elle.

— Salut, Claire. Qu'est-ce que tu racontes ?

— Oh ! Rien de nouveau.

Elle a battu des cils et plaqué sa poitrine contre mon torse. J'ai reluqué son décolleté. Ses gros seins me fixaient, l'unique raison pour laquelle je l'avais rejointe dans son lit quelques soirs plus tôt. La bretelle de sa robe a glissé sur son épaule. C'était sexy. J'aurais peut-être été intéressé s'il s'était agi d'une autre fille.

Elle s'est léché les lèvres du bout de la langue.

— Tu m'offres un verre ?

Je me suis retenu de grimacer. Claire en faisait trop, et je n'avais pas envie de me la trimballer toute la soirée. J'ai cherché une excuse pour me débarrasser d'elle sans la vexer. Cameron et Justin avaient tous les deux disparu. *Enfoirés.*

— Salut, bébé.

J'ai tourné la tête. La fille en rouge, celle que j'avais admirée sur la piste, a enroulé un bras autour de ma taille. Elle a plongé son regard dans le mien. J'en ai eu le souffle coupé.

Elle était sublime.

— Il est avec moi, a-t-elle dit à Claire. Pas vrai ?

J'étais fasciné par sa bouche. Ses lèvres étaient pulpeuses, colorées d'un rouge intense. Elle avait la voix rauque, sensuelle. Mon cœur s'est emballé. Cette fille n'était pas belle au sens classique du terme. Son visage était saisissant, éclatant. Des pommettes saillantes, de longs sourcils foncés et des yeux de chat remplis de secrets. J'avais envie de tous les découvrir.

Troublée par mon silence, elle a froncé les sourcils. Je l'ai empêchée de partir en plaçant ses bras autour de mon cou. J'ai approché mes lèvres de son oreille.

— Où étais-tu ? J'ai passé ma vie à te chercher.

Un frisson l'a parcourue. J'ai glissé mon nez le long de son cou, mais elle a reculé d'un pas.

— Ta groupie est partie. Tu es sauvé. Tu m'offres un verre ?

J'ai enfoui mes mains dans mes poches pour me retenir de la toucher. Elle me manquait déjà. Je ne pouvais pas m'empêcher de la regarder.

— Qu'est-ce que tu veux boire ?

— Quelque chose de fort. Ce soir, je veux être quelqu'un d'autre. Je veux… oublier.

C'était le moment ou jamais. J'ai posé une main sur son dos et je l'ai attirée contre moi. Son parfum m'enivrait.

— Avec moi, tu peux être qui tu veux. Et si on allait chez moi ? Je te ferai tout oublier, Red…

Elle a plaqué ses mains contre mon torse et m'a poussé de toutes ses forces.

— Ravie de t'avoir rencontré, abruti !

Là-dessus, elle m'a laissé seul, comme un petit chiot abandonné. Une fille venait de me rejeter ? *Moi ?* Impossible ! Je l'ai suivie du regard jusqu'à ce qu'elle disparaisse parmi la foule. Elle titubait, comme si elle avait trop bu. J'ai hésité à la suivre pour m'assurer qu'elle allait bien, mais elle m'aurait craché à la figure. Ses amis s'occuperaient d'elle.

Qu'est-ce que j'avais fait de mal ? Elle avait pourtant l'air intéressée. Moi qui cherchais un défi, je n'ai même pas su le relever quand il m'est tombé entre les mains.

— Caleb ! a hurlé une fille dans mon dos.

Je n'étais plus d'humeur. Je n'avais qu'une envie : aller me coucher. Je suis sorti de la boîte, appréciant l'air frais qui caressait ma peau. Ma voiture était garée à l'autre bout du parking. Du coin de l'œil, j'ai aperçu une silhouette penchée contre le mur en briques. Une fille, sûrement en train de vomir. J'aurais dû la laisser tranquille, mais un homme était planté à quelques mètres, en train de l'observer.

Mon instinct protecteur a pris le dessus. Je me suis dirigé vers elle. Je l'ai aussitôt reconnue, à la lueur du lampadaire : Red. Je n'ai pas hésité. J'ai foncé. L'homme ne m'avait pas encore vu, trop concentré sur sa proie. Il s'est approché d'elle et a saisi son poignet. J'étais furieux. Il fallait que je me calme, ou la soirée finirait mal.

J'ai marché d'un pas léger, l'air de rien.

— Bébé ! Qu'est-ce que tu fais là ? Je t'ai cherchée partout.

Ce pervers a refusé de la lâcher. Je lui ai lancé un regard noir. Il a reculé d'un pas, de deux, de trois… puis il est parti en courant.

— Enfoiré, ai-je murmuré.

— Pardon ?

— Je ne te parlais pas à toi. Qu'est-ce que tu fais dehors toute seule ?

Elle a trébuché. Je l'ai rattrapée juste à temps. Elle avait le teint pâle, les yeux vitreux. Sans attendre sa réponse, je l'ai prise dans mes bras. Elle a grogné, trop éméchée pour se débattre.

— Tu as besoin de vomir ?

Elle a fait non de la tête. On a traversé le parking, j'ai ouvert la portière et je l'ai installée côté passager.

— Ne vomis pas dans ma voiture, OK ? Je viens juste de l'acheter.

Silence.

— Tu habites où ?

— Nulle part. On m'a… mise à la rue.

Je me suis assis derrière le volant. J'aurais pu la déposer dans un hôtel, lui payer une chambre, le temps qu'elle trouve un logement… mais quand j'ai tourné la tête vers elle, mes plans se sont aussitôt envolés.

Elle s'était endormie. Elle avait l'air préoccupée, même dans son sommeil. Vulnérable. Cette fille avait pourtant l'air tellement sûre d'elle sur la piste… Son visage me disait quelque chose, comme si je l'avais vue en photo il y a longtemps. Comment oublier une beauté pareille ?

J'ai décidé de la ramener chez moi.

Mon frère disait que j'étais accro aux demoiselles en détresse. Il avait raison. Cette fille ne serait pas en sécurité dans un hôtel, surtout dans son état. Je suis sorti du parking et j'ai conduit en silence. On était à quelques minutes de l'appartement quand elle a remué sur son siège, recouvert sa bouche d'une main.

Je n'ai pas eu le temps de réagir.

Elle a vomi dans ma voiture.

Ma *nouvelle* voiture !

Le bruit et l'odeur m'ont donné la nausée. J'ai ouvert les fenêtres et le toit. Elle a vomi une seconde fois.

— Noooon !

Furieux, j'ai hésité à revenir sur ma décision. Je ne connaissais pas cette fille, et ma patience avait des limites. Résigné, je me suis garé devant chez moi. Je suis sorti de la voiture, j'ai ouvert sa portière, je l'ai nettoyée comme j'ai pu et je l'ai prise dans mes bras. Elle puait le vomi.

Dans le hall d'entrée, un vigile a appelé l'ascenseur à ma place.

— Votre petite amie a bu un verre de trop ?

— Vous savez que je n'ai pas de petite amie, Paul.

Je lui ai fait un clin d'œil. Il a éclaté de rire.

Les portes se sont ouvertes à mon étage. J'ai foncé dans la chambre d'ami et je l'ai allongée sur le lit. Elle s'est recroquevillée comme un petit chat blessé, sanglotant dans son sommeil.

— Maman…

Je l'ai observée depuis le pas de la porte. Cette fille n'avait pas eu une vie facile. Je le sentais. J'ai hésité à la laver et à la changer, mais je doutais qu'elle apprécierait qu'un étranger la déshabille. Je ne voulais pas perdre un œil, ni une main.

Alors, je suis resté planté là, à la regarder dormir.

- VERONICA -

La lumière du soleil réchauffait ma peau. Je me suis réveillée dans des draps propres, remerciant en silence ma mère de les avoir changés. Satisfaite, j'ai souri en me blottissant sous la couette.

Ma mère ? Impossible. Ma mère était morte.

Je me suis redressée, hébétée. J'ai cligné des yeux, balayant la pièce du regard et tentant de ravaler la panique qui s'emparait de moi. *Où suis-je ? Et qu'est-ce que c'est que cette odeur ?*

— Ne panique pas, ai-je murmuré.

Mon haleine était abominable. J'ai fermé la bouche et respiré par le nez pour me calmer. Bonne nouvelle : j'étais entièrement habillée. Mauvaise nouvelle : mes vêtements étaient recouverts de vomi séché.

Voilà d'où venait cette odeur. De *moi.*

Mon Dieu.

Je me souvenais de ce qui s'était passé la veille, mais pas de ma soirée. Des images floues défilaient dans ma tête. Le propriétaire de mon appartement m'avait mise à la porte parce que je n'avais pas payé mon loyer depuis deux mois. J'avais laissé la plupart de mes affaires sur place. Les meubles ne valaient rien. J'avais seulement emporté mes vêtements et les souvenirs de ma mère, que j'avais rangés à l'abri, sur le campus, dans mon casier.

Pour la première fois de ma vie, j'étais sortie en boîte non pas pour servir des clients et nettoyer des tables, mais pour boire. C'était ma façon à moi de me rebeller contre le destin. Le problème, c'est que je tenais mal l'alcool. Il ne m'a pas fallu beaucoup de verres avant de perdre le contrôle.

Paranoïaque de nature, j'ai inspecté mes bras et mes mains. Tout avait l'air normal. Mes jambes étaient cachées par la couette blanche. J'espérais qu'elles étaient encore attachées à mon corps. J'ai remué les orteils. Ouf ! J'ai soulevé mon tee-shirt, à la recherche de cicatrices. Quelqu'un aurait pu me voler mon foie, mes reins.

Soulagée que mon corps soit intact, j'ai inspecté la chambre. Elle était à elle seule plus grande que mon ancien studio, et remplie de beaux meubles. Une grande baie vitrée avec des rideaux blancs s'ouvrait, à ma droite, sur la ville qui vue d'ici avait l'air minuscule.

Qu'est-ce je faisais là ? Est-ce que j'avais couché avec un étranger ? Perdu ma virginité ? J'ai tenté quelques exercices de Kegel. Je n'avais pas mal. Il fallait que j'arrête de paniquer.

— Respire, Veronica. Respire.

J'ai posé les pieds sur la moquette molletonneuse. Je ne connaissais pas le propriétaire de cet appartement, mais il devait être riche. Et s'il s'agissait d'un trafiquant de drogue ? Et s'il voulait vendre mes organes ?

Calme-toi, bon sang !

J'ai profité de la salle de bains attenante pour me rafraîchir, avant d'entrouvrir la porte qui donnait sur le couloir. J'avais beau être terrifiée, la beauté de cet appartement ne m'a pas échappée. Il méritait sa place dans un magazine. Tout était propre, blanc, moderne. Des tableaux étaient accrochés aux murs. Le salon était au bout du couloir. Une télévision trônait devant un grand canapé beige en forme de L. Par terre, le parquet scintillait.

La vie était *vraiment* injuste.

J'ai marché sur la pointe des pieds, à la recherche de la sortie. Zut ! Il y avait quelqu'un dans la cuisine, derrière le bar. Il était torse nu, dos à moi. Grand, bronzé et musclé. Je suis restée plantée là, comme une idiote. Il a senti ma présence. Il s'est retourné. Ses yeux se sont écarquillés.

Je connaissais ce visage.

Caleb. Caleb Lockhart ! Je venais de me réveiller dans la tanière du tombeur du campus.

Il avait les cheveux en bataille, comme s'il venait de se lever. Son torse et ses abdos étaient bien dessinés. Le bar cachait le bas de son corps. *Faites qu'il ne soit pas tout nu !*

Il m'a souri. Son regard s'est posé sur mes cheveux, puis sur mes pieds nus, avant de s'arrêter sur mon visage. J'en ai eu des frissons.

— Salut, beauté.

Mon Dieu. J'ai croisé les bras sur ma poitrine pour me protéger de son regard lascif.

— Est-ce qu'on a… Est-ce que tu…

— Quoi ? a-t-il demandé, l'air amusé.

Il savait très bien de quoi je parlais, mais il prenait un malin plaisir à me torturer. Il a avancé d'un pas. J'ai reculé en hurlant.

— N'approche pas !

Il a levé les mains en l'air. J'ai regardé autour de moi, à la recherche d'un objet pour me défendre.

— Qu'est-ce que je fais ici ?

— Tu ne te rappelles pas ? Un pervers a failli t'embarquer avec lui hier soir. Il aurait pu te violer. Je t'ai sauvée.

Je n'ai pas su quoi répondre.

— Après, tu as vomi dans ma voiture. Deux fois.

— V-violer ?

Je me souvenais vaguement d'avoir refusé les avances de quelqu'un. Et si Caleb me mentait ? Non. Ses yeux verts me disaient quelque chose. Une voix grave, masculine. *J'ai passé ma vie à te chercher.* J'ai secoué la tête pour la balayer de mon esprit.

— C'est *toi* qui m'as kidnappée. Pas vrai ?

Il a levé les yeux au ciel.

— Je n'ai pas besoin de forcer les filles à coucher avec moi.

Il a croisé les bras sur son torse musclé. Ses biceps se sont contractés. Il portait un bas de pyjama. *Ouf !*

— Je ne me souviens de rien.

— Tu avais trop bu. D'ailleurs, tu n'as pas la gueule de bois ?

— Non.

— Impressionnant.

— Rends-moi mes chaussures. Il faut que j'y aille.

— Pas si vite.

Il s'est approché de moi. Il y avait une lampe non loin de là. J'aurais pu m'en servir pour l'assommer.

— Tu as vomi dans ma voiture. Elle est toute neuve.

— Et alors ? Tes parents sont riches. Tu n'as qu'à payer quelqu'un pour la nettoyer.

Il a levé les sourcils.

— Tu vas laisser quelqu'un nettoyer *ton* vomi ?

J'ai serré les dents. Il s'est assis sur le bar. Il a attrapé une pomme dans la panière à fruits. Ce mec pouvait manger ce qu'il voulait, quand il en avait envie. Il ne se rendait pas compte de sa chance.

— Où est-ce que tu comptes aller ?

— Chez moi.

Il a jeté la pomme en l'air, la rattrapant au vol.

— Tu habites où ?

— Ça ne te regarde pas.

Mon ventre s'est mis à gargouiller. J'étais affamée.

Caleb a poussé un soupir.

— Je ne veux pas gaspiller mon énergie, ni la tienne. Hier soir, tu m'as dit qu'on t'avait mise à la rue.

— Et alors ?

Il a posé la pomme et croisé les bras.

— Est-ce que tu as un endroit où aller ?

Sa voix était pleine de tendresse et de compassion. J'en ai eu les larmes aux yeux. L'étalage de mes émotions l'a clairement mis mal à l'aise. Il a bondi du bar et s'est dirigé vers le frigo. Il en a sorti une bouteille d'eau, qu'il m'a tendue en souriant. J'aurais aimé le remercier, mais j'avais peur d'éclater en sanglots.

Il a reculé d'un pas.

— Tu sais que tu pues, pas vrai ?

C'était plus fort que moi : j'ai éclaté de rire. J'ai tellement ri qu'il a fallu que je m'assoie par terre. Puis je me suis mise à pleurer. Caleb a dû me prendre pour une folle.

— Et si tu restais ici, le temps de trouver un logement ?

J'étais choquée par sa proposition. Il a haussé les épaules.

— Je ne suis pas aveugle, Red. Tu as l'air au bout du rouleau.

Au bout du rouleau ? Je détestais qu'on me prenne de haut ! Je me suis levée. Il était quand même plus grand que moi. Ça m'a mise encore plus en colère.

— Je ne veux pas de ta pitié.

— Où vas-tu aller ? Dans un refuge pour sans-abri ? Tu seras mieux ici. Primo, je vis seul. Deuzio, tu seras en sécurité. Je serai là pour te protéger. Tertio, je ne te demanderai rien en échange.

J'ai baissé la tête. C'était trop beau pour être vrai.

— Pourquoi ? ai-je murmuré.

— Je ne sais pas.

J'avais vécu assez de choses pour savoir que rien n'était jamais gratuit. Vivre avec Caleb Lockhart ? Dans cet appartement *immense* ?

— Je refuse de me prostituer.

Il a pouffé de rire.

— Tu as vu ce corps ? Quand tu décideras de coucher avec moi, c'est *toi* qui voudras me payer.

Son égo devait lui donner la migraine. J'ai fait semblant de bâiller.

— Continue, je t'en prie. Je bâille toujours quand je suis intéressée.

Ses grands yeux verts se sont écarquillés. J'ai cru que je l'avais mis en colère, mais il a éclaté de rire.

— Je t'aime bien, Red. Je croyais que tu étais juste une belle gueule, mais tu as du caractère.

J'étais tellement choquée que j'ai manqué de repartie pour le remettre à sa place.

— Et si tu allais te doucher ? Tu es sympa, mais je ne veux pas passer ma journée avec une fille qui pue les égouts.

J'ai grogné de frustration. Il avait raison.

— Qu'est-ce que tu veux en échange ?

— Rien du tout.

J'ai éclaté de rire. Un rire amer.

— Je ne te crois pas.

Il a penché la tête sur le côté pour étudier mon visage. Je me demandais ce qu'il voyait. Mon apparence et mes formes donnaient aux garçons l'impression que je voulais juste *m'amuser*. C'était faux. J'étais trop occupée à survivre, à travailler pour me payer mon prochain repas. Allais-je vraiment accepter son offre ? Après tout, la vie ne m'avait pas fait de cadeaux. Je méritais bien ça.

— Je peux faire le ménage.

— Une femme de ménage vient trois fois par semaine.

— Je sais cuisiner.

— Arrête de m'embobiner.

J'ai levé les yeux au ciel.

— Je te jure que c'est vrai.

Son visage s'est illuminé. On aurait dit un petit garçon qui venait de trouver un cookie au fond de la boîte.

— Marché conclu.

C'était trop facile.

— Comment as-tu les moyens de te payer un endroit pareil ?

J'aurais mieux fait de me taire. Je ne voulais pas qu'il me prenne pour une croqueuse de diamants. J'étais pauvre, mais je n'étais pas une profiteuse. Je travaillais dur, et j'en étais fière. Un an de plus à tirer, et je serais diplômée. J'étais prête à tout pour réussir. Je me contenterais de peu : un boulot stable, une petite maison, un frigo plein de nourriture et une voiture en état de rouler. Je comptais y arriver sans l'aide de personne.

— Excuse-moi, Caleb. Je me mêle de ce qui ne me regarde pas. Tu dois penser que je ne m'intéresse qu'à l'argent...

— Arrête de mettre des mots dans ma bouche. Contrairement à ce que tu crois, je ne suis pas fier d'être riche. Je sais que je ne l'ai pas mérité, mais ça va changer. Je le prouverai, à ma manière.

Il a remué les sourcils, l'air amusé.

— Tu sais quoi ? Tu n'as qu'à faire mes devoirs et préparer le repas de ce soir.

En un clin d'œil, son discours sur le mérite ne valait plus rien.

— Comment tu t'appelles ?

— Veronica Strafford.

— Caleb Lockhart.

Je ne lui ai pas dit que je le connaissais déjà. Après tout, c'était la star du campus.

— Tu es dans quelle fac ?

— Ce n'est pas parce que j'habite ici que je dois te raconter ma vie.

— Dans ce cas, va prendre une douche. Installe-toi dans la chambre où tu as dormi cette nuit. Il y a une salle de bains attenante. Et tu peux m'emprunter des habits... même mes caleçons.

J'ai levé les yeux au ciel. Avais-je eu raison d'accepter ?

Caleb est retourné derrière le bar.

— Je sors dans une heure. Fais comme chez toi, OK ?

J'ai hoché la tête. Comment pouvait-il laisser une étrangère seule dans son appartement ? J'aurais pu lui voler toutes ses affaires.

— Merci, Caleb.

Je lui ai tourné le dos en me mordant la lèvre. J'ai jeté un œil à gauche, puis à droite.

— Il y a un problème ?

— Je ne sais plus où est ma chambre.

— Suis-moi.

Il est passé devant et je lui ai emboîté le pas, en essayant de ne pas trop me focaliser sur son corps musclé. Il s'est arrêté devant la porte et m'a fait un clin d'œil.

— Bienvenue chez moi, Red. J'espère que tu apprécieras ton séjour.

Pour l'éditeur, le principe est d'utiliser des papiers composés de fibres naturelles, renouvelables, recyclables et fabriquées à partir de bois issus de forêts qui adoptent un système d'aménagement durable. En outre, l'éditeur attend de ses fournisseurs de papier qu'ils s'inscrivent dans une démarche de certification environnementale reconnue.

Composition Nord Compo

PAPIER À BASE DE FIBRES CERTIFIÉES

hachette s'engage pour l'environnement en réduisant l'empreinte carbone de ses livres. Celle de cet exemplaire est de : 900 g éq. CO_2 Rendez-vous sur www.hachette-durable.fr

Achevé d'imprimer en France par CPI Brodard & Taupin
Dépôt légal 1re publication avril 2017
47.4279.6 – ISBN : 978-2-01-225572-2
Édition 01 – Dépôt légal : avril 2017
N° d'impression : 3022686